历代笔记小说大观

冷庐杂识

[清] 陆以湉 撰 冬青 校点

图书在版编目(CIP)数据

冷庐杂识 /（清）陆以湉撰；冬青校点. —上海：
上海古籍出版社，2012.12(2023.8 重印)
（历代笔记小说大观）
ISBN 978-7-5325-6353-1

Ⅰ.①冷…　Ⅱ.①陆…　②冬…　Ⅲ.①笔记小说-小
说集-中国-清代　Ⅳ.①I242.1

中国版本图书馆 CIP 数据核字(2012)第 044770 号

历代笔记小说大观

冷 庐 杂 识

〔清〕陆以湉　撰

冬　青　校点

上海古籍出版社出版发行

（上海市闵行区号景路 159 弄 1-5 号 A 座 5F　邮政编码 201101）

(1) 网址：www.guji.com.cn

(2) E-mail：guji1@guji.com.cn

(3) 易文网网址：www.ewen.co

常熟文化印刷有限公司印刷

开本 635×965　1/16　印张 22.25　插页 2　字数 230,000

2012 年 12 月第 1 版　2023 年 8 月第 2 次印刷

印数：2,101—2,900

ISBN 978-7-5325-6353-1

I·2507　定价：58.00 元

如有质量问题，请与承印公司联系

校 点 说 明

《冷庐杂识》是清人陆以湉撰写的一部笔记,全书主要记述作者自己的读书心得及平生见闻,较多地保存了与作者同时代的一些大僚、学官、文人、学士以至巾帼女士、市井小民的若干诗文作品,这些人的集子在当时或以后均已散佚不传,赖此书移录的少数篇什可供查考采撷。

作者在经史著作、诗词曲赋、金石书画、历史地理方面皆有所探研,所作评述考证,亦时有可取之处。此外,作者似乎对医理药方特感兴趣,书中常有论及,还收录了不少据说确有奇效的单方,可供中医界参考。

陆氏生活的年代正碰上鸦片战争和太平天国起义,本书即记载有陈化成、葛云飞等英勇抗击英国侵略者并壮烈牺牲的事迹,有些记述还相当生动详细,可补史书之不足。

作者陆以湉,字敬安,号定甫,浙江桐乡人。生于嘉庆六年(1801),三十五岁中进士,道光十九年(1839)任台州府教授,二十九年(1849)调杭州教授。咸丰十年(1860)太平军攻占杭州,他辞官回乡以授徒为业。太平军退出杭州后,于同治四年(1865)受聘为杭州紫阳书院讲席,不久病卒,享年六十五岁。

《冷庐杂识》最早的刊本是咸丰六年(1856)八卷本,并附有续编。之后有《清代笔记小说大观》八卷本、《清代笔记丛刊》八卷本,光绪十九年(1893)乌程庞氏刊八卷本。这次整理用《清代笔记丛刊》本作底本，用其他各本作校，少数文字上的异同择善而从，概不一一出校。
早期刊本所附续编系作者两次编纂之《千字文》，以无参考价值，故摒
去不录。

目　录

冷庐杂识自序

　　学莫贵于纯，纯则不杂。著之为书，可以阐渊微之蕴，成美盛之观。此必具过人之质，复殚毕生才智以图之。用力深，斯造诣粹，理固然也。余不敏，幼惟从事举业，弱冠即以是授徒。三十五岁通籍，宦游武昌，未逾年，改官归，复理旧业。三十八岁为校官，幸遂禄养，冀得舍帖括，专精典籍，而势不可舍，事与愿违，孜孜于手披口讲，迄今又十七年矣。自念半生占毕，于道无闻，且以心悸疾，不克为湛深之思。虽诗词小技，亦未底于成，近岁屏弃不作。暇惟观书以悦志，偶有得即书之，兼及平昔所闻见，随笔漫录，不沿体例，积成八卷，名曰《杂识》。盖惟学之不能纯，乃降而出于此，良自愧也。至于搜采之未精，稽考之多疏，论说之鲜当，则甚望世之君子正其失焉。咸丰六年岁次丙辰二月朔日，陆以湉书于杭州学舍。

卷一

尊 师 重 道

雍正二年二月,奉上谕:"帝王临雍大典,所以尊师重道,为教化之本。朕览史册所载,多称'幸学',近日奏章仪注,相沿未改。此臣下尊君之词,朕心有所未安。今释菜伊迩,朕将亲诣行礼。以后奏章记注称'幸'非宜,应改为'诣'字。"三年十二月,上以先师孔子圣讳,理应回避,令九卿会议具奏。奏称:"凡系姓氏,俱加'阝'为'邱'字;凡系地名,皆更易他名;至于书写常用之际,则从古体'北'字。"奉上谕:"今文出于古文,若改用'北'字,是仍未尝回避也。此字本有'期'音,查《毛诗》及古文,作'期'音者甚多。嗣后除《四书》、《五经》外,凡遇此字,并加'阝'为'邱',地名亦不必改易,但加'阝'旁,读作'期'音,庶乎允协,足副朕尊崇先师至圣之意。"四年八月初八日,上亲行释奠礼,太常寺卿呈仪注,献帛进酒皆不跪。上特跪以将敬,命记档案,永远遵行。圣天子尊师重道,远轶前古,宜乎人文化成,臻极盛也。

四库全书卷册

高宗纯皇帝命儒臣编辑《四库全书》,特建文渊、文溯、文源、文津四阁藏庋。乾隆四十七年,第一分告成,排庋于文渊阁,书凡三万六千册。计经部十类,六百九十五部,一万二百十四卷,二十架,九百六十函。史部十五类,五百六十三部,二万一千三百五十九卷,三十三架,一千五百八十四函。子部十四类,九百三十部,一万七千五百六十六卷,二十二架,一千五百八十四函。集部五类,一千二百八十二部,二万六千七百五十七卷,二十八架,二千十六函。又于扬州大观堂之文汇阁、镇江口金山寺之文宗阁、杭州圣因寺行宫之文澜阁,各缮一分安贮。有愿读中秘书者,许陆续领出,广为传写。圣天子昌明文教,嘉惠多士之心至矣。

艺 林 佳 话

冯砚祥有不全宋椠本《金石录》,刻一图记曰"金石录十卷人家",长笺短札,帖尾书头,往往用之。仁和吴兔床明经骞得宋本咸淳《临安志》,又得乾道、淳祐二志,刻一印曰"临安志百卷人家",所藏书卷中多用之。吴门黄荛圃部曹丕烈多藏宋板书,颜所居曰"百宋一廛",吴以"千元十架"揭榜与之敌。聊城杨至堂河督以增得宋板《诗经》、《尚书》、《春秋》、《仪礼》、《史记》、《两汉书》、《三国志》,颜其室曰"四经四史之斋",是皆可为艺林佳话。

有 美 堂 后 记

吴山有美堂,故址久废,今杭州府治后堂乃袭是名,刊欧阳公记于屏门。嘉庆癸酉夏四月,大兴翁覃溪学士方纲为严少峰太守荣作后记,手书刻石于堂之西偏。记为欧公作驳难,纡折淡荡之致不及欧公,而意义深密,有裨吏治,特录于此。

"昔欧阳子为梅公仪作记,以游览之胜归于斯堂,愚窃非之。梅公取赐诗'地有吴山美'之句,以名其堂,而欧公实切杭、湖言之,曷为而非之乎?君子于友,宜择所当务者以告之,钱塘湖山之美,则一语足矣,何赖乎作记?为斯记者,宜举习俗之工巧,邑屋之华丽,悉衷诸质朴,而勉以勤俭,持以淳厚,然后所谓富完安乐者,贞之于永久。必如是以言,所有者有风俗之美焉。又言临是邦者,选公卿侍从之臣,因而言宾客、占形胜。此则宜导以早作夜思,黜贪举廉,惩奸剔弊,厘案牍以靖闾阎,防微而烛隐。必如是以言,所有者有吏治之美焉。杭人文艺,甲于东南。往者浙西文汇、紫阳院课诸编,多尚华缛。是宜崇经术,使士皆研精传注,不苟为炳烺之观,然后风会益趋于淳实。

必如是以言，所有者有文章之美焉。欧阳子岂不知此，而徒娱意繁华之是称耶？今则官清而政平，士务学而民安业，胥入于圣天子绥和煦育之中，使欧阳子居今日，其文当不如彼矣。吾友严子少峰，即欧阳子所谓清慎好学者也。故窃举曩所疑于欧阳文者，为吾严子记之。"

博 学 鸿 词

康熙己未，乾隆丙辰，两次博学鸿词，其制微有不同。己未三月，试一百五十四人，取五十人。一等二十人，二等三十人。丙辰九月，试一百九十三人，取十五人，一等五人，二等十人。丁巳七月，补试二十六人，取四人。一等一人，二等三人。己未试一场，赋一、诗一。丙辰试二场，第一场赋、诗、论各一，第二场经、史、论各一。己未取者，进士授编修，余皆授检讨，其已官卿贰、部曹、参政、参议者，皆授侍讲。丙辰取者，一等授编修，二等进士、举人授检讨，余授庶吉士，逾年散馆，有改主事、知县者。己未，自大学士以下，至主事、内阁中书、庶吉士、兵马指挥、刘振基荐张鸿烈。督捕理事张永祺荐吴元龙。等官，皆得荐举。丙辰，三品以下官荐举者，部驳不准与试。己未，凡缘事革职之官，皆得与试。陈鸿绩以革职知县，试授检讨。丙辰，部驳不准与试。考词科之制，自唐以来，未有如我朝搜罗宏广、英彦毕集者，洵旷典也。两科人才，皆以江南为极盛。己未取二十六人，丙辰取七人。己未王顼龄、丙辰刘纶入阁，皆江南人也。其次，则浙江为盛，己未取十三人，丙辰取八人。

颜 中 丞

连平颜瀣亭中丞希深，乾隆时官平度知州。因公事在省，适遇大水，民皆登城避水，太夫人命速发仓谷尽数赈饥，为上官所劾。上谕："有此贤母好官，为国为民，权宜通变，该抚不加保奏，翻加参劾，何以示激劝？"乃即擢知府，母予三品封衔。后官至巡抚。子检，由拔贡官至直隶总督，迁漕督。孙伯焘，由翰林官至浙闽总督。历考前史，擅发仓廪振民者，间或蒙朝廷嘉奖，从未有褒宠优隆若是者。幸得遭遇圣朝,膺兹异数,而天之所以报施者亦至矣。

乌　镇

吾里旧名青墩,有溪为界,溪东曰青镇,属嘉兴府桐乡县,西曰乌镇,属湖州府乌程县,故又名双溪,今则概称为乌镇。近日名流过乌镇诗不少,惟仁和杭董浦太史世骏一律最切当:"苍凉西北栅,六邑一湾通。远树归帆隔,斜阳戍垒空。风流思九老,颠颃倚孤篷。回首吴趋路,荒荒有朔风。"盖由苏之杭有捷途,必过镇之西北栅,其地乃吴江、震泽、秀水、桐乡、乌程、归安交界之所也。

骥　隙　驷　隙

《史记》张良、魏豹传皆有"人生世间,如白驹过隙"语。又《李斯传》云:"夫人生居世间也,譬犹骋六骥过决隙也。"墨子云:"人之生乎地上之无几何也,譬之犹驷驰而过隙也。"今人引典,只用"驹隙",罕有及"骥隙"、"驷隙"者。

形　容　失　实

史传有形容失实之语。如《史记·蔺相如传》记相如持璧却立倚柱,则曰"怒发上冲冠";《赵奢传》记秦军鼓噪勒兵武安,则曰"屋瓦尽振";《项羽本纪》记羽与秦军战,则曰"楚兵呼声动天",皆描摹传神之笔。事虽虚而不觉其虚,弥觉其妙,此龙门笔法,所以独有千古也。《晋书·王逊传》袭其语而增一句,曰"怒发冲冠,冠为之裂",则近于拙矣。

予　台　我　朕

《尚书》辞义古质,而"予"、"台"、"我"、"朕"等字,往往并见。《论语》中"吾"、"我"、"予"等字,亦复参互用之。如"二三子"节,先言"我",后言"吾"。"吾有知乎哉"节,先言"吾"后言"我"。"子疾病"节,先言"吾"后言"予"。至《孟子》"好辩"章,则先言"予",继言"吾",终言"我"。盖文家错综变化之法,已肇端于斯。

皇甫芝庭诗

吾邑皇甫芝庭茂才墀,持躬醇谨,乡里无间言。工作试帖诗,应试赋《春随人意生》诗云:"江花三月暮,谢草半池春。"见赏于学使者。入泮,所作试帖诗甚多,惜身后散失殆尽。

八 仙 岩

台州城西北隅八仙岩,奇石布列,境绝幽胜。旁有小池,水清洌可爱,名曰鉴泉。岩前吕祖殿,药方甚灵,求者不绝。殿中对联数十,惟临海严孝廉乘潮作最佳:"看下方扰扰红尘,富贵几时,只抵五更炊黍梦;溯上界茫茫浩劫,神仙不老,全凭一点度人心。"

破 邪 论 序

虞永兴《破邪论序》最为世所宝贵。余观昆山叶征君奕苞《金石录补》谓:"《破邪论序》有云:'太史令傅奕,学业肤浅,识虑非常,乃穿凿短篇,凭陵正觉。法师愍彼后昆,撰《破邪论》一卷。'夫胡僧咒人,奕破其妖妄,识者嗤之。今反以为邪,世南从而和焉,何也?"又观桐城姚姬传比部鼐《惜抱轩笔记》谓:"《破邪论序》自署衔'太子中书舍人',太子官但有中舍人,安得有中书舍人?永兴父名荔,而序中用'薜荔'字,此必唐时僧徒寡闻见者所妄作伪托,欲以自取重于世耳。"以二说证之,其非永兴书可知。吁!世俗鲜精察之识,而以伪为真者多矣,不独此帖为然。

金　布　衣

钱塘金布衣农,画梅竹苍劲绝俗,晚又画佛。自署号最多,曰冬心先生、曰稽留山民、曰曲江外史、曰昔邪居士、曰龙梭仙客、曰百二砚田富翁、曰心出家庵粥饭僧。余于杭城骨董肆得其画竹一幅,题曰"凌霜雪,节独完。我与君,共岁寒"。笔墨高古,良可宝玩。

石屋烟霞二洞

杭州石屋、烟霞二洞,皆在南高峰下。余于咸丰辛亥往游,由赤山埠折而南,行二里许,至石屋岭。岭不甚高,有亭可憩。逾岭即为石屋,洞宽广三丈,深丈许。中凿释迦佛、诸菩萨像,四壁镌罗汉五百余,皆涂以金。左壁题名云:"陈襄、苏颂、孙奕、黄颢、曾孝章、苏轼同游,熙宁六年二月二十一日。"按,志称东坡题名字甚漫漶,相传党禁时镌去。兹所题字画完好,而笔法俗嫩,定是近人伪托。题壁诗大半剥落不可读,惟道光二十年郡人曹籀隶书铭十三字,尚可辨识。云:"歆釜兮石屋,中有素书兮留我读。"洞西北有窟甚深,颜曰"沧海浮螺"。稍南又一洞,曰"瓮云",汶上刘玉坡制军韵珂所题,有记刻石。东又一洞,为石别院。东北又一洞,为小石屋。皆凿佛像,洞额题曰"湖南第一洞天",款字已灭。洞外屋舍倾圮,门径亦芜,惜无好事者为之修辟。又行二里许,过满觉陇,为烟霞岭。岭峻甚,石滑不留履,攀萝扪葛而上,半里始抵洞。洞在岭之颠,有庙十余楹,结构小而轩宇明洁,翛然尘外。登楼望远,隔江诸山皆在指顾。洞深四丈,广丈许,外宽内隘,皆刊佛像。有姚伯昂侍郎元之题"湖南第二洞天",隶书。左壁吴越千人功德塔尚存,俗称千官塔。上有都指挥使吴延爽题名。延爽乃吴越文穆王恭懿夫人弟也。寺僧智慧为具午饭,小住半日,俗虑净涤。窃谓石屋之旷爽虽胜烟霞,而幽奇逊之。且凡洞皆在山麓,此独在岭脊,凌虚缥缈,当为西湖诸洞之冠。

印　　章

印章以切为佳。钱塘袁简斋太史枚之"三十七岁致仕",萧山汪龙庄大令辉祖之"双节母儿",语最新确。他若兴化郑板桥大令燮之"康熙秀才"、"雍正举人"、"乾隆进士",衍圣公孙庆镕之"九岁朝天子",则自述其遭遇也。归安孙太史辰东之"其于人也,为寡发,为广颡,为多白眼",则自道其形状也。钱塘陈云伯大令文述之"团扇诗人",则以团扇诗受知于阮学使也。至如杨铁崖之"湖山风月福人之印",唐六如之"江南第一风流才子",魏叔子之"乾坤一布衣",则尤显著于世,非此三人,要皆不能当也。

对 语 敏 捷

高宗纯皇帝燕见词臣,出对曰:"冰冷酒,一点水,两点水,三点水。"南昌彭文勤公元瑞应声对曰:"丁香花,百人头,千人头,万人头。"仪征阮文达公元在翰苑时,仁宗睿皇帝因燕见,命以其姓名属对,公即对曰:"伊尹。"对语不难,难在敏捷,非有夙慧者不能。

解 元 连 捷

解元连捷,几中会元,而抑置第二者,一为乾隆壬申恩科浙江解元李祖惠。秀水人。是秋会试,已定元矣,总裁海宁相国陈公世倌以同乡引嫌,改列第二,而以第三邵嗣宗太仓人。抢元。李归班,官终江西高安县知县。一为嘉庆戊辰恩科江南解元顾元熙。长洲人。己巳会试,总裁钱塘相国费公淳取列第一,侍郎英公和以第二名孔传纶二三场奥博多奇字,遂易置焉。顾终翰林院侍讲,识者谓李、顾闱作实胜邵、孔,使不抑第二,则三元可得矣,岂非命乎? 又德清许方伯祖京,乾隆戊子领解,己丑会试,卷已摈弃,为武进刘文定公纶搜得,惊诧曰:"有文若是而弃之乎?"遍示诸总裁,皆叹赏,即定元。其先定元之本房谓此卷乃"礼记",俗谓"礼记"为孤经,乃言孤经不可中元。文定依回久之,遂置第五。至今首艺犹脍炙人口,而会元徐阆之闱作,世鲜有知之者。

鸦 胆 子

鸦胆子治休息痢,歙程杏轩文囿医案甚称其功效。用三十粒,去壳取仁,外包龙眼肉,拈丸。每晨米汤送下,一二服或三四服即愈。此药味大苦,而寒力能至大肠曲折之处,搜逐湿热。《本草》不载,见于《幼幼集成》,称为至圣丹,即苦参子也。药肆多有之。吾里名医张云寰先生李瀛,亦尝以此方传人。吾母周太孺人喜施方药,以治休息痢,无不应验,兼治肠风、便血。凡热痢色赤久不愈者,亦可治,惟虚寒下痢忌之。

徐文长胡稚威

明山阴徐文长渭,与我朝山阴胡稚威天游才相若,遇亦相似。文长为诸生时,提学副使薛应旂阅所试论,异之,置第一。及为胡宗宪所知,秋试前,尝极力为之地,卒为帘官某所遗,竟以诸生终。胡以明经应博学鸿词试,鼻血污卷,扶病出。比应京兆试,翰林某入闱分校,自诩曰:"吾必中胡某,为阖榜光。"卷落其房,而某不能句读,即钩勒皆误,时乾隆辛酉年也。比甲子,长安朱某以庶吉士分校顺天,其父与胡素交好,倡言"入闱不中胡君卷,则尔辈剜吾目"。及得胡卷,又以奇古不能读,反加红勒焉。辛未以经学荐,左都御史某忌之,但称胡词章,遂不得召见,卒困抑以死。徐有《青藤书屋集》,胡有《石笥山房集》,皆传播艺林。遇不遇仅一时耳,其才则千古矣。

潘 文 恭 公

吴县潘文恭公师世恩,试童子时,终日端坐,不离试席,吴县令李

昶亭逢春异之,拔置前列。因出对云:"范文正以天下自任。"公对:
"韩昌黎为百世之师。"又云:"青云直上。"公对:"朱绂方来。"李决公
必贵,后为状元宰相。某公赠联云:"大富贵,亦寿考;蓄道德,能文
章。"说者谓今代伟人,非公莫能当此语也。

吴菌次太守四六

江都吴菌次太守绮《送王阮亭司李维杨序》云:"官名大李,
地有垂杨。"琢对绝工。末二联云:"呜呼! 风雅薄则朋友之道
衰,行谊乖而治化之本阙。子之往矣,言修谢传之甘棠;我且归
焉,用访岐公之芍药。"笔力陡健,语意亦细腻沉着,不徒以妍丽
见长。

罗　　愿

宋罗汝楫子愿,知鄂州,有善政。曹泾作《本传》,引《新安续
志》谓:"鄂州大旱,愿立日中请祷,致疾而卒。"王祎作《小集后
序》亦云然。乃《宋史》谓:"知鄂州,以父嫌不敢入岳庙。一日
自念:'吾政善,姑往祠之。'甫拜,遽死于像前。"是欲假以神忠
武,而适见其妄也。聪明正直如忠武,岂因其父之恶而谴及其
子哉?

萧何陈平韩信

萧何听鲍生之言,遣子孙昆弟能胜兵者,悉诣军所。又用召平之
言,让封勿受,悉以家私财佐军。又从客之说,多买田地,贱贳贷以自
污,遂释高祖之猜疑。陈平从陆贾之计,交欢周勃,用能诛诸吕而安
刘。韩信听李左车之计,抚赵服燕,又用蒯通之策,袭齐而定临菑。
此三人者,皆智虑绝人,而犹赖谋猷之益。可知事理之奥,取诸己者
隘,得诸人者宏也。

古　书

古书之名，今有改减其字者，如《周易》称《易经》，《尚书》称《书经》，《孔子家语》只称《家语》；《五代史记》去"记"字，《古列女传》去"古"字，《白虎通义》、《风俗通义》皆去"义"字，《说文解字》去"解字"二字，《世说新语》去"新语"二字。习俗相沿，有不知其本名者矣。

行　军　之　道

孙坚、孙策，皆以单骑出行，为仇家所杀。裴晋公计吴元济，亦尝率轻骑观兵沱口，贼以奇兵掩击，幸李光颜有备，力战却之，不然殆矣。故圣人行军，必以惧为先，以谋为主，诚慎之也。

世说新语里谚

里谚见于经传者最古，《史记》、《汉书》次之，其百家之书，则惟《世说新语》为后世所乐称，以其辞之质而隽也。试略举之："举却阿堵物"、"传神写照正在阿堵中"，"阿堵"犹言这个也。"那得乃尔"、"失士卒情，外人那得知"，"那得"犹言"何得"也。"今日与谢孝剧谈一出来"，"一出"犹言一次也。"何乃渹"，吴人以冷为"渹"也。"拉捋自欲坏"，"拉捋"犹言摧裂也。"殊不尔"、"聊复尔耳"，"尔"犹言"如此"也。"叹息绝倒"、"当复绝倒"，"绝倒"犹言"笑倒"也。"善于托大"，"托大"从容博畅之意。"伧父"、"伧道人"、"伧奴"、"伧鬼"，吴人以中州人为"伧"，明其为别种也。"使君如馨地"、"正自尔馨"、"阿见子敬"，"馨"与"阿"皆语助辞。"下官家有两娑千万"，"娑"亦语助也。至于前此所已有者。如"太丘问炊何不馏"，"馏"字见《尔雅》，"唐突西施"，"唐突"见《后汉书》。此类尚多，不备述也。

他 日 异 时

"他日"有作前之日解者,《孟子》"吾他日未尝学问"是也;有作后之日解者,《论语》"他日又独立"、《孟子》"他日见于王曰"是也。"异时"亦然,《史记·秦始皇本纪》"异时诸侯并争,厚招游学",此指前之时也;《苏秦列传》赞"异时事有类之者,皆附之苏秦",此指后之时也。字同而义殊,经史中似此者多矣。

须 发 早 白

气血衰则须发易白,每于此征年祚焉。余观《晋书·王彪之传》云:"年二十,须鬓皓白,时人谓之王白须。"而官至光禄大夫,仪同三司,卒年七十三。此殆异禀,不可以常情测矣。又宋杜祁公衍,年过四十,须发尽白,卒年八十。

胡 梁 园 比 部

吾郡石门胡梁园比部枚,督学贵州,实心校士,以主持风教自任。堂立碑铭云:"穷极勿贿卖关节,苦极勿需索供应,忙极勿抛掷文字,怒极勿凌虐生童。"嘉庆癸酉,值拔贡之期,悉心拔选,得人称盛。

赠 僧 联

赠僧联用佛家语,数见不鲜。钱塘吴薇客太史敬羲赠虎跑寺平山和尚联云:"炉火红深,与我煨芋;窗树绿满,烦公写蕉。"具有雅人深致。

徐 霞 客 游 记

明江阴徐霞客宏祖《游记》,叙生平游历之处,由中国遍及遐荒。

自万历丁未年二十二即出游,至崇祯己卯自滇得足疾归,几于无岁不
游,无地不到。其游也,持数尺铁作磴道,穷搜幽险。能霜露下宿,能
忍数日饥,能逢食即饱,能襆被单夹耐寒暑。其尤异者,脚力健捷,日
从丛箐悬崖,历程过百里,夜即就破壁枯树下,燃松拾穗记之。盖他
人之游,偶乘兴之所至,惟霞客聚毕生全力,专注于游,勇往独前,性
命不顾。其游创千古未有之奇,其《游记》遂擅千古未有之胜。霞客
亦能诗,《题小香山梅花堂》云:"春随香草千年艳,人与梅花一样清。"
流利可讽。

何 书 田

青浦何书田茂才其伟,居北斡山下,工诗,家世能医,书田益精其
业,名满大江南北。侯官林文忠公则徐抚苏时,得软脚病,何治之获
痊,赠以联云:"菊井活人真寿客,斡山编集老诗豪。"由是投分甚密,
而何介节自持,未尝干以私,人皆重之。

蠼 螋

蠼螋音矍搜,虫名。《玉篇》曰"蚑螋",《博雅》曰"蟒蚋",昌黎
诗"蜿垣乱蚑蛆",即此。吾乡俗呼为"蛞蛸"。二须六足,状如小
蜈蚣,而体较短阔。匿居隐处,溺射人影,令人生疮,如热痱而大,
身作寒热。《千金方》云:"画地作蠼螋形,以刀细取腹中土,以唾
和涂之,再涂即愈。"近又传一方云:"入夜,以灯照生疮处之影
于壁,百滚汤浇之,即愈。"此皆以影治影之法,气类相感,抑何
奇耶!

彭 文 勤 公

南昌彭文勤公元瑞,天资绝人。督学浙江时,试卷皆自阅,几置
卷数百,二仆侍侧,左展卷,右收卷,循环不息,侍者告疲,公优游自若

也。按试告示，有"大场则万卷全披，小试无一字不阅"语。乾隆丁酉典试浙江，得人最盛。所取文不限一格，而议论识力，词采气局，色色皆妙。试卷万余，遍加评隲，著语不多，切中作者之病，至有奉落卷而感泣者。吾邑某先达荐而不售，卷评一字曰"庸"，因是发愤揣摩，尽变其习，即于次科获隽。是科副主试茅耕亭阁学元铭，出闱后赠公联云："闻士颂之，自吴於越；读公文者，如韩欧阳。"公在翰林时，高宗纯皇帝尝命作"周有八士"，至季随破题，先示首句云"举八士而得其七"，公即应声云"皆兄也"。嘉庆丙辰，圣制《新正千叟宴毕仍茶宴廷臣于重华宫》诗，命群臣次韵。和珅倩人代作，所和"嗟"字意不惬，属公改正。公即易以"帝《典》王《谟》三曰若，《驺虞》《麟趾》五吁嗟"，一时和者皆莫能及。

张 太 史 联

钱塘张太史曰衔，学优品懋。通籍后，不与当道往还，樵苏不继，萧然自得。题联于堂曰："相对半床书，冀渐臻圣域；但啜一瓯粥，誓不入公门。"

首 饰

《毛诗》："副笄六珈。"《传》云："副者，后夫人之首饰，编发为之。""首饰"二字始此。刘熙《释名》有《首饰篇》，凡冠、冕、弁、帻、簪、缨、笄、瑱之属皆列焉，是统男妇而通名曰"首饰"矣。今独以号妇人钗、珥等物，盖犹沿《诗传》之说。

敛 葬

《礼》："越日小殓，三日大殓。"盖望其复生也。今则越日大殓者多矣。《礼》："三月葬。"盖死者入土为安也。今则积岁不葬者多矣。送死大事，而迟速乖违，风俗之敝，亦人情之偷也。

卑　职

元袁清容桷《上柏柱修辽金宋史事状》自称"卑职"，袁时官翰林侍讲学士，乃为此称。今翰林于上官前称"晚生"，惟外官自五品以下，见上司则自称"卑职"。

挝　鼓　捕　盗

魏李崇为兖州刺史，令村置一楼，悬鼓，盗发之处，双槌乱击，四面诸村始闻者，挝鼓一通，次后闻者，以三为节，各击数千槌。诸村闻鼓，皆守要路，是以盗窃始发，便尔擒送。宋薛季宣治武昌时，金兵且至，而县多盗，乃乡置楼，盗发，伐鼓举烽，瞬息遍百里。守计定，讫兵退人心不摇，此治盗之良模也。又明李骥为河南知府，境多盗，骥为设火甲，一户被盗，一甲偿之。犯者，大署其门曰"盗贼之家"。又为劝教文，振木铎以徇之。此则清盗之源，尤牧民者所当取法矣。

后　稷　至　文　王

史载周自后稷至文王十五世，罗氏《路史》历证古书，谓："后稷生台玺，台玺生叔均。不窋非后稷之子。公刘之去后稷已十余世，其可考而见者，自不窋至文王，十有七世。"马氏《绎史》亦主其说。姚姬传《经说》谓："文王五十而娶太姒，武王娶邑姜亦年四十。以是推之，周人先世大抵寿长而娶晚，是以自不窋而后，十六君而阅千年。"若据此说，则必十六世皆六十外始生子矣。

周　隋

周世祖保全元氏，分授庶官。隋迁周鼎，尽灭宇文氏之后。迨炀帝夺嫡，宇文述实主其谋，后即为述子化及、智及所弑。报复之道昭昭矣。

崇 尚 贞 节

墓志,妇人之书再适也,见于宋子京之志张景妻唐氏,及陈了斋之为太令人黄氏墓志铭;女之书再适也,见于陈了斋之为仁寿县君高氏墓志铭。盖宋世士大夫家妇女再适者,不以为异,故范文正公《年谱》,且书其母谢氏再适长山朱氏。今制崇尚贞节,妇人再醮者不得请封。雍正元年,诏直省州县各建节孝祠,有司春秋致祭。所以励风教、维廉耻者至矣,宜不复沿陋习也。

唐 文 粹

姚铉《唐文粹》中,欧阳詹《自明诚论》、吕温《诸葛武侯庙记》,立说颇谬。韩昌黎《革华传》意致不及《毛颖传》,似可不选。至段文昌《平淮西碑》,远逊韩作,何取彼而舍此?如爱其才藻,则奚不并存之耶?然其大要以复古为主,搜择博而别裁正,一代文物之盛,赖是以存,宜其继《文选》而垂范来世也。

生 员

《日知录》谓宣德七年奏,天下生员三万有奇,盖现存之数也。今天下岁取生员二万五千三百余名,约计现在之数,以三十年为准,凡岁试科试各十,共得生员五十余万名,可云盛矣。

受 业

门生谒座师、房师帖只书姓名,盖始于国初御史杨雍建言,中式士见主司,但用姓名书帖,不得称"门生"。今惟手板书姓名而无称谓,若用之柬启,则皆书"受业",盖以避"门生"之称也。

徐 楚 畹

海宁徐楚畹学博善迁,乡荐后,困于公车,家徒壁立,以星命之学游历江湖三十余年。尝寓吾里北宫,每为人论一命,无贵贱皆取百钱,题一诗简端云:"若肯妄为些子事,何须更泛孝廉船?儿童莫向先生笑,强似人间造孽钱。"后官天台教谕,卒于任。

冷 泉 亭

杭州冷泉亭有联云:"泉是几时冷起?峰从何处飞来?"相传为董香光句。又天台范抡选题联云:"涤热肠,泉是冷好;卫净土,峰故飞来。"句有作意。西安吴辛峰学博庆泰谓"故"字平弱,当以"特"字易之,良然。

张 梦 庐

同邑张梦庐学博千里,医名隆赫。道光间,应闽浙总督无锡孙文靖公之聘至闽,时公患水胀已剧,犹笃信草泽医,服攻水之药,自谓可痊。张乃详论病情,反覆数千言劝其止药。私谓其僚属曰:"元气已竭,难延至旬日矣。"越七日果卒。其论大略云:"专科以草药为丸为醴,峻剂逐水,或从两足滂溢,或从大肠直泻。所用之药,虽秘不肯泄,然投剂少而效速,其猛利可知。夫用药犹用兵,攻守之法;参伍错综,必主于有利而无弊。从未有病经两年,发已数次,不辨病之浅深,体之虚实,只以峻下一法为可屡投而屡效者。盖此症之起,初因饮啖兼人,胃强脾弱,继则忧劳过度,气竭肝伤。流之壅由乎源之塞,若再守饮食之厉禁,进暴戾之劫剂,不啻剿寇用兵而无节制,则兵反为寇;济师无饷而专驱迫,则民尽为仇。公何忍以千金之躯,轻其孤注之掷耶?彼草泽无知,守一己之师传,图侥幸于万一,以治藜藿劳形之法,概施诸君民倚赖之身。效则国之福，不效则虽食其肉，犹可逭乎？此愚之所痛心疾首，而进停药之说也。"语殊切直，特录之以告世之溺惑于庸医者。张有谒孙宫保句云："身思报国仔肩重，病为忧民措手难。"见所刊《闽游草》中。

黄莘田诗

国朝闽诗人以永福黄莘田大令任为首，所著《香草斋诗》，风华韶秀，戛戛生新，七绝尤胜。《泰安道中山行》云："倡条冶叶拂青骢，帽影鞭丝困午风。十里枣花香不断，行人五月出东蒙。"《劝农》云："暖风晴日卷双旌，立马来听布谷声。一事最饶田畯韵，木棉花下看春耕。"《西湖杂诗》云："珠襦玉匣出昭陵，杜宇斜阳不可听。千树桃花万条柳，六桥无地种冬青。""梨花无主草空青，金缕歌残翠黛凝。魂断萧萧松柏路，满天梅雨下西陵。""懒慢无心上画桡，青旗沽酒不曾招。不知细雨裙腰草，绿到春风第几桥？"

苍耳子虫

苍耳子草，夏秋之交，阴雨后梗中霉烂生虫，取就薰炉上烘干，藏小竹筒内，随身携带。<small>或藏锡瓶，勿令出气。</small>患疔毒者，以虫研细末，置治疔膏药上贴之，一宿，疔即拔出而愈。<small>贴时须先以针微挑疔头出水。</small>余在台州，仆周锦种之盈畦，取虫救人，屡著神效。比在杭郡，学舍旁苍耳虫甚多，以疗疔毒，无不获效。同邑友人郑拙言学博凤锵携至开化，亦救治数人。彼地无苍耳草，书来索种以传。又青蒿虫治小儿惊风最灵，余孙荣霖曾赖此得生。此二方皆见《本草纲目》，而世罕知其效，特志之。<small>青蒿虫亦在梗中，焙干研末，和灯心灰汤调送下。</small>

鱼骨凳

台州城中东岳庙有鱼骨凳，阔一尺，长丈余，中平，两端曲形似凳。庙祝云："是鱼之尾骨，其脊骨更大，在海滨某庙中。"按《隋书》，漕国顺天神祠前有一鱼脊骨，其孔中通，马骑出入，盖视此更巨矣。昔人谓水族惟鱼最大，信然。

沈晓沧司马诗

吾邑沈晓沧司马炳垣，自幼好为诗，以名孝廉为外吏，手版靴尘，不废吟咏。佳句如《镇江》云："岸高山比势，地隘水为门。"《天津》云："关锁东西钥，河流大小沽。"《舟泊京口》云："大观穷日月，孤势出楼台。"《皂河》云："鸥情随水远，柳意得春先。"《扬州》云："明月随人过淮浦，暗潮带雨入江城。"《过畏垒湖》云："远水帆飞林影外，高楼人在雁声中。"皆超心炼冶，不愧作家。

艺 文 志

《唐书·艺文志》凡小说家书，无不采录，独不及应制之赋，试帖之诗。《明史·艺文志》不列名家时艺稿，盖史例宜然也。

鞭

刘宽、崔景真俱用蒲鞭。又崔伯谦用熟皮为鞭，不忍见血，示耻而已。此皆无愧慈惠之师矣。

玉芝堂谈荟

徐应秋《玉芝堂谈荟》类摭故实，累牍连章，可称华缛。然其书尚有二失：一则搜罗未遍，即正史犹有所遗；一则援引昔人文辞，每不标明某书。前之失犹可言也，后之失既乖体要，且蹈攘善之愆矣。

陶　安

明太祖优任陶安，赐门帖子曰："国朝谋略无双士，翰苑文章第一家。"此惟刘基、宋濂乃足当之。安尝自谓"谋略不如基，学问不如濂"，语非谦也。刘、宋晚岁，帝眷浸衰，而安独以礼遇终。余按：基卒于洪武八年，濂卒于洪武十四年，而安卒于洪武元年，然则安亦幸而早亡，得以保全恩宠耳。

逸　民　榜

乾隆癸卯科浙江乡试，首题"逸民伯夷、叔齐、虞仲、夷逸、朱张、柳下惠、少连"，获售者鲜登第，时称"逸民榜"。嘉庆癸酉科题"刚毅木讷近仁"，所取文皆恬静之作，登第者绝少，时称"哑榜"。丙子科题"夫达也者，质直而好义，察言而观色，虑以下人"，所取文皆动宕发皇，登第者独多，时称"响榜"。大抵场屋文字，察理宜精，而才不可敛；审法宜密，而笔不可枯。必也以沉实之思，运高华之气，风骨近于古，而声调合于今，斯为举业利器。

秘　法

杭州吴山有售秘法者，一人以三百钱购三条，曰"持家必发"、"饮酒不醉"、"生虱断根"，固封慎重而与之，云"此诀至灵，慎勿浪传人也"。归家视之，则曰"勤俭"、曰"早散"、曰"勤捉"而已。大悔恨，然理不可易，终无能诘难也。

倪　太　史

震泽倪太史师孟，幼颖悟，七岁时，与蔡某同塾读书。蔡亦聪俊，举《四书》注"倪，小儿也"以戏之。倪应声曰："蔡，大龟也。"客于席间令作"蚕豆"破题者,倪即云:"豆以蚕名,可食而不可衣也。"

麦　　粉

嘉庆己卯年,杭城大火,一王姓家四邻俱毁而岿然独存。人询其家有何善行,则曰:"无他,惟五世不以麦粉洗衣服耳。"余按:仁和沈梅村大令赤然《寒夜丛谈》云:"麦为百谷之始,所以养人之生者甚广,而世人多以之浆洗衣服,甚至裙裾足缠亦用之,云如是则耐著,且易去垢也。今试以一家计之,每日约费麦三合,通十七省四五千万家计之,每岁共需麦四五千万石。嗟乎!登之则历四时,食之则遍天下,徒以区区污私浣衣之故,悉举而弃之沟渎中,暴殄天物,无逾于此!安得家喻户晓,而为世惜此无穷之福耶?"此论最为明切,无如举世习惯,莫知警戒也。

四子书集注

士子习《四子书》,皆恪遵《集注》,而往往不能全读。乙未岁,在京师同人宴饮,秀水汪子黄同年焘举令云:"述外国《四书》一句,不能者罚。"众无以应,哗辨云:"此书从未寓目,得毋杜撰耶?"汪曰:"出孟子'仁也者,人也'节《集注》,非僻书也。"检视果然,乃各饮罚酒。偶阅董东亭太史潮《东皋杂钞》,云:"周雅楫清原,以康熙己未召试入翰林。一日入直,圣祖忽问以'增广生员'四字,周不能对。上哂之曰:'《四书》尚不读全,何云博学?'后检之,乃在'子适卫'章,圈外注'唐太宗置增广生员'云云。"可见当日鸿词中人已如此矣。

黄　滔　诗

钱塘袁简斋太史枚《随园诗话》,载晚唐人辞某节度使七律前四句云:"去违知己住违亲,欲策羸骖屡逡巡。万里家山归养志,十年门馆受恩身。"以为一往情深,必士君子中有至性者,惜不记其全章与其姓名。按:此乃黄滔《辞刑部郑郎中诚》诗,其下半首云:"莺声历历秦城晓,柳色依依灞水春。明日蓝田关外路,连天风雪一行人。"第二句乃是"欲发羸蹄进退频"。滔字文江,莆田人。昭宗乾宁二年擢进士第,官四门博士,后迁监察御史里行,充武威军节度推官。王审知据有全闽,而终其身为节将,滔规正有力焉。滔又有《题陈山人居》句云:"隔岸青山秋见寺,半床明月夜闻钟。"写景亦佳。

罢荔枝贡

宋李复古迪留守洛阳,始贡牡丹花;蔡君谟襄为福建路转运使,始进小团龙茶。贤者乃亦为此。南宋洪君畴天锡为福建安抚,罢荔枝贡,后贤胜前贤矣。本朝道光元年颜惺甫制军检巡抚福建,亦奏罢荔枝贡。

别　赋

江文通《别赋》起云:"黯然销魂者,惟别而已矣。"乃赋中绝调。后惟王子安仿之,作《采莲赋》云:"非登高可以赋者,惟采莲而已矣。"调虽相似,情韵则不逮矣。

温 八 吟

王定保《唐摭言》谓:"温庭筠烛下未尝起草,但笼袖凭几,每赋一咏一吟而已,故场中号为'温八吟'。"孙光宪《北梦琐言》谓:"温庭筠才思艳丽,工为小赋。每入试,押官韵作赋,凡八叉手而八韵成,时人号'温八叉'。"今人征典但知有"八叉",罕知有"八吟"矣。

陶渊明祠堂记

陶渊明《五柳先生传》、《归去来辞》,皆有悠然自得之趣,视矫世绝俗之士,相去悬殊。后世但知其人品之高,卓越千古,即史氏亦仅以隐逸目之。惟宋罗端良愿《祠堂记》最能得其品谊之实。其略云:"渊明生百代之后,独颓然任实。虽清风高节,邈然难嗣,而言论所表,篇什所寄,率书生之素业,或老农之常务。仕不曰行志,聊资三径而已;去不曰为高,情在骏奔而已。饥则乞食,醉便遣客。不借琴以为雅,故无弦亦可;不因酒以为达,故把菊自足。真风所播,直扫魏、晋浇习。"又云:"在县日浅,事虽不具见,然初不以家累自随。送一力助其子,而慈祥缱绻之意,与视俨等不殊。只此一语,便可祠之百世。迹其求邑,虽指公田为酒之利,然来去以秋冬仲月,非播植之时,而《传》遽有种秫之数。又督邮小儿,虽不束带向之,固自未害,不足遽用是日决去留也。此为未深知渊明者。"端良此文及《淳安县社稷坛记》,甚为朱子所称,盖以持论之独精也。

四 三 杨

阳湖赵云松观察翼《陔余丛考》谓:"史有三'三杨',乃晋杨骏、杨珧、杨济,唐杨凭、杨凝、杨凌,明杨士奇、杨溥、杨荣也。"按《元史》,杨湜,稿城人。与中山杨珍、无极杨卞齐名,时人有"三杨"之目,是有四"三杨"矣。

唐 骈 体 文

《新唐书》不录骈体文,然亦间书一二。如骆宾王为徐敬业作檄斥武后罪云:"一抔之土未干,六尺之孤安在?"于公异为李晟作《平朱泚露布》云:"臣既肃清宫禁,祗奉寝园,钟簴不移,庙貌如故。"封敖为武宗作诏书慰边将伤夷者云:"伤居尔体,痛在朕躬。"又草《李德裕定策功进太尉制》云:"谋皆予同,言不他惑。"李德裕为武宗诏王元逵、何宏敬伐刘稹云:"勿为子孙之谋,存辅车之势。"是皆唐人骈体文中精粹语也。

秦　殿　撰

嘉定秦簪园殿撰大成，事母纯孝，先意承志，母稍不悦，则长跪请罪。家贫，躬啖藜藿，奉母必甘旨。尝续娶某氏女，婚夕，女泣不止，询知已有夫，父母以其贫，逼改嫁。急招其夫至，令即夕成婚，以奁具赠之。迨乾隆癸未，春闱报捷，房师戴太史第元见其字甚劣，谓之曰："子字仅可三甲，速学焉，或可望二甲耳。"乃昼夜临池，功日进，比殿试对策，字益工。先是诸城刘文正公统勋阅卷，已定长洲褚廷璋第一，同郡某素有隙，语文正云："外间早已迎新鼎甲矣。"公勃然曰："岂我亦有弊乎？"遂以十一卷至二十卷进，而改置一卷至十卷于后，秦竟大魁多士。岂非德行格天，有此美报耶！

汉口竹枝词

余姚叶茂才调元《汉口竹枝词》三百首，述人情风土，俚语居多。其赋《后湖词》有云："散步人来远市阛，一回心境得宽闲。眼光直到天穷处，夕照黄陂数点山。"笔意独俊逸可喜。

王　伯　厚

陆子元《声隽》载："宋鄞人王某，以贩马为业，畜一猕猴。其妻夏日醉卧，猕猴与之合，醒后知之，大恚，杀猕猴。自是有娠，生二子应麟、应龙，厥状肖焉。是殆谓伯厚昆季也。"按：伯厚之父名撝，登进士，官至朝请大夫、吏部郎中。家世仕宦，安得有贩马之事？伯厚弟应凤，非应龙。其生也后伯厚八年，特与之同日耳。伯厚生于嘉定十六年七月二十九日。褚氏《坚瓠集》乃备采其说，不为考正，讹以传讹，岂非诬蔑前贤耶？

孤山梅石图

滇中大理石象物赋形，最称异品，其大者尤为难得。阮文达公由云贵总督入都，以《孤山梅石图》石赠林文忠公，时为江苏巡抚。林谢简云："荷琼瑶之宠锡，真过百朋；欣水墨之纷披，须论万里。惟此烟云吐纳，本苍山灵秀之钟；况乎树石萧疏，绘孤屿横斜之影。忆杭郡久开节钺，即逋仙亦在绵缀。当年揽胜名区，探梅寄兴；此日系怀旧部，琢石成图。割翠绿之千重，肖丹青之一幅。登诸棐几，恰疑鹫岭飞来；障以湘帘，似有鹤声远至。出婵嬛之仙馆，清供弥珍；惭和靖之宗风，俗尘难浣。"于此想见老辈风流，虽赠答间，亦有雅人深致。

诸葛丞相祠联

蜀诸葛丞相祠联云："日月同悬出师表，风云常护定军山。""兴亡天定三分局，今古人思五丈原。""已知天定三分鼎，犹竭人谋六出师。"语皆可传。

蔡　学　博

诸暨蔡东轩学博英，举乾隆丁酉孝廉，司训江山县二十余年，以扶植人伦为己任，兼留心于民瘼。岁饥，劝各大姓于宗祠输粟平粜，嗣是歉岁则踵行之，全活无算。后以老病乞归，自庠门达水次，饯送者数百人，咸歔息曰："好官去矣！"卒祀名宦乡贤祠。著有《俟采副草》，立言皆平易笃实，有功名教。其《论名》云："世有忠臣孝子，而其后不昌，人以为不获其报。不知名者，造物之所宝，忠孝而受大名，则已厚报之矣。若其后复昌，是犹称贷者之偿其本而加以息也。且人世美名，易浮乎实。苟好名而实不相副，即为盗名。名之盗，天之贼也，得免诛遣幸矣，尚冀后嗣之必昌乎？故古人以名胜为耻，余以为名胜则更可惧。惧之奈何？绝去沽名念而勉为其实，则可矣。"又《与从任翀书》云:“以我病躯,居此闲官,而犹不自暇逸,闻者必笑为愚。然每观得美名而其实不副者,后多不昌。盖名为造物所宝,窃而得之,必干天谴。我自到此,外间以虚誉相推,其实于人无所裨益。吃此地饭,用此地钱,而又谬被佳名,返己自思,时深警惕。故凡职分所可为,而有关公事、有益地方者,皆欲尽心力而为之,不敢苟且,不敢偷安,均此畏心愧心耳。”观此,可想见其孳孳力行,不求人知之实学。

原

《日知录》谓:“元者,本也。本官曰元官,本来曰元来,唐、宋人多此语。后人以‘原’字代之,不知何解。原者,再也。《易》‘原筮’、《周礼》‘原蚕’、《文王世子》‘末有原’、汉‘原庙’之‘原’,皆作‘再’字解,与本来之义全不相同。或以为洪武中,臣下有称元任官者,嫌于元朝之官,改此。”余按:《孟子》“则取之左右逢其原”、“原泉混混”;《汉书·董仲舒传》:“道之大原出于天。”《司马相如传》:“尔狭游原。”皆作本字解。《易》:“原始要终。”原谓寻其本也。然则改“元”为“原”,正未可议矣。

自呼其名

鸟兽自呼其名,见于《山海经》者甚多,皆非世所常有。其见于他书者,禽则有鸮、有鸦、有鹅、有脊令、有鹧鸪、有鹎、即鹭。有鳦、即齐燕人呼为鳦,盖取其名自呼。有鸭。虫则有蛤蚧、有庞蜂。原其始,人特因其鸣声而命以名,后遂以为能自呼其名。凡禽言如布谷、脱布裤等,皆若是也。

当

邝湛若有《前当票序》、《后当票序》,全谢山《春明行箧当书记》述之,因谓《六经》、《三史》无有“当”字。按《后汉书·刘虞传》:“虞所赍赏，典当胡夷。"注："当，丁浪反。"是"当"字所自始也。

勺 药 椒

勺药，香草也，而赠之于相谑之日。椒，芳物也，而贻之于馨迈之时。人泪其情，物亦违其用矣。世之治也，礼教隆而妇职修，草木皆得其所。《周南》所以次《采葛》，《召南》所以次《采蘩》也。

实 来

《春秋》："桓六年春正月，实来。"三传皆以为州公自曹来，惟胡传以实为州公之名，且推衍诸侯失地名之义，谓迫乎大国而失国者，非其罪也，可以诸侯之礼接之。若不能修道以正其国，自底灭亡，如蔡献舞、邾益、曹阳、州实之徒，则待之以初，乃礼之过也。以今考之，蔡献舞、邾益、曹阳之失国，传皆详载其事，独州公不书见灭于何国。且《左传》以为度其国危，故不复，则其为人，当犹能量力度德，而不至于恣肆妄为。似不当于无所证据之事，加以罪名，至与蔡献舞等同科也。

甲申十九忠臣

甲申十九忠臣，附以孟章明为二十。南都又益以陈侍御纯德。世祖赐谥，独无纯德。黄梨洲征君以甲申之难，侍御在俘戮之列，而杂入之，意者以此不预乎？余按《明史》本传不言俘戮，惟云："都城陷，贼下令百官以某日入见，众摄纯德入。还邸恸哭，遂自经。"因考范文忠公以下二十人，皆闻变即时致命，而侍御独死于入见之后，此所以不得谥也欤？

申时行王锡爵

赵用贤以苏、松、嘉、湖诸府财赋敌天下半，民生坐困，与进士袁黄商榷数十昼夜,条十四事上之。申时行、王锡爵以为吴人不当言吴事,调旨切责,寝不行。甚矣其悖也!夫申、王亦吴人为大臣者,道在泽民,况乡邦疾苦,尤当力为拯救,乃反加以谯让而沮之,是诚何心哉!二人之不得为良臣,即此可见。又吴中白粮为累,民承役至破家。给事中张栋请令出资助漕舟附载,申时行、王锡爵绌其议,见《李献可传》。

韩 文 公 庙 碑

阳湖恽子居大令敬《潮州韩文公庙碑》文云:"公之辟佛,辟于极盛之时;宋人之辟佛,辟于既衰之后。宋人之辟佛,以千万人攻佛之一人;公之辟佛,以一人攻为佛之千万人,故不易也。"可为名言至论。

慎 枢 公

先祖慎枢公讳琛,乌程庠生。居室在承寿堂南偏之楼,因号南楼。少秉异质,读书过目成诵,作诗文千言立就。尝与友人泛舟里中,自南栅浮澜桥至北栅白娘子桥,凡九里许。默识两岸人家招帖,归书于册,覆之一字不讹,友大惊服。与本生先祖秋畦公为再从兄弟,友爱甚笃,卒年仅二十有九。秋畦公哭之恸,后遂以先君子嗣之。公诗稿甚多,惜皆散佚。今搜辑七首列于篇,其采入《两浙輶轩录》、《湖州诗录》者不复载。《游飞来寺登峡山》云:"禅林开绝胜,山路转清阴。一径苍苔滑,千峰花雨深。梵声通鸟语,云气满衣襟。好向风泉侧,琮琤写玉琴。"《清远早秋》云:"卷帘官阁惜淹留,风景萧闲及早秋。王粲生平最多感,无穷心事在登楼。"《自赣州来逆风寒雨日行不过二十里闷甚作诗》云:"高林纷落叶,密篆丛寒烟。赣江三百里,风雨滞归船。"《归兴》云:"薄晚林峦秀色,日斜村落微红。我与沙鸥有约,归舟又及秋风。"《晚过七姑祠》云:"夕阳江上七姑祠,肃肃灵风挂桂旗。无限好山似云髻,蘋花香外影离离。""一样青山窈窕妆,不将眉黛嫁彭郎。到门几曲青溪路,落日清风桂馆凉。"《衢州两岸人家皆

种橘为业丹黄万树诗以赏之》云："秋林霜重熟黄柑，胜日行吟兴倍
酣。满眼西风筇步镇，挂帆何异洞庭南。""水缩烟寒橘柚村，千林金
弹压柴门。两年灯火天涯梦，记擘新黄对酒尊。"_{秀水高均儒填讳。}

汪　子　黄

秀水同年汪子黄孝廉焘，天才颖异，英气逼人，书法秀挺，诗亦清
俊。道光壬辰秋试后，潜入贡院观填榜，见己名在十三，赋诗云："广
寒宫阙异人间，防卫森严昼掩关。亲见上真注名姓，居然身到列仙
班。"癸巳会试，因其叔寅禾太史世樽分校，回避不与试，赋诗云："五
云缥缈阻仙津，书剑萧然客邸春。怕向黄金台下过，落花三月作归
人。"乙未闱后，留寓都中，旋于丙申正月病卒。诗稿散失，今记忆所
及者，惟此二首，急录之以拟吉光片羽。

鸳 鸯 湖 棹 歌

吾乡自竹垞太史赋《鸳鸯湖棹歌》后，继作者数十家，虽品格各
殊，而风致皆可玩味。道光辛丑，南海罗萝村学使文俊试禾郡士，
复以命题，所取佳作，亦有足步武前贤者："裴公岛上柳毵毵，细浪
三篙已涨蓝。毕竟诗人名不灭，踏云独访芋香庵。"_{秀水汪韩度。}"宣
公桥畔水潆洄，三影亭前去复来。唐代文章元代曲，劝郎还上读书
台。"_{秀水蔡之沅。}"水边水鸟尽双飞，和雨和烟立钓矶。郎向分湖抛
妾去，妾从合路载郎归。"_{海盐沈炳垣。}"百里官塘日往还，陡门西去玉
溪湾。看看两岸田如罫，平望南来不见山。"_{石门程禧。}"甲粲乙黍更
亲桑，民到于今颂越王。试向天文觅牛女，便知耕织万家忙。"<sub>桐乡金
鹤清。</sub>

戚　公　饼

吾浙市肆所售光饼，以戚少保继光兵间遗制得名。瑞安项雁湖

文学霁以为宜避少保之名,改称"戚公饼",作诗纪之。有云:"孔类缗钱形,唥解连环结。携来肉串县,穿作鱼贯密。"文学幼耽吟咏,长弃举业,专意攻诗,中年下世。其弟几山学博傅霖,编其遗诗曰《且瓯集》付刊。余最爱其《夜舟入郡橘花作香二十里不断》绝句云:"碧流如玉驾扁舟,树影离离夜气秋。新月一钩花两岸,水香扶梦到温州。""温州"二字,鲜有入诗者,此独擅长。

地 有 湖 山 美

乾隆丁酉科,彭文勤公主试浙江,以"地有湖山美"为诗题,得"梅"字。盖本宋真宗赐梅挚守杭州诗"地有吴山美,东南第一州"也。"吴"误作"湖",公自请议处罚俸。然自是文人学士,遂以"湖山有美"作诗料。盖公负一代盛名,言可为典,且改"吴"作"湖",句法尤浑括而有味也。

文 字 之 鉴

乾隆时,吾乡叶氏家业隆起,作堂颜曰"养浩",自后家中人死亡相继。有善测字者,指扁字曰:"叶为羊食,又值牛口,焉得全?"急毁去之,乃安。余考刘绩《霏雪录》载张乘槎能以拆字言吉凶。洪武初,参知政事刘公某、王公某莅任浙江日,改拱北楼为来远楼,槎往视之,曰:"三日内主哀丧之事。"如期,王公母夫人病卒,刘公以历日纸边坐法。王公延槎问故,槎曰:"来者,丧字形;远者,哀字形。旁二点相续者,泪点也。"公命槎易之,乃为镇海楼。此等解晰字义,真非寻常智虑所及。复按陆俨山深《豫章漫钞》,载其郡中谯楼,太守题扁曰"壮观"。同知王卿,陕西人也,见之忿然曰:"何名'壮观'?自我西音乃'赃官'耳。"又绍兴郡斋厅事扁曰"牧爱",戚编修润谓太守曰:"此可撤去,我自下望之乃'收受'字也。"形声近似之际,可与宋人"德迈九皇"、"克长克君"等语,同为文字之鉴。

陆费中丞诗

吾邑陆费春帆中丞璟,由明经起家县令,历官至湖南巡抚。自幼即耽吟咏,在长沙节署时,筑校经堂课士,尝以《湘江竹枝词》命题,自赋十二绝,极玄邈悱恻之致。录二首于此:"斑竹涓涓泪尚零,望湘亭上吊湘灵。孤篷听雨巴陵岸,一夜愁心满洞庭。""三十六湾芦荻秋,飞花如雪扑郎舟。请看今夜湾湾月,双宿鸳鸯已白头。"

桑 水 部

杭州桑弢甫水部调元游五岳归,题联书室云:"六经读罢方持笔,五岳归来不看山。"其为塾师时,先命徒读经,背诵如蒙童,经熟始教以文法。选天、崇文二十六篇,详加评语,令熟诵之,以是登科第者甚多。绍兴某名士经术湛深,而文格重钝,不利于试,年逾四旬,犹困场屋,因受业于门。桑阅其文,曰:"病已深矣。"悉屏其所习文,戒勿寓目。授以曹垂灿进士《君子之至于斯也》文,令专诵三月,始课作文。迄一年,诵曹作已数万遍,竟易重钝为轻灵。乃曰:"此后惟子所诵,投无不利矣。"次岁即举乡闱,联捷成进士。

张 长 清

吾里张长清负异才,制艺高卓。四十余岁始入泮,首题"夫子不答",破云:"天道有应而不应,圣人不对而亦对也。"次题"仲尼祖述尧舜",有云:"三代以上,道在尧、舜;三代以下,道在仲尼。尧、舜者,中天之仲尼;仲尼者,春秋之尧、舜也。"传诵一时。未几即卒,无子。才士之厄甚矣!

陶 太 守 联

吴县陶太守庆增,以翰林起家,道光己亥科为浙江副典试,所取多知名士。己酉岁,于济南府任所丁母忧,哀毁过甚,肝气疾剧而卒,年仅四旬,其父犹在堂也。殁时自挽联云:"死而有知,应喜慈亲仍聚首;生何所恋,长离老父独伤心。"闻者莫不悲之。

两 浙 校 官 集

上虞许庽生教授正绶,司铎湖州,选国朝两浙校官之诗、古文辞,编集付梓,作征刻启,分贻同志。有云:"二百年之文献,不薄冷官;十一郡之典型,无轻前辈。"其诗集于咸丰初告成,虽采辑未遍,而发潜阐幽,琳琅满目,亦足为寒毡生色。

郭 频 伽 诗

吴江郭频伽明经麟,少有神童之目,一眉白于雪。屡试不售,橐笔江湖,诗名噪一时。所著《灵芬馆集》,气骨清隽,洗净俗尘。余最爱其言情之句,摘录于此。《西湖春感》云:"二月落花如梦短,一湖春水比愁多。"《汶上道中却寄载园》云:"岁月不多须爱惜,功名无定且文章。"寄《寿生独游》云:"狂因醉后轻言事,穷为愁多废著书。"《梦中得句》云:"忧果能埋何必地,人犹难问况于天。"《雪持表弟至杭得家中书赋赠》云:"此地逢君同是客,故乡如我已无家。"《客中饮酒》云:"身世不谐偏独醒,饥寒而外有奇穷。"

四 子 书 说 约

舅氏周古轩先生翰,志行醇笃,无愧古人。生平无他嗜好,惟研精经书,深探理奥,著有《四子书说约》、《易庸春秋集义》诸书。《说约》尤为精粹,间有与朱子《集注》异者,自谓非敢矜奇,惟求归于至当,以阐明圣道而已。谨为摘录于左。"仪封人"章云:"封人一见夫子,而即相称如此,其德亦可知矣。夫子之周流删定,正是设教致治,不必待得位而后见也。故《中庸》言'大德者,必受命',

亦不必谓身为天子而始言受命。若夫子承先王之道统,立万世之人极,凡有血气者,莫不尊亲,非受命而何?故曰:'天之将丧斯文也,后死者不得与于斯文也;天之未丧斯文也,匡人其如予何?'天命之笃于夫子也,盖已久矣,岂得以势位言之哉?其曰'天将以夫子为木铎',彼谓天生夫子,正以垂教天下万世,不必以位之得丧而患之。将,殆也,拟议之辞,非谓将来也。若以得位言,则封人之言不验矣。""子在川上曰"章云:"水有原则其流不息,道有本则其用不穷。观其逝之万殊,而知其来之一贯。夫子欲学者小德之川流,以悟大德之敦化,告诸往,欲其知来也。夫往,至费也,来,至隐也。往之费,人皆见之,而其费必根乎来之隐,则惟知道者乃能知之。盖道必有本,本立则道自生,而其逝自不舍昼夜矣。学者见水之不息,而不知道之不息,知道之不息,而不知道之所以不息,此夫子所以寄慨无穷也。岂徒无间断之意哉?孟子告徐子说,乃此章正解。""棘子成"章云:"夫子谓'文质彬彬,然后君子',即是文质相等之意,则子贡之言未为失也。盖文阳质阴,阴阳不偏胜,而后得中可久耳。惟质为近本,夫子有宁俭毋奢之说,子贡所以先以君子称之,而后救其失也。"

王忬杨选

王忬为蓟辽总督,把都儿、辛爱数部将西入,声言东。忬遽引兵东,寇乃以其间由潘家口入,渡滦河而西,大掠遵化、迁安、蓟州、玉田,驻内地五日,京师大震。忬遂被逮,死西市。杨选为蓟辽总督,辛爱与把都儿大举,自墙子岭、磨乃峪溃墙入犯,京师戒严。选遣副将胡镇等御之,不胜。寇留内地十日始北去。初,谍者言寇将窥墙子岭,部檄严待之,而三卫为寇导者,绐选赴潘家口,以是寇势乃张。选遂坐死,戮于市。余按二人之见怒于世宗者,虽不仅因此事,然即此事论之,已足见其防御之疏,被谴实咎所应得。吁!有主兵之责者,其于知彼知己之术何可忽哉!

六世之字命名

晋、宋间人命名，往往数世同用“之”字，而惟王氏为独多。人皆知王羲之、献之、靖之、悦之四世以“之”字命名，不知有六世相同者，如王廙之、胡之、茂之、裕之、瓒之、秀之，及彪之、临之、纳之、准之、舆之、进之，其名皆载在史册。

三　　邦

《禹贡》“三邦”，颜师古谓“荆州界，本有蛮、荆、楚三国，致贡菌簵、楛，其名称美也”。此说胜于诸家。毛晃以为“《春秋》书‘荆人来聘’，即楚人也。《诗》称‘因时百蛮’，蛮非一国之名。谓蛮、荆、楚为三邦，恐非经意”。余谓蛮、荆、楚皆属荆州之域。毛氏云“荆即楚人”，然安知非当禹之时本为二国，逮后始为楚并，如春秋之晋分为战国之梁，而梁亦可称晋耶？蛮虽有“百蛮”之称，然《礼记·明堂位》又言“九蛮”，《周礼·职方氏》又言“八蛮”，《诗·蓼萧》序注又言“六蛮”，则“三邦”之所云蛮，亦何不可指为一国欤？

古　今　字　义

字义有行之今而古未备者，如“寺”字，古作官府解，不指僧寺也。“兵”字，古作兵器解，不指兵卒也。“字”字，古作抚字解，不指文字也。有行之古而今不用者，如毒兼善恶，祥兼吉凶，落兼始终，臭兼香臭，诞兼信诞，乱兼治乱之类。又如下事上亦言慈，上规下亦曰谏，贵贱皆称朕，生死皆称讳，男女皆称僮。如此之类，古之异于今者，不可悉数。

樊　绍　述

樊绍述《绛守居园池记》，如“涎玉沫珠”、“瑶翻碧潋”、“崀眼颒耳"、"提鹍挈鹭"、"风月灯火"之等句,奇隽可讽。又如"万力千气"、"苍官青士",后世多引用之。其余大半艰涩,虽有诸家注释,未能尽析其旨。吴居正谓昌黎盛推绍述,谓其词必己出,不烦绳削而自合,文从字顺,则其他文殆不尽若此矣。余按《唐·艺文志》,《樊宗师集》二百九十一卷,今皆不传,所传者仅此记与《绵州越王楼诗序》,岂真人情好奇,转以奇而得传欤?

曾 子 闵 子

圣门以孝称者,曾子、闵子。曾子被杖于父,闵子见疏于后母。盖惟境处乎变而能尽子职,为人之所难为,斯为孝之至。"疾风知劲草,板荡识忠臣",其是之谓欤!

师

古之为师也以道德,降而托之于经术,如田氏之授《易》、孟氏之授《礼》是也。降而托之于辞章,如韩子《答李翊书》、柳州《答韦中立书》是也。又降而托之于举业,假以为利禄之资,则师道衰而学术益替矣!有志世教者,当思所以救之。

开 城 门 却 敌

诸葛孔明以万人屯阳平,司马懿率二十万众至前,士失色,乃大开四城门,扫地却洒。懿常谓孔明持重,而猥见势弱,疑有伏兵,于是引军北趋山。此计盖不独孔明也。

汉李广尝以百骑却匈奴数千骑。又元铁哥从征乃颜,其党塔不歹率兵奄至,铁哥谓:"彼众我寡,当设疑以退之。"于是帝张曲盖,据胡床,铁哥从容进酒。敌按兵觇之,惧有伏,夜遁去。夫匈奴、塔不歹等固可以疑沮之,司马懿智谋素优,使为尝试之计,分二十万众之二三以击之,则阳平之城可得矣,岂孔明之谨慎而敢出此?此事见郭冲三事，裴世期驳之是也。

龟 策 列 传

《五经》中《诗》皆用韵，《周易》、《尚书》、《礼记》、《左传》亦各有韵语。子则《荀子·成相篇》全用韵。至以叙事之文而为此体者，则惟《史记·龟策列传》。此篇为褚生所补，其叙宋元王得龟事，二千八百余言皆用韵语。语多悖妄，《索隐》、《正义》讥其烦芜鄙陋，《史通》以为无可取，信不诬也。

文家操纵之笔

文家操纵之笔，太史公最为擅长，有以一句纵，一句操，而于一篇之中屡见之者。试以《鲁仲连列传》证之，曰："吾始以君为天下之贤公子也，吾乃今然后知君非天下之贤公子也。"曰："吾视居此围城之中者，皆有求于平原君者也；今吾观先生之玉貌，非有求于平原君者也。"曰："梁未睹秦称帝之害故耳。使梁睹秦称帝之害，则必助赵矣。"曰："始以先生为庸人，吾乃今日知先生为天下之士也。"曰："与人刃我，宁自刃。"曰："吾与富贵而绌于人，宁贫贱而轻世肆志焉。"此皆以两句自为开合之法也。

裴 行 俭

裴行俭兼文武才，用兵无不胜，其法不外诡谋诱敌及用反间而已。突厥伏念来降，行俭谓"受降如受敌"，敕严备，亦以防其诡也。使珲瑊知此，何至为尚结赞所劫哉？

嵇 封 翁

无锡嵇留山封翁永仁，客范忠贞公幕中，耿精忠叛，与忠贞公同被系,三年遇害。狱中作《百苦吟》、《和泪谱》、《续离骚》,寄友人收藏之。题诗云:"此身若遂沉沦死,留与寒家子弟看。"后其子文敏公曾筠并其遗集汇刊之,世所传《抱犊山房集》是也。方公殉难时,文敏公甫七岁,其室杨太夫人守志抚孤,备尝艰苦。后公入祀忠义祠,太夫人举节孝,特旨旌门,子孙文恭公璜。相继入相。天之报施,亦云至矣。

西 青 散 记

金坛史梧冈教授震林《西青散记》,多托为神仙幽渺之辞。最爱其讽世之语,隽而不腐,胜读劝诫陈言。"一生有可惜事:幼无名师,长无良友,壮无善事,老无令名。贫贱人可惜者二:面承唾,为求利;膝生胝,为求荣。富贵人可惜者二:临大义,沮于吝;荷重任,败于贪。聪明人可惜者三:妄讥议,谓之薄;自炫奖,谓之骄;怀愤激,谓之躁。豪侠人可惜者三:助凶人,得暴名;挥泛财,得败名;纳庸客,得滥名。"又云:"才子罪孽胜于佞臣。佞臣误国害民,数十年耳。才子制淫书传后世,炽情欲,坏风化,不可胜计。"

陆 太 常

嘉兴陆徼岩太常绍琦,康熙己丑进士,以词林起家。督学广西,以其地去中土远,内杂夷獠(僚),不能尽知功令,罹罪至死,迷不得悟,乃奏请诸生诵习律令,得旨通行,著为令。临殁,手书训子,自述生平不妄交一人,不妄为一事,不妄取一钱。闻者许为实录。

吴 集 潭 孝 廉

仁和吴集潭孝廉光昇,大兴朱竹君学士筠之师也。为学根柢经史,试礼部不第,年过七十,赐学正衔。其辛未会试"舜之居深山",一节文结曰:"是以古之圣人,其静也如山,其动也如水。"主司孙文定公以示同考，或曰："结无'之、乎、者、也'字，不当中式。"遂乙。庚辰"既而曰"四句文，有曰："祸重于地，莫知之避。"同考斥之。辛巳文已中式矣，主司指摘字句，谓"大夫曰何以利吾家"文有"簠簋不饬"等语，又斥之。学士作哀辞，中云："言必有出兮，如己出而。聋耳骇兮，目眩而噎。何必僻书兮，转喉触颐。周经谊语兮，金谓余欺。予以勒帛兮，乙而罢之。静动山水兮，语以重遗。昔孙文定兮，执卷而咨。莫为先容兮，遭按剑疑。文工遇拙兮，不偶而奇。"盖指此也。

文信国公四六

文信国公诗文秉正气而成，雄绝一代，四六亦工。集中载《山中厅屋上梁文》，有云："未问君王，便比赐鉴湖之宅；何须将相，方谋归绿野之堂。"又《五色赋记》，言唐谢观《白赋》云："晓入梁王之苑，雪满群山；夜登庾亮之楼，月明千里。"寇豹《赤赋》云："田单破燕之日，火燎于原；武王伐纣之年，血流漂杵。"更仿之作《黑赋》曰："孙膑衔枚之际，半夜失踪；达摩面壁以来，九年闭目。"客绝倒。一客赋黄曰："杜甫柴门之外，雨涨春流；卫青塞马之前，沙含夕照。"一客赋青曰："帝子之望巫阳，远山遇雨；王孙之别南浦，芳草连天。"因反观前作，惟"月明千里"得白之神，曰雪、曰火、曰血，皆著迹。且"漂杵"是武王一处事，"燎原"与田单不相干。一客改之曰："尧时十日并出，烁石流金；秦宫三月延烧，照天烛地。"一客又曰："'夜登庾亮之楼，月明千里'如何对？"或对曰："秋泊袁宏之渚，水浸一天。"此虽游戏笔墨，亦可见公于斯道，曾殚钻研之功也。

希踪靖节

明何涛为安庆推官，到官三日，吏白当伏谒监司，涛觑蹙曰："非吾所能。"即弃官去。陈庸为荆门州同，莅任五日，不能屈曲，即解官，杜门不入城郭。此皆能希踪靖节者。

四库全书表文

乾隆四十八年,编纂《四库全书》告成,进呈表文系献县纪文达公昀所撰,刊入全书卷首,公遗集中亦编入焉。公门人长沙刘相国权之跋其后云:"《四库全书》开馆,吾师即奉命总纂,自始至终,无一息之间。不惟过目不忘,而精神实足以相副。经手十年,故撰此表,振笔疾书,一气呵成。而其中条分缕析,纤悉具备,同馆争先快睹莫不叹服。总其事者,复令陆耳山副宪锡熊、吴稷堂学士省兰合撰一表,属吾师润色,终不惬意,仍索吾师所撰表,列名以进。高宗纯皇帝谓:'此表必纪某所撰。'遂特加赏一分,咸惊睿照之如神也。"按《全书总目提要》二百卷,亦公所撰。说者谓公才学绝伦,而著述无多,盖其生平精力,已毕萃于此书矣。

虞 凤 娘

明义乌虞凤娘姊嫁徐明辉而卒,明辉闻凤娘贤,恳其父,欲聘为继室。女知,泣谓父母曰:"兄弟未尝同妻,姊妹可知。"父执不听,女绝口不言,自经死。余谓女之死,徒以伤亲之心。史传载之,岂但以其志之洁,为末俗所难能,而书以示风欤?

华 歆

《后汉书·伏皇后纪》载曹操逼帝废后,以华歆为郗虑副,勒兵入宫,收后下暴室。歆于灵帝时已举孝廉,官郎中,而敢于凌虐帝后,不臣甚矣!乃《魏志》称其"清纯德素",《晋书·华表传》亦称歆"清德高行",是岂得为直笔乎?

木

五行之系于八卦也,木居其四,以天地发育之气始于木也。木生于春而行于东方,故属之巽。其兼及坎、离者,坎为水,水,生木者也;离为火,火,木所生也。艮则当冬春之交,万物之所成终而成始,故亦取象焉。

家　　礼

翁一瓢森《四时读书乐》,朱柏庐用纯《家训》,世人以为朱子所作,此其误犹可言也。至《家礼》一书,疏谬甚多,乃后人依托以传者,流俗信而用之,何也?

埤　　雅

《诗经》咏马二十六种,《埤雅》所载者十三种:鸨、骐、駉、骆、白颠、骧、骒、黄、骃、骊、驳、骒、驹。惟骒不见于《诗》。《埤雅》所不载者,亦十三种:骊、骄、皇、雅、駓、驿、骕、骝、骓、骏、骥、鱼、骐。陆农师固深于《诗》者也,凡释鱼、兽、鸟、虫、马、木、草、天二百九十六条,引《诗》者乃有二百十条。

蜡　　烛

《礼记》"烛不见跋"注云:"古未有蜡烛,惟呼火炬为烛。火炬照夜易尽,尽则藏所然残本。"按:《西京杂记》"寒食禁火日,赐侯家蜡烛",韩翊诗所谓"日暮汉宫传蜡烛,轻烟散入五侯家"是也。观此可知当时民间尚未有蜡烛,则烛之用蜡,或始于汉。《物原》谓"成汤作蜡烛",恐未足据。

冯文介公

仁和冯文介公培元,少孤贫,母何太淑人自课之。性聪颖而劬于学,为文不起草,伸纸立就。精楷法,落笔迅敏,乡会试中式,全卷无添注涂改字。殿试副本亦真书，皆从来所罕有。道光甲辰，以第三人及第，历官光禄寺卿。咸丰壬子，督学湖北，十二月武昌府被陷，公入署后园古井殉节，年仅四十。事闻，赠侍郎衔，赐谥文介。公为诸生时，肄业崇文书院，见知于掌教胡书农学士敬，课作多刊行。如《老兵》云："万里秦时月，苍茫出塞尘。余生髀有肉，独戍胆包身。倦羽三更雁，寒衣百结鹑。建櫜无底事，中外一家春。"《课读声》云："勖来勤业坐萧辰，膝下娇儿喜最驯。传授范滂苏学士，经诒韦逞宋夫人。青毡寂寂遗编在，纱幔依依问字频。记得芸窗占毕处，尚留余韵乐慈亲。"《西湖采莼曲》云："门外波光碧似油，翠罗衫子卸珠楼。杨丝柔弱莼丝滑，一样相思两样愁。"皆为士林传诵。兼工墨梅，画辄题其上，得者珍为三绝。

廖少司农

将乐廖莲山少司农腾煃，以孝廉起家，宰休宁，擢御史，历官卿贰。康熙乙酉主试江南，赋诗有"承命重惊山岳负，焚香虔矢帝天临"。榜发，尽孤寒知名士，群情悦服，下第者亦洒泪追送江浒。按：国初主试，恒有由举人出身者，雍正时犹然。如元年云南主考鄂文端公尔泰，时官员外。二年湖北主考蔡仕舢、四川主考许隆远是也。此后则罕有矣。

诗品

钟记室《诗品》，自汉迄梁百三人，别本一百二十二人。上品十一人，中品三十九人，下品七十二人。汉七人，魏十一人，晋三十八人，宋二十六人，齐三十人，梁十人。汉四百余年只得七人，宋、齐以下仅百年而得六十余人。盖五言之学，六朝始盛，抑略于远而详于近，理则然也。惟同时昭明太子《文选》诗六十二家。《诗品》所述者五十一人，韦孟、束皙、应贞四言，张衡七言，既不列于品，若汉之苏武、应玚，晋之卢谌、司马彪、王康琚，宋之徐悱、刘铄，皆以五言著称，乃亦见遗,然则所取殆犹未备欤?又如以刘桢列上品,陶潜列中品,徐幹、阮瑀列下品,品第违失,昔人多议及之。然其铺观列代、撮举同异,实能推究渊源,阐明旨趣。且百余人之诗,今不尽存,尚赖此以流传,俾得考见得失,诚于诗教有功,可为后学之津梁也。

陈 云 伯

钱塘陈云伯大令文述,少负才名,后以乙科出宰。由皖之吴,所至有惠政。补官江都县,前令以迎送为事,积案盈万。陈初至,署听事曰:"勤补拙,俭养廉,更无暇馈问送迎,来往宾朋须谅我;让化争,诚去伪,敬以告父兄耆老,教诲子弟各成人。"乃排日讯断,不逾年而积牍以清。诗长于歌行,才藻富有,雄视一时,近体亦韶秀风华。著有《颐道堂集》行世。五言如"百花承辇路,片月下宫墙"、"疏星江浦树,残月海门潮"、"翠落中峰瀑,青横太古苔"、"阑干花四面,楼阁树中间",七言如"雁外晚钟横白塔,烟中寒月上朱楼"、"水榭微波秋落叶,江楼斜月夜闻箫"、"落花到地飞还起,芳草如烟踏更生"、"奇石涌云临水立,寒泉漱雪隔花飞"、"地因久住艰言别,人为多情易写愁",皆妙。

谥 文 成

谥文成者,汉张良,晋郗鉴,宋殷景仁,唐卢怀慎,南唐晋王景遂,明刘基、王守仁。张良、刘基、王守仁为不愧。本朝制国书大臣达海、额尔德宜及乾隆时大学士阿桂谥文成。

露 筋 祠 诗

王阮亭尚书《题露筋祠》诗云:"翠羽明珰尚俨然,湖云祠树碧于烟。行人系缆月初堕,门外野风开白莲。"论者推为此题绝唱。按:米襄阳《露筋祠碑》云:"神姓萧,名荷花。"诗不即不离,天然入妙,故后来作者皆莫之及。

功　令

言举业者，必恪遵功令，不敢旁采他说，立异求胜，即笺疏家言，亦有从之而见黜者。嘉庆戊寅恩科浙闱三题"民事不可缓也"至"亟其乘屋"，归安名宿杨拙园知新主"夜作绞索以待明年蚕用"立说，房官呈荐，主司谓"此说若有所本，当入选，否则恐遭磨勘，吾不任其咎也"。房官乃遍搜《孟子》诸家注释，并无此说，杨竟被黜，而不知本《毛诗》中孔疏，非僻书也。又乾隆间李学使潢岁试嘉郡，经题"隰有六驳"。某生素负文名，主毛传"驳如马，倨牙，食虎豹"立说，竟以纰缪黜置四等。因忆宋王旦知贡举，论题"当仁不让于师"。有举子主贾逵说，以师为众，旦恶其说黜之。以旦之贤而犹若此，况其下焉者乎？

饑　饥　饿

谷不熟为饑，腹不实为饥，饥之甚为饿。饑、饥，古异义，后人通用，误也。

皇甫韵亭诗

同里皇甫韵亭茂才坤，情怀偶傥，豪于酒，诗笔亦俊，所作随手散弃。偶检箧中，得其遗稿三首，急录之。《咏菊》云："几番疏雨润，老圃菊初黄。月色一篱淡，露华三径凉。秋深人比瘦，夜静影俱香。谁送白衣酒，花前畅引觞。"《题沈镜湖垂钓图》云："江北江南汗漫游，归来逸兴寄扁舟。白蘋风急秋将晚，一尺鲈鱼欲上钩。""得鱼换酒且高歌，鹭友鸥宾日日过。爱向水云深处泊，满船明月卧烟蓑。"

对　花　啜　茶

对花啜茶,唐人谓之"杀风景",宋人则不然。张功甫《梅花宜称》
有"扫雪烹茶"一条。放翁诗云:"花坞茶新满市香。"盖以此为韵
事矣。

兄　弟　联　名

兄弟联名始于汉季,如刘琦、刘琮,应玚、应璩是也,然如伯达、伯
适已兆其端。明吕兆祥《东野志》称伯禽少子东野氏,第三代生二子,
长晖,次晞。六代生二子,长缙,次绅。此则史册所不载矣。

七　巧　图

宋黄伯思《燕几图》,以方几七,长短相参,衍为二十五体,变为六
十八名。明严澂蝶《几谱》,则又变通其制,以勾股之形,作三角相错
形,如蝶翅。其式三,其制六,其数十有三,其变化之式,凡一百有余。
近又有《七巧图》,其式五,其数七,其变化之式多至千余。体物肖形,
随手变幻,盖游戏之具,足以排闷破寂,故世俗皆喜为之。

卷二

忠 义 传

卢奕在《忠义传》，其孙元辅以能绍其祖附焉，其子杞乃入《奸臣传》。得罪于名教，虽有贤父令子，不能逭其恶也。

李 方 叔

苏文忠公典贡举遗李方叔，吕大防有“失此奇才”之叹。文忠殁，方叔哭之恸，且为相地卜兆，作文祭之曰：“皇天后土，鉴一生忠义之心；名山大川，还万古英灵之气。”盖其知己之感，有不在形迹之末者，非若薄俗之士，徒以穷达判恩怨也。

匾 用 成 语

乾隆间，京师武庙制匾，某亲王邸西席江苏贡生某，拟“天子重英豪”，合圣意，赏六品衔。又如仓颉庙题“始制文字”，盘古庙题“人之初”，引用成语皆切当。

郑 太 守

吾邑郑渔帆太守心一，以名幕起家，由佐贰官至袁州太守。因病乞归，卜居苏州。时有故乡之思，题书室联云：“无可奈何新白发，不如归去旧青山。”

义 塾 联

杭城义塾立法甚善,仁和费星桥方伯丙章题联云:"莫谓孤寒,多是读书真种子;欲求富贵,须从伏案下工夫。"激励寒畯,词意肫切。又许蔺生教授题严州义塾联云:"虽非千万间,居然广厦;为语二三子,慎厥初基。"语亦简贵。

卷 面 题 诗

咸丰壬子,浙江乡试第二场,山阴某生在闱发狂病,曳白而出。卷面题二绝句云:"记否花前月下时,倚栏偷赋定情诗。者番新试秋风冷,露湿罗鞋君未知。""黄土丛深白骨眠,凄凉情事渺秋烟。何须更作登科记,修到鸳鸯便是仙。"款书"山阴胡细娘"。某生旋卒于寓所,轻薄之报,可不畏欤!

典 狱

道光甲辰夏,陕西神木县民李述秀与族妇李苏氏有私,为族女李春孩所见,欲杀之以灭口。李苏氏以镰柄殴伤其左右脚腕,李述秀以镰柄入阴户,即时殒命,移尸悬于李春孩之父果园。邻人钱述法望见趋问,诈称李春孩骂伊等为贼,起衅致毙。事闻于官,县令王致云据供定谳:李苏氏援斗殴律拟绞,李述秀杖徒。牍上,巡抚李星沅、臬使傅绳勋以李春孩年甫十三,有何忿恨致迭殴而伤阴户?属西安郡守李希曾覆讯,始得实情,改谳援谋杀律,李述秀拟斩,李苏氏拟绞。奏闻,得旨:"王致云褫职,李、傅、李以审讯精详,俱加二级。"同时有顺天通州民妇康王氏之姑康陈氏与姨甥石文平口角,为石文平殴伤,愤懑自缢。石文平贿嘱康王氏伪称病故。而康王氏之戚王二素与有怨,扬言康陈氏之死系康王氏、石文平因奸谋毙。指挥萧培长、王莹访获审讯,康王氏等畏刑诬服。迨启棺检验,适雪后阴晦严寒,未用糖醋如法罨洗,误认缢痕为被勒,遂以谋杀定谳。刑部额外主事杨文定以案多疑窦,白之堂官,请旨覆讯,始得实情。改谳康王氏以受贿私和,石文平以威逼人致死,皆问杖流。奏闻,得旨:"萧培长、王莹承审失入,从重发往新疆,遇赦不赦。杨文定留心折狱,平反得宜,即擢补员外郎。"二狱皆见邸抄,一失出,一失入,俱讯验率略而然,可以为鉴。

徐　铁　海

华亭徐铁海礽,幼时甫入塾,即能辨四声,塾师奇之。比长,酷好吟诗。后以饥驱,客游诸侯,足迹半天下。晚年移家清平山下,编集为《清平山馆诗钞》。佳句如"雪消山闱寒叉手,月到溪桥夜觅诗"、"霜前一雁横云路,海上诸山落酒杯",皆有逸致。其《六十生朝自述》云:"橐笔生涯百不堪,关河万里走孤骖。眼看五岳曾经四,惟南岳衡山未到。手散千金已过三。余自只身出门及移家武林并内子故后,凡有长物寄存戚友处者,尽为毁没,合计三次破家而三复之,所耗实多。梅鹤笑人徒自苦,湖山容我不嫌贪。也知浪迹非长策,直拟西泠结草庵。"见者可以识其生平矣。

典　　当

翰林院地望清切,而每有空乏之虞。宋杨大年《请外表》有云:"汉臣之饿且欲死,难免侏儒之嗤;孔徒之病不能兴,敢怀子路之愠。行作若敖之馁鬼,徒辱甘泉之从官。"近某太史作口号云:"先裁车马后裁人,裁到师门二两银。师门三节两生日,例馈贺仪银二两。惟有两餐裁不得,一回典当一伤神。"艰窘之状,情见乎辞矣。

莲　衣　僧

莲衣僧量云,楚人。少习儒业,晚投空门。爱西湖之胜,栖止涌

金门外之灵芝寺,署所居曰未籁室。同年音玉泉司马德布为题联云:
"结屋古城下,洗钵清溪傍。"莲衣工书,亦能诗,尝自题其像,有"快意
事教来日少,故人坟比远山多"之句。

方　正　学

明成祖令方正学草诏,正学投笔于地,且哭且骂,致干成祖之怒。
世或议其激烈已甚,方氏望溪亦论其任刚而自谓不屈者,以圣贤之道
衡之,正所谓震于卒然而失其常度。不知其哭骂之时,乃正气所达,
不能自已。颜常山舌,段太尉笏,古人类此者多矣,何独于正学而议
之!善乎《明史》传赞曰:"齐、黄、方、练之俦,抱谋国之忠而乏制胜之
策。然其忠愤激发,视刀锯鼎镬甘之若饴,百世而下,凛凛犹有生
气。"论断平允,可以息众喙矣。

张　杞　山

震泽张杞山布衣萼,质朴无他嗜好,惟喜为诗。著有《吟雪轩诗
稿》,句如"寒云沉浦雁,暮雨入江潮"、"乱红霜后叶,一碧水中烟"。
《闰九日同人游荻塘》云:"登临休怅是他乡,秋老林皋野菊黄。今日
招邀须尽兴,百年几度两重阳。"《山塘杂咏》云:"白纻清歌凤擅场,至
今《水调》听吴娘。萧萧暮雨红桥外,不是离人也断肠。"雅有石湖
风味。

沈蟾客先生

嘉兴沈蟾客先生攀桂,同年石庵孝廉养和之尊人也。喜行善事,
以郡城南北官塘圮没,时时溺人,乃倡捐修筑,躬自监督,不辞劳瘁。
自嘉庆己卯至道光壬辰,塘路百二十余里皆陆续修固,赋诗纪事,有
"问津不唱公无渡,百里湖山指点中"之句。

闵　中　丞

归安闵峤庭中丞鹗元九岁时,其外舅尚书毛公于元宵宴客,中丞以旧姻与焉。公作对属客曰:"元宵不见月,点几盏灯,为河山生色。"是日适届惊蛰,中丞即对曰:"惊蛰未闻雷,击数声鼓,代天地宣威。"公大称赏,遂以女妻之。

杨　忠　武　公

近世名将以崇庆杨忠武公遇春为第一,才勇既伟,知遇亦隆。由固原提督迁陕甘总督,武臣授文职,旷典也。公髯长三尺许,经大小二百八十余战,无不身当先,未尝受创。平张格尔凯旋,兵初过州县,横甚,殴知县。报闻,反见责,公意不谓然。比至,梱责带兵官各四十,受责者五十余人,斩殴官者以徇,兵后不敢哗。在固原任二十余年,每营简练精壮三百名以抬炮列前,继以鸟枪,十人一长,习进步连环枪,以次弓、箭、刀、矛、喷筒、火弹,层层护之,用马队翼于左右,署其名曰"速战阵",天下称劲旅焉。

程　京　丞

吾邑程春庐京丞同文,少负异质,湛深于古。尝读书吾里分水书院,戏题于几曰:"胸中无所不有,一事未能到手。儒林名宦山林,待我四十年后。"嘉庆己未登第,由兵曹入枢垣,一时典册皆出其手,名望隆起。方将大用,遽卒,士论惜之。

穷　通　翁

太仓王相国掞之督学浙江也,取士公平,人有"穷通翁"之谣,言所取皆寒士宿学而能文者也。后湖北李某来督浙学,不喜典重文字,好取短篇，士之美秀者拔置前列，貌不扬者虽已入彀，必摘其文中疵累黜之。时有谣云："文宜浅淡干枯短，人忌胡麻胖黑长。"

二　　宋

《陔余丛考》谓有三"二宋"，指《宋史》宋琪、宋雄，宋郊、宋祁，《元史》宋本、宋褧也。余按：《元史》宋子贞与族兄知柔，人称"大宋"、"小宋"；《明史》宋克、宋广善书，称"二宋"。又本朝长洲宋既庭教谕实颖与宗弟畴三，俱以孝廉知名，时称"大宋"、"小宋"。道光癸卯浙江乡试，临海宋卫、宋瑱以同祖兄弟同举孝廉，其同年亦以"二宋"称之。

徐　瘦　生

吾里徐瘦生茂才照，工书，喜为诗。家贫，授徒自给。中年后，绝意进取，课读之暇，兀坐高吟，怡然自得。尝题联斋壁云："志不求荣，满架图书成小隐；身难近俗，一庭风月伴孤吟。"诗稿甚富，殁后皆散佚无存。

吴　石　华　词

嘉应吴石华学博兰修，酷好倚声，所著《桐花阁词》，清空婉约，情味俱胜，可称岭南词家巨擘，录其尤者于左：《菩萨蛮》云："愁虫琐碎啼金井，离人渐觉秋衾冷。一味做凄凉，梦魂都不双。　　当年相恋意，万种心头记。酒醒一灯昏，更长细细温。"《廉州七夕寄内·虞美人》云："一年又到穿针节，楼角纤纤月。素馨棚外倚栏杆，最忆二分风露玉钗寒。　　人间无限银河水，相隔长千里。九回今夕在天涯，只有心头梦里不离家。"《梁子春梅属题春堂藏书图·乳燕飞》云："一夕酸心话，问平生说犹未忍，那堪图画。阿母昔兼师与父，储取缥缃满架。将旧日钗钿都舍。一盏寒灯亲口授，有缫车、伴尽啼乌夜。衣絮冷，寺钟打。　　而今回首悲亲舍。哭秋风树根请竟，泪涔涔下。

剩有缌帷常入梦，犹待残机未罢。算此种深恩谁写。任说马周当富贵，痛泉台、何处频封鲊。我亦是，伤心者。"学博尝谓"岭峤精华之气，荔支得其七八，如敝乡者，桃又得其二，兰辈数十人，共得其一耳"。

授 经 偶 笔

嘉兴钱新梧给谏仪吉，官京师，无力延师教子，与其室陈炜卿女史尔士亲自督课。女史尝于讲贯之暇，推阐经旨，著《授经偶笔》，以训子女。"《内则》执麻枲、治丝茧、织纴组纫，学女事以供衣服。"说云："古者妇功在于麻枲、丝茧、织纴组纫，其成也，质实坚重而可以为久。后世乃以刺绣为工，轻而易败，朝为被服之华，夕同土苴之弃，耗力费财，甚无谓也。古者黼黻文章以奉朝祭，此庙而不宴者也。今俗尚侈靡，妇女履底或有绣文。是古昔祭服之饰，今缘之履底矣。又若绣衫、绣扇充溢吴市，敝化奢丽，视若寻常贾生所谓'天下不屈者，殆未有也'。"其言切中习俗之弊。

顾　　母

顾亭林先生之母王氏，崇祯时旌表节孝，即《明史·烈女传》所称王贞女也。先生有《与叶讱庵书》，辞荐举云："先妣国亡绝粒，以女子而蹈首阳之烈。临终遗命，有'无仕异代'之言，载于志状。故人人可出，而炎武必不可出矣。《记》曰：'将贻父母令名，必果；将贻父母羞辱，必不果。'七十老翁何所求，正欠一死！若必相逼，则以身殉之矣。一死而先妣之大节愈彰于天下，使不孝之子得附以成名，此亦人生难得之遭逢也。"盖其辞决，而其志弥可哀矣。

孙 文 靖 公

无锡孙文靖公尔准，以翰林起家，由知府历官浙闽总督，兴利除弊，懋著勤能。乾隆戊申，应北闱试报罢，有《赠黄炳奎》诗云："昨朝银榜揭天门，姓名琐屑知谁某。男儿立身有本末，何物科名堪不朽。"又己未岁礼闱报罢，作《三十自寿》词云："但说文章堪报国，恐苍苍未尽生才意。"识者早决为大用之器。

计学博诗

秀水计寿桥学博楠，崇尚风雅，兼精于医。著有《一隅草堂诗集》，句如"黄叶覆松径，寒泉鸣竹林"、"风多秋在树，人静月当门"、"才非有用穷何怨，性本多情老愈深"、"贪闲转觉离家好，多用先愁卒岁难"、"梅柳东风来海燕，桃花春水上河豚"，皆妙。

罗 提 督

东乡罗提督思举，战功见于魏默深州牧源《圣武记》者详矣。偶阅周芸皋观察富阳凯所述逸事，其智能亦自可称，非徒以武力雄一时也。公尝率兵入南山搜余贼，村人苦猴群盗食田粮，晨必发火器惊之。公问故，令获一猴来，薙其毛，画面为大眼诸丑怪状，衔其口。明晨俟群猴来，纵之去，皆惊走。猴故其群也，急相逐，益惊，越山数十重，后不复至。官夔州游击，夔关临峡，山水迅急，瞬息千里。盐枭及贩鬻人口者，至则鸣金叫呼，越关以过。船皆设炮械，两旁系大竹，弯如弓，他船追及，断系发之，船必覆，人莫敢撄。公募善泅者，持利锯匿上流水中，俟船过，附而锯其舵，抵关适断，船不能行，触石破，尽获之。又有巨恶某唆讼，守欲得之，以属公，公佯不悦曰："是文官事，何语我？"夜逾垣入其室，见为草状及稿匣所，出使数人候门外，复入启扃，人稿俱获。曰："昨所以不许者，彼耳众，欲令不为备也。"

字 典

《字典》十二集，二百十四部，旁及备考、补遗，合四万七千三十五字。古文字一千九百九十五不在此数。《韵府》四声一百六韵，合一万二百五十七字，上平声二千二百七，下平声二千一百十三，上声一千八百四十四，去声二千二百九十六，入声一千七百九十七。只及《字典》四分之一。而世俗通行所识之字，不过四千有余，仅十分之一耳。

丁掇英先生

　　吾里丁掇英先生元采，_{归安籍。}先伯父乡石公乡举同年也。刻苦好学，尤耽楷书。生平书殿试卷不下二千本，十上公车不第，赋诗志感云："十度长安客，途穷眼执青。风尘徒自苦，文字竟无灵。对镜悲双鬓，挑灯伴一经。故交挥泪别，从此老林坰。"后司铎秀水二十年，乃告归，卒于家。先生与乡石公投分最密，遂订儿女姻。_{长子虚谷学博仁咸为乡石公长婿。}乡石公罢官后，羁寓甘肃，寄先生书，备述升沉之感，谨录于左："自别履綦，屡更寒暑。每因去雁，思作报章。而忧从中来，操翰复辍。今者一官再踬，万念皆灰。帐设扶风，门稀立雪。酌鲁酒而薄醉，听秦声而寡欢。奇愁塞胸，抑郁谁语，窃愿为阁下陈之。仆赋命多穷，性复寡断。当丙寅岁微罪去官，片帆归里，即能名心永息，故业重温。成茂先励志之诗，著虞溥劝学之诰。束修之羊时至，问字之酒频来。则虽不能如仲长统之乐志丘园，向子平之毕愿婚嫁，而蒙来求我，热不因人，怡怡然无所得失也。而乃贫犹乞郡，老更离家，典杜陵之衣，书孟尝之券，技穷鼯鼠，迹类羝羊。以致远道间关，频年奔走，积劳成疚，望远难归。迨至计无复之，而悔已晚矣。犹谓尘劳已倦，仕籍犹存，虽西笑之自惭，或东隅之可补。不意惊波复起，锻翮重遭，当宦辙之初停，忽官阶之遽去。元冬垂尽，边地苦寒，听箫鼓而心惊，睨刀环而目断。萧寥卒岁，侘傺回车，何为而来，破涕成笑。二月中，行抵长安，幸赖董观桥中丞悯穷鸟之投怀，拯枯鱼于涸辙。荐主同州讲席，始得暂为枝借，免作飘蓬。然已精力俱疲，神魂欲窜。每当天寒日暮，月冷风凄，一灯荧荧，独与影语，几不知此身犹在人世也。或者谓：羌村杜老，终遂生还；穷海坡公，虚传死信。苟年华之未迈，岂归计之难成？不知松菊全荒，终当乞食；樵苏不爨，何以为家。

倘使憔悴还乡，啼号举室。青裙病妇，贫无沽酒之钗；白雪娇儿，寒索然糠之火。乞数升而未得，米市价高；怀一刺以空投，侯门终绝。刘伯龙徒为鬼笑，阮嗣宗莫救途穷。而且家少薄田，纵乏催租之吏；客持旧券，还须避债之台。呼负负兮谁怜，抱区区而莫诉。斯时也，即房中奏曲，亦作秋声；膝下含饴，都无甘味矣。又何如飞鸿印雪，一任留痕；落叶打包，长为行脚也哉。嗟乎！试看白发，已逼残年；不及黄泉，更无归路。兴言及此，涕泗交颐。想阁下闻之，亦必为之抚膺三叹也。韶春余闰，昼景方长。阁下作明山宾之学官，坐元行冲之讲席。酒材分致，菜把生香。官不劳形，梦亦成趣。君诚乐矣，仆有憾焉。忆丁未岁，与君同赴大挑，君乃薄外吏而不为，仆则得冷官而复失。寒毡无分，皓首徒悲。缅想曩时，只增浩叹。在蜀时，曾有奉怀句云：'宦海无波只此官。'由今思之，斯言益信。端函削牍，聊布夙心。愁人之言，动多激楚。伏惟鉴察，不尽依驰。"

倪　烈　妇

倪烈妇，仁和王通甫女也。年十七嫁东里倪德昌，三月而寡，谨事舅姑不衰。阅八年，舅姑以家贫，欲嫁之，阴纳聘，行有期矣。先一日乃告之，妇佯诺，即晚检半臂一、耳环一，以与姑曰："是犹足为数日养。"夜半投于河。迟明父至，述夫妇同梦女归以死告，且谓上帝命为河神，无苦也。方共骇愕，里中哗传太平桥河有尸，被发蒙面，上下衣密缝，视之则妇也。凡溺者，男覆女仰，而妇尸独覆，人莫不异之。此道光八年四月事也。九年，诏旌其门，里人为葬于栖霞山下，赵茂才之琛题其华表云："碧水冷银瓶，祠近岳家追孝媛；青山标石碣，墓邻孙氏聚贞魂。"

除　夕　奏　凯

逆回张裕尔背叛，四城失陷，宣宗成皇帝命大学士长龄为扬威将军，统兵征剿，四城收复。张逆潜逃至噶尔铁盖山，为兵丁杨发、田大武所擒，其时为道光丁亥除夕。将军驰奏凯音，有句云："开九重之阊阖，欢传凤阁椒花；听万里之铙歌，喜溢鳌山灯火。银旛彩胜，祥光孚耀于红旗；玉烛金瓯，瑞气常凝于紫陛。"切时令抒词，非比寻常称颂。先是，克复四城时，张逆潜逃，有议请割弃四城者，有议屠戮叛众者。将军以四城失守，援兵未至，半多逼胁，良莠难分，诛之不胜诛。且出卡即外夷部落，脱使群起疑惧，铤而走险，为张逆添羽翼，与四城为劲敌矣。于是胁从出卡，眷属得免缘坐，竟藉以勾摄张逆入卡就擒，人莫不服筹画之善。

魏侍御联

天竺白衣送子观音殿楹联甚多，皆庸浅不足道。惟钱塘魏春松侍御成宪所题，裁对自然，不失读书人吐属。句云："白衣仙人，瓶中水杨柳；朱芾男子，天上石麒麟。"

蜈蚣入腹

明张冲虚，吴县人，善医。有道人以竹筒就灶吹火，误吸蜈蚣入腹，痛不可忍。张碎鸡子数枚，令啜其白，良久，痛少定，索生油与咽，遂大吐，鸡子与蜈蚣缠束而下。盖二物气类相制，入腹则合为一也，事见《吴县志》。按：明江氏瓘《名医类案》亦有一方，云取小猪儿一个，切断喉，取血，令其人顿饮之，须臾，灌以生油一口，其蜈蚣滚在血中吐出，继与雄黄细研，水调服愈。南方多蜈蚣，且家家用竹筒吹火，尝有是患，录之。

食忌

医书所载食忌，有无药可解者，录以示戒。痧症腹痛误服生姜汤，疔疮误服火麻花，骨蒸似怯症误服生地黄，青筋胀。即乌痧胀。误认为阴症投药，渴极思水误饮花瓶内水，驴肉荆芥同食，茅檐水滴肉上食之，食三足鳖，肴馔过荆林食之，老鸡食百足虫有毒误食之，蛇虺涎毒暗入饮馔食之。

冯 中 丞

吾邑冯柯堂中丞钤，历官楚、皖，有惠政。抚皖时，于后圃莳梅及蔬果，颜曰"菜根香"，题楹帖云："为恤民艰看菜色，欲知宦况问梅花。"诵之可想见其志趣。

林 文 忠 公

林文忠公在河工时，题所居室联云："春从天上至，水由地中行。"题客座联云："芦中人出，河上公来。"又赠河丞张姓者联云："乘槎直到牵牛渚，载笔同游放鹤亭。"切地切姓，人咸叹其工妙。

复 父 仇

唐以前，复父仇不抵死者多，至唐始有抵死者。宪宗时，梁悦复父仇，职方员外郎韩愈议，复仇之名同而其事各异，有复父仇者事发，具其事下尚书省集议以闻，酌处之。有诏以悦申冤请罪诣公门，流循州。自后多得减死，然犹不免于戍，如明之何竞、张震皆然。至本朝蓬莱王孝子之复父仇，竟得开释，复功名，则以典狱者贤能，能体圣天子孝治天下之意也。其谳词推原律意，尤足以维国宪而厌人心。全谢山太史祖望作《王孝子传》，载其事甚详，兹略述之。

王孝子名恩荣，父永泰，因置产与县小吏尹奇强角口，被殴中要害死，时恩荣甫九岁。祖母刘氏讼之官，不得直，仅给埋葬银十两，祖母内伤，自缢死。母刘氏瘗其姑，槁厝永泰棺于市，僦屋其旁居之，泣血三年，病甚将死，授恩荣以官所给银曰："汝家以三丧易此，恨不可忘也。"恩荣洴濯大事，家尽落，依舅以居，励志读书。稍长，补诸生。誓于父枢前，寻仇，以斧自随。其舅谕之曰："竖子之志固当，但杀人者死,是国法也。尔父之鬼馁矣。"恩荣流涕听命。年二十八举子,辞于舅,曰:"可矣。"遂行。两次遇奇强,斫以斧不死,脱去,远遁栖霞。相隔八年,奇强偶返蓬莱,入城过小巷,恩荣突出扼之,劈其脑,脑裂,以足连蹴其心而绝。恩荣乃自系赴县,会奇强家讼当日永泰故自缢,非殴死。县令欲开棺验视,恩荣请曰:"小人已有子矣,宁抵死,不忍暴父骸以受毁折。"叩头出血。县令恻然,乃为博问于介众,皆曰恩荣言是。遂径详法司,法司议曰:"古律无复仇之文,然查今律,有擅杀行凶人者,予杖六十,其即时杀死者不论,是未尝不教人复仇也。恩荣父死之年尚未成童,其后叠杀不遂,虽非即犹是矣。况其视死如饴,激烈之气有足嘉者。相应特予开释,复其诸生,即以原贮埋葬银还给尹氏,以彰其孝。"时康熙己丑年也。莅恩荣事者,抚军则中吴蒋陈锡,提学则北平黄侍讲叔琳与滇南李观察发甲也。余按:唐李肇《国史补》云:"衢州余长安父叔二人,为同郡方全所杀,长安复仇,大理断死。刺史元锡奏言:'臣伏见余氏一家遭横祸死者,实二平人,蒙显戮者,乃一孝子。请下百僚集议其可否。'词甚哀切。时裴垍当国,李鄘司刑事,竟不行。老儒薛伯高遗锡书曰:'大司寇是俗吏,执政柄是小生,余氏子宜其死矣。'"以王孝子事相较,非今之远胜于古耶?康熙己未,乌程有严孝子廷瓒复父仇,诣县自首,县令欲生之,为请于上司。方俟督抚具题,而孝子已死于狱,盖为仇家贿狱吏杀之也。牧民者鉴此,益当加意致慎矣。

诸葛武侯祠堂碑

《蜀丞相诸葛武侯祠堂碑》,余于武林帖肆得之,乃明蜀府丞奉滕嵩所镌补者。碑高八尺,阔三尺九寸,字廿一行,行五十字。首行题"节度掌书记侍御史内供奉赐绯鱼袋裴度撰,营田副使检校尚书吏部郎中兼成都少尹侍御史赐紫金鱼袋柳公绰书",末行题"元和四年岁次己丑二月十九日建"。首行空处有"弘治十年,巡按四川监察御史蓝田荣华跋"。钱宫詹《金石文跋》尾作"巡抚"者误。其下滕嵩跋语残缺,不见镌补年月,惟有"由唐建今将盈千载"语,当在有明中叶以后。末行空处有"康熙十一年巡抚罗森跋"。诸跋语俱有剥落处,碑文上二格下四格亦然。惟末行年月以下,粤东藩使胶西宋可发跋,楚楚可诵,云:"读唐碑,文瑰丽,书端严,称双绝匪溢。当时不以文字推裴、柳,重本也。文传者文重,人传者文亦重,彬彬君子哉。"碑文以《唐文粹》校之,微不同,如"震慑"之"慑"作"叠";"谋久驻之计","谋"作"为";"上下无异辞","上"字前多一"而"字;"志愿未果"作"日日未果",尚皆无可指摘。至"荆州"之"荆"作"故","罢甿"之"甿"作"眠",于义未安。若是笔误,则以之上石,何草草耶? 朱元章谓柳尚书字胜其弟诚悬,今观此碑,笔力柔靡,远不逮矣,岂因重镌而失真欤?

赵　太　史

乾隆乙未科会试,奉新赵太史敬襄卷为房考白麟阅荐,三艺已刊,拟第四名。总裁以前十名试卷例应进呈,重加校勘,见赵卷第五策用"大歷"字,白以为已改写作"暦",不为犯讳,总裁嵇文恭公独以为不可。白争之甚力,文恭疑愈深,卒摈弃之,于是取中在后之卷。策中用"慶歷"、"萬歷"等字者,皆斥之。自后科场禁例,除"閱歷"字照常书写外,其本字系指天文者,虽经改写而古字本通,试卷内必宜敬避。盖文恭弱冠登朝,畏慎无过失,独尝于进呈文字内,有引御制诗用字未经改写者,坐是出南书房,故生平遇庙讳、御名,倍深敬畏。然宋制尚避嫌名,则古字本通之字,自宜谨避也。赵于庚寅科以十五岁登贤书,自是蹭蹬公车者二十余年。至嘉庆己未科,始以第三名登第,入词林,改吏部主事。未及半年,即乞归,授徒二十余年而卒。著有《竹冈斋集》。

彡　石　公

伯父彡石公历官郡守,清而不刻。初抵惠州府任,归善县学博甘某年已八旬,龙钟叩谒,耳又聋,应对俱谬,或讽可以年才黜之。公曰:"士人毕世勤劬,仅得备位下曹,已足怜悯,况博学乃老而后官,非官而后老,何忍苛求乎?"卒善视之。迨公移任高州,甘即登白简。公自幼刻苦力学,于诗嗜之尤笃。晚年自定《青芙蓉阁诗集》六卷,海内传诵之。嘉庆己卯岁,星查从兄瀚摄篆徐闻县,公得信,作诗勖云:"南天遥隔海漫漫,书到都从隔岁看。道远忽如迁客去,身亲方信宦途难。刑书未读犹儒术,民隐能知即好官。载石郁林先德在,莫因宝玉厌贫寒。"诗不载集中,盖绝笔也。公即于是岁捐馆,知交挽章极多,同邑孔梧乡学博广覃题联云:"典郡矢清廉,归装片石;论诗重忠孝,大集千秋。"语最警切。

文 选 字 句

嘉庆间,场屋中式文字习用《文选》字句,往往有讹妄不通者,如"垂衣裳而天下治"题,文用《东都赋》"盛三雍之上仪"一段,不知雍宫建自汉朝,黄帝、尧、舜时无之,且赋语云:"盛三雍之上仪,修衮龙之法服。铺鸿藻,信景铄,扬世庙,正雅乐。"而文中抄用,因坊本注释"服"下有"音匐"二字,遂误以为正文,书作"韣铺鸿藻,信景铄扬",而截去"世庙正雅乐"五字。割裂纰缪,真堪发噱。见给事中辛从益所陈条奏中。

山 斋 留 客 图

道光己亥,余选台郡教授,廨近阓阛,榱栋多倾,而地势宏敞,西南诸山列户外。余稍稍葺治,隙地皆补以花,众香满室,每与二三佳客清言竟日,几忘身在城市。爰作《山斋留客图》,并赋诗以寄兴云:"空斋闭门居,闲散伍丞掾。经世愧无术,幸惬庭帏恋。廊庑日清旷,一毡此安宴。迤逦城外山,浓翠扑人面。烟云莽终古,倏忽状万变。于斯悟尘幻,荣利又奚羡!愿偕素心侣,抚景恣笑拚。情真略形迹,俯仰任所便。品题各挥毫,秀绿入吟卷。回睇阶下花,深丛正摘绚。""浮生役万事,形悴神亦伤。岂如适我性,优游饫众香。韶春淑气转,繁英媚晴光。花开杂五色,轩楹列成行。佳客抱琴至,角巾共倘佯。

客至不常聚,花开不恒芳。见花复见客,曷不尽百觞。酒罢乐未已,揽衣舞回翔。江湖多风波,吾党兴自狂。淹留日既夕,月华吐遥冈。"

医宗四大家

新安罗养斋浩《医经余论》云:"医宗四大家之说起于明代,谓张、刘、李、朱也。李士材辈指张为仲景,不知仲景乃医中之圣,非后贤所及,况时代不同,安得并列!所谓张者,盖指子和也。观丹溪《脉因症治》,遇一症,必首列河间、戴人、东垣之说,余无所及。其断症立方,亦皆不外是,知丹溪意中专以三家为重。《格致余论》著补阴之理,正发三家所未发。由是攻邪则刘、张堪宗,培养则李、朱已尽,皆能不依傍前人,各舒己见。且同系金、元间人,四大家之称由是而得耳。"此说足以证数百年相传之讹。

五月五日生

俗忌五月五日生,然史书所载,如孟尝君、胡广、张桓侯飞、王凤、王镇恶、齐后主、齐南阳王绰、崔信明、宋徽宗、翁应龙、纪迈、辽懿德皇后、赵元昊等,其遭遇不同。最奇者田特秀,以五月五日生,小字五儿,所居里名半十,行第五,二十五岁乡、府、省、御四试皆第五,年五十五,八月十五日卒,见《金史》。

冯少司寇

临海冯嵩庵少司寇甦,康熙己未殿试充读卷官,事毕,赐茶乾清宫,命与同列赋诗。冯诗先成,有"还看景运息戈铤"句,上谕"'铤'韵稍生,险韵排律用之不妨,律诗似宜他择"。即面奏改"定有邹枚供视草,还看房魏画凌烟"云云,上首肯称善。施愚山侍讲为赋诗云:"受诏近传新句好,亲承天语与深论。"朝士艳传之。冯工于七律,如《归舟杂兴》云:"北望云山燕市远,南来舟楫楚程多。"《寒食杂诗》云:"儿女灯前同是客,园林枕上几还家。"俱佳。

顾 荥 厓

吾郡石门顾荥厓修,性嗜吟咏,兼善丹青。迁居吾邑,筑读画斋,绘图以见志,有"曾留秋绿常开径,只爱丹青不买山"之句。与歙鲍荥饮孝廉廷博交好。亦喜刊书,有《读画斋丛书》行世。

毕 大 令

文登毕恬溪大令以田,精研古训,尝谓宋儒好凿空,以俗训训古经,其尤甚者,自春秋至唐,书策所载,皆子纠兄而桓公弟顾于千载下意变其长幼,以伸己议。识者鄙之。年七十,以举人大挑一等,分发江西,委署安义。值赦令,邑有兄杀胞弟之案,大令列之不准援赦。上游驳斥,大令执"不念鞠子哀,泯乱伦彝,刑兹无赦"之经义以诤之。大府已定劾休,适歙程春海侍郎恩泽主试广东,取道豫章,大府款之,侍郎问大令起居甚悉,事乃得解。嗣补崇义,卒于官。著有《九水山房文存》二卷,杨志堂河督刊行于世。

钱 王 祠 联

杭州钱武肃王祠在涌金门外,规制宏敞。有王文成公题匾,云:"顺天者存。"楹联则有诸城刘文清公墉题云:"启匣尚存归国诏,解发时拂射潮弓。"又孙文靖公题云:"衣锦还乡,保万民于安乐;上疏归国,启百世之蒸尝。"又裔孙嘉定伯瑜中丞宝琛题云:"功在生民,惜传闻异辞,信史尚留曲笔;德垂奕祀,怅播迁中叶,支流莫溯渊源。"

雪 诗

道光辛丑十一月,吾乡大雪,高积丈许,压圮屋宇,伤人甚多。时余司铎台州，台地少雪，是岁雪亦有数尺。同人用坡公《北台书壁》韵作诗，哀然成集，录其尤者于此："同云酿出六花纤，一阵惺松一阵严。密糁渐飘风外絮，薄融初著水中盐。积三尺厚封苔径，添一分光映画檐。无限好山排几案，霎时失却旧青尖。"临海洪裕封。"漫空六出舞秾纤，侵晓寒尤较夜严。花发庭前皆白玉，霞飞岭上误红盐。回风态擅三春絮，夺月光凝万户檐。好沁诗脾嚼梅蕊，冷香透彻齿牙尖。"仁和钟茂才宪尧。"声静檐铃不触鸦，霏霏玉屑碾云车。冰纹冻折垂头竹，粉本新翻没骨花。驴背一鞭人觅句，马蹄千里客思家。夜深检点删余草，涂抹淋漓墨沛叉。"钱塘陈茂才景曾。"不待月来明画阁，乍回风舞触雕檐。"阳湖贡茂才云锦。"围炉啸咏冰裁句，比户欢呼玉积檐。"仁和冯茂才煦。"开径鸿留双爪印，迎门鹤舞一身花。"临海张明经英元。余亦有作云："园亭冻影噤啼鸦，门外沉沉少客车。大地湖山开静域，诸天色相幻空花。僵眠梦冷高人宅，禁体诗严学士家。试向梅枝间消息，满林香簇玉丫叉。"

朋　　友

太仓陆桴亭先生世仪《思辨录》有云："朋友之功可以配天。何者？君子能著书，不能使之传世，惟天能使之传世。然天亦不能使之传世，读其书而心好之者能使之传世，故曰朋友之功可以配天。子云《太玄》曾何足云？然微桓谭则几不传，而况不为子云者乎！乃读书而心好之者不可得，甚至有嫉其书而惟恐其传者。朋友之害又可以配兵火。"其论至奇，亦至确。

锡

临海洪金事若皋《南沙文集》，谓方书金、银、玉、石、铜、铁俱可入汤药，惟锡不入。间用铅粉，亦与锡异，锡白而铅黑，且须锻作丹粉用之。明名医戴元礼尝至京，闻一医家术甚高，治病辄效。亲往观之，见其迎求溢户，酬应不暇。偶一求药者既去，追而告之曰："临煎时加锡一块。"元礼心异之，叩其故，曰："此古方尔。"殊不知古方乃"饧"字，"饧"即今糯米所煎糖也。嗟乎！今之庸医，妄谓熟谙古方，大抵皆不辨"锡"、"饧"类耳。余谓今之庸医，不特未识古方也，即寻常药品，亦不能辨其名。有书"新会皮"作"会皮"，盖不知"新会"是地名也。有书"抚芎"作"抚川芎"，盖不知"川"与"抚"为二地也。此皆余所目见者。

李 梅 卿

嘉兴冯柳东教授登府之室李梅卿女史畹，早娴翰墨，倡随静好，盛年殂谢，教授深悼之。女史尤工词，自题《倚梅图》，有"雪影压残鸟梦，月痕冷靠花身"之句。其《寒夜·南柯子》云："细点瓜齑谱，闲栽萱草花。三年为妇惯贫家，且喜芦帘纸阁手同叉。   兽火温箫局，蛾灯罢纺车。戏他小女绾双丫，懒放鸳针今夜较寒些。"殁后，教授题《城头月》词于后云："唐诗一卷曾亲授，红豆双声就。箫局偎寒，纺车絮雨，梦也休回首。   芦帘十载为新妇，草草分离骤。写韵楼空，横琴月冷，总是断肠候。"

吴 香 竺 诗

吾郡石门吴香竺大令文照，嗜吟咏，有句云："一官如独客，万事付闲吟。"尝赋《移居秀州倾脂河》诗云："桥回夹岸有人家，一半帘栊绿树遮。惯饮倾脂河畔水，生成儿女尽如花。"人咸称颂之。

朱 绿 筠

钱塘朱绿筠女史璘，聪慧能文，矢志不嫁。当代闻人，欲见一面不可得。家贫，售诗画以自给。余曾见其扇头画菊，题诗云："无花开尔后，风雨已重阳。醒却繁华梦，甘为冷淡妆。有心难向日，无骨不凌霜。底事翩跹蝶，犹思挹晚香。"是真能孤芳自赏者。

浙江乡试录叙

明万历初年，各省乡试皆由外吏巡按等官主文柄，自十三年乙酉科，始遣京朝官临校。浙江正考官则为无锡孙宗伯继皋，副之者为刑科右给事中江夏常居敬，监临为巡按御史王世扬，提调为左布政使袁贞吉、右布政使余一龙，监试为按察使冯时雨、副使史继志，同考试官为推官王守素、知县周孔教、学正黄宏敕、教谕杨启新、林岳伟、倪思益、杜方伟、刘怀民、廖自伸，训导陆策合，提学佥事苏浚。所选士三千七百有奇，取九十人。见宗伯所作《浙江乡试录叙》。

三续千字文

宋长洲侍其良器玮作《续千字文》，不用周兴嗣《千文》中字。江阴葛氏刚正又作《三续千字文》，亦无复字，并自注万四千余言。篇末云："梁韵昔叙，玮篇今录。申浦葛叟，昭勋族胄。《七略》旁览，三篇继就。俱诠诂注，俾诲髫幼。序识卷末，聊示悠久。""昭勋"句盖指其伯祖丞相文定公邲，理宗时绘像昭勋崇德之阁，刚正在从孙之列，故曰"族胄"云。

周礼

《周礼》之制，王莽用之而败，王安石用之而亦败。方正学一代伟人，乃以用《周官》更易制度无济实事为燕王借口。无他，古与今异势，不可强以所难行也。《礼》"时为大"，信夫！

改月改年

武后改十一月为正月，十二月为腊月，来岁正月为一月，自天授元年至久视元年,凡十一年。玄宗改年为载,自天宝三载至肃宗至德二载,凡十四年。法令不能行久远,亦何事变更为!

祖孙父子同名

魏安同之父子皆名屈,是祖孙同名也。汉强侯留章复,其子又名复;广平节侯德,其嗣侯亦名德;宋林邑王父子名杨迈;罗处士父子名靖;元杨文振父子名文修;明刘忠武父子名江,是父子同名也。汉刘䪻父名舆,长子基,字敬舆,是以祖之名为字也。吴越钱文穆王名元瓘,子忠献王佐字元祐,是以父之名为字也。

仲廉甫札记

《仲廉甫札记》,太仓冯伟人伟著,中多论学之语,有云:"孔子好言仁,孟子好言义,其旨一也。仁以心之离合言,义以事之是非言。故不处不去,孟子之所谓义,而孔子谓之仁;杀身成仁,孔子谓之仁,而孟子谓之取义。尊德性之学,与道问学之学,旨亦如此。博学而笃志,切问而近思,仁在其中矣,道问学之所以存心也;动静不失其时,其道光明,尊德性之所以致知也。后世互相抨击,各持一是而不可通,岂非意在门户,而心得之实转荒乎?"此说可以破朱、陆异同之见。至谓"太虚刻刻在前,而人不见,见之而不能师之,能师之者神圣仙佛也,师之则与太虚同寿矣。人能以太虚为师,安得以异氏目之?"是欲合儒、释、老之教而混之,毋乃言之失当乎!

醵 钱 启

同邑沈芝岩茂才逢源,天才亮特,为督学山阳汪文端公廷珍所赏拔。少订姻于张氏,家贫力学,锐志进取,誓不登科不娶。年逾三十犹未售,亲戚劝其毕姻,为嗣续计。而孑然一身,家无担石,乃为醵钱以成婚焉。既屡不得志于有司,益纵于酒,每当夜深人静,持杯独酌,狂呼恸哭，辄惊其四邻，遂以是得病，卒年三十有六，无子。遗稿散失，录其《醵钱启》云："伏以纳币无过，五两判于《周官》；有财振人，八厨茂于《汉纪》。谢公遗帐，助隐之为周旋；仆射营婚，致子琼无暇日。盖合独以时者，礼也；假人不德者，义也。自来逸轨，多载前文。源束发受经，早谙昏义；弱冠弄翰，间肄闺辞。慕鲍宣之风流，企何曾之酬酢。素门合胖，订两小于朱丝；张姓连天，系一纱于玉臂。固已姻连白建，喜得胜流；缘合老人，即期报板矣。然以为情萦儿女，惧累英雄；肘系香囊，恐妨书史。求凰有曲，不惊在御之声；特雉无媒，未设早婚之令。以故凉宵弋雁，星剩匏瓜；春社飞鸳，风虚少女。乃者仲卿龙具，京师弃其无才；昭谏白衣，云英笑其未脱。十年不字，负此韶华；三星在天，歌残邂逅。历姹紫嫣红之候，春事已阑；闻口脂面药之颁，痴情渐悔。满身风露，识季迪之欲婚；一阕朝飞，笑牧子为未达。梦已征于桑下，曲待奏夫《房中》。所虑缣练茧绅，难捐嘉饰；方欋牢烛，不少门财。在戴良有布被之将，亦希高隐；而裴航无杵臼之聘，终隔仙源。库乏男钱，罂干女酒。盖几几乎泥中有絮，春风徒吹；洞口无桃，胡麻空熟矣。于是草玄弟子，戴笠故人，将使茕不单行，心成一袜。集千狐之腋，暖到鸳帏；分一叶之阴，春回鸾树。乌珰十事，不令贻笑纯材；玉镜一枚，即可相攸温峤。是则长源迎妇，供帐遍于北军；宁戚欲妻，平章待夫管子。阮修婚费，敛自名流；黄姑聘钱，赍从天帝。以今拟古，足可轩渠。故乃洒墨管城，命词侧理，抒予结约，告尔苔岑。类杲卿索花粉之需，异吴市竞金钱之掷。行见两行花烛，悉有耀之自他；一色襟纱，等解衣之惠我。有情谁能遣此，且慰目前介特之心；此事使卿有功，预防他日揶揄之语。"

李　孝　廉

嘉邑李孝廉贻德，深于经学，兼工诗、古文辞。嘉庆戊寅岁登科，年已五旬矣，留京十载不归。其同年某卒于京邸，因赋诗云："故鬼未还新鬼纤，怜人犹自恋长安。"未几亦卒，闻者悲之。

顾　侍　读

仁和缪莲仙艮，编刻《文章游戏》，类皆娱情肆志之辞。惟长洲顾耕石侍读元熙二赋，命意高远，非等寻常笔墨。《污卮赋》序云："晋傅咸《污卮赋》，谓卮为小儿窃弄，误堕不洁，以比士君子之玷行。呜呼！卮也，而弄诸小儿，何待其既污而后咨嗟太息哉！"赋曰："天下之宝，任之匪人。既污而悲其遇，实未毁而丧其真。故球图不可玩之以妇寺，而大阿不可假之于童昏。"《唐花赋》序云："南方窖花，牡丹为盛；北方地寒，梅亦不花。花者，皆唐花也。早开而无香，且易悴。"赋曰："泉之窍于山也，人凿其胚；玉之蛰于璞也，人斫其胎；花之孕于根也，人发其荄。吁！此人之所以戕物，而物之所以宁处于不材。"二赋寥寥数语，而即小见大，含孕无穷，名作也。

周 孟 侯 先 生

吾邑周孟侯先生拱辰，明季贡生，吾母之七世祖也。先世累著清德，母夫人梦砚生花而生公。比长，聪颖绝人，又励志于学。尝坐小楼，去梯三年，读古今文五千篇有奇，由是才藻艳发，名噪一时。吴兴庄廷钺将刊《明史》，以厚币聘公。先一夕，公梦其父畀以一合，启视之，则赫然一人头也，惊而寤。适庄使至，有警于是梦，峻辞却之。及《明史》祸发，诸名士株连被戮者多，公独脱然无累，识者谓世德之报。屡不得志于有司，牢骚抑塞之气悉寓于文辞。著有《圣雨斋集》，其《宫词》八十首，寄兴无端，尤足令才士读之，同声感喟。摘录五首，以当尝鼎一脔："露痕高漾月痕低，六院笙歌五院迷。莫道襄王惜香梦，巫山只在画栏西。""垂杨深闭画楼春，花送黄昏莺送晨。三十六宫闲似水，平明催召虢夫人。""金铃猧踏落花泥，辇路苔痕旋欲迷。谁道举头刚见日，凤楼疑在十洲西。""碧箫吹破思依依，听尽宫莺半掩扉。最是无聊看不得，桃花片片背侬飞。""翠剃宝鬓玉膏新，一对菱花一怆神。每恨蛾眉绿如许，不如影里李夫人。"

新　乐　府

山阴胡茨村观察介祉，取明崇祯、弘光时事作《新乐府》六十篇，篇各有记，载述甚详。顾往往有与正史异者，如：《诸公子篇》，谓魏大中子学濂官庶常，污甲申伪命，而略其死事一节。《东江叹篇》，谓毛文龙盛时，参貂书币，走津要如织。陈继儒负盛名，方游莘下，独不及，心衔之甚。适于钱龙锡座谈东江事，言毛跋扈僭越当斩状，钱因以语袁。祸酿于微细，而中于封疆，横议之罪，真不容诛。不知此乃妄传，未可据以为实。《卢家军篇》，谓象升率亲兵赴战，行至贾庄遇刺死，而《明史》则纪其战死蒿水桥，事甚悉。《三罪辅篇》，谓误国之罪以温体仁、薛国观、周延儒为称首，杨嗣昌实心任事，才又足以济之，帝知之甚深，故眷倚独重。使廷臣不以门户掣肘，俾得专心办贼，未必无成。顾攻者纷纷，遂使忧危愤郁，方寸扰乱，以抵败亡。此说尤为失真。余观《明史》本传，崇祯时，先后增赋糜饷，嗣昌主之，实为祸本。复庇熊文灿以抚贼误国，厥罪甚大。又陷卢象升战死；恶方孔炤，劾下诏狱；抑孙传庭，使不得遂其志，而贼势益张。嫉忮之私，视体仁等亦无甚异，谓之实心任事，不可也。《悲潼关篇》，谓孙传庭死于乱军，而《明史》则谓其跃马大呼而殁于阵。《假皇后篇》，谓或言初福王世子殁，德昌郡王序当嗣位。马士英为凤督，有以居民藏王印首者，取观，则福王印也。询其人，云"负博进者，持以质钱"。士英物色之，则以为真嗣福王矣。国变后，遂推戴以邀援立功，天下皆以为嗣福王即皇帝位矣。彼童氏以为今嗣福王即昔之德昌王，而抑知昔之德昌王非今之即皇帝位者耶？故有断断不可见者。按：此说亦正史所摈，不足信也。其所为《乐府》，惟《悲潼关》一篇音节近古，云"潼关天下险，大督将家才。一战王师没，三秦贼骑来。河流终古恨，风雨至今哀。白日行当堕，挥戈力岂回"。

孙　愈　愚

乌程孙愈愚明经燮，刻苦于学，耽吟咏，尤工为古文辞。尝与震泽张渊甫学博履书曰"文章之道,一真气所弥纶。自时文兴而士安于剽窃摹拟之习,去而习古文亦同此伎俩,安得不伪?究之天下,惟真者为能感人于无穷,而伪者只可欺一时之目。自古文章传真而不传伪,故读书不必多,而要在通其意;抒辞不必丽,而要在达其心"云云。又尝选欧阳永叔、苏老泉、东坡、曾子固、刘原父、李太伯之文各数十篇,朝夕讽诵,而不取王介甫,恶其辨言乱政也。

吴 香 圃 诗

吾里吴香圃茂才全昌,归安人。少有隽才,稍长,以诗赋受知于学使者阮文达公。入郡庠,屡试不售,辗轲憔悴以老。著有《香草斋诗钞》。《西溪》云:"采药西溪行,寒流曲如带。日落牛羊归,村墟暝烟外。"《寄俞生香俨》云:"漂零萍梗又经秋,此夕思君独倚楼。寒雁一行何处去,白云天远大江流。"又断句云:"残年衰鬓客,独夜大江船。""落日树边尽,孤舟溪上归。""楼头细雨三更笛,江上寒潮一叶舟。""小溪疏柳谁家阁,极浦斜阳独客舟。""久病人如秋树瘦,苦吟声比夜蝉寒。"皆清逸可讽。

关 帝 谥

关帝谥壮缪,人皆谓缪非美称,独绵竹黄州牧成章持论辨之,云:"昔关帝之谥壮缪也,陈寿以谥法'名与实爽曰缪',传谓帝刚而自用,戾以致败也。又或谓'武功不成曰缪',千载下卒无一人为帝表暴者,而不知皆非也。按:《礼记·大传》'以序昭穆',古本作'缪';《左传》'穆'多作'缪',若秦穆公,史皆称'缪',是穆与缪古文多通用。考《谥法》'布德执义曰缪','中情见貌曰穆'。夫布德执义、中情见貌,孰有过于帝者?谥曰'壮缪',盖伤帝之死国,与宋岳飞谥'武穆'同意。而'壮穆'作'缪',亦犹'秦穆'、'鲁穆'之或作'缪'也。今世俗以缪为横戾之缪,以为恶谥而讳之,非情事也。"黄之论如此。余以为"秦缪"之谥,昔人尝以为非美名矣。黄说虽辩,终不能举历久相沿者而易之也。伏读乾隆四十一年七月上谕:"关帝在当时力扶炎汉,志节凛然,乃史书所谥,并非嘉名。陈寿于蜀汉有嫌,所撰《三国志》多存私见,遂不为之论定,岂得为公?从前世祖章皇帝曾降旨封为忠义神武大帝,以褒扬圣烈。朕复于三十二年降旨加'灵佑'二字,用示尊崇。夫以神之义烈忠诚,海内咸知敬祀,而正史犹存旧谥,隐寓讥评,非所以传信万世也。今当钞录《四库全书》,不可相沿陋习,所有志内关帝之谥,应改为忠义。第本传相沿已久,民间所行必广,难于更易,着交武英殿,将此旨刊载传末,用垂久远。其官板及内府陈设书籍,并著改刊,此旨一体增入。钦此。"圣谟煌煌,洵足彰圣神之德,而垂示万古矣。

刘 三 山

广州刘三山孝廉华东,志行高洁。洋商某贪缘入乡贤祠,三山力持清议,忤大吏意,褫为布衣,士论惜之。仁和周南卿茂才三燮赠以诗云:"天柱风云事可嗟,闲身且伴铁梅花。三山姬人名铁梅。富人名肯扬雄载?自把文章吊白沙。"

沈 鹿 坪 师

归安沈鹿坪师焯,家练市镇。少好学,夏夜同人皆散步纳凉,独默诵所习经,常达旦不辍。屡试高等,每一艺出,人皆传诵。时俗学以剽窃涂饰为能,矫其弊者又貌为高古,不中有司程度。公折衷至当,探经书之蕴,而出以高华;究理法之精,而归于沉实。以故游其门者,大小试无不利。公精于数学,乾隆丙午举秋试后,杜门授徒,不与计偕。人劝之就试,公曰:"吾当于乙卯岁获售,今犹未也。"届期,果以二甲第八名登第。先是有显官私人榜后通款于公,谓词林可得,公力却之。既而以知县归班,改就教职,补官台郡学博。台于前明科甲极盛,人才辈出,今则稍稍衰矣。公曰:"振兴文教,乃吾责也。"遂进多士而劝之以学,远近向慕,登堂负笈者踵相接。公视其质之高下,循循善诱，数年之后，文风渐复。嘉庆己卯引疾归，馆于青镇严比玉太守廷珏家，余亦亲受业焉。公阅余文，谓曰："子作文无根柢，犹欲筑室而无土木也，安得成？"余于是始知殚力于经，后得忝窃科名，皆公之力也。公生平所作制艺不下数千首，诗、古文辞亦遒整有法，惜皆散佚。兹录箧中所存诗三首于后。《留别严比玉珮仙》诗云："桃李春深苜蓿肥，偶伤怀抱拂衣归。_{时有表明之痛。}儒官久忝齐竽滥，学术终惭郑璞非。忽枉新莺求友唤，故教秋燕傍人飞。频年坐拥谈经席，拟返衡茅昼掩扉。""话到衷肠首重回，沉吟且尽手中杯。曾闻良玉烧须试，漫道黄金散复来。循吏声名多郡秩，赀郎词赋总仙才。不辞临别将言赠，记取荆花一处栽。"《题李梅修抚心图》诗云："子舆日三省，伯起夜四知。古人贵慎独，炯若鉴在兹。劳劳方寸地，旦夕轮辕驰。暗室虚无人，想见肺肝时。勿问马得失，勿问蛙公私。中有丹元子，俯首将何辞？君家见闻录，言行皆人师。绘图藉自儆，嘱我系以诗。我亦问心者，_{前任台监理庙工槛帖，有"事可问心宁任怨"之句。}抚此重致思。致思且勿语，语恐旁人嗤。"

腊

《月令》："腊，先祖五祀。"《正义》云："腊者，腊也。谓猎取禽兽以祭先祖五祀也。"然则"伏猎侍郎"亦非甚谬，未若"金根车"之改"金银车"也。特其人不学，遂贻口实。且古人作书可以通假，后世则不能耳。近有士子试艺，误书"非"为"飞"而被黜，此字古亦有通用者矣。

起　复

宋刘琪为江西安抚。继母忧，起复。琪曰："三年通丧，三代未之有改。汉儒乃有金革无避之说，已为先王罪人。今边陲幸无犬吠之惊，臣乃欲冒金革之名以私利禄之实，不又为汉儒之罪人乎？"丞相史嵩之丁父忧起复，徐元杰言："家庭之变，哀戚终事，礼制有常。何至忽送死之大事，轻出以犯清议哉！自闻大臣有起复之命，虽未知其避就若何,凡有父母之心者,莫不失声涕零。臣特为陛下爱惜民彝,为大臣爱惜名节而已。”其论起复之失,最为恳至。读此觉明吴中行诸人论张江陵夺情,意激而辞烦,犹未能得其要也。

叶　素　庵

仁和叶素庵孝廉金书,才华富赡,工书画,善吟咏。家贫,鬻文京师以养亲。中年殂谢,士林惜之。尝赠余扇头墨梅,题诗一绝云:“风雪漫天腊正残,一枝素萼独凌寒。拈毫写出清癯骨,未许人间俗眼看。”今已为友人携去,每诵遗什,辄为惘然。

端　木　舍　人

青田端木鹤田舍人国瑚,天才颖异,以诗赋受知于阮文达公。官归安学博十余年,后以精究地理为禧尚书恩所荐,万年吉地工成,特赐中书,加六品衔。持品高介绝俗,在京师不事干谒,萧然斗室,惟以著述自娱。相国某慕其名,招之不往,以此浮沉冷宦,不得迁擢而卒。所著有《易指地理元文》、《太鹤山人诗集》。《在归安学舍作》云:“官阁焚香过十年,乌皮尚恋旧青毡。日长散帙无公事,睡起匡床有俸钱。百代看成灯下烬,一乡逃入酒中天。玉河东畔莲庄北,听唱渔歌月又圆。”《寄园紫藤精舍作》云:“朝隐频年未放还,寄园今寄我清闲。看花西寺逢三市,土地庙每三日花市,与寄园只隔一墙。视草东垣隔八班。每八日一诣中书直庐。官悟茶香人短榻,佛灯书味夜空山。中供观音佛龛。紫藤老惜生涯薄,每倚春风借酒颜。”寄兴闲远,读之可想见其为人。断句如《哭林西溪》云:“山川如故徒埋骨,天地无情莫著书。”《寄太鹤山房》云:“文章事大愁言命,仕宦途多幸息心。”《淮安作》云:“城根驿路藏秋草,树杪河声走夕阳。”《出仪真青山头江口》云:“潮生城郭添新渡,木落江湖出远帆。”《落叶》云:“风高古屋秋如雨,月满空山夜已霜。”《黄浦舟夜》云:“一行杨柳烟为岸,四面芦花水是天。”《淮阴吊韩信》云:“一代英雄儿女手,百年恩怨布衣时。”《鲥鱼》云:“四月如银宜

贵客,一生多刺比风人。"皆摆脱凡近,戛戛生新。所作联语亦可诵,
《挽温州林石筍》云:"气绝凌云,他日岂遗司马稿;泪倾流水,此时先
碎伯牙琴。"《挽朱雨亭》云:"愁寄天边,子始成名身易簀;哀传日下,
父终遗命世传经。"

孔 子 生 日

上元叶健庵中丞守兴安府时,郡诸生以八月二十七日为孔子诞
辰,禀请赴庙行礼。公为辨示止之,谓"嗣后诸生不得复为此举。倘
各塾师生以终岁读孔子书,不可无以申敬,应于春秋祭丁日,各于私
塾行释菜礼,似为得礼之正。即陋俗相沿,必欲于八月二十七日展其
诚敬,亦只谓之释菜则可,谓之祝寿则不可。其俗称谓'孔子会',则
尤不可"云云。余按:《礼部则例》载:"八月二十七日恭遇先师诞辰,
大内至王公百官均致斋一日,各衙门不理刑名,民间禁止屠宰,前期
缮绿头牌具奏,得旨,并出示九门及礼部前。"是孔子诞辰之期已垂功
令,有官职者届期均应致祭。兴安府诸生禀请行礼,似不得訾为陋
俗,惟不应用便服,且有祝寿及"孔子会"等称耳。

孙 瀛 帆 诗

仁和孙瀛帆茂才光裕,博学能文,中年弃帖括为申、韩家学,暇则
恣力于诗,才藻艳发,倾倒一时。道光癸卯,客台郡滋阳张兰台太守
庭桦幕中,一见如故,遂订交焉。以所著《树萱草堂诗钞》见示,佳句
如《南山古寺题壁》云:"落花满径鸟啼寺,斜日半肩僧上楼。"《箴作诗
者》云:"花到半开香正好,酒经重酿味逾醇。"尤长于乐府,道光辛丑、
壬寅间英夷扰浙,曾赋《从军咏》十章,激昂悲壮,于行间情事描写曲
尽,可称诗史。兹录其二。《乍川戍》云:"塘绕当湖环乍浦,浙西重镇
挡门户。都护防城击桴鼓,东指舟山郁风雨。帆樯出没无定所,健儿
横戈吼如虎,气压惊涛吞丑虏。一旦沿塘集楼橹,炮火轰天飞猛炬。
弃甲曳兵掷弓弩,抱头纷窜虎如鼠。官兵散,贼兵聚,官兵为客贼兵

主，主人移居让客处。主人未归客亦去，往不追兮来不拒。君不见乍川戍，昔时重镇今旷土。朝廷养士二百年，后先奔走曰御侮。"《杉青闸》云："鸳湖水草黏天碧，杉青闸口苔藓啮。闸外屯军幻尘劫，草染鹃红水呜咽。乍川失守寇氛迩，鹤唳风声禁不止。居民闻警纷避徙，揭竿之徒乘乱起。将军下令诛汉奸，杀人如草多株连。甘凉健儿势汹涌，遇敌则怯遇民勇。摩厉以须逢狭路，尔来好送头颅去。奸民狡黠良民懦，奸民漏网良民诛。将军非嗜杀，健儿岂尽诬？与其失不经，宁杀不辜，纵杀不辜休怨予。芳兰尚以当门锄，况犯虎威捋虎须。尸累累，血濡濡，乌鸢啄肉委路隅。亡何有乡名子虚，一丘之貉谁贤愚？吁嗟乎！将军令，司马法，昨日诛某乙，今日戮某甲。簿录虽分明，犹虑有冤胁。奈何罹罗雉，不及呼名鸭。点鬼无名鬼亦愁，模糊夜哭杉青闸。"

祷　神　文

钱塘陈云伯大令文述宰江都日，江水涨，淹田庐，民不得栖食，因斋戒为文，祷于禹庙及江海祠曰："念小民之或忘帝力，实出无知；譬人子之偶拂亲心，定容悔过。"道路传诵，以为名言。

谳　狱

萧山汪龙庄大令辉祖，由名幕而为循吏，所著《学治臆说》《佐治药言》已风行海内，所有谳狱之辞，略志于此。无锡县民浦四童养媳王氏，与四叔经私，事发，依服制当拟军，汪以凡上，常州府引服制驳。汪议曰："服制由夫而推，王氏童养未婚，夫妇之名未定，不能旁推夫叔也。"臬司以王氏呼浦四之父为翁，翁之弟是为叔翁，又驳。汪曰："翁者，对妇之称。王氏尚未为妇，则浦四之父亦未为翁。其呼以翁者，沿乡例分尊年长之通称，乃翁媪之翁，非翁姑之翁也。"抚军因王氏为四妻而童养于浦，如以凡论，则于四无所联属。议曰："童养之妻，虚名也。王习呼四为兄，四呼为妹，称以兄妹，则不得科以夫妇。

四不得为夫,则四叔不得为叔翁。"抚军以名分有关,又驳。议曰:
"《礼》'未庙见之妇而死,归葬于女氏之党,以未成妇也'。今王未庙
见,妇尚未成,且《记》曰'附从轻',言附人之罪以轻为比。《书》云:
'罪疑惟轻。'妇而童养,疑于近妇,如以王已入浦门,与凡有间,比凡
稍重则可,科以服制,与从轻之义未符。况设有重于奸者,亦与成婚
等论,则出入大矣。请从重枷号三个月,王归母族,而令经为四别娶,
似非轻纵。"遂得批允。

江淮卫漕船多满十年,粮道发价改造。其间有停运三次二次者,
户部以未满十运驳,取擅动库项职名,司钱谷者援例顶详。总漕不
准,商之汪。汪曰:"援十年之例,而部以十运为计,创也,非破其十运
不可。"乃为之议曰:"截留漕船以裕民食,破格之恩前所希有。是以
向来止计十年,而不扣足运。但船只一项,利于行驶,不利停泊;盖一
经停运,久泊河干,上之日晒雨淋,犹有苫盖银两,时为检点,至船底
板片泥胶苔结,日渐朽损。若因船身无恙,勉强起运,重载米石,远涉
江、黄,设有疏虞,所关非细,故不敢因慎重钱粮,致误天庾正供。既
满十年,不得不造。"议上,总漕大为许可,达部允行。

长洲县妇周张氏年十九而孀,遗腹子继郎十八岁将授室而殇。
族以继郎未娶,欲为张之夫继子,而张欲为继立嗣。辗转讦讼,前令
皆批房族公议,历十八年未结。因查全卷,知乾隆十九年前,张指一
人可以立孙,而房族谓其褓襁甫离,未必成人。后又另议,终至宕
延。汪拟批:"张抚遗腹继郎,至于垂婚而死,其伤心追痛,必倍寻常。如
不为立嗣,则继郎终绝,十八年抚育苦衷竟归乌有,欲为立嗣实近人
情。族谓继郎未娶,嗣子无母。天下无无母之儿,此语未见经典。为
殇后者,以其服服之,《礼》有明文。殇果无继,谁为之后? 律所未备,
可通于《礼》。与其绝殇而伤慈母之心,何如继殇以全贞妇之志? 乾
隆十九年张氏欲继之孙,现在则年已十六,昭穆相当,即可定议,何必
彼此互争,纷繁案牍?"因立继书,遵依完案。

乌程县冯氏因本宗无可序继,自抚姑孙为后。比卒,同姓不宗之
冯氏出而争继。汪议:据宋儒陈氏《北溪字义》"系重同宗,同姓不宗,
即与异姓无殊"之说,绝其争端。

孔孟弟子

孔子弟子自称名,孟子弟子如万章、咸丘蒙,有自称"吾"者。孔子弟子称孔子曰"子",孟子弟子称孟子曰"夫子"。孔子弟子问仁者七,问孝者三,问政者六,而孟子弟子所问皆不及此。正不独孔子之称弟子以名,孟子之称弟子曰"子",可征其随世变而异也。

名 与 姓 通

《通鉴》"五代、后汉有虢州伶人靖边庭",胡身之注曰:"靖,姓也。优伶之名与姓通,取一义所以为谑也。"《日知录》云:"考之自唐以来,如黄幡绰、云朝霞、镜新磨、罗衣轻之辈,皆载之史书,益信其言之有据。嗟乎! 以士大夫而效伶人之命名,则自嘉靖以来然矣。"余观士大夫命名连姓为义,唐、宋已然,如李无言、魏嗣万、程九万、王佐才、安如山、凌万顷之类。明初亦间有之,如凌云翰、成始终、夏时正、傅汝舟、傅汝楫之类,惟自嘉靖以后而始盛耳。

嗣 征

宋吴氏仁杰《两汉刊误补遗》,辨证精核。其论羲和,主坡公"羲和忠于夏"之说,谓"《嗣征》作于夏之史官,故其本序称'嗣后承王命徂征',此欺天下后世之辞。如司马氏讨诸葛诞而假魏帝诏以为恭行天罚也。孔子序言'嗣征,往征之',此所以正羿专命之罪。如《春秋》一字之贬也"。不知既出于羿之史官为欺天下后世之辞,孔子何以列之经? 且羲和既忠于夏,序何不言及之,而惟云"羲和湎淫,废时乱日"耶?

同 姓 名 同 字

古今同姓名者不可胜数,同姓名同字,余所知者,仅有三耳。典籍所载,恐尚不止此数,漫识之以俟续补。王承字安期,一晋人,湛子;一梁人,俭孙,暕子。张先字子野,一宋天圣二年进士,开封人,仕至知亳州鹿邑县,年四十八,欧阳公为作墓志铭;一宋天圣八年进士,乌程人,仕至都官郎中,年至八十余,能为诗及乐府,号"张三影",欧阳公称为"桃杏嫁东风郎中"。陈凤字羽仙,一上元人,嘉靖乙未进士,累官陕西参议;一无锡人,嘉靖时布衣。

文 体 相 似

韩文公作《樊绍述墓志铭》,即似樊之奇特;欧阳公作《尹师鲁墓志铭》,即似尹之文简而意深。罗鄂州作《尔雅翼序》用韵,王伯厚、宋景濂序亦皆用韵。盖惟才力足以相敌,故即能用其体也。

有澹台灭明者

武进士亿《经读考异》:"《论语》曰:'有澹台灭明者。'谓近读多以'有'字连下为句。考此宜以'有'字为读,盖对师问而应曰'有'也。与《孟子》'不动心有道乎'?曰:'有,北宫黝之养勇之也。'亦以'有'字句绝,'北宫黝'属下,语势正同。"余按:《孟子》有字句绝有四:"交邻国有道乎?""贤者亦有此乐乎?""不动心有道乎?""然则有同与?"问答皆以"有"字相应。此处上下文法不同,似以"有"字连下读为是。

七 修 类 稿

郎瑛《七修类稿》谓李商隐袭谢逸诗句,又以西台为南唐李建中,王阮亭《香祖笔记》曾訾其误。以余观之,疵谬尚不止此。如:隐语昉于《左传》"麦曲"、"山苟菶"之喻,而以为起自东方朔"口无毛,声謷謷,尻益高"。"南道主人"见《魏书·裴延俊传》,而以为始于唐郑余庆。"亲家翁"见《隋书·房陵王勇传》,而以为始于五代李愚诮冯道。

谓"今之祭物众矣,名亦工文",备述"黍曰芗合"数语,而不知其出于
《曲礼》。谓表德用"甫"字起自王荆公,而不知《后汉书》已有之,如袁
闳字夏甫,杜密字周甫,葛龚字元甫之类是也。谓"点心"始于《能改
斋漫录》,而不知本于《唐书·郑修传》,吴氏特引其语耳。谓赵明诚
为清献公中子,是误以正夫为阅道也。谓刘健今尚在,年已一百七,
而考之《明史》,则云"卒于嘉靖五年,年九十四"。其他谬误尚多,未
遑悉正也。

经 史 数 见 字

经史各有数见之字,《周易》"也"字,《尚书》"哉"字,《诗经》"兮"
字,《左传》"将"字、"故"字,《史记》《汉书》"乃"字,《南史》"便"字、
"深"字,《新唐书》"叵"字。

一　　言

一言有作一句解者:"一言以蔽之"、"一言可以兴邦"是也;有
作一字解者:"一言可以终身行之"是也。又"六言"、"六蔽之言",
亦作"字"字解,后世诗家所云"四言"、"五言"、"七言",殆昉
于此。

银　　顶

道光戊子年,言官奏请改正服色,以混戴金顶者甚众。饬令遵
例,惟七品官及进士举人得戴素金顶,八九品官及贡生戴起花金顶,
生监戴银顶。一时购顶更易,肆中赖以获利。寒士皆购锡顶代之,肆
工杂之以铅,历时未久,色即黯黑。有力者以银铸实心顶,约重一两
许,加以磨琢,望之与六品砗磲顶无异,往往于酒筵醋饮之时为人窃
去。行之年余,仍沿旧习,间有守法之儒犹戴银顶,则群哗笑之。甚
矣,习俗之难更也。

俗　称

今之称谓有与古相反者,如《尔雅》谓妻之昆弟为甥,而今则称为舅矣;《仪礼》舅之子称内兄弟,而今则称为表兄弟矣,此犹有所本也。至如称五世祖为太高祖,或称高高祖,称父之舅为舅祖,当称大舅,见《后汉书·张禹传》,又称祖舅,见《晋书·应詹传》《南史·袁彖传》。称从母为姨母,称姑为姑母,称姑夫为姑父,或称姑丈,称妻父为岳父,称姒为伯兄,称弟子妻为弟妇,皆习俗沿讹,不可以入文辞。若称舅氏为舅父,则《史记》已有之。称外舅为丈人,外姑为丈母,则柳子厚文已有之。

帅　中　丞

黄梅帅仙舟中丞承瀛,抚浙有惠政。乞归后,以公余银四万两发商生息,永为浚湖之资。胡书农学士赋诗纪之,有“闻道归无半顷田,为民留费岁三千”之句。

黄　少　司　马

昆明黄少司马琮,道光丙戌馆选,戊申岁,以父母年跻大耋,陈请归养,其奏牍有云:“八千里外,高堂之梦想时殷;十五年来,一日之瞻依未遂。白云徒望,遥隔乡关;清夜自思,难安寝馈。”情辞恳挚,不必以设色为工。

小　军　机

纪文达公性喜诙谐,尝作《京官》诗数十首,传诵一时。犹记其《小军机》一律云:“对表双鬟报丑初,披衣懒起倩人扶。围炉侍妾翻貂褂,启匣娇僮理数珠。流水是车龙是马,主人如虎仆如狐。昂然直入军机处,低问中堂到也无。”有京官不愿外迁观察,而老于京卿贫病而死者，公戏挽之云："道不远人人远道，卿须怜我我怜卿。"

李 方 伯

嘉定李许斋方伯赓芸，少时孤贫力学，乡、会试乾隆丙午、庚戌。皆以经策受知于大兴朱文正公珪，会试几得元，以律句用"毛诗"二字未妥，抑第六。因赋诗云："泥金报去人皆后，淡墨书来我最先。"盖填榜从第六名起，五魁后入也。又殿试后赋《纪恩》诗云："待诏齐来金马门，贤良策进帝亲抡。筑坛将以为皆得，扬觯人真麈有存。鼎足三分须有福，奎躔五纬已承恩。孙山名第非容易，频占前茅感可言。"乡试第四，殿试第六。李以县令莅官浙江，卓著循声，洊擢闽藩，洁清自矢。以劾僚属，为其诬讦。大府素忌李之公正，必欲周内其事，质讯时肆意胁侮，李不能堪，遂自裁。奏入，上震怒，遣二星使实勘，闽人合词讼冤，事得白。主其狱者皆得严谴，闽人快之。

红 豆

吴薗次太守词云："把酒祝春风，种出双红豆。"有毗陵女子日诵之，以为秦七、黄九复生，时号"红豆词人"。长洲惠研溪大令周惕居近吴郡东禅寺，寺有红豆树，移一枝植斋前，自号"红豆主人"。会稽王笠舫大令衍梅赋《红豆》诗云："故园酒祝吴林蕙，别浦人祠惠半农。"半农乃砚溪之子士奇，著有《红豆斋小草》，乡人因其斋名称"红豆先生"。盖用本朝典也。

杨拙园先生

归安杨拙园先生知新，绩学能文，屡困闱试，读书益力。好赒恤贫乏，家以中落。后长子蕉雨观察炳堃出宰中州，禄入稍裕，好施益甚。著有《凤好斋诗钞》，句如《晚登南城》云："落日在高树，平芜生夕烟。"《初秋登望崧台》云："江山留故迹，天地入新秋。"《送姚干之》云：

"桃花柳絮随孤棹,流水青山入远村。"《秋闱报罢》云:"世事分明论成
败,人情顷刻变炎凉。"《春初由豫抵家》云:"千里云山迂客路,一天风
雪送归人。"皆足嗣响唐人。

改　姓

姓有去字之偏傍而改者,鄫之为曾,由来久矣。王莽末,疏广孙
孟达避难去疎之足而为束。王审知据闽时,人避其讳,去沈之水而为
尤。文彦博先世本敬氏,以避讳改。金履祥先世姓刘,避吴越讳而
改。黄子澄死靖难,子易其姓为田,名经。魏忠贤时,魏氏有去鬼而
为委者。又如熊为能、慎为真、敬为苟、谢为射之类,不可悉举。

梁　元　帝

梁元帝于甲戌岁被害,年四十七。所著《金楼子》自言于丙申岁
婚,则是年方九岁耳,何其早也!又言"余年十四,苦眼疾沉痼,比来
转暗,不复能自读书。三十六年来,恒令左右唱之"。计自年十四迄
于末年,未及三十六之数,疑必有误。

一日不见如三月兮

"一日不见,如三月兮",《采葛》咏之,见谗谤交构之际,犹不忘君
也,读之可以怨;《子衿》咏之,见学业衰废之时,尤亟须友也,读之可
以群。

梳　铭

《明诗综》七十一卷项真名下,《静志居诗话》云:"予尝见其为闺
人铭梳奁曰:'人之有须,旦旦思理;有身有心,奚不如是?'笔法极其
飞舞,绎其语,殆亦非真狂生也。"余按:《铭》乃卢仝所作,见《唐文粹》

云："人之有发兮，旦旦思理；有身兮有心兮，胡不如是？"项盖减易其字而书之耳。

舒元舆铭

舒元舆《玉箸篆志》，论李斯、李阳冰之书曰："斯去千年，冰生唐时。冰复去矣，后来者谁？后千年有人，谁能待之？后千年无人，篆止于斯。呜呼主人，为吾宝之。"《容斋随笔》称之，以为有不可名言之妙。余按：元舆所作《陶母坟版文铭》，语亦简妙："彭蠡之滨，峨峨高坟。有晋陶君，哲太夫人。前瞻千年，卜孟为邻。后千万年，卜谁为邻？西江悠悠，东湖滔滔，彭蠡有竭，斯坟更高。"

印章隐姓名

有于印章隐姓名者，如姜白石夔之"鹰扬周室，凤仪虞廷"，乃运典格也。徐文长渭之"秦田水月"，乃拆字格也。盖昉于辛稼轩"六十一上人"印文。

张睢阳庙联

台州巾子山张睢阳庙屡著灵应，郡人奉祀甚虔。楹联云："慷慨誓师，守睢阳蕞尔之区，孤城中人皆乐死；从容尽节，振河北英雄之气，千载后貌尚如生。"运意精湛。又云："保障在江淮，业肇中兴，正史论功先郭李；辉光齐日月，心明大义，孤城著节迈颜卢。"语亦圆稳。

巢居阁

祠宇楹联往往工拙互杂，独西湖巢居阁联语皆可传诵："祠傍水仙王，北宋尚留高士躅；树成香雪海，西湖重见古时春。"陈若霖。"梅鹤寄高闲，遗稿千秋笑司马；湖山写清冷，寒泉一掬拜坡仙。"朱上林。"华表千年，遗蜕可闻玄鹤语；孤山一角，暗香先返玉梅魂。"吴廷琛。"山冷好教梅似续，巢新应有鹤归来。"方应纶。

琴　铭

浦城祝桐君司马凤喈精琴理，以前人琴谱阐发未详，著《琴谱》四卷。蓄一琴，名"秋声"，其自题曰："嘉庆戊寅，予始学操缦于伯兄秋斋先生。庚辰，姊夫詹正斋赠是琴，材质古厚，而漆剥音竑，置之有年。嗣稍识琴理，因悟修斫之法。道光辛卯，手自治之，伯兄为题'秋声'二字，以雅器复完，其音清实也。咸丰辛亥五月，兄遽谢世。明年夏，予驰驱吴、越、燕、鲁，携是琴行，抚之感怆，爰题辞曰：惟石之岩桐生巅，孤高适性枝刚坚，斫之为琴历长年。气与质浑木液竭，铿然发音疏以越。抑兮实，泛兮清，秋声移情，永怀伯兄。甲寅七月既望，凤喈撰。"属予为之铭，曰："斫之补之质完善，抚焉调焉韵清远。山遥水纡，息游与俱。万虑涤除，悠然古初。挥弦正谱持特识，四海知音未易得，言念同气意何极。"

沈　氏　姑

沈氏姑蕙心，德性幽闲，大母施太恭人最爱之。少娴吟咏，诗格清新，姑夫沈虚舟咸孚为归安名士，结褵未久即得痫疾。姑遂绝口不吟诗，幼时所作，亦深自讳匿，不以示人。余请之再三，始得见之。《咏松》云："瘦石寒梅共结邻，亭亭不改四时春。须知傲雪凌霜质，不是繁华队里身。"《秋日闲居》云："翠幕初寒小阁幽，茶烟袅袅拂帘钩。一庭秋色堪吟赏，底事诗人惯说愁。"《秋夜》云："细雨初收爽气浮，香飘桂树露华秋。姮娥也爱窥书史，先遣清光入小楼。"

学　林

王观国《学林》谓："汉、晋以来，卑者呼尊者为'足下'，平交相呼亦以'足下'。今自高而侮人则曰'足下',而称尊者为'座下'、'几下'、'席下'、'阁下',又何耶?'不宣'、'不具'、'不备'、'不次',其义一也,今平交用'不宣',尊者与卑者用'不具',卑幼与父母尊者则用'不备',而居丧则用'不次'。'顿首'、'稽首'、'叩首',其为恭敬之礼则同也。今居父丧者用'叩首',母丧者用'叩头',又何谓耶? 此皆出于近世吉凶书仪,世俗不考其是否,而咸遵用之,问其义则不能别也。此亦徇俗之太过也。"余按:近世尊与卑曰"足下",称尊者曰"阁下",而无"座下"、"几下"、"席下"等称。"不宣"、"不备"、"不具",大略与宋时相同,惟"不次"未尝专用于居丧。又如"不既"、"不尽"、"不戬"、"不悉"、"不一",皆与"不宣"并用。至于居父母之丧则概用"稽首",此皆了无取义,而习尚相沿,即通人亦莫能易。殆所谓"礼从宜"者欤。

七　夕　诗

余杭陈炜卿女史尔士,钱新梧给谏之室也。习经史,工吟咏,赋《七夕》诗,命意最高:"梧桐金井露华秋,瓜果聊因节物酬。却语中庭小儿女,人间何事可干求?"

目　疾　秘　方

患目赤者,小便时以指醮入目中,闭目俟其自干,日三四次即愈。惟当净洗手面,以免不洁之咎。此方载《医学纲目》,他书不恒见,屡试屡验,秘方也。又《石室秘箓》治目中初起星,用白蒺藜三钱,水煎洗之,日四五次,星即退,此方亦神效。

吐　生

《泊宅编》谓天地之间有吐而生子者,鸱、鸮、兔凡三物。按:蟾蜍亦吐生,见《埤雅》。

卷三

论　文

　　魏文帝《典论·论文》谓"文以气为主,气之清浊有体,不可力强而致"。似不若杜牧之《答庄充书》为得其要,云"凡为文以意为主,以气为辅,以辞彩章句为之兵卫"。盖文而无意,则气亦无所统驭。韩、苏之文,气极盛矣,然非研理之精,有意以宰制之,安能几于斯乎?

误　信　降　人

　　汉岑彭征公孙述,述遣刺客诈为亡奴降,夜刺杀彭。元察罕帖木儿信降贼丰士诚言,观营垒,遂为所刺。明胡大海喜降将蒋英、刘震、李福之骁勇,留置麾下,致被戕害。是皆昧军旅思险、隐情以虞之义者。

隗　　嚣

　　隗嚣为更始所征,不听方望之言而甘心臣事。迨光武招之,则信王元之计,负险拒固,卒至于亡。盖有爱士之雅而无察言之明,视窦融之识时归命,相去远矣。

河　间　妇　传

　　柳子厚《河间妇传》,遣辞猥亵,昔人曾讥之,然其文固有为而作。其记游戏之所,一则曰浮图,再则曰浮图,可知佛庐之贻害甚烈,而妇人之喜入庙者,可以警矣。

方侍郎

桐城方望溪侍郎苞文,誉之者以为韩、欧复出,北宋后无此作。李安溪。毁之者谓所得者古文之糟粕,非古文之神理。钱竹汀。鄞全谢山太史祖望尝谓:"侍郎生平,于人之里居世系多不留心,自以为史迁、退之适传皆如此,乃大疏忽处也。"余谓作文不留心里居世系,乃文人通病,非独望溪为然。至其文格清真简洁,要当推为一代宗工,钱、全二公皆不逮也。

游龙杖

《诗》"隰有游龙",陆玑疏云:"一名马蓼,高丈余。"萧山汤敦甫协揆钊尝取其干以为杖,轻而易持,名曰游龙杖,赋诗咏之。

赵少宰

河阳赵少宰士麟,政绩昭显,兼优理学。所著《敬一录》有云:"朱、陆入手不同,其于大原则一。学术止论差不差,不论同不同。"持论平允,可息两家聚讼之喙。

文昌神

台郡士子祀文昌神甚虔,城中自府县两庠外,又有祠十余处。二月初三之期,先一日,各酿钱会于祠中,笙歌彻夜,三日而后罢。城东北隅白云山麓正学书院亦有是会。临海宋心芝学博经畬题联云:"二月二日迓神庥,祈天上星君,文皆夺命;一甲一名承旧学,愿海滨士子,试辄抢元。""一甲一名"盖指临海秦尚书鸣雷,于嘉靖甲辰年登第,所居故址在书院侧。

治　生

许鲁斋尝言,学者以治生为急,士之患贫者,往往借口斯言,妄求封殖,是特误会其旨耳。今观其言,曰:"为学者,治生最为先务。苟生理不足,则于为学之道有所妨。彼旁求妄进及作官嗜利者,殆亦窘于生理之所致也。士君子当以务农为生,商贾虽为逐末,亦有可为者。果处不失义理,或以姑济一时,亦无不可。若以教学与作官规图生计,恐非古人之意也。"审乎此,则知所谓治生者,必准乎义之所宜,岂导人趋利哉?

善 于 法 古

西门豹为邺令,投巫妪、三老于河,而河伯娶妇之俗以革。后汉宋均为九江太守,浚遒县有唐、后二山,民共祠之。众巫遂取民男女一以为公姬,岁岁改易,既而不敢嫁娶。均下书曰:"自今以后,为山娶者,皆娶巫家,勿扰良民。"于是遂绝。盖即祖邺之意而变通之,是善于法古以为治者。

同 共 皆 悉 等 字

同、共、皆、悉等字,《汉书》往往有之,陈寿《三国志》尤多,略识于此。"同共戮力"、《臧洪传》。"咸共赠赗"、《管宁传》。"悉共会聚"、《仓慈传》。"皆悉俱东"、《陈群传》。"咸悉具至"、《先主传》。"并咸贵重"、刘封等传后评。"士人咸多贵之"、《张嶷传》。"众悉俱济"、《吴主权徐夫人传》。"若悉并到"、《韦曜传》。

君 子 小 人

贤如颜浊聚、段干木、周处,其初尝与强暴为伍。奸如王莽、秦桧、严嵩,其初亦著善良之名。是以一息尚存,小人皆可以自新,君子必不可以自恃。

达 德 首 知

窦武、何进诛宦官不速,反召祸衅,机事不密则害成也。桓彦范等诛二张,不尽夷诸武,卒贻后患,小不忍则乱大谋也。此皆由于识之不精,故三达德必以知居首。

忘 己 之 难

陈白沙弟子张诩,为白沙作行状云:"成化己丑,礼闱卷为人投之水,复下第。后二十年,御史邝某闻之礼部尚书某从吏云,某所为也。先是,先生寓居神乐观,科道诸公往来请益无虚日。既而某被科道劾,疑出先生,故特恶之深。揭晓,编修某时为同考官,主书经,索落卷不可得,欲上章自劾,冀根究,不果。时京师有'会元未必如刘戬,及第何人似献章'之谣,以及舆夫贩卒,莫不啧啧称屈。"余考《明史》,成化己丑会试时,礼部尚书为姚夔。本传称彗星见,言官连劾夔,夔求去,不允。又称其在吏部时,留意人才,不避亲故。王翱为吏部,专抑南人,北人喜之。至夔颇右南人,论荐率能称职。史之所言如此,则夔固能拔擢英豪者,乃独逞私憾于白沙而摈之。甚矣,忘己之难也。

父 母

汉召信臣、杜诗称"召父、杜母";宋知广州邵煜、陈世卿亦称"邵父、陈母"。邵以凿海濠通舟,飓不为害;陈以奏免计口盐,广人歌之曰:"邵父、陈母,除我二苦。"所行止一事,而名垂无穷,盖泽之及人远也。

谏

唐穆宗问柳公权用笔法,对曰:"心正则笔正,笔正乃可法矣。"此以笔谏也。宋太宗幸景龙门观水硙,因语侍臣:"此水出于山源,清冷甘美,故余润所及,凡近河水,味皆甘。"宋琪对曰:"亦犹人之善恶,以染习而成。"此以水谏也。金杨云翼患风痹稍愈,哀宗问愈之之方,对曰:"但当治心,心和则邪气不干。治国亦然,人君先正其心,则朝廷百官莫不一于正矣。"此以医谏也。是皆能得讽谕之术者。

贿赂免祸

晋杜预在镇,数饷遗洛中贵要。或问其故,曰:"吾但恐为害,不求益也。"魏邢峦惧为元晖、卢昶所陷,以汉中所得巴西太守庞景民女化生等二十余口与晖,乃得解。二人皆有大功于国,而犹恃贿赂以免祸,殆亦时会使然,若遇主圣臣直之朝,当不出此。

舒铁云

大兴舒铁云孝廉位,诗才藻逸,书法亦秀挺绝伦,兼善音律,每填词曲,辄按弦管以调之。侨寓吾里十年,后从王朝梧观察之黔,值征南笼仲苗,为观察治文书。威勤侯勒保见而器之,恒与计军事。仲苗平,勒侯移督四川为经略,率三省兵攻白莲贼,招之往,以母老道远辞之。既归,贫无以养,乃乞米吴、楚间。出行携二大箧,一储书籍,一贮丝竹,此外行李萧然也。岁归省母,在真州闻母丧,戴星而奔,不纳勺饮者弥月,以哀毁卒。与先伯父乡石公论诗最契,其《咏陶靖节》云:"仕宦中朝如酒醉,英雄末路以诗传。"最为公所称赏。曾遗公书,自道其作诗甘苦,云:"承评论拙诗如'诸天雨花,非下界人所能消受',至谓'稍敛其锋,而出以沉郁顿挫',则实位诗短处,而己知之,而人未知之,而先生固已知之,是诚知己之言，敢不服膺！而谓位尚有所不惬于心耶？诗稿本系草录，即乞批评于上，暇日掷还，则受益无量。夫作诗文者，比于当仁不让，以太白之才，而老杜尚有'尊酒重论'之句，况其他乎？抑位生平行路之日多，读书之日少，偶得佳句，辄复沾沾自喜。近年略知收敛，以期不懈而及于古，并愿多读书以广其识，而旧时习气尚未全除。今兹所言，正乃切中其弊：'愿邓将军捐弃故技，更授要道。'谨以此言书诸绅矣。今年仍与鹭庭太史公同往扬州，未知明年又在何处。重承关念，附及此言。乌戍程君拱宽七言近体颇佳。禾中则更寥寂，何日一棹南湖，细扫青苔之榻？位虽不胜杯勺，犹当谋斗酒以歌太守醉也。"舒年十岁即下笔成章，年十四随父翼官粤西永福令，读书署后"铁云山房"，因以自号。

于 观 察 诗

文登于莲亭观察克襄，风雅工诗。归田后，爱武林山水之胜，移家来居。赋《自寿》诗云："古稀历过四年余，为爱西泠筑室居。策杖闲行同辈少，杜门却扫世情疏。湖山杳霭堪游目，花木幽深且读书。乐趣思寻周茂叔，清风皓月自如如。"观察著有《铁槎诗存》，钱塘周雨亭观察澍序，称其"险夷一视，无非中正和平之意，以写缠绵悱恻之音"，信然。

香 屑 集

华亭黄唐堂宫允《唐香屑集》，集唐诗九百四十二首，各体皆备。其自序集唐骈体文三十余言，工巧浑成，极才人之能事。自言应试屡黜，穷愁外侮，百感纷至，每用艳体为集句，寓美人香草之言，以写忧而寄思，盖皆未通籍时所作也。卷末自题云："日日成篇字字金，方干。酒浓花暖且闲吟。罗隐。诗中得意应千首，姚合。颇学阴何苦用心。杜甫。""多少鱼笺写得成，刘兼。直应天授与诗情。陆龟蒙。阳春唱后应无曲，黄滔。尽是人间第一声。崔涂。"其自负亦不浅矣。

李 忠 定 公

咸丰元年，福建巡抚徐继畬奏请以宋臣李纲从祀文庙，礼部议准从祀文庙西庑，在先儒胡安国之次。其大略云"查历代从祀诸儒，皆以德行纯懿、有功经学者为要。至我朝康熙年间，以宋臣范仲淹从祀，始于道德学问之外，兼取经济非常之才，盖圣门政事之科，原与德行文学并重。厥后，雍正年间，以汉臣诸葛亮从祀，道光年间，以唐臣陆贽、宋臣文天祥从祀。此四人者，皆经纶弥天壤，忠义贯日月，列于从祀巨典，诚圣朝教忠之至意也。兹查李纲仕宋，历官观文殿大学士，忠言谠论，定倾扶危，仓卒尚守围城，刺血以草奏疏，力排和议，躬佐中兴。《宋史》称其负天下之望，以一身之用舍，为社稷生民安危，而不知身之祸难。屡濒于死，而爱君忧国之心终有不可夺者，可谓一世之伟人。史笔昭垂，洵为千古定论。至其生平著述，为该抚原奏所称者，有《易传内外篇》、《论语详说》二种，原奏所未称者，有《中兴至言》、《建炎类编》及《乘闲志》、《预备志》各种，今皆不传，仅存其序于集中。其为文渊阁所著录者，惟《梁溪集》八十卷及《建炎时政记》二种而已。臣等细观其文集、奏议，于政治得失，言之深切著明，纯忠亮节，皎然不磨。核其品学、经济，实与诸葛亮、陆贽、范仲淹、文天祥相等，自当一体崇祀，以奖忠义"云云。

胡 霖 若

乌程胡霖若孝廉缙，少负才名，阮文达公督学吾浙，试诸生《十台怀古》诗，胡居最。尝祈梦西湖于忠肃公祠，见镜中有"会元"二字，乙丑闱后，报录误以会元胡敬名姓相似，驰报捷元。是科孝廉卷以额满见遗，取誊录第一，未几即卒，盖梦已兆之矣。其友归安郑梦白中丞祖琛悼以诗云："《十台》诗句动公卿，长爪通眉太瘦生。花信满城飞不到，一生名姓误韩翃。"

姚 廉 访

桐城姚石甫廉访莹，负经济之学，尤长于论兵。道光二年，为县令台湾，兼摄南路同知。时大府以前台道叶世倬言，欲改班兵为召募，总兵观喜疑不能决，就廉访问策，为议上之，观公以为然。叶公旋擢闽抚，面对犹及此事，上命与总督筹之。三年，赵文恪公来督闽、浙军，见此议，乃罢。其议大略以为"台湾自康熙时入版图，迄今百余年，设立重镇，水陆十六营，弁兵一万四千有奇，皆调至内地，三年更易。既有兵糈，后有眷米，岁费十数万，天庾正供不少惜，此何所取而必为之哉？盖尝推原其故，窃见列圣谟猷深远，与前人立法定制之善，不可易也。夫兵者，凶器至危，以防外侮，先虑内讧。自古边塞之兵皆由远戍，不用边人，何也？欲得其死力，不可累以室家也。边塞，战争之地，得失无常。居人各顾家室，必怀首鼠，苟有失守，则相率以迎。暮楚朝秦，是其常态，若用为兵，虽颇、牧不能与守。故不惜远劳数千里之兵，更迭往戍，期以三年，赡其家室，使之尽力疆场，然后亡躯效命。台湾，海外孤悬，缓急势难策应，民情浮动，易为反侧。然自朱一贵、林爽文、陈周全、蔡牵诸逆寇乱屡萌，卒无兵变者，其父母妻子皆在内地，惧干显戮，不敢有异心也。使罢换班之制改为召募，则与台人守台，是以台与台人也。设有不虞，彼先勾接，将帅无所把握，吾恐所忧甚大，不忍言矣。且兵必使常习劳苦，屡陷危机，庶不致畏葸而却步。此惟班兵则能之，虽不免调发之烦，养赡之费，而恃此以保障全海，其利甚大。若召募，则其害不可胜言，并无所利，可以决所从违矣"。廉访尝言："近时武人，大都习为文貌，弃戈矛而讲应酬，以驯顺温柔取悦上官，文人学士尤喜之，以为雅歌投壶之风。嗟乎！行阵之不习，技艺之不讲，一闻炮声，惊惶无措，虽有壶矢百万，其能以投敌人哉？驯弱如此，无宁粗猛。粗猛之甚，不过强梁。强梁即勇敢之资，善驭之犹可得力，驯弱则鞭之不能走矣。"语尤切中要害。

永 乐 大 典

明《永乐大典》割裂群籍，分隶各韵，原书遂多散佚。明代士人纂书梓行，亦皆芟削篇句，使后人不能见古人全书。迨我朝开四库馆，汇萃遗编，俾各书均成完帙。又复搜求浩博，参考精确，流传广远。宜乎人才辈出，著述如林，而校刊群书者，俱能详慎不苟，一变前代简陋之习也。

冯 柳 东

冯柳东教授宰将乐县一年，即改就教官，司铎宁波。大吏重其才，将荐之朝，力辞，赋诗见志云："邱为奉母贫常乐，彭泽辞官老益坚。"著述甚富，阮文达公为刻《补考三家诗异文疏》，徐辛庵侍郎士芬为刻《金石综例》，李昶林宫赞泰交为刻《论语异文疏证》。故其诗有"厚禄早看同舍贵，新书难得故人刊"句。尤工填词，其《散馆一等改官闽中留别都下诸同年·满江红》云："一枕䔈腾，蟇催醒、春婆梦早。也莫问，得时欢喜，失时烦恼。风好已通蓬岛路，水空忽换《霓裳》调。想君恩、只许住三年，瀛洲渺。　诗书债，粗完了；功名事，浑难料。看策勋清镜，头颅催老。仕本为贫宁厌俗，禄犹逮养何嫌少。试今朝、骑马作粗官，由他笑。"和者数十家，皆莫能及。比在四明，作《种菜图》，自填《满庭芳》调云："种豆棚低，饐瓜亭小，千古老却英雄。长镵短柄，不数草堂风。漫说周妻何肉，清斋供，菜肚都空。小园赋，寒畦一棱，春韭更秋菘。　昨宵新雨足，丁宁阿段，好灌连筒。并桔槔无用，俯仰都慵。料理瓜壶经济，头衔换、老矣园公。休赊望，飞钱篱落，生计笑邻翁。"又作《杨柳岸图》，自填《长亭怨》慢调云："又听到栖鸦时节，冷雨疏枝，秋声来骤。送别年年，乱条攀尽，忍分手。销魂短艇，早催度，河桥口。柳纵有青时，却不管离人消瘦。　马首。怅残阳千里，倦向西风沽酒。一丝影里，已换了，暮蝉亭堠。问那处夜笛楼头，恐归去，绿阴非旧。但有晓风尖，付与莺僝蝶僽。"题词盈幅,亦皆逊原唱之佳。

徐 咏 梅

德清徐咏梅茂才球,学术淹通,尤敦志行。为赘婿长兴,独居一室,惟以文章自娱。暇则访遗碑,搜故实,竟日不以为劳。尝游龙华观旧画,得沈石田、文衡山诸手迹,熟视不忍释。至卷尾,见明季尚书乌程某氏名,掩卷惟恐不速。其生平议论必依名节,文章必守矩矱。著有《还印庐集》。诗最工七绝,如《立夏前一日呈严九丈许大》云:"鼠姑开到十分时,胜侣招要未是迟。我欲驱愁愁不去,春来心事落花知。"《嘉禾舟中》云:"侵晓蛙声乱野塘,黄云覆垅漾晴光。渔歌欸乃冲波去,疏柳前村又夕阳。"饶有风味。

悼 亡 词

仁和沈秋卿藩掾星炜,少游胶庠,壮历幕府,屡试不遇,乃试吏于楚北。上游重其才,咸刮目待之。著有《梦绿山庄集》。词胜于诗,《悼亡·临江仙》词十阕,情文交至,尤为集中之冠,特录之。序云:"亡妇江来归四年,情好綦笃。丁春月吉,举丈夫子,遂得嬴疾,渐成不起。病中令余坐榻前,絮话一切,弥留时仅一执手而已。痛定悲来,不能自已,爰作《临江仙》十首。""记得楼头深夜语,几分春到梅花。天寒翠袖薄罗遮。月和人瘦,透影上窗纱。　今日琐窗成独倚,无憀忆遍年华。东风依旧满天涯。断肠玉笛,吹梦入谁家?""记得春前江上别,离愁黯尽黄昏。罗巾空惹旧啼痕。香寒被角,应许梦温存。　不信浮云催聚散,而今真个销魂。此情欲语更谁论。迢迢彩石,何处问西昆?""记得沧江归路晚,飞鸿远寄相思。三生恩义少人知。红笺记注,珍重乍开时。　一别秋风人隔世,锦书惆怅何之?泪寒鳏枕雁来迟。凄凉心事,望断碧云祠。""记得画眉窗下立,粉香轻浣罗衣。落花消瘦草痕肥。翠分浅黛,一角远山低。　痛绝当年京兆笔,柔情已逐云飞。月中环珮是耶非?空余遗挂,掩幔却依稀。”“记得荆花开五树，东风忽殒双枝。谢庭残雪燕归迟。衰亲健在，犹赖汝维持。　何事仙云才现影，玉箫又动离思。伤心阿母最堪悲。七年一瞬，三度丧琼姿。”“记得良言曾劝我，读书须惜分阴。功名水到自渠成。忍将心力，轻弃十年情。　毕竟珊瑚沉断网，梦花空许相寻。西风无那又飘零。青灯负我，我自负卿卿。”“记得天涯逢七夕，掐云初见秋河。可堪经岁别离多。绿窗消息，争奈薄情何！　似此星辰原昨夜，剧怜潘鬓蹉跎。阴阴凉月转垂萝。阑干风露，盥水欲生波。”“记得绣帘风影细，并刀乍剪轻纨。彩丝无力挽双鸾。絮痕着处，点点唾花寒。　几向空房寻旧迹，新愁又上眉端。模糊卷本鼠拖残。年时针线，和泪更重看。”“记得凉飔吹碧树，愁心不耐清秋。短衣喜趁薄寒收。遥知临箧，中夜自绸缪。　太息年华同逝水，孤蟾影破琼钩。寂寥庭院晓霜浮。茧丝抽尽，双袖冷香篝。”“记得伤心临去日，喘丝欲断还连。相持纵有万千言。不成一语，忍痛向重泉。　曾是达人应作达，此情何计周旋。茫茫来日快抽鞭。好将心事，同证后身缘。”

谥　义

明代谥“义”者，惟大学士高公穀谥文义。国朝顺治初，大学士德州谢公升谥清义；乾隆中，云南临元镇总兵武威王公玉廷征缅甸死事，谥勤义。

孑孑虫

杭城水浊，人家皆接天泉水用之，日久往往生孑孑虫。《以斋杂著》谓：“自天明至日未入接者为阳，日没至鸡鸣前接者为阴。阴阳水各自为盏，孤阴不生，独阳不长，自无孑孑虫之患。”泾县胡子晖《子贯附言》亦云：“午前之雨属阳，午后之雨属阴，独阳之水取养金鱼子，不生虫蟇。”

浙江学使署联

浙江学使署在杭州府学之东，署中桃李甚繁，有牌额，题曰"桃李门"。学使彭文勤公题大堂联云："天地自成文，湖山有美；国家期得士，桃李无言。"萍乡刘金门侍郎凤诰联云："使节壮湖山，东南坛坫；文光拱奎璧，咫尺宫墙。"皆按切其地，不可移置他处。

愚汀公

本生曾祖愚汀公讳炘，历官兴化、清远知县，恺悌真诚，民皆爱戴，而操守清廉，不通苞苴。郡守嫉之，谗于大府，入计典罢归，时年六十有六。宦橐萧然，仍事笔耕。问字者麏至，公因材训迪，孜孜不倦。尝谓"农人自食其力，余则自食其心矣"。有句云："登堂尽是论文客，入篋从无造孽钱。"仿晏元献法，字纸之废弃者，必剪取空隙处，置篋中以备用。谓子弟曰："此虽细事，亦惜福之一端也。"因题联于篋云："用勿弃余，常为此生留后福；类无嫌杂，须知斯世少全材。"会稽高燏荣填讳。

进士归班

进士归班，铨选每稽时日，而寒儒当报捷后，费用不资，转增通负，往往仍橐笔售文，犹难自给，不免室人之谪。宋危逢吉有《妇叹》诗云："记得萧郎登第时，谓言即入凤凰池。而今老等闲官职，日欠人钱夜欠诗。"描摹情况，惟妙惟肖。近时进士则归班者少矣。

姚侍郎奏牍

桐城姚伯昂侍郎元之，因事被议褫职，旋奉命授内阁学士。姚缮折谢恩，其略云："圣无弃物，木虽朽而仍雕；帝有恩言，垢纵污而顿涤。钦承新命,回忆前尘。燕识旧巢,庇厦之欢更洽;羊追歧路,补牢之计弥殷。臣惟有事事讲求,时时省察。向倾葵藿,感恩有胜于迁除;收望桑榆,纠过常萦于寤寐。"措语雅近宋人。

同 谥

魏罗斤、罗伊利皆谥静,魏独孤库者、隋独孤罗皆谥恭,唐韦肇、韦澳皆谥贞,是祖孙同谥也。魏韦道福、韦欣宗皆谥简,唐丘和、丘行恭皆谥襄,姚懿、姚崇皆谥文献,是父子同谥也。唐窦琎、窦诞皆谥安,是叔侄同谥也。梁萧昂、萧昱皆谥恭,是兄弟同谥也。五代以后则罕见矣。

取蜀将帅

《容斋四笔》谓取蜀将帅多不利,如汉岑彭、来歙,晋邓艾、钟会,唐魏王继岌、郭崇韬、康延孝,宋王全斌、崔彦进皆然。《吹剑录》亦云开禧间,杨巨源、李好义讨吴曦,皆为安丙所杀。余观自宋以下,元之阔端取成都,招降利州、潼川,塔海取汉、邛、简、眉、阆、蓬等州,遂宁、重庆、顺庆等府,纽璘取彭、汉、怀、绵等州,李德辉取重庆、合州,后俱得保功名以终。殆因所取者只数郡,未得全蜀地也。然宪宗之自将伐蜀也,由宝鸡攻重贵山,所至辄下,而竟崩于合州城下。明傅友德、廖永忠平蜀还,受上赏,后皆赐死。尤奇者,汤和亦同时征蜀,以军后至无功,赏不及,而和独获令终,追封东瓯王,谥襄武。

公 忠

王旦、吕夷简皆为宋初贤相,而一因遵行天书,一因导废郭后,匡救偶疏,贻惭没世。殆由私心未净,遂致大节不纯。此古人言忠所以必先公欤?

画　工

歙程易畴学博瑶田，辨画工《带月荷锄归》之误，谓"月一弯而在左，阙亦在左者有二时，一当初五六日，人向南，日已过中，加未申时之间，月未及中；一当廿六七日，人向北，日升加辰巳时之间，月已过中。二者并日在天，月虽如是而不可见，矧农人归恒薄暮。初三后数日间，则有新月可带。其画在人左，则必阙其右；若画在人右者，又必阙其左。廿六七之残月在天，当丁夜时，其形亦然。然夜半以后，发晌以前，非农人归息之候"云云。观此，知画虽小道，贵有格致之功，且必运以灵思。如杨行密之画工绘李克用眇目状，作臂弓拈箭之形，仍微合一目，以观箭之曲直，深憾克用意，得免死，厚赂遣归。宋人画《踏花归去马蹄香》，以数蝶随骑擅长。国朝画院祗候金廷标画《琵琶行》，不似唐寅直写一女抱琵琶，而画白乐天等属耳之情，为高庙所称赏。至画之率略者，若昭君则有帷帽，二疏则有芒蹻，陶母剪发则手戴金钏，汉祖过沛则有僧，斗牛则尾举，飞雁则头足俱展，掷骰呼六则张口，皆不免为世口实。明仇英一时作手，而《苏李泣别图》所绘橐驼皆作马蹄，谓非疏于研考之故乎？

金岱峰诗

秀水金岱峰教授衍宗，诗沉着清老，无描头画角习气。其《木瓜》诗二首，理真词隽，不落赋物家窠臼："梨一益百损，榛一损百益。所以古之人，投之俾有获。苞苴之礼行，岂曰报可责？幡幡者惟瓟，戈戈者有帛。承筐亦几何，要在情不隔。能令受者心，生死感其德。琼琚于木瓜，奚啻过什百？敢曰报礼然，期以身许国。聊比玉之华，贡此一心赤。""万物无贵贱，见用则皆珍。一物适一用，致用则在人。望梅可蠲渴，呼楙能缓筋。格物得其理，取效疑于神。物理有相感，何况人心真。"又有《梦从军作》云："据鞍草檄秃千毫，万帐无声北斗高。请为将军窥敌垒，雪中跃马夜横刀。"气格高爽，雅近中唐。

姜　太　史

慈溪姜西溟太史宸英作《吴约庵墓志》云：“国家制科，三年即放进士至三四百人，少亦不下百五十人，而天下省试所录士又无论以千计。其间贤不肖杂糅，冠未上头，一经未上口，猥列贤书，冠进贤，以齿序于搢绅者何限。而宿学硕儒，砥行立名，踸踔而不得进，终于褴衫席帽，赍恨入棺。如吴氏一门，祖孙、父子、夫妇之间，至以涕洟相慰勉，贫老至死不悔。彼为之有司者，果公与明非耶？讵独无人心耶！夫自有道者视之，穷通得丧，彼在外者亦何与己事，奈何当事者之曾不加意，致使士没齿有不平之叹也。”每一诵之，辄为感喟不已。盖太史久困名场，年七十始登第，生平呕心矮屋，艰苦备尝，故言之剀切若是。太史于康熙己卯主顺天乡试，以目昏不能视为同官所欺，挂吏议，遂发愤死刑部狱中。吴江陈大令苌挽以诗，有“文章旧价欣方慰，辛苦初心悔已迟”之句，盖伤之也。

阮文达公拟疏

阮文达公于乾隆辛亥年大考，题为“拟张衡天象赋”、“拟刘向封陈汤甘延寿疏”，并陈“今日同不同”，赋得“眼镜”诗。阅卷大臣见公赋博雅，而不识赋中“崟”字之音，置三等，继查字典，始置一等二名。奉谕：“第二名阮元比一名好，疏更好，是能作古文者。”亲改擢为一等一名，遂由编修洊升少詹事。其拟疏辞云：“臣向疏：郅支单于兼并外国，日益强大，杀辱汉使者，在廷诸臣未有为陛下画策者。都护延寿、副校尉汤，远戍西域，特发符节，勒师旅直逼康居，破其重城，馘名王，斩阏支氏，请悬首稿街夷邸以威远服。是沉谋重虑，制胜万里，师徒不劳，兵矢未折，功莫伟焉。而议者徒以汤矫制，不论其功，反欲文致之，是臣所未喻也。夫将在外，有可以振国威、制敌命者，专之可也。今延寿、汤不避死难，为国雪耻，而竟无尺寸之封，其何以劝帅兵绝域者？昔李广利之于大宛，旷日持久，靡敝师旅，仅获数马，功不敌罪，孝武犹且侯之；今郅支之功，当十倍于大宛，竟使致身之臣未得封爵，且不免吏议，臣窃惜之。宜请释其矫制之罪，赏其克敌之功，加以高爵，惟陛下察之。此刘向之疏意也。臣伏见我皇上奋武开扬，平定西域，拓地二万余里，凡汉、唐以来羁縻未服之地，尽入版图，开屯置驿，中外一家。岂如郅支、呼韩叛服靡常，杀辱汉使哉！此不同一也。我皇上自用武以来，出力大臣，无不加赏高爵，或有微罪，断不使掩其大功。下至末弁微劳，亦无遗焉，未有若延寿等之有功而不封者。此其不同二也。我皇上运筹九重之上，决胜万里之外，领兵大臣莫不仰承圣谟，指授机宜，有战必克。间有偶违庙算者，即不能速藏丰功，又孰能于睿虑所未及之处，自出奇谋，侥幸立功者？此其不同者三也。"公尝谓所以改第一者，实因"三不同"最合圣意。

悼　亡　诗

黄莘田《悼亡》诗，情真语挚，凄惋动人，远胜王阮亭作，摘录八首于此："马鞍山下奠壶浆，麦饭多应减旧香。为叩墓门申余恸，今年不是妇亲将。""为儒盼至为官后，依旧辛勤百事乖。错嫁文人更谁怨，诗书贻累到裙钗。""每为迁客滞天涯，万里寒更鬓有华。没齿一言忘不得，七年除夜五离家。"余己丑下第出都，后客汴中三载，庄孺人除夕寄书，有"万里寒更三逐客，七年除夜五离家"之句，时儒人归余七年矣。"鹿门即是白云乡，浪向红尘约一场。多少寒盟言在耳，不堪闲坐细思量。""凄凉旧事散如云，感逝伤离到十分。屈指连年知己尽，闺门何可再无君。""若论谦约宜遐福，同享期颐未过情。长汝十年还健在，不应汝便薄浮生。""亦知此事人多有，其余昏昏拨不开。出去无聊归又闷，等闲枨触上心来。""残灯欲灭未明天，病骨衰颜照独眠。早晚急营三亩地，与君同穴不多年。"按：《中州集》秦略《悼亡》诗，元遗山称其高出时辈，以视黄作，安见今人不及古人耶？其诗并录于后："自古生离足感伤，争教死别便相忘。荒陂何处坟三尺，老眼他乡泪数行。多事春风吹梦散，无情寒月照更长。还家恰是新寒节，忍见堂空纸挂墙。"

双节乞诗启

汪龙庄大令于所居建双节堂，为其继母王、生母徐征诗文多至七百余家。有乞言前后二启，其后启中句云："念罔极德终难报，止此征词；料吾身生亦有涯，要诸没齿。"又云："跂望而首惟九顿，先人之英爽凭焉；立言而名在千秋，作者之精神聚矣。"语最沉着。

吴　布　衣

杭州吴布衣彭年游幕中州，才名藉甚。天津邵烈妇为志庐茂才之室，结褵一载，茂才卒，烈妇于七七之期自经于茂才死所。一时文人俱赋诗哀之，吴得句云："蝴蝶有情同出梦，鸳鸯到死不分飞。"见者推为绝唱。

星　查　兄　诗

星查兄瀚，幼时沉静好学，以赋诗受知于阮文达公，入邑庠。先伯父乡石公历典名郡，清廉自矢，不名一钱。兄仰事俯育，揭挂艰劬。尝赋诗志感云："多事转思为客好，无田始信读书难。"后宰花县，慈惠抚民，以不善事上官罢归。著有《惬所遇居诗草》、《送穷叹》、《避债谣》二诗尤为人所传。《送穷叹》云："草艇缚茅钱镂纸，麦饭一盂羹二簋。破帽遮头倒两屣，磬折开门揖穷鬼。鬼曰嘻嘻君勿嗔，解纷片语请具陈。君家三世绾青银，胡不买田百顷腰千缗？处脂不润甘食贫，粗饭脱粟衣悬鹑。廉吏之孙廉吏子，被褐负薪奚足耻？穷为善士福之始，清白厚贻无过此。愿君世世子孙永保之，俎豆我应千载祀。君不见黄头郎君久待诏，脑满肠肥托权要。铜山摧塌钱奴吊，馋鬼愁涎穷鬼笑。"《避债谣》云："韩侯昔未遇，漂母一饭淮王城；陶公走乞食，邻翁解意壶觞倾。千金之酬意亦厚，冥报相贻事则有。感恩戢义尚不足，天涯何处逋逃薮。我生贫薄天所遗,可怜臣朔常苦饥。途穷反为友生累,报之恨晚敢云避。西风猎猎云茫茫,主人僵卧客在堂。还似饥驱叩门日,言辞苦拙意未详。客语转亲气转下,曰我岂为索逋者。十千沽得樽中酒,银瓶玉壶为君泻。我闻此语颜为酡,重君恩义为君歌。长江万里走东海,公义更比江水多。君不见塞上老翁失马时,祸兮宁非福所基? 集枯集菀偶然耳,若负公恩有如水。"

孙　子　潇

　　常熟孙子潇太史原湘,乡、会试名皆第二,旋以二甲进士入词林,妻席道华寄诗有"温峤仍居第二流"之句。舒铁云孝廉为作长歌,有云:"撍笏犹胜读杜牧,张筝聊可嗤丁棱。元祐碑中文潞国,昆明池上沈云卿。"盖皆切第二运典也。

吴　梅　村

　　咏吴梅村诗最著者,吴江王载扬藻云:"百首淋漓长庆体,一生惭愧义熙民。"嘉定金绳武慰祖云:"两代诗名元好问,毕生心事沈初明。"可谓异曲同工。梅村出山,侯朝宗尝遗书力阻,后有《怀古兼吊朝宗》诗云:"死生总负侯嬴诺,欲滴椒浆泪满襟。"又《临殁词》云:"故人慷慨多奇节,为当年、沉吟不断,草间偷活。"悔恨之意深矣。

文　字　沿　袭

　　文字有通用而承其讹者,如以北堂萱草为母,以桑梓为同乡,以莺鸣为求友,以折桂为登科,以鳣堂、苜蓿、广文为校官,以诞为生日,以乾没为监守自盗,《汉书》注:"得利曰乾,失利曰没。"以椟为有尸之棺,《小尔雅》:"空棺谓之椟,有尸谓之柩。"以八分为隶。此类至多,皆沿袭不能改也。

郑　太　史

陈大士晚膺乡荐,其座主晋江郑大白太史之元尝为作制义序,其略云:"大士以古文辞名于世,今人之学之者,其制义之文而已。大士制义亦不容学,其深渺奥博、高不可诣者,常足使人困于艰;其得意疾书、率尔成文者,又足使人走于易。大士名最久,浮沉蹭蹬亦最久。其文若与功名为仇,而世之为制举文者,慕效之不止,岂非真有足以服人者在乎?文章之境,情与理二者。无大士之情之理而学大士,是故工拙不同,而谤誉各异。此岂大士之过哉?李北海一代书流,人争写其字,北海语人曰:'学我者拙,似我者死。'予举以告学大士之文者。"夫以大士之文,犹屡踬名场,幸得太史而始遇。太史赏其文而不愿人效其文,盖以应举之文,必不可以高深从事也。斯诚知言也哉。

麦　饼

郑大白太史诗,《明诗综》不采。今观其所著《克薪堂集》,诗多俚率语,惟《赐麦饼诗序》可备故实,云:"麦饼宴始嘉靖间,迄今崇祯五年,九十余年矣,盖旷典也。故事:四月八日佛诞,有不落夹,制黑黍饭,用不落叶包之,为角,名不落角,一名不落夹。世庙盖尝聚大内佛骨佛牙万斤,焚之宫中,始革其制,以四月五日荐麦寝庙,因赐百官,义深远矣。"

徐　观　察

汉军徐铁孙观察同年荣,由知县起家,文学政事卓著一时。公余惟事吟咏,兼工画梅。性嗜石,舟舆所至,辄拾取佳者以归,藏之斋中,颜曰"石婵娟室",各系以诗。尝行温州道中,遍出所藏石子,摩挲洗玩,忽诧忽笑,舟子不知其为何事也,因赋诗云:"惨绿娇黄尽可怜,赤如初日翠朝烟。囊开白舫青帘里,心到苍山碧海前。蜀道无如此间乐,外人从笑老夫颠。南来置得传家物,阳羡无须更买田。"

琵　琶　亭

琵琶亭在九江府城外江边，乾隆癸亥，观察沈阳唐公英重修，增建高楼，题额曰"江天遗韵"。壁刊白傅遗像，是南薰殿本，嘉庆中歙人方体所摹。登楼四望，前临大江，后对庐山，左则古木千重，右则人烟万井。楼下回廊旋绕，境极幽旷，游人题咏甚多。观察有句云："今古商船多少妇，更谁重此听琵琶！"殊寓感慨。

王　建　孟　知　祥

王建、孟知祥先后据蜀，建子衍见灭于后唐，惨遭赤族；知祥子昶见灭于宋，册封楚王，诸子皆膺显秩。薛《史》谓："幸与不幸，何相去之远！"余观建之兴也，所至杀掠，蜀中诸州皆罹其毒，民不聊生。衍又荒淫不道，致速丧亡。知祥入蜀未尝杀戮，复抚民以仁惠。昶虽任用庸臣，而在国二十八年，尚能以仁慈为治，抚养群黎。然则幸与不幸非皆由自取乎！

柳　文

柳子厚《先君石表阴先友记》历载其父执共十人，其志宇文邈则曰"龊龊自守"，袁滋则曰"出使辱命"，崔损则曰"为相无所发明"，柳冕则曰"颇躁"，郑元均则曰"强抗，少所推让"，盖不尽用褒词，洵为独创之格。尝见选柳文者，仅标其目曰《先友记》，竟若为子厚之友也者。而所载人数不及其半，亦妄甚矣。子厚又有《亡友故秘书省校书郎独孤君墓碣》，附载其友十三人，子厚即自列其名于第四，是亦一例。

说 用 兵 之 害

自来说用兵之害者，莫如汉贾捐之《弃珠崖议》，有云："当此之时,寇贼并起,军旅数发,父战死于前,子斗伤于后。女子乘亭鄣,孤儿号于道,老母寡妇,饮泣巷哭,遥设虚祭,想魂乎万里之外。"后汉肃宗从太仆袁安议,许还南部所得生口于北虏,乃下诏曰:"往者虽有和亲之名,终无丝发之效,境埸之人,屡婴涂炭,父战于前,子死于后。弱女乘于亭障,孤儿号于道路,老母寡妻,设虚祭,饮泣泪,想望归魂于沙漠之表,岂不哀哉!"盖袭用其语。唐张柬之《论兵戍姚州之弊》云:"今减耗国储,费调日引,使陛下赤子身膏野草,骸骨不归,老母幼子,哀号望祭于千里之外,朝廷无丝发利,而百姓蒙终身之酷,臣窃为国家痛之。"辞较略而意更沉挚。至李华《古战场文》,则推衍焉而益畅其旨矣。

新 唐 书

宋景文喜生涩字句,《新唐书》中如"耘夫荛子"、《武后传》。"凭固不受"、《李轨传》。"可胜咤哉"、《窦威传》赞。"偃革尚文"、《萧俛传》。"牝味鸣晨"、《长孙无忌等传》赞。"道无掇遗"、《郎余令传》。"朝不保昏"、《酷吏列传》。"偷景待僵"、《沙陀列传》赞。此类甚多。

八 君 子 图

王安石为误国小人,刘敏叔画《八君子图》,乃与韩王、魏公、潞公、欧阳公、温公、苏公、黄太史并列,未免薰莸相混。袁清容为作赞云:"矫矫贞姿,涅而不淄。吾将畴依,为学是师。"推崇失实,亦未得评论之公。

三 高 祠

吴江三高祠祀范少伯、张季鹰、陆鲁望。宋刘清轩赋诗云:"可笑吴痴忘越憾,却夸范蠡作三高。"元谢应芳上书饶参政谓:"蠡事越亡吴,吴仇也。礼不祀非族,法宜去。请祀太伯、仲雍、季子,而张、陆列其旁。"饶瓛其言，会乱中止。余观《宋史》，洪咨夔知龙州，毁邓艾祠，更祠诸葛亮，谕其民曰："毋事仇雠而忘父母。"此举殊快人意。洪在理宗朝卓著风节，宜其能更革积俗，厘正祀典也。

郑　御　史

张居正夺情，其门生吴中行、赵用贤疏论被黜，人尽知之。又有刘台疏劾居正专恣，傅应祯、朱鸿谟疏语侵居正，得罪以去，皆其门生也。又泾县御史郑锐亦出居正门下，疏论夺情事，有云："为辅臣忠孝迫于两难，垦乞圣慈酌去留之权宜，以植万古纲常事。恳暂容其奔丧图葬，使得以少尽人子之情；仍敕其依限回京，又有以终全大臣之义。"语较吴、赵为和婉，《明史》不载，见赵绍祖《泾川丛书》。

钱　少　詹

嘉定钱竹汀少詹大昕，生周岁能言，祖母沈指"玉"、"而"二字教之，更以他书指示，皆能确认。晬日盘陈百物，惟取一笔，祖青文茂才王炯谓"此儿他日必有文誉"。入词林后，与纪文达公齐名，有"南钱北纪"之目。性强记，经史半能背诵，遇有疑义辄检以互勘，期通晓而后止。人有新刻书持质者，必正其讹。如嘉善谢金圃侍郎墉校刻《荀子·性恶篇》云："人之性恶，其善者伪也。不可学、不可事而在人者，谓之性；可学而能、可事而成之在人者，谓之伪。"据《书》"平秩南讹"《史记》本纪作"南为"，《汉书·王莽传》作"南伪"，谓古文"为"与"伪"通，两"伪"字皆当读若"为"字。余姚卢抱经学士文弨校注颜之推《观我生赋》，不解"王凝坐而对敌，白诩拱以临兵"二语。谓"白"应作"向"。汉末黄巾贼起，向栩言于河上，北向诵《孝经》，贼自消灭，见《后汉书·独行传》与《晋书·王羲之传》。凝之闻孙恩寇至，自言诸大道鬼兵相助，事正相类，言其不设备也。又卢补注《颜氏家训》，于《诫兵篇》"宋有颜延之"句，疑延年无领兵覆败事。以《宋书·刘敬宣传》证之，曰："此是颜延，非颜延之也，后人妄加'之'字耳。"又陶渊明《读山海经》诗"形夭无千岁"，宋人据《山海经》疑为"刑天舞干戚"，五字皆当校改。以为"形夭"二字非讹，宋本《山海经》自误耳。颜师古《等慈寺碑》以"刑天"与"贰负"对文，今石刻尚存，字画分明，"刑"、"形"古文相通，"夭"转为"天"则大谬矣。后镇洋毕秋帆制军沅补注《山海经》，遂用其说，正向来刊本之误。

王 文 端 公

韩城王文端公杰未遇时，在陕甘总督尹文端公、巡抚陈文恭公幕府，立品正直，二公甚重之。乾隆辛巳捷南宫，廷试卷列第三。是科因御史奏改先拆弥封，传集引见。上是日阅十卷，几二十刻，特拔公卷置第一。《御制辛巳御殿传胪纪事》诗有云："西人魁榜西平后，可识天心偃武时。"盖是时西域底平，开疆葳绩，而公适抢元，诗特及之。数十年遇合，恩礼加隆，已基于此矣。

却 老 要 诀

唐柳公度年八十余，有强力，尝云："吾初无术，但未尝以气海暖冷物、熟生物，不以元气佐喜怒耳。"孟诜年虽晚暮，志力如壮，尝谓所亲曰："若能保身养性，尝须善言莫离口，良药莫离手。"明海宁贾铭年百岁，太祖召见，问其平时颐养之法，对曰："要在慎饮食。"张本斯《五湖漫闻》云："余尝于都太仆坐上见张翁一百十三岁，普福寺见王瀛洲一百三十岁，毛闲翁一百三岁，杨南峰八十九岁，沈石田八十四岁，吴白楼八十五岁，毛砺庵八十二岁。诸公至老精敏不衰，升降如仪，问之，皆不饮酒。若文衡翁、施东冈、叶如岩，耄耋动静与壮年不异，亦不饮酒。"《松江府志》：李玉如大耋犹健步行四十余里，或问以养生之术，曰："七情之中，惟怒难制，我能不怒而已。"吾邑皇甫凯承茂才烺，耄年矍铄，能于灯下作细字，卒年九十六。余尝叩以何术摄生，曰："无他，五十岁后不御内，生平不使腹受饿，尝携佩囊置食物，饥即啖之而已。"此皆可为却老要诀。

锡 奴 铜 婢

温足瓶名"锡奴",苏州薛一瓢雪镌铜杖,字曰"铜婢",此可以为对。

周 苏 门

钱塘周苏门大令向青,以孝廉宰楚之广济县,锄除豪猾,几为中伤。日久,公论始出,上官咸知为良吏,量移汉阳县,未及中寿,遽卒于官。著有《勾麓山房诗草》,语多真挚。如《过滩》云:"方知天地间,险多平者鲜。只求心性安,勿怨时命舛。"自题《省过图》云:"幼读圣贤书,长识忠孝字。感激至君亲,无端为雪涕。"皆出自性真,不关缘饰。断句如"午后百花静,春深群木高"、"柴门日仄移帆影,桑径风高落剪声",亦佳。又《途间口号》云:"烟灶颓墙半水痕,绿杨阴里剩孤村。石壕夫妇方团聚,忍使催租吏打门。"真蔼然仁人之言也。

安 次 香

蜀中安次香上舍崇庚,才调倜傥,工绘事,喜吟咏,幕游浙中。先君子官遂安学时,与之相识,征歌角酒,情好甚敦。尝赋《西湖柳枝》诗云:"春水平时扬绿波,一生消受好风多。长亭万缕都输汝,不系离愁只听歌。"饶有风致。

茌 平 旅 壁 词

至京师沿途旅壁题咏甚多,往往有佳者。道光癸巳,春闱被放还南,于茌平旅壁见江南念重学人赠歌者秋桂二词,情味苍凉,殆下第后有托而言者,惜未知其姓名。其词云:"茅店月昏黄,不听清歌已断肠。况是鹍弦低按处,凄凉,密雨惊风雁数行。 我自鬓毛苍,怪汝鸦雏恨也长。等是天涯沦落者,苍茫,烛灺樽空泪满裳。""宛转拨檀槽,浑似秋江涌怒涛。乐府于今如呓语,魂销,劝汝人前调莫高。 上客《郁轮袍》,惭愧村姝慢拈挑。卿唱新词吾亦和,萧骚,今古怜才是尔曹。"

巴　鲫　膏

外伯祖周悠亭先生向潮,兄弟三人,次春波先生踊潜,余外祖也,三葵园先生以清,俱好善乐施。贾人某负逋五百金,贫不能偿,焚其券。某感恩次骨,以家传痈疽秘方相赠,按方制送,获效甚神,录之以广其传。

仙传巴鲫膏奇方。治发背痈疽、疔毒,一切无名肿毒,未成即消,已成即溃,力能箍脓,不至大患。

巴豆、五钱,去壳。鲫鱼、两个,重十二两以上者。商陆、十两,切片。漏芦、二两。闹杨花、二两。白及、五钱,切。香木鳖、五钱,切。

蓖麻子、三两,去壳。锦纹大黄、三两,切。乌羊角、二只。全当归、二两,切。两头尖、三两,即雄鼠粪。白敛、三两,切。穿山甲、二两,切。黄牛脚爪、一两,敲研。猪脚爪、一两,敲研。虾蟆皮干、二两。川乌、五钱,切。草乌、五钱,切。苍耳子、四两。元参。二两,切。

鼠粪雌多雄少,雌者两头圆而无毛,雄者两头尖而有毛,不可混用。虾蟆干宜新,取其力猛也。

右药入大广锅内,用真麻油三斤半浸三日,熬至各药焦黑,滤渣再熬,沸乃入后药。

飞净血丹。廿四两。

用槐柳条,不住手搅,熬至滴水成珠,熄火,待稍冷再入后药。

上肉桂、五钱。乳香、四钱,去油。没药、四钱,去油。上轻粉、四钱。好芸香。四钱,去油。

此五味俱研极细,徐徐掺入,用铜箸搅匀,待凝冷,覆地上十余日，火毒退尽乃可用。

王　仲　瞿

秀水王仲瞿孝廉昙，倜傥负奇气，文辞敏赡，下笔千言立就。家贫，依其外舅以居，赋诗有"娘子军中分半壁，丈人峰下寄全家"之句。举乾隆甲寅乡试，闱作沉博绝丽，脍炙一时。与舒铁云孝廉交最深，舒赠以联云："菩萨心肠，英雄岁月；神仙眷属，名士文章。"在京师时，法梧门祭酒式善重其才，与孙子潇太史、铁云称为"三君"，作《三君咏》。适川、楚教匪不靖，王之座师南汇吴白华总宪省钦荐王知兵，且以能作掌心雷诸不经语入告，睿皇帝斥吴归里，而王应礼部试如故。然卒憔悴失意死，识者悲之。

四　声

字之上、去声，误读者尤多。观山阳阮少司寇葵生《茶余客话》所载成语，合平、上、去、入者，亦有舛谬，可知沿讹已久，且不独吾乡为然也。附录于后并订正之。

君子上达。　何以报德。　妻子好合。　兄弟既翕。　天下大悦。

能者在职。　邦有道谷。道，上声。泾以渭浊。　忘我大德。生有圣德。

充耳琇实。　神保是格。是，上声。瞻彼旱麓。旱，上声。王道正直。言以道接。道，上声。

沉湎冒色。　雷夏既泽。　天九地十。　咸仰朕德。朕，上声。宏父定辟。

天祸郑国。　天子建德。　端冕搢笏。　天子令德。　惟彼四国。

君子是识。是，上声。天子建国。　公子御说。　司马仲达。萌者尽达。

寒暖燥湿。燥,上声。毋有障塞。 元酒在室。 钟鼓既设。天子下席。

君子进德。 天子视学。视,上声。天子用八。

乙未秋,余在都中与叶素庵孝廉、归安温稼生工部、同年文禾席间仿行前令,共得二十余句,附录于后:

坤厚载物。 天五地六。 于女信宿。 维此二国。 童子佩韘。

蒲与二屈。 吾子好直。 将以众逆。 其子幼弱。 齐与晋越。

商纣暴虐。 公子弃疾。 何以冀国。 昭子退曰。 刘子挚卒。

曾子怒曰。 曾子问曰。 征鸟厉疾。 毛者孕鬻。 三老在学。

觞酒豆肉。

浙 抚 署 联

浙江巡抚署中,有桐城方恪敏公观承联,云:"湖上剧清吟,吏亦称仙,始信昔人才大;海边销霸气,民还喻水,愿看此日潮平。"其后,公之侄受畴来督闽、浙,复题联于署云:"两浙再停骖,有守无偏,敬奉丹豪遵宝训;一门三秉节,新猷旧政,勉期素志绍家声。"自跋云:"乾隆戊辰,先伯父恪敏公由直隶藩司抚浙;余昔为此邦守令,今继伯父之后,亦由直隶藩司擢任;余弟维甸又曾以总督权抚事,六十年来三持使节,洵殊遇也。敬诵御赐诗中'新猷旧政,有守无偏'之句,谨录成联,以志国恩世德云尔。时嘉庆癸酉六月上浣也。"

吴 京 丞

钱塘吴西谷京丞清鹏,于嘉庆丙子登贤书,所作《攀桂仰天高》诗,有云:"万花齐入手,一镜正当头。"主司叹赏,称为通场之冠。

元　遗　山

元遗山为崔立撰碑，纳降改服，诒后世口实。而搜罗散失，作《中州集》、《壬辰杂编》、《续夷坚志》等书，俾金源氏一代文献因之而存，其功岂浅鲜哉！赵云松观察诗云："无官未害餐周粟，有史深愁失楚弓。"持论平允，是能知遗山之心者。

用　心　精　专

高达夫五十学诗而成名，杜祁公七十学草书而尽其妙，由于用心之精专也。彼当壮盛之年，而因循自废，盍亦以二公为师乎？

宏　简　录

袁随园谓邵尚书《宏简录》有天王、宰辅、功臣、旌德、台谏、庶官之称，已属无谓。如宋之高琼、唐之裴寂，尤不应以功臣目之。更有《杂行》一门，以田承嗣、李怀仙、祖孝孙、薛怀义、上官婉儿列为一传，不伦甚矣。余谓是书有不当缺之字而缺者，如员外郎缺"郎"字，节度使、宣抚使缺"使"字，枢密院缺"枢"字，贤良方正科、博学宏词科缺"科"字，凌烟阁缺"阁"字之类，不一而足。册辞牵涉自己处亦乖体裁，如唐《韩愈柳宗元传》册云："唐文三变，韩、柳著称。论道不同，观过难凭。特怜半世，与罪为朋。我今百年，莫与相竞。"《唐文翰传》后册云："刘氏三长，人所最难。一愿逢时，亦愿有官。逢时孟浪，有官素餐。嗟我何人，独抱岁寒。删千万冗，洗百亿瘢。五史汇成，足称大观。子子孙孙，莫漫封刊。"《富弼韩琦范仲淹传》册云："始称韩、范，终曰富、韩。班班建立，晔晔同观。遭逢盛世，奋起单寒。嗟予何苦，罹此多难。一事无成，惭彼寸丹！"

明 加 田 赋

明之加田赋，始于万历，极于崇祯。万历时之议加赋者周永春，成之者李汝华也。崇祯时之议加赋者梁廷栋，成之者毕自严也。彼四人者，徒知为一时计，吁，亦何益矣！

李文靖徐文靖

宋李文靖公沆尝言："居重位无补，惟中外所陈利害，一切报罢之，少以报国尔。朝廷防制，纤悉备具，或徇所陈请，行一事，即所伤多矣。陆象先所谓庸人扰之是已。"明徐文靖公溥亦云："祖宗法度，所以惠元元者备矣，患不能守耳。"卒无所更置。二公皆名宰相，而所言如是，盖息事即可以安民。彼际承平之世，而变更成法，以建树为能者，实二公之罪人也。

蹳履倒屣揽履

《汉书·隽不疑传》："暴胜之为直指使者，不疑盛服至门上谒，胜之蹳履起迎。"师古注谓："纳履未曳之而行，言其遽也。"《三国志·王粲传》："中郎将蔡邕贵重朝廷，闻粲在门，倒屣迎之。"又："邴原谒魏太祖，太祖揽履而起，远出迎。"此皆可想见折节下士之谊。

你

你字本作伲。《后周书·异域波斯列传》："你能作几年可汗？"此其字之初见于史也。又《北史·李密传》："与你论相杀事，何须作书传雅语？"

天寿天煮

王伯厚《玉海》载唐太宗子泰封魏王，改封濮王，僭号改元天寿。元僧觉岸《释氏稽古略》载唐代纪年，昭宣帝后有少帝濮王纲一代，为朱全忠所立，年号天煮，旋复被鸩。二事均不见于正史。濮王纲并无其人，时代遥遥，未由辨其真伪矣。

鲍　　防

穆质举贤良方正，时比岁旱，策问阴阳祲沴，质对："汉故事，免三公，卜式请烹弘羊。"指当时辅政者。右司郎中独孤恒欲下质，礼部侍郎鲍防不许，曰："使上闻所未闻，不亦善乎？"卒置质高第。刘蕡举贤良方正，能直言极谏，对策指斥宦官，第策官冯宿、贾餗、庞严以为过古晁、董，畏中官不敢取，其时惜无如鲍防者排众议而拔之。防传中惟此事著称于世，而冯宿等以不能取蕡贻谤千古。后之取士者可以鉴矣。

武 功 县 志

康对山《武功县志》七篇，计二万一千余言，体例谨严，纪述精核。而《官师志》善恶并载，褒贬互施，俨然《春秋》笔法，尤为人所难能。《人物志》兼载后稷、唐高祖、太宗，《列女志》兼载姜嫄、大姜，其识亦迥超流俗。王文恪公《姑苏志》载晋穆帝后何氏、后周宣帝四后，例适相符。近世修《苏州府志》者，以后妃自详正史，非郡县志所宜载而去之，谬矣。

诗 赋 奇 格

韩文公《南山诗》用"或"字五十一，"若"字三十九，"如"字七。欧阳公《庐山谣》二百九十六字，只叶十三韵，此诗中奇格也。舒元舆

《牡丹赋》用“或”字十二，“如”字二十四，此赋中奇格也。

尺 牍 新 钞

　　《尺牍新钞》十二卷，祥符周栎园侍郎亮工所辑，明季及国初名人笺启皆悉采入。篇首全录《文心雕龙·书记篇》以为序，创体也。选例二十条，末条云：“彦和抽文心之秘，《雕龙》扶简牍之精，后世言辞翰者，莫得逾范焉。故是集即用原文以当弁首，无烦属序，徒系支言。前贤明体之书，若为今人预制，近代发函之作，先获哲彦宣源。”推是义也，岂独一书？凡有作者，皆当定例。所采尺牍，不尚华藻，颇有粹语，略志数篇于后。

　　杜于皇浚《答某公》：“仆尝有言，自古小人之祸，君子激之；君子之名，小人成之。至于成君子之名，业已受小人之祸，天下事因之破坏者不少矣。区区愚见，得之十年读史，敢以为左右献。”陈兴霸孝威《与门人饶子》：“正人当庇人，不当为人所庇。为人所庇即能自立，亦半人耳；庇人者尚余半在人，其相去远矣。”唐肯堂堂《与减斋舅氏》：“舅氏之明远俊伟，宜救八闽之艰危，毋图一身之贵秩；宜秉正而自持，毋随人而作止；宜以丰功令望可辉耀于天下者自期，毋以高爵厚禄可夸诩乎众庶者自待。此非特区区之私望也。凡事利一身而有害于千百人者，身虽利，子孙必蒙其害；利千百人而无利于一身者，身虽不利，其利必归于子孙。舅氏宜深念之，勿谓甥迂论。”王鞠劭相说《答学道辛全》：“读《养心录》，知足下之于道深矣，而不佞愿效刍荛，少为删之。《易》之冠经，《论语》之冠书，《道德经》之冠诸子，《通书》之冠诸儒，孙武子之冠兵法，惟其简也。简则后来不得以伪杂者溷之，而于醒世捷，传世远，亦立言者之责应如是耳。”梅杓司磊《与儿耘》：“昔朗三兄尝言，吾守先季豹禹金公家法，云：‘闭门读书与开门结客不可偏废，不读书则根本不立，不结客则闻见不广。’至守身立名之法，又云：‘交富人不可与之称贷，交贵人不可丐其竿牍。我既无求，则士气自壮，而彼之骄惰亦无由生。成己，亦所以成物也。’今时名士皆一切反是，岂不可惧可叹！”吴曰庸第《与友》：“前人著《剪灯余话》，遂以此妨瞀宗之祀。一朝臣于公会处出此书，亦为物类所鄙。此不过唐小说之流，而识者犹惜闲检如此。今书肆邪刻，有百倍于画眉者，其迹近于儿戏，其见存于射利，其罪中于人心，士习祸且不可言。唐臣狄梁公奏毁天下淫祠，当世伟之，至今犹令人闻风兴起。然淫祠之害及于愚氓，淫书之害浃于贤智，吾不知辅世长民者作何处是？"吴冠五宗信与周雪客、赵梦白先生作《齐人文》云："'励名行者，不以饮食为细；畏清议者，不以妻子为愚'二语，不知提醒多少醉梦人。我辈为文，不能开导人心，扶翼世道，虽艳如花，热如火，只堪覆瓿耳。"朱密所吾弼《示弟》一札："寄吾弟不暇长语，第谓做官当如将军对敌，做人当如处子防身。将军失机，则一败涂地；处子失节，则万事瓦裂。慎之哉！"

𠃜

司马温公作书有误字，旁注"𠃜"，盖用非字之半，见《云麓漫钞》。今人误书，旁注"丷"或注"丶"，殆即"𠃜"之遗意，历久而变者欤？

桂 林 一 枝

桂林陈莲史方伯继昌，廷试时，因病勉力对策，仅得完卷。阅卷大臣初拟第二，歙曹文正公振镛谓："本朝百余年来，三元只一人，无以彰文明之化。"改置首列，遂以三元及第。其座师刊"桂林一枝"图章赠之。

石 鼎 联 句 诗

韩昌黎《石鼎联句》诗，有以为斥时相者，吴安中谓皆退之作，如《毛颖传》，以之滑稽耳。所谓弥明即退之，侯喜、师服皆其弟子。苕溪渔隐曰："公与诸子嘲戏，不应讥诮轻薄如是之甚。且序云：'衡山道士轩辕弥明，貌极丑，白须黑面，长颈而高结，喉中又作楚语，年九十余.’此岂亦退之自谓耶？《仙传拾遗》有《弥明传》，虽祖述退之之语，亦必有是人矣。”此说似胜于吴，然谓有弥明其人，恐《仙传拾遗》亦无足据。且弥明之诗既若是之奇特，则生平所作必多，何不闻有他作传于世间？而唐人诗文中更未尝有称其人者耶？独斥时相之说，似为得之。当公奏讨淮西之事，执政不喜。及为潮州刺史，宪宗将复用之，又为宰相所沮，诋为狂疏。方是时，李逢吉、皇甫镈、程异之徒，以褊小之才，膺鼎鼐之任，罔克同心辅治，而惟以媚忌为事。公于是托为此诗以讥之，其云："谬当鼎鼐间，妄使水火争。方当洪炉然，益见小器盈。愿君莫嘲诮，此物方施行。"语意显然可见，特恐为人所訾，故托之弥明以传。其所为序，皆假设之辞，非果有其人也。

识 时 观 变

窦融以河西归汉，冯盎以越归唐，钱俶以吴越归宋，此皆能识时观变、顺天心而保民命者，其泽延后嗣也，宜哉！

唐

佛书"唐"字往往作"徒"字、"空"字解，如《妙法莲华经》"福不唐捐"是，又"唐受"、"唐扰"，义亦同。

字

字有分其名之半者，如宋关詠字永言，谢翱字皋羽，明傅恕字如心，刘侗字同人之类是也。有倒易其名者，如宋吴大有字有大，明冒起宗字宗起是也。有叠字者，如阎尔梅字古古是也。以名为字者，唐以前恒有之，唐以后寥寥。余所知者，宋有戚同文、陈亚之，元有丁鹤年，明有郑克敬、王敬中、周孟简。女子以名为字者，国初有徐昭华。一字之字，自周、秦至唐恒有之，唐以下惟明汝南诸生秦镐字京。一字之字而即以名为字，则惟唐有之，刘济、李璹、张巡、宇文审、李偿、郭暖、刘叉。以姓为名者,明有沈沈,著《酒概》四卷,见《钦定四库全书总目》。

张　乖　崖

张乖崖不喜人拜跪,命典客预戒止,有违者即连拜不止,或倨坐骂之,卞急抑何太甚! 然世俗皆好谀尚谄,正赖以此维之,庶刚方之概不致尽泯。

思　患　预　防

晋出帝初立,大臣议告契丹,致表称臣,景延广不肯,但致书称孙而已。契丹怒,数以责晋,延广谓契丹使者乔莹曰:"先皇帝北朝所立,今天子中国自册,可以为孙而不可以为臣。且晋有横磨大剑十万口,翁要战则来,他日不禁孙子取笑天下。"莹知其言必起两国之争,惧后无以取信也,因请载于纸以备遗忘。延广敕吏具载以授莹,莹藏其书衣领中以归,具以延广语告契丹,契丹益怒。越六年,德光犯京师,执延广,召乔莹质其前言,延广初不服,莹从衣领中出所藏书,延广乃服。明都御史韩永熙官江西时,忽报宁王之弟某王至,韩托疾乞少需,密遣人驰召三司,且索白木几。王入,具言兄叛状,韩辞聩莫听,请书,王索纸,左右舁几进,王详书其事而去。韩上其事,朝廷遣使按无迹。时王兄弟相欢,讳无言,使还。朝廷坐韩离间亲王罪,当辟,械以往,韩上木几亲书,乃释。本朝睢州汤文正公斌巡抚江苏,河督靳辅议罢浚海口工,而起高邮车逻镇筑高堤,束内水高丈余不能出海,总督于成龙力排其议。仁庙命尚书萨木哈、学士穆成格会公及总漕徐旭龄合勘,兼问七州县耆老。淮南士民言海口不宜罢工者十八九,谓宜并罢者亦十之一二。使者意向之,公力争,使者曰:"公言吾当口奏。"及公内召,上语及海口,公对"一丈有一丈之利,一尺有一尺之利"。上愕然曰:"尔时汝胡不言?"公具陈前事,召二人与质对,二人强辩,公徐曰:"某故知有此,汝行后,即汇士民呈牒并某议具文书印册,存漕臣所,漕臣亦如之存巡抚所,檄取,旬日后可覆视也。"二人语塞。上怒，立罢之，而发官帑，遣工部侍郎孙在丰往浚下河。此皆得思患预防之道者，非明烛于几先而虑周于事后，其孰能之？

张 春 舫

同邑张春舫大令枋，积学能文，举嘉庆辛酉孝廉，由教习得知县。己卯岁将选矣，是科捷礼闱。试卷首题"修己以安百姓"，误书"修"作"脩"，磨勘罚停。于庚辰岁殿试，以知县归进士班铨选，因赋《游仙诗》云："可怜一阕《霓裳》咏，证果翻迟十二年。"时归班者约十二年方选。旋于甲申岁卒。

温 稼 生

温稼生工部，余癸巳、乙未入都皆与同行，留寓全浙老馆，与郑拙言学博三人同院而居。余与拙言闭门习业，稼生则欢场结客，角酒征歌，偶一拈毫，顷刻成文，才锋锷锷，余自愧弗如也。丙申同捷春闱，授职后以工曹需次稽迟，郁郁不得志，益纵酒自放。癸卯秋，以疾卒于京邸，年仅四十二。余哭以诗云："惨绝邮亭讣，天涯别泪潸。羁魂千里外，幻梦十年间。少妾淹空邸，新纳姬人，尚留都中。衰亲恸故山。伤心江上雁，同去不同还。""忆作春明客，深情独我知。癸巳、乙未计偕入都，皆同寓寄园。联吟花写韵，赠别柳攀丝。丙申夏捧檄出都，君饯饮于陶然亭，赋诗赠别。岂意重逢日，翻成永诀时。庚子秋，晤君于武林，匆匆话别，讵知竟不复见。千秋身后事，珍重一编诗。"稼生工吟咏，善写山水，尝自题画扇赠余曰："春明联袂已经年，乡树苍茫隔远天。记取他时归隐地，白云青嶂雪溪边。"斯人已矣，遗墨犹新，每一展诵，辄为欷歔累日。

寄 园 销 夏 图

道光乙未春试后，留寓都门，偕同人避暑寄园。园为休宁赵天羽给谏吉士故居，僻处城西，人迹罕到，古木参天，绿阴蓊翳。相与列坐清话,情志洒然。园之南,轩楹幽折,杂花满庭,昕夕徙倚其间,把酒论文,不知身之是客。出都后,回忆前游,历历萦抱,因追绘成图,赋词二阕记之:"故老吟踪剩。百余年、风流阒寂,室庐犹韵。宦隐园林稀热客,片席名山栖稳。溯往事、残碑同认。手种榆枝高出屋,郁苍苍、界断红尘境。新月上,泻凉影。　阑干十二通花径,想樽边、掀髯啸傲,几经闲凭。踠地筠帘低不卷,半榻炉烟摇暝。似前度、敲诗清景。雨过空阶苔翠合,早一天、秋意来疏鬓。茶梦熟,北窗枕。"《金缕曲》。"掩重门、碧云深锁,林蝉时递幽响。绳床竹几安排好,风趣自然疏旷。偕偃仰,任大扇宽鞋,箕踞形骸放。闲情跌宕,趁菡萏香浓,芭蕉叶满,索醉倒佳酿。　招凉地,数处轩虚牖敞,囊琴携共来往。人生能几知音聚,况有烟霞供养。天末望。算别后、光阴倏忽年过两,迢迢结想。问画里亭台,三千里外,旧侣更谁访?"《摸鱼儿》。

严　比　玉

严比玉太守与余同受业于沈鹿坪师,推襟送抱,情谊独敦。太守好学工诗,兼有济世之志。官滇南,循声懋著,方将超擢,遽以疾卒。遗稿未刊,记其昔时游西湖句云:"风来云气初离树,雨过泉声尚满山。""高寺钟声随涧落,隔江山势拥潮来。"《赴都谒选留别同人》句云:"千里关河成独往,廿年灯火负初心。"皆可传也。

弈　国　手

本朝弈国手首称范西屏世勋,施襄夏绍闇次之,皆海宁人。范著《桃花泉棋谱》,施著《弈理指归》,并行于世。施性纯孝,父病刲股。工诗善琴,不独以弈见长。近时海宁陈子仙亦善弈,海内少双。

斗　兰

斗草见于《岁华纪丽》,斗茶志于《茶录》。《中州集》冯内翰璧致仕,居菘山龙潭,山中多兰,每中春作花,山僧野客,人持数本诣公,以香韵高绝为胜,少劣则有罚,谓之斗兰。此事类书罕载。

乡闱覆试

北闱乡试中式,久停覆试之例。道光乙未科,南海曾公望颜知贡举事,奏称北闱乡试顶冒代倩之弊日甚,请复覆试之制,得旨允行。是科以文理不符被黜者二人。直省乡试中式覆试,则始自道光甲辰科,以中式者多抄袭陈文,遂定斯例。

王 笠 舫

会稽王笠舫大令衍梅,豪于诗,尝谒蕺山书院掌教奉贤陈古华太守廷庆,适有馈江瑶柱者,太守曰:“子能为我用馋字韵赋此者,当烹以酌子。”因押全韵成诗,其警句云:“升沉一柱观,阖辟两当衫。”太守叹赏,称为绝唱,遂命歌者奉觞以酬之。大令有《三月五日寄家人》诗云:“与月乐天花乐地,将诗惊鬼酒惊人。”笔意奇崛。又有和《孟郊古别离》云:“黄金最轻薄,买取别离愁。不若长贫贱,同心到白头。”寓意微婉,深得风人之旨。大令性嗜酒,病剧,致书盱眙汪观察云任云:“日来饮酒,如曹子建之才之多;每日所呕之血,亦如曹子建之才之多。”未几下世。

朱 笠 亭 说 诗

海盐朱笠亭大令炎,博雅工诗。其评沈归愚尚书《唐诗别裁集》,直抉作者心源。弁言一则尤足为后学指迷,云:“是集严于持择,辨格最正,一切傍门外道,芟除殆尽,以之导后学,是为雅宗。入手须辨雅俗,近今有两种格体:一为考试起见,读试帖如剪彩刻绘,全无生气;一为应酬起见,翻类书,用故事,如记里点鬼,绝少性情。此固毕劫不知诗也。又或取法于古,各立门仞,亦有两体:其从《瀛奎律髓》入手者多学山谷、江西一派,或失之俚;从二冯所批《才调集》入手者,多学晚唐纤丽一派,或失之浮。是皆不能无偏。且《律髓》止载律诗,《才调集》第及中、晚,亦颇未备。又若阮亭《三昧集》立论太高,《十种唐诗》散入各集,未易寻其涂径,故惟归愚先生此书最便拾诵。此书外,更取阮亭《古诗选》玩习,则五七言诗已得其大凡。再以《十种唐诗》参看,近体亦略该备。然后于《文选》、《乐府》采撷菁华,于宋、元名人诗集博其机趣,挥霍万象,惟我所欲矣。"

王　廉　访

睢州王廉访绣,由知县起家,卓著循声。属邑民安某客于外,继妻高氏通于刘某,忌前妻之女言其情,谋乱之,女不从,共戕女以死。公曰:"高母道已绝,仍照故杀子女律拟,其何以戒为继母而淫且毒者?"遂比照故杀妻前夫之子律论斩。具题,报可。遂著为例。其为江南按察使也,宿州某生携妻子授徒某氏家,其妻临产,妻兄之女来视,数日,妻子均中毒死。馆人曰:"若与妻兄有隙乎?"曰:"有之。"曰:"是矣,必令其女置毒也。"生控于州,刑讯,女不胜楚,遂诬服。公疑之,问馆中来往者何人,女曰:"只十二岁学徒耳。"召而曲诱之,曰:"师抶我急,因置砒面中。"生之妻兄乃得释。无锡民某与攻皮之匠殴,已而匠死。有僧故与某仇,证为伤重致然,令如僧所诬论拟。公察斗殴日月在保辜限外,因诘曰:"伤久何得不医?"具言医矣,检所用方,则匠死伤寒耳,僧乃伏。平反多类此。苏州胥门外有坊,曰"民不能忘",为汤文正公建也。公与同乡,民即镌公姓氏于其次。

梁　学　士

钱塘梁山舟学士同书,为文庄公诗正长子。二十五岁举乾隆丁卯科孝廉,三十岁应壬申恩科会试,未第,特旨赐与殿试,入词林。三十六岁大考二等,擢侍讲,是年丁所后父艰归。既淡于荣利,又素鲠介，恐不谐于俗，服阕后引疾不复出。尝赋诗云："一事比人差胜处，不曾强仕已归田。"

墨　谱

　　明方于鲁《墨谱》，程君房《墨苑》，绘刻精工，艺林清赏。较其优劣，当以《墨谱》为胜。《墨苑》中自著序记，语涉矜夸，其搜罗名人题赠虽多，而如顾秉谦、沈淮等笔札亦皆载入，未免薰莸相杂。且此书为文房清玩，乃胪列时人，备志科第、官爵，殊乖雅道，不若《墨谱》之能得体要也。《谱》中载汪仲淹《墨书》述于鲁之言曰："试墨如试金，当略其色泽，求其神气。其法用紫石研，注水涓滴同磨，多少同。磨之一缕如线，而鉴其光，紫为上，黑光次之，青又次之，白为下，黯沕无光，或有云霞气，又下之下也。"此数语可为相墨金针。

沈　汉　甫

　　震泽沈汉甫茂才金渠，好学能文，屡试不遇，郁塞无聊之思悉于诗寓之，著有《春风庐诗集》。句如"竹色隐高屋，杏花明短墙"、"十里涧声寂，一肩山影凉"、"雨声寒客馆，花事老山城"、"湖光吞树小，山气压云低"、"江上白波双浆去，山前红树一僧归"、"烟村半夜鸡声早，水国三秋雁影低"、"落日一星明树杪，微波双浆出蘋花"，皆妙。

岳忠武王铜印

　　嘉庆戊寅，山阴李宏信以所藏岳忠武王铜印归于栖霞岭王祠，属王廿四世孙秀元世守之。金坛段骧作记，摹刊祠壁。印准今尺寸六分有奇，厚三分。其文曰"武胜定国军节度使开府仪同三司湖北京西路宣抚使兼营田大使岳飞印"。阴文五行，行六字。凡三十字，盖古印字之最多者。

李 少 司 寇

寿光李松园少司寇封,由翰林改刑部时,有翁强污其妇,妇爪伤翁面得免,畏其再逼,遂自尽。众谓伤翁不孝,不宜旌。公谓妇此时惟恐不免耳,是无妨于孝,仍宜旌。钱文敏公维城从其言,由是遂知名。

鹿 洲 公 案

漳浦蓝玉霖太守鼎元《鹿洲公案》,乃其尹普阳、潮阳时所纪,节录以见折狱之良:陈氏兄弟伯明、仲定,争父遗田七亩构讼,谓兄弟本同体,何得争讼!命役以一铁索絷之,坐卧行止顷刻不能离,更使人侦其举动词色,日来报。初悻悻不相语言,背面侧坐。至一二日,则渐渐相向。又三四日,则相对太息,俄而相与言矣。未几又相与共饭矣。知其有悔心也,问二人有子否,则皆有二子。命拘之来,谓曰:"汝父不合生汝二人,是以构讼。汝等又不幸各生二子,他日争夺,无有已时。吾为汝思患预防。"命各以一子交养济院,与丐首为子。兄弟皆叩头哭曰:"今知悔矣,愿让田不复争矣。"曰:"汝二人即有此心,汝二人之妻未必愿也,且归与计之,三日后定议。"翼日,其妻邀其族长来求息,请自今以后永相和睦,皆不愿得此田。乃命以田为祭产,兄弟轮年收租备祭,子孙世世永无争端。由是兄弟姊娌皆亲爱异常,民间遂有言礼让者矣。

西 塞 山

湖北有西塞山,一名道士矶。湖州亦有西塞山,亦名道士矶。张志和《渔父词》所云"西塞山前白鹭飞",乃在湖州时作,而放翁《入蜀记》指为湖北之西塞山,《广舆记》等亦沿其误。

西 南 夷 传

王伯厚谓柳州《游黄溪记》仿太史公《西南夷传》。按白香山《冷泉亭记》云："东南山水，余杭郡为最；就郡言，灵隐寺为尤；由寺观，冷泉亭为甲。"邓牧冲《天观记》云："两浙山水之胜，最东南；由浙江西，杭最；由杭西，余杭最；逆天目、大溪上，有十八里曰洞霄宫者，是为大涤洞天，又余杭最胜处也。"史鉴《韬光庵三天竺寺记》云："环西湖之山凡三面，西山为最佳；据西山之佳惟四寺，灵隐为最胜；领灵隐之胜有五亭，韬光为最幽。"盖皆效其体也。

吴 烈 女

湖州太湖滨绿葭湾吴烈女，以贫故养于夫家。夫曰李时新，佐父九皋治肆事于湖北，女独与姑居。姑与疏族李大炮通，时来饮酒，使女给事左右，女不肯，姑怒，挞女无完肤。大炮与姑谋，并污之以塞其口。姑于是为好言诱女曰："大炮有恩于汝夫，汝善事之，汝夫归，以汝为能报德也。"因出金跳脱与之曰："此大炮所赠。"女取而掷之地。时六月六日，俗必食馎饦，姑与大炮共为馎饦，使女炊，女不肯炊，姑乃自炊之。炊熟，大炮与姑食，邀女共食，女不肯食，大炮强灌之，则啼而走。傍晚，女浴于室，大炮从暗中突出，欲走，门已闭，遂自后窗投于水。邻妪救之起，微有气，至夜半苏，复自投于水，竟死。族人以大炮逼奸致死报县，乌程令庄有仪素不解事，县人谓之"庄糊涂"者也。检验时，姑坚执大炮无逼奸事，竟以失足落水完案。时乾隆三十六年也。越二年，震泽县盗案发，大炮论实坐斩，众愤稍泄，而逼奸之案已结，无可翻，烈女不得邀旌典。至道光三十年，里人乃具呈当事，请旌于朝。归安方焘作征诗启以表彰之，有"千寻雪浪，净涤淤泥；一片冰心，朗昭河汉"之句。

诗 分 唐 宋

王右丞诗"漠漠水田飞白鹭,阴阴夏木啭黄鹂",王介甫诗"萧萧拊黍声中日,漠漠春锄影外天",同一咏鹭鹂也,一则妙合自然,一则巧极人工,唐、宋之分即此可见。

担 粥

担粥法始于明季嘉善陈龙正,简而易举。道光癸巳,林文忠公抚吴,冬荐饥,仿行此法,雇人挑赴各城,以济老弱贫病,活人无算。

卷四

高 东 嶐

宋高东嶐先生登，上渊圣皇帝五书，集中尚存其四，大旨皆主于任用君子，黜退小人。有云："昔汉元帝承宣帝之后，好贤不坚，恶恶不著。知萧望之、周堪、张猛之为贤，任之且贰而勿专；知弘恭、石显之为恶，去之且疑而勿决。卒焉小人道长，而高祖之业自此以衰。夫元帝承宣帝之后犹尔，况陛下承衰弊之余！必欲振起中兴之业，不能拔擢四方之君子，不能斥逐在朝之小人，日为此辈昏惑，臣恐宗社倾覆，而陛下犹不知也。臣于彼时，虽欲为陛下言之，已无及矣。臣老母年六十余，别无兄弟侍养，而臣又不沾陛下一命之宠，偷活归耕，于势当然。而乃不避斧钺，愿效愚忠者，今日之事，存亡所系，万一陛下肯听臣言，则我祖宗基业，可以永保无穷，而臣虽杀身破家，固已无恨矣。"又云："商太甲之始即位也，不明于德，赖一伊尹而卒能中兴；唐明皇之始即位也，励精求治，相一李林甫而终致祸乱。今陛下始即宝位，有太甲之不明，而朝无阿衡；眛明皇之有初，而遽相林甫。臣不胜为宗庙社稷痛哭！人常以古为鉴，而陛下不能；以今为鉴，则其不明莫甚也。"其辞恺切沉痛，洵能言人所不敢言。惜高宗不知信用，卒为秦桧所抑，贬黜以终，可慨也。

朱 大 令 断 狱

朱竹君学士文正公负天下重望，有二兄亦皆服官，著闻于时。长名堂官，大荔县丞；次名垣，以进士历官济阳、长清县令。长于断狱，遗事详见学士文集，节录之为司民牧者龟鉴焉。济阳少妇周新嫁王巧，一月妇归宁而归，明日巧死。翁媪及邻人以巧食妇所煮粥而遽腹痛呕泄死也，谓妇毒夫死，讼于官。朱命以粥及所呕者饲狗，狗不死。又召吏审巧之死，无毒状，独齿噤坚不可启，视其私则入腹中。乃趣召妇曰："死者口不启，汝罪而冤不能明也，汝能启其口，当为汝辨之。"妇泣而前跪，启焉，观者皆骇。吏持银匕入死者喉验毒，出以示众，皆曰中毒非是。朱固问妇以巧死时状，始知其一夕三御，蚤起即饮水三器，已而食粥，遂死。朱太息久之，谓翁、媪及邻众曰："是乃死于阴淫寒疾也，顾欲坐妇毒死夫乎？"皆再拜谢，扶妇去。后妇竟为巧守节。县故狱具，有以鸟枪取凫雉而火自后发中人洞胸死者，当抵罪。朱即争曰："此无死法。"上官诃驳数四："惨死如是，而故纵耶？"朱曰："律过失杀条曰，耳目所不及，思虑所不到，正载贪射禽兽之文，知县不能枉律断狱。"卒争如所引乃已。县有役以事逮民，民死，归即敛讫。已而讼役杀之，转辗三十年不决。上官檄朱会所在检骨，骨在浅土败柳棺中。仵人曰："久疑不可检也。"朱令坎地架木，舁棺其上，弛前和及四墙柳方，土正见，徐徐拨土，正首足向，幂以席，寮坎注醯，须臾，骨如蒸状。仵人即检讫，告曰："尸独脑骨紫血伤见方寸许。"众喜，谓得情。朱熟视之，曰："未也，此伤处涤可去。"众笑曰："伤三十年入骨，岂可涤耶？"朱呼水刷之，骨白无涴，而讼遂息。或曰："于录无此法，公何以辨之？"朱曰："伤者，紫色中重而外轻，若晕渐减然，此反是，是腐血污耳。"众叹服。

大 游 仙 诗

　　沈鹿坪师之子还浦茂才珠复、锡田茂才埰晋，皆克承家学，食饩于庠。汪文端公视学吾浙，以"拟曹唐大游仙诗"题试士，师时秉铎台郡，与还浦、锡田皆有作，公大称赏，有"老凤清雏"之目。师《刘阮洞中遇仙子》云："竹露松烟夹道苍，忽闻人语破幽茫。花间有犬休捎悦，谷口无莺自奏簧。隔水遥窥惊未定，迎风小立话偏长。殷勤劝进胡麻饭，不唤刘郎便阮郎。"《仙子洞中有怀刘阮》云："准约腰支理旧裳，洞门春寂锁愁长。碧山有约泉声杳，红树无情月影茫。邂逅飞觞还是梦，侵寻坐幌复谁香？虹桥未便经离别，也对寒星望玉郎。"还浦《仙子洞中有怀刘阮》云："漫随金蝶化衣裳，愁比人间别更长。《黄竹》歌残云黯淡，玉梅梦香月微茫。泉调琴筑难为韵，花扑帘栊袛自香。犹忆胡麻饭初熟，加餐两两劝仙郎。"《刘阮再到天台不复见仙子》云："石上分明记会真，在山缘隔出山尘。关心风月夸僚婿，过眼烟霞失比邻。藤杖龙钟空自老，桃花狼藉不胜春。重来北陇休腾笑，身到仙源得几人？"锡田《仙子送刘郎出洞》云："碧云无际是天台，流水何曾去复来。久住不知尘世别，濒行始惜洞门开。香分芍药肠应断，绿到蘼芜首重回。从此沃州山下路，更无人迹长莓苔。"《仙子洞中有怀刘阮》云："懒奏琼箫整羽裳，离愁更比世间长。朱栏十二春岑寂，碧宇三千路杳茫。瑶草有情空自绿，桃花无语为谁香？遥知下界还相忆，几度樽前唤索郎。"数诗皆为时传诵。锡田嘉庆己卯闱作甚佳，竟不得售，投井而死。师因是凄郁，乞病归。还浦亦屡荐不售，未及中寿而卒。俱可悼也。

下　第　词

沈锡田戊寅下第，赋《陌上桑》词，语绝凄惋："传来一纸魂销，顷刻秋风过了。旧侣新俦，半属兰堂蓬岛。升沉异数如斯也，漫诩凌云才藻。忆挑灯，昨夜并头红蕊，赚人多少。　　愧刘蕡策短，江淹才退，五度青衫泪绕。桂魄年年，只恐嫦娥渐老。清歌一曲，凭谁诉，惹得高堂烦恼。梦初回，窗外芭蕉夜雨，声声到晓。"

冯　侍　御

吾邑冯孟亭侍御浩，于乾隆戊辰科登第，乾隆乙卯重赴鹿鸣宴。季子鹭庭太史集梧供职京师，先为具呈掌院，有云："缅前事以兴怀，有如得隽；偕后生而与齿，亦可忘年。"人皆传诵之。

菱　塘　棹　歌

张梦庐学博精医理，求者盈门，所得金尽以赒亲朋，殁之日家无余资，第积书数千卷而已。家居后珠村，尝采村中事作《菱塘棹歌》百首，兹录其五首云。"村北村南尽水乡，西塘过去又东塘。扁舟到处皆秋色，十里菱花冷夕阳。"_{吾乡旧名朱村，又与前朱村接，故又名复朱。近烂溪，溪中曾产珠，又名珠村。}"渔灯三两照渔矶，网得鱼虾夜未归。柔橹咿哑何处去，过桥惊起鹭鸶飞。"_{鹭鸶桥在村东二里。}"英雄千古总荒莱，烟树空濛杜宇哀。一片桃花红雨里，踏青人上将墩来。"_{将墩在村北，高数十仞，可登眺。相传明胡宗宪追倭至此，乃尸骸所积之地也。}"绛春桥畔是侬家，绿树深深酒旆斜。一径墙阴人迹断，南风开遍紫藤花。"_{曾祖佩千公自大树洲迁居绛春桥北，今世居焉。}"小姑一语误鸳鸯，指点孤坟怨恨长。日暮寻芳人影散，梨花冷落野庵傍。"_{康熙间，乌镇孔秀才慎修移家珠村，事母至孝。娶妻杨氏，甫三日，为小姑所潜，不悦于姑。慎修终曲承母意，誓不同寝。后母殁，遂遨游四方三十余年，卒于云南。杨氏百计迎骨归，未几以哀死。里人悲之，醵钱合葬古仙庵侧。}

内 阁 中 书

京朝官惟内阁中书舍人进身之途最多，有以进士引见而得者，有以进士授即用知县后吏部拣取引见而得者，_{道光丙申恩科行之，拣取十二人引见，用六人。}有以会试荐卷中取为明通榜而得者，_{乾隆间有之，今不复举行。}有以举人考授而得者，有以召试取列优等而得者，有由举贡捐输而得者。婺源王蔚亭通政友亮，于乾隆己丑会试列明通榜，授此官，有《谢友人贺启》云："锻羽南宫，方笑中眉无勇；摛毫东掖，忽欣除目有名。维舍人昔在中书，与学士对称两制，洎乎前明伊始，降同七品之班。第因所处之清严，争谓此途为华美。天依尺五，地接台三。头衔垿于新翰林，体统超乎散进士。何期下第，反得升阶。未登千佛经，敢夸出世之佛；试览百官表，幸陪入阁之官。某学书不成，识字有数，受深恩而逾分，蒙远誉以过情。谷莺上鸡树而栖，虽云大乐；野鹭占凤池而浴，只觉增惭。"王又有《谢人惠玉如意启》，起联云："人生几事如意者，举俗爱其名；君子于玉比德焉，良工琢为器。"语亦隽妙。

倒 句 倒 字

《汉书》每有倒句,如"更议不宜时,霍山自若领尚书"、"必我也,为汉患者"之类是也。又多倒字,如"妃后"、"子父"、"论议"、"失得"、"贵富"、"旧故"、"疑嫌"、"病利"、"病疾"、"并兼"、"悦喜"、"苦勤"、"惧震"、"柔宽"、"思心"、"候伺"、"激诡"、"讳忌"、"稿草"之类是也。

诗 囿 于 习

皇甫子循汸言:关中之诗粗,燕赵之诗厉,齐鲁之诗侈,河内之诗矫,楚之诗荡,蜀之诗涩,晋之诗鄙,江西之诗质,浙之诗啴,吴下之诗靡。此皆为习所囿也。惟有志之士,能矫其失以归于醇耳。

曲 端

曲端为张浚所杀,死非其罪,人皆惜之。然端嫉李彦仙声绩逾己,当娄宿攻陕,浚使端出鄜坊,绕其后救之,而端诡托不行,致使陕城陷没,金人得以并力西向。不忠不义,其罪甚大,史以刚愎恃才訾之,犹未足概其生平也。

麒 麟

《明史》外国贡麒麟者甚多,阿丹国麒麟前足高九尺,后六尺,颈长丈六尺,有二短角,牛尾,鹿身。按《尔雅·释兽》:"麟,麕身,牛尾,一角。"注云:"角头有肉。"《京房传》云:"麟,麕身,牛尾,马蹄,有五彩,腹下黄,高丈二。"《明史》所言颈长如此,未见古书,且不言一角有肉,疑是别种,非真麒麟。

贺　失　火

《韩诗外传》：晋平公藏宝之台烧，公子晏子独束帛而贺。柳州《贺进士王参元失火书》盖本于此。

唐宰相无谥

唐宰相多无谥者，李泌功在社稷而亦无谥，尤为缺典。

明待功臣

明待功臣之薄甚于汉。刘文成归后，惟棋酒度日，盖即子房辟谷之意。然犹不免于胡惟庸之毒害，可慨也！

唐县尉

唐举进士第者，往往授县尉，应举不第，乃亦有谪官县尉者。如贾岛为长江县尉，温庭筠为随州县尉是也。考唐制，县令有京县令、上县令、中县令、下县令，尉亦如之。京县尉从八品下，上县尉从九品上，中县尉、下县尉皆从九品下。岂黜陟各异其地耶？

李易安朱淑真

德州卢雅雨醢使见曾作《金石录序》，力辨李易安再适之诬。谓"德父殁时，易安年四十六岁，又六年，始为是书作跋，是时年已五十有二。匪夏姬之三少，等季隗之就木。以如是之年而犹嫁，嫁而犹望其才地之美、和好之情亦如德父昔日，至大失所望而后悔之，又不肯饮恨自悼，辄谍谍然形诸简牍。此常人所不肯为，而谓易安之明达为之乎？观其洊经丧乱，犹复爱惜一二不全卷轴，如护头目，如见故人，其惓惓德父不忘若是，安有一旦忍相背负之理！此子舆氏所谓好事者为之，或造谤如《碧云騢》之类，其又可信乎”？陈云伯大令亦云："宋人小说往往污蔑贤者，如《四朝闻见录》之于朱子，《东轩笔录》之于欧阳公，比比皆是。"又谓："'去年元夜'一词本欧阳公作，后人误编入《断肠集》，渔洋山人亦尝辨之。遂疑朱淑真为泆女，皆不可不辨。"按"去年元夜"词非朱淑真作，信矣。李易安再适张汝舟事，详赵彦卫《云麓漫钞》，诸家皆沿其说。卢氏独力为辨雪，其意良厚，特录之，以俟论世者取裁焉。

明东厂二校尉

明东厂为祸之酷，自古未有，独有二校尉以义烈闻。其一苏宣，大名府南乐县人。给事中杨爵下诏狱，东厂使人更迭侦伺，积五日一报。宣至狱中，知爵昼夜匣锁，右胫前为匣木转磕成伤疮。宣自起匣上木，以重瓦间合胫处，使相去寸许，自此疮愈。复有谗宣者，下宣狱，笞五十，夺其役。爵即狱中书片纸慰宣，宣答曰："公当开广心胸，勿以宣为念。"是秋，爵放还田里，送之通州，同宿旅店，次日各以诗赠别。继宣者杨栋，霸州人。母病，割股调羹以进。爵与刘、周二子下狱，不能自食，栋以东厂使来觇，力言于司官，得代供米物。事见万历间武进张按察使师绎《月鹿堂文集》。

秋畦公取士

先祖秋畦公，讳世埰。宰密县时，乾隆丙午、戊申秋试分校，竭昼夜之力悉心评阅，所取皆知名士，时称为得人。丙午分校时，尝赋诗云："梧井朱门落叶深，咿唔声隔院沉沉。艰难一字频搔首，容易三场尽惬心。啖果试回咀后味，赏琴须辨爨余音。秋风几树天香动，吹向寒山老桂林。"是科闱前，毕秋帆制军试大梁书院诸生，拔祥符方松磐方伯载豫卷冠多士，决其必售。填榜之夕，不闻唱其名，心窃讶之，及拆前五名卷，则以第四名魁。其经即公所取房首也，乃叹曰："今益信文章自有定价,而司衡鉴者亦煞费苦心矣。"归安朱闻填讳。

赵 屏 山

　　吾郡石门赵屏山茂才宗藩,精钱谷之学,在某大令幕中数年。某故后,遗孤尚幼,囊橐萧然,且仓库亏短甚多。后来者将以上闻,赵设计弥缝,复为经纪其丧,乞援于其素所识者,俾其妻孥得扶柩以归。由是人皆义之,名誉益起,当道争以厚礼延聘。性刚直而明敏,主人有过,必面规之。尝谓"急事缓办,缓事急办"二语,实为幕学要诀。盖事出仓卒,心神未定,稍一任性,即贻后悔。必慎始图终,熟思而审处之。若微渺之事,人每忽而置之,不知积少成多,弊即自此生矣。时以为名言。道光庚子,赵在临海县幕,余时司铎郡学,过从频数,投分甚深。辛丑冬,去之苕上,作诗留别,先君子及余俱有和章。原倡云:"小住山城迹似蓬,交情缱绻共春融。行踪自笑同迁客,归计惟应伴钓翁。载月好探苔水曲,停云怅望越天空。明年待续寻芳兴,记取花开菡苕红。"先君子和云:"天涯游躅转如蓬,倾盖欢心水乳融。醉引壶觞同傲俗,笑看杖履各成翁。_{君与余同辛丑生。}百年吟席留真赏,千里归帆指远空。此后相思隔江树,离愁题寄彩笺红。"余和云:"望望吟縢逐去蓬,归程千里雪初融。酒樽乐志柴桑叟,茶灶随身笠泽翁。驿路正逢梅破腊,屋梁愁见月当空。何时重践论文约,窗烛更深剪碎红。"

张八愚比部诗

　　吾邑张八愚比部桓,积学能文,兼工诗律。乾隆庚戌会试,诗题"老当益壮",朱文正公器其诗为老手,特拔之入额。诗云:"天道惟贞一,人心在自强。敬为难老术,勤即永年方。质劲霜弥茂,花迟圃更香。鞍矜神采壮,镜感鬓毛苍。此类丘陵小,难齐日月光。戒犹思抑抑,谟益念洋洋。本是无终始,何曾有弛张。健行归体撰,不息运乾纲。"张由文安县令捐升郎中,素谙刑名学,有所评论,众皆服其公允,遂主谳稿。卒年五十有五。疾亟时，神明清朗，案头有水仙一本，口占云："那与春光再斗妍，羁魂一缕逼凋年。谁教垂死开双眼，得见凌波第一仙。"著有《海隐山房诗集》。

晏元献

晏元献"无可奈何花落去，似曾相识燕归来"二句，诗词并见。诗为《示张寺丞王校勘》七律："元已清明假未开，小园幽径独徘徊。春寒不定斑斑雨，宿醉难禁艳艳杯。云云。游梁赋客多风味，莫惜青钱万选才。"词为《浣溪沙》调："一曲新词酒一杯，去年天气旧亭台，夕阳西下几时回。　　云云。小园香径独徘徊。"元献得上句，弥年未能对，王琪为对下句，元献大喜，自此辟置馆职，遂跻侍从。王之才固足称，元献服善之雅，亦何可及耶！

破体字

朝考殿试最重书法，大要以黑、光、匀为主，并不可有破体字。犯此者，读卷官票签为识，不得在前列。乾、嘉间，竞尚赵松雪体，破体字亦不以为嫌。曾见嘉庆乙丑科彭状元浚殿试卷，破体字极多，甚至恶书作"恶"、所书作"所"。今则一笔不可苟且矣。

翻用前人诗意

诗有翻用前人意者，如金昌绪"打起黄莺儿，莫教枝上啼"，陈灿霖《古怨》则云："独卧绣窗静，月明宿鸟啼。不嫌惊妾梦，羡汝是双栖。"朱受新《春莺》则云："任尔楼头啼晓雨，美人梦已到渔阳。"李太白"郎今欲渡缘何事，如此风波不可行"，徐翔鹏则云："人道横江恶，侬道横江好。不是浪如山，郎船去已早。"杜牧之"公道世间惟白发，贵人头上不相饶"，潘其灿则云："朝来揽明镜，白发感蹉跎。毕竟无公道，愁人鬓畔多。"张祜"人生只合扬州死，禅智山光好墓田"，卢雅雨蒇使《留别扬州》则云:"为报先畴墓田在,人生未合死扬州。"此类未能悉数也。

金　史

昔人谓《金史》叙次明净,胜于《辽》、《元》。然如《后妃传》后所载海陵私其从姊妹莎里古真、余都,"莎里古真在外为淫泆,海陵闻之大怒,谓曰:'尔爱贵官,有贵如天子者乎? 尔爱人才,有才兼文武似我者乎? 尔爱娱乐,有丰富伟岸过于我者乎?'"又:"海陵尝曰:'余都貌虽不扬,而肌肤洁白可爱。'"此等猥亵语亦皆采述,殊失体裁。

拂　珊　图

先祖秋畦公与海盐俞是斋先生瑅交最笃,曾为公画《拂珊图》,名流题咏,不乏佳作,摘录于左:

戊子小除,陆秋畦大兄属予作《甫里图》,戏为写此。忆少时《和友人渔父》一律,并以移赠云:"夷犹一棹出芦蓁,艇子前头坐钓翁。杨柳岸边停急雨,栗留声里趁斜风。烟波阅尽江山老,夜月歌残天地空。不是无才甘避俗,闲身爱住浪花中。"是斋俞瑅。

"笠泽已著鲁望书,钓竿更拂巢父树。他日相逢载缺瓜,还共白蘋洲上住。""多君怀抱比雪清,着屐几两书百城。梦绕雪川千尺水,乌篷泊处柳风轻。"秋畦大兄既属题字,复成此二绝,以博一笑。朗夫弟耀。

"宛宛垂杨映石滩,溪山佳处有渔竿。知君偶此成高寄,不为缁尘插脚难。""两载深情惜我遐,一尊酒尽即天涯。送行并触思归兴,西定桥边日未斜。"秋畦老世兄属题,拙修嵇璜。

秋畦大兄往反公车二十载于兹,学甚富,身甚贫,而不知其寄兴甚超逸。今岁庚寅春,将以先世事归里,予勉留之不得,适携所为《拂珊图》属题。按图名本取杜诗"钓竿欲拂珊瑚树"句,乃不自为照,而貌天随子其上,盖亦自况云尔。昔天随自号江湖散人,予惧秋畦之或将终焉也,故有落句以志慰讽云。"觌面分明笠泽翁,笔床茶灶旧家风。人依丛碧深青里,境在寒烟宿雨中。入海漫寻巢父逸,哦诗还比日休工。只愁催踏看花马,便号江湖恐未同。"题为"秋畦大兄老同年,弟赵佑"。

"偶然吟意在江湖,且复烟波作钓徒。四面云山围舴艋,一湾风露泊菰蒲。心原似水同行止,志不求鱼任有无。我上秋船寻伴侣,蘋花香里定招呼。"己丑初冬,题"奉秋畦老先生清教,秋船冯华"。

"淡淡春波濯柳丝,一竿风月貌天随。依稀陆汇溪头路,舴艋舟中万轴诗。"题"奉秋畦太年伯大人诲正,再侄震东"。

对　对　难

吾郡有师弟同赴省试,至武林关,天晚关闭,师出对曰:"开关迟,关关早,阻过客过关。"弟应声曰:"出对易,对对难,请先生先对。"是科弟获隽。

跕　班

参谒上官各有定期,俗名"上衙门"。届期,下僚必黎明赴官厅,俟上官出入,皆趋俟庭隅,鱼贯序立于傍,敛容屏息以示敬,谓之曰"跕班"。凡在督抚署,则于司道、郡守之出入皆然,在司道署,则于郡守之出入皆然。他如庆贺、祭祀、迎送诸礼节,凡上官所到之处,无不先往伺候其出入。故需次省会者,奔走仆仆,几无暇日。余在楚北时,同僚灵宝许明府虎拜,尝改翰林口号"一年事业惟公会,半世功名只早朝"二句云:"终朝事业惟跑路,毕岁功名只跕班。"又戏作联语云:"寒城跑路,满面尖风;古庙跕班,一身明月。"盖纪实也。

重　字

重字古作二,今则从丶。乾隆中,江西举人姚近第二场第四篇重字未经重写，磨勘官签"违式，应议"。武进刘文定公覆勘，奏折云："此等本无应议明文，第举子决科墨，义理宜详慎，不得与自作行草书札，概从两点省文。且在题字中，如不按题纸重写，即应贴出，除此卷照签交议，并请敕部明著为令，俾共识遵循。"

一挥九制

宋刘原父敞在西掖时，一日追封皇子公子九人，将下直，为之立马却坐，一挥九制。明刘主静定之亦尝一日草九制，笔不停书。又中旨命制元宵诗，内使却立以俟，据案伸纸，立成七言绝句百首。原父论著流传天下，而主静撰述无闻。然《明史》所载章疏二篇，义正词严，亦足垂不朽矣。

金佗

吾郡金佗坊，宋岳珂故里。珂《金佗粹编》自序谓"先生佩佗绶于鄂，不肖幸绍封旧封"，则"金佗"乃因封爵取义，后遂以名其居。按《尔雅·释训》"委委佗佗"，孙炎谓"佗佗，长之美"，"佗绶"之"佗"，意盖本此。今俗皆作"金陀"似误。

李安远

唐李安远历官潞州都督、怀州刺史，卒谥曰安，追封遂安郡公。谥与封叠犯其名，史册罕见。

隋文帝废长

隋文帝自谓旁无姬侍，五子同母，岂若前代多诸内宠，孽子忿诤，为亡国之道。乃卒废太子勇而立广，遂底灭亡，则以听妇言而惑佞臣也。勇又多内宠，干帝后之忌，自启衅阶，欲免于祸，得乎？

胡 大 海

《保越录》述元吕珍守绍兴拒明军事甚详。时明首将为胡大海，纵兵抄掠财物、米谷、妇女、孳畜，又发掘冢墓，自理宗慈献夫人以下，至官庶坟墓，无不发，金玉宝器捆载而去。其尸或实之以水银，面皆如生，被戮斩污辱者尤甚。据此则宋之陵墓一发于元初，再发于明初矣。考《明史·胡大海传》，大海善用兵，每自诵曰："吾武人不知书，惟知三事而已：不杀人，不掠妇女，不焚毁庐舍。"乃《保越录》所载若此，岂当日国史掩讳其恶欤？

明 公 主 郡 主

明公主、郡主无再嫁者，即此可见宫帏礼法之肃，视唐世迥殊矣。

剑

《西溪丛话》云：欧公父墓表云："回顾乳者剑汝于其旁。"《曲礼》曰："负剑辟咡诏之。"注云："负谓置之于背，剑谓挟之于旁。"今按：集中作"剑汝而立于旁"，茅氏八大家本则作"抱汝而立于旁"，"抱"字虽明显易解，不若"剑"字之典奥。

韩 陵 片 石

庾子山谓"韩陵片石，堪与共语"，盖指温子昇所撰《定国寺碑》，为高欢克尔朱世隆纪功也。今观其文，辞采华缛，殊乏风力。其末云："虽复高天销于猛炭，大地沦于积水，固以传之不朽，终亦纪此无忘。"极意褒美，至以"天销"、"地沦"相形，措辞亦乖体要。

范文正公子

宋令文有三绝,子之问以文章起,之悌以勇闻,之愻善书,各得父一绝。范文正公之子各得其父一体,仲子纯仁得其德量,三子纯礼得其文学,幼子纯粹得其将略。以视宋氏之子,盖远胜矣。

七月诗

《七月》诗八章,章十一句,而四言、五言、六言、七言、八言之体皆备。诗中言"一之日"二、言"二之日"三、言"三之日"二、言"四之日"二、言"四月"一、言"五月"二、言"六月"二、言"七月"七、言"八月"六、言"九月"六、言"十月"五,三月阙,则以"蚕月"代之。盖天时与人事相权,而后调燮之用精、爱育之利溥也。

宦寺

汉以后宦寺之祸,史不胜书,然亦有贤者。如汉吕强,北齐田敬宣,唐杨复光,后唐张承业,宋邵成章,明怀恩、覃吉、何鼎、李芳、陈矩、王安,简册褒称,美名著焉。知人贵自立,不患类之贱也。

六驳

"隰有六驳",毛传云:"驳如马,倨牙,食虎豹。"陆玑疏云:"驳马,梓榆也。树皮青白驳荦,遥视似驳马,故谓之驳马。"《正义》谓:"山有苞棣,隰有树檖,皆山、隰之木相配,不宜云兽。"余谓非独此也。《诗》凡山、隰对举者七,阪、隰对举者二,南山、北山对举者五,皆不言及兽,可知传之说未若疏之说为长。

警　枕

钱武肃王用警枕，司马温公亦用警枕，兴王、贤相勤劳正相同也。

柏 梁 台 诗

联句长篇始于《柏梁台诗》，诗凡二十六句，句各叶韵：时、来、材、哉复二韵，治、之复三韵。自大司马迄上林令，各就其职事言之，至末二句郭舍人云"啮妃女唇甘如饴"，语忽涉于亵；东方朔云"迫窘诘屈几穷哉"，语又近于谐。视三代以前君臣赓和之作，相去远矣。

方 术 传

《水经注》引邓德明《南康记》：卢耽为交州治中，元会至朝，化为白鹄，威仪以石掷之，得一只履。步骘为广州，恶之，以状列闻，遂至诛灭。然则王乔之凫舄，竟得天降玉棺，百姓立庙，何其幸耶！《后汉书·方术传》语多怪诞，盖不免出于附会，已为葛洪《神仙传》、晚出之刘向《列仙传》等书作滥觞矣。

州 箴

扬子云《十二州箴》，冀、兖、青、徐、扬、荆、豫、益、雍、幽、并、交是也。《初学记》所载，多凉、润二州。其《润州箴》云："蒋庙钟山，孙陵曲衍。江宁之邑，楚曰金陵。吴晋梁宋，六代都兴。"此皆汉以后事，岂得谓子云所作？徐公硕儒，当不若是之舛，或其书为后世妄人所增，有是误耳。

史 越 王 表

叶绍翁《四朝闻见录》云:"史越王辞免太傅,作表,欲用'侵寻岁月,七十有三',未有对,余有锡之父对以'补报乾坤,万分无一',王大称赏。"谢伋《四六谈麈》又云:"吕成公《求退表》'侵寻甲子,六十有三;补报朝廷,万分无一',乃出于李黄门邦直。"明杨仪《明良记》则又谓:"刘文成公作表用'蹉跎岁月,六十有三',未有对,高峰和尚对以'补报乾坤,万分无一'。"

火浣布凤首木火油

凡物遇火则焚,而火浣布、凤首木等,独得火不燃。又火油得水,焰弥盛,钱武肃王尝用以胜淮师。

父 子 精 相 术

唐袁天纲、客师父子精相术,明袁珙、忠彻亦父子精相术。珙相人,往往因其不善导之于善,从而改行者甚多。技也而进乎道,胜古人矣。忠彻阴险,与群臣有隙,即缘相法于上前龃龉之,术虽精,不足称也。

柳 仲 涂 文

柳仲涂文近于艰涩,盖承五代骫骳之习,力矫其弊,意在于古其理,高其意,而文辞之工拙不暇计也。其《东郊野夫传》曰:"年始十五六,学为章句,越明年,赵先生指以韩文,野夫遂家得而诵读之。当是时,天下无言古者,野夫复以其幼,而莫有与其同好者焉。但朝暮不释于手,日渐自解之。"又《昌黎集后序》曰:"读先生之文,自年十七至于今,凡七年,日夜不离于手,始得其十之一二。"又《再与韩洎书》曰:

"唐有天下三百年间,称能文者,惟足下与我两家。开之学为文章,不类于今者余三十年。"其学之专且勤如此,宜乎倡一代风气之先,立言不朽也。

陈寿不妄劾人

明刑部尚书陈寿为给事中时,言时政无隐,独不喜劾人,曰:"吾父戒吾勿作刑官,易枉人。言官枉人尤甚,吾不敢妄言。"寿于成化时,尝劾去镇守中官不检者,又劾万贵妃兄弟及中宫梁芳、僧继晓,知其非竟不劾人也,特不妄劾耳。

辎　　重

辎重有三解,《前汉·韩安国传》颜师古注:"辎,衣车也。重,谓载重物车也。故行者之资总曰辎重。"盖以辎、重为两车,谓车以衣蔽之而载人,重车则载物也。《释名》:"辎车,载辎重卧息其中之车也。辎,厕也,所载衣物杂厕其中也。"李善《二京赋》注引张楫云:"辎重,有衣车也。"盖皆以辎重为一车,而一则谓人与衣物并载,一则谓以衣蔽车而兼载人物也。今人以辎重为行者载物之车,是又于三说之外别著一说矣。

韩侂胄函首至金

韩侂胄既死,将函首至金,黄度以为辱国,倪思谓有伤国体,楼钥独言奸凶已毙之首何足惜。此君子一言以为不知也。

爱　惜　士　子

福建长乐梁敬叔观察恭辰《劝戒近录》云:"嘉庆戊午,闽乡试,新城陈鉴亭观察以盐法道在贡院头门点名,并监视搜检。有应试广文怀挟一包裹,兵弁搜得献之。陈公取包裹置坐右,谓兵弁曰:'既有怀挟,应再细搜。'兵弁乃重检考篮等,禀曰:'无之。'陈因目广文曰:'既无怀挟,汝不进去何待?'广文乃领卷径去,而兵弁瞠视无一辞,旁观者皆称颂不置。"夫科举之搜检,前代即有之。功令不得不严,而奉行不可不存宽大之心,以全朝廷待士之体,以养士子廉耻之原。如观察者,可谓知政体矣。后观察官至仓场侍郎。因忆嘉庆甲子科浙江乡试,阮文达公为监临时,事绝相类。第一场点名时,搜检官某以士子怀挟之文字跪白于公,公若为弗见也者。某乃起,置文字于案,公取视之,正色曰:"此旧帐簿也,安所用之?"某惶惑退去。公尝谓僚属曰:"士子入闱,能带文字,不能带福命。国家严怀挟之罪,在功令不得不然,吾辈当仰体圣主作人之意,爱养为先,何可任意苛求,罔顾大体乎?"存心仁恕如此,宜乎富贵寿考兼备一身也。又道光壬午北闱,仁和蒋侍御诗为科场巡号官,有号役讦告某士子怀挟文字,蒋谓:"若果怀挟,则当搜检时,诸王大臣岂肯纵其入闱? 此必汝藏匿之物,借以挟诈耳。"立予杖责而逐之,是亦能以爱惜士子为心者。

喜雨志乎民

道光丁未科新进士朝考,诗题"喜雨志乎民",语本《穀梁》。惟江西万良点明出处,有"勤民志鲁僖"句,以一等三名入词林,年已六十四。

双　烈

嘉庆元年七月,京师民崔升偕妻陈氏至杭州投亲不遇,无所得食,同缢于西壁坊客寓。钱塘县令蒋重耀为葬于万松岭侧,且作判辞以立案。其略云:"共处太平,何至谋生无转计? 良由狷介,愿甘骈首不求人。虽匹夫匹妇之自经,愚诚可悯;然同死同生之大节,理实无亏。用特捐廉,即为构地。掩兹双骼,遂其夫洁而妇贞;锡以一抔,庶几行成而名立。"仁和周南卿茂才三燮为赋《双烈行》,有云:"生则异乡死同穴,一贫致死长郁结,一死守贫真决绝。钱塘江水表汝洁,岭上万松表汝节。殉名殉夫总一辙,士与女分视双烈。"后土人于其墓旁立祠祀之,大著灵应,祷祀不绝。先是乾隆时,杭州有何氏子与邻女高氏有盟约,高父母别为议婚,女遂与何同时缢死。仁和令唐仁植判令合葬,谳语云:"目击双悬,心怜共命。民彝本由物则,惟从一之足嘉;王道原顺人情,尚有终之能正。教必豫童牛之牿,逾闲难责诸蛮氓;风或殊艾豭之归,节取弗遗于伺俗。用捐廉稭,俾勒贞珉。歌薅借孔雀之词,文梓起鸳鸯之冢。庶几连理长荣南国,一抔永傍西泠。"一时传为美谈。好事者竞登其墓,或携楮帛奠之。自崔墓兴而何墓遂废,今并不能确指其处。盖崔之死虽不得云正命,而夫缢妇殉,义烈足风,视彼何郎,迹判贞淫,固不仅以连理双鸳,供骚人之凭吊也。吾友孙瀛帆茂才谓闻诸故老云:"万松岭畔向有匪人,夜劫孤客,俗称'打闷棍'。土人祷于崔祠,屡显灵验,由是宵小潜踪,行旅获安。此外,尚有驱虎、逐疫诸迹。"果尔,则有功德于民,其历五十余年而香火勿替也固宜。

传 述 易 讹

《雪浪斋日记》以李太白诗"人烟寒橘柚,秋色老梧桐"属之欧阳公,特以"晚"易"人"。以王湾诗"海日生残夜,江春入旧年"属之灵澈,特以"月"易"日",以"暮"易"旧"。又如"一百五日寒食雨,二十四番花信风",徐师川诗也,《中州集》则以属之张公药。传述易讹,往往若是。

民 之 父 母

州县署旧有联云:"最防官折儿孙福,难副人称父母名。"语意警切。嘉庆间,秀水邑令某初至,颇著仁声,士民赠以匾云:"民之父母。"未几改操,广通贿赂,或于其匾侧题一联云:"漫道此之谓,谁知恶在其。"后被劾去。

西　游　记

《西游记》推衍五行之旨,视他演义书为胜,相传出元丘真人处机之手。山阳丁俭卿舍人晏据淮安府康熙初旧志艺文书目,谓是其乡嘉靖中岁贡生官长兴县丞吴承恩所作。且谓记中所述大学士、翰林院、中书科、锦衣卫、兵马司、司礼监,皆明代官制,又多淮郡方言。此足以正俗传之讹。丘氏自有《西游记》,见《道藏》。

严　石　帆　诗

吾邑严石帆明经光禄,性耽吟咏,文场久困,益刻苦为诗。尤长于五律,如《夜饮金养真肆耕草堂》云:"回首平生事,为欢只友朋。深村凉夜酒,细雨草堂灯。旧侣稀堪惜,吟怀老倍增。一尊共相赏,此外复谁能。"《秋夜》云:"忽又流光换,飘萧髩已残。浮生垂老易,盛世见才难。河汉影相隔,梧桐阴自寒。西风动瑶瑟,幽怨不禁弹。"格老气苍,不堕凡近。断句如《灵岩》云:"春深吴苑树,烟锁太湖山。"《赠铁隐上人》云:"禅心窗外菊,诗意画中山。"《舟泊吴兴》云:"细火桥边市,疏钟郭外山。"三押山韵,皆妙。

青　腿　牙　疳

咸丰乙卯年,吾里皇甫湘山上舍岷患牙龈肿烂,两腿青胀,其势甚剧,诸医不效。乌程温醉白□诊之,谓病名青腿牙疳,不必服药,惟食马乳可愈。如其言,一月痊愈。又一戴姓妇人病证相同,亦食马乳得痊。按:此证见于《御纂医宗金鉴》八十四卷"外科门",长洲唐笠山大烈所著《医宜博览论》曾述及之。吾乡罕有此证,医家知此者亦鲜矣。

冯 侣 笙 诗

南海冯侣笙明府锡镛豪于诗,官太平时,与钱塘范春船学博元伟论诗甚契,吟筒往还无虚日。所刊《于滇集》二卷,乃捧檄采铜滇南纪行之作也。五言善写景,七言善写情。如《罐子窑道中》云:"乳山围故垒,老木卧残垣。"《黔阳杂咏》云:"天驱三伏尽,地割万峰开。"《留别太平士庶》云:"身如游客忘程远,情在苍生惜别多。"《秋日偶成》云:"酒缘闷酌翻难醉,棋为愁敲更易输。"《苍梧留别邓星槎》云:"与我相同惟宦况,赢君如许是乡愁。"皆为集中警语。

窃 人 之 书

窃人之书为己有,自昔已然。如虞预之窃王隐,郭象之窃向秀,何法盛之窃裒生,宋齐丘之窃谭子是也。元、明以来,如吴澄《三礼考注》,晏璧曾有之;倪士毅《四书辑释》,胡广等袭之;唐汝询《诗史》,顾正谊据之;张自烈《正字通》,廖文英攘之;张岱《石匮书》,谷应泰得之。改名《明史纪事本末》。近代王尚书《明史稿》,实万季野所缮也;傅观察《行水金鉴》,实郑芷畦所撰也;王履泰《畿辅安澜》,实戴东原所著也。此皆彰彰在人耳目者。

转 败 为 功

宋与金议和,种师道劝钦宗乘金师度河半击之,不从,曰:"异日必为后患。"比京师城破,钦宗思其言,嗟痛之。元兵围襄阳危急,汪立信说贾似道,选兵五十万,沿江距百里而屯,刁斗相闻,互相应援以为联络之固。似道不从,元师遂渡江深入。伯颜知立信之策,叹曰:"使果用,我安得至此?"明李自成陷山西,蓟辽总督王永吉请撤宁远吴三桂兵守关门,选士卒西遏寇,即京师警,旦夕可援。给事中吴麟徵力主其说,辅臣陈演、魏藻德谓无故弃地二百里,不可。麟徵复为议数百言，六科不署名，独疏昌言，不省。比贼势日逼，帝悔不用麟徵言，旨下永吉，而已无及矣。此三策者，皆可转败为功，而乃以浅见沮之，卒底于亡，是岂得仅诿之天命哉！

撰述传信

蔡中郎自言，为人作碑，未尝不有惭容，惟为《郭有道颂》无愧。韩昌黎文，刘叉讥之为谀墓。虚辞悦人，知贤者亦不能免。尝观尹河南《刘彭城墓志》云："某撰述非工，独能不曲迂以私于人，用以传信于后。故叙先烈则详其世数，纪德美则载其行事，称论议则举其章疏，无溢言费辞以累其实。"此则所谓修辞立诚，可为撰述者法矣。

讨武曌檄

任昉为《齐明帝让宣城郡公表》云："陵土未干，训誓在耳。"骆宾王《讨武曌檄》演作四句云："言犹在耳，忠岂忘心？一抔之土未干，六尺之孤安在？"可谓善于脱化。

石敬瑭杜重威

石敬瑭为李氏婿，乞师契丹以灭唐；杜重威为石氏婿，乃亦降契丹以亡晋。天道之不爽若是。

单传

汉扬雄五世单传，童乌既没，继绪无人。周勰自曾祖父扬至勰孙恂，六世单传，皆知名，此后不闻有济美者。孔子之子伯鱼七传至鲋，始有弟子襄。以上俱单传，迄今胄裔蕃衍，英彦世出，盖盛德之后，积久益昌，非常人所能并也。

夏 山 如 怒

郭熙论画云:"春山淡冶而如笑,夏山苍翠而如滴,秋山明净而如妆,冬山惨淡而如睡。"恽平叔格改"如滴"为"如怒"。窃谓摹雨后之景,"滴"字为胜,若当晴杲炎赫之时,"怒"字尤肖其真。《诗》云"夏云多奇峰",盖亦于"怒"字意为近。

秋 鸿 馆 词

杭州武林门内天后宫,栋宇宏敞,虽在城市,境极静僻,余己亥秋曾寓居于此。北厢之壁有丁见堂诸君题词,读之想见当时文藻之盛。恐日久湮废,备录之以贻同好。《秋鸿馆词》,调寄《满江红》并序:"西湖勾留有年矣。秋九月,同人毕集,篛篷蜡屐,酒楼禅榻,游必竟日,聚必卜夜,会合之乐,得未曾有。入冬将各散去,金溪补官北上,选楼赴维扬,小茗归栖水,丹生返娄东,九能归吴兴,春谷入都门,骊泉与余归禾中。念良会之难再,相与倚声,作者有七。湖山恋人,苍然云表。朔风初厉,远怀何如。嘉庆戊辰十月既望,丁子复识。""鸿影连江,却都被、西风留取。肯浪掷、爪痕点点,秋光轻负。一月闲心鸥外远,两湖清响尊前有。怅临风、何处觅坡翁,频搔首。　　屐不折,穿云走;船不系,摇风久。向乱泉声里,禅关遍叩。坐到南屏钟动处,饱看西子妆成后。问青山、别后倚晴空,相思否?"嘉兴丁子复见堂。"横笛江城,又搅起、离愁千斛。乍倾倒、同岑小住,浊醪共漉。夕照峰头高下屐,秋声树里东西屋。恁闲阑、不厌把新诗,三过读。　　谁挑得,蕉林鹿?谁认取,柯亭竹?叹匆匆分手,云龙难逐。风月且谈今夕事,升沉莫向君平卜。唱骊驹、寒色上征衫,肠回毂。"仁和王崇本骊泉。"秋剩无多,扫败叶、不容停着。恰意外、萍踪三两,湖山栖泊。名字蚤从香国饮,性情别向尘樊凿。倚疏狂、一例结苔岑,谁绳削?　　英灵气,王郎斫;圆妙想,鄱阳谑。尽澜翻盾陷,总谐牛铎。襟上酒痕凄似雨,江边帆影闲于鹤。绕天涯、何处乏新知,浑非昨。"开化戴敦元金溪。

"雁叫霜寒，已看到、六回圆月。天付与、湖山诗酒，一时清绝。携屐频来今旧雨，对床莫辨云泥客。况连朝、放棹豁双眸，枫林色。　　燕台路，风尘隔；鸳湖畔，烟波阔。问茫茫后会，者番堪惜。我向西州应恸哭，时得娄东汪照庭讣。人过北郭伤离别。待重逢、何处续前游，寻鸿迹。"钱塘王槐丹生。"如此湖山，能几度、良朋胜游？才盼到、酒香菱熟，已是残秋。旧雨声消黄叶路，新寒梦醒白蘋洲。正风前、一笛弄凄清，人倚楼。　　娄东水，家尚浮；竹西月，客还留。更蹇驴冲雪，远度芦沟。丛菊怕沾羁旅泪，疏杨难缩别离愁。把片情、且付与烟波，随去舟。"仁和李堂西斋。"苒苒霜风，吹落叶、敲窗如雨。频唤酒、烧残红烛，已经几度？杯底破除千载恨，城头留恋三通鼓。约明朝、小艇更看山，西泠路。　　欢娱事，元无数；别离恨，长终古。算雪鸿萍水，且休回顾。此去诸公须爱惜，后来我辈休尘土。再十年、重与证前盟，烦鸥鹭。"归安严元照修能。"棹入西泠，畅好是、秋光浓候。合便把、杖头钱挂，联来吟袖。花港画船人去远，蘋洲渔笛吹来又。剩空狂、怀抱未消除，还如旧。　　南屏路，寻僧走；万峰顶，携樽就。爱吟诗声里，晚钟清透。好句欲分红叶艳，遥岑已共黄花瘦。奈鞭丝、摇动各天涯，分襟骤。"代州冯振声春谷。

张　孝　廉

嘉兴张孝廉昌衢，英才卓荦，人皆以大器目之。嘉庆丙子，秋试中式，揭晓后，数日即卒。一月间，连丧其子女，妻亦自缢以殉，惟一老母存焉。其同年平湖高孝廉一谔恸以诗曰："仙才合守旧青毡，蕊榜生平欠宿缘。怪尔文光腾万丈，一时冲破玉楼天。""连理枝开顷刻花，伤心最是折兰芽。独抛白发灯前坐，地下依然聚一家。"令人不忍卒读。

郎　　蟹

安吉郎苏门观察葆辰，画蟹入神品，人皆宝贵之，称为"郎蟹"。

自题诗亦多佳者,录其七绝二首,云:"秋来不减持螯兴,愿学东坡守戒难。聊借砚池无数墨,写生且作放生看。""橙黄橘绿稻花疏,杯酒双螯小醉余。若使季鹰知此味,秋来应不忆鲈鱼。"

吴 澹 川 诗

秀水吴澹川明经文溥,诗品高远,阮文达公谓为两浙诗人第一。著有《南野堂诗集》,五言如"桐影方流月,琴声不见人"、"莺啼春去后,客到雨深时"、"江湖多落木,风雨急归舟"、"暮雨啼禽缓,残春过客稀"、"峡云开晓色,关树老秋声"、"鸟飞风未定,人语月初生"、"别浦流春水,闲门落古花",七言如"并州雁到枫初冷,江上人归橘又黄"、"青山独行路不尽,白日欲暮春无多"、"一笑身家书卷外,半生心事酒杯间",皆清逸出尘。吴自言幼嗜吟诗,三十岁而成癖,寝食都废。尝有《示儿》诗云:"秀才衣钵传三世,选佛功名隔一尘。除却惊人诗句外,平生事事不如人。"可想见其用力之深矣。

六 舟 僧

杭州近日诗僧,首称海宁六舟达受,工草书、墨梅,尤精金石篆刻。得怀素大小草书千文墨迹,钩摹上石,赋诗纪之,有"自喜不贪缸面酒,莫教萧翼赚《兰亭》"之句,阮文达公称为"金石僧"。江夏陈芝楣中丞銮,尝延主吴门沧浪亭畔大云庵。婺源齐梅麓太守彦槐赠以联云:"中丞教作沧浪主,相国呼为金石僧。"后又主西湖南屏方丈,厌酬应之烦,退居海宁白马庙,吟讽自得,人皆重之。

张 解 元 诗

嘉兴张叔未解元廷济,家居新篁里,嗜奇好古,自商、周以来至近代,凡金石、书画、刻削、髹饰之属,无不搜聚,构清仪阁藏之,各系以诗。其题黄文节公书"新篁"臂阁自注:竹高八寸二分,阔二寸四分,字高三寸三分,阔二寸二分。嘉庆辛酉,从诸城相国所藏文节书刘宾客《伏波神祠》诗墨迹摹得。云：
"谁镌寒玉半规如,两字涪翁老笔余。有客临摹须阁学,此君抬举自
中书。灯前万画蝇头细,窗外千竿凤尾疏。为喜嘉名符小里,爱渠吾
亦爱吾庐。"《袁永之北征图》绢本横卷。高六寸七分,长二尺五分,陈道复画。前有
祝京兆题"北征"二大字,后有祝京兆、王雅宜、文寿承、彭ская父、顾华玉、钱贵、汤子重、汤子凤、
陆芝生、金元宾、袁邦正、袁尚之、袁补之、袁与之诸题咏。　　嘉靖四年乙酉科,袁永之裹领应天
乡荐第一,此其入都时诸友人送行作也。云："匹马胥台赋北征,旗亭杨柳故交
情。文章门第倾耆旧,风雨河桥梦弟兄。早岁应须成富贵,传人何必
薄功名。十年三上长安道,愁听阳关叠几声。"笔意清俊,兼饶情味。

志　　书

　　国朝志书如平湖陆清献公陇其《灵寿志》,不登寺院,黜异端也；
不载坊表,尚暗修也；不及前人文字之彰著者,如乐毅《报燕王书》之
类,欲人博求之典籍也,体例最严。会稽章实斋学诚作《永清志》,叙
例有云："近人辑志,艺文不载书目,滥入诗文杂体。"因力为厘正,别
具文征,其识亦卓。近时乌程纪石斋磊、震泽沈退甫眉寿作《震泽镇
志》,以烈女载流寓、释道之前,亦足矫流俗之弊。

秋　　鸟

　　吾乡土产秋鸟,味绝鲜美,出乍浦陈山屠康僖公墓,当是日本国
所产,秋来春去。初至剖其腹,犹有青椒。大者名载毛鹰,亦曰鹬鹋,
中者花鸡,小者钻篱,详载沈季友《槜李诗系·附考》。此物惟宜碎
切,豕膏和糖霜、椒末渍以酒酿蒸食,或细切调鸡卵蒸食,亦佳。有苕
西人购数瓶归家炙啖之,枯劲无味,诧为不佳,尽弃其余,传以为笑。
吴江郭频伽明经麐尝与诸名士赋《秋鸟词》,一时推为绝唱。其词云：
"荒林落照,认宰树苍茫,一群惊噪。纤缴鸣弦,已有弋人寻到。陶村
马瞳披绵好,算总输、酒边风调。蜀姜鸣釜,吴盐点雪,槠瓶开了。
问何事轻离海峤？有绿衣同戏,红椒堪饱。万里头颅,来博樽前人

笑。云罗满地西风早，想江湖羁雌多少？料应梦断，蛮天一角，暮烟孤岛。"调寄《桂枝香》。

祖　　德

乡石公幼时，即为愚汀公所钟爱，乾隆丁酉登贤书，愚汀公已不及见，秋畦公作诗示乡石公曰："记否垂髫日，桑榆祖暮龄。陶潜归乞食，伏胜老穷经。顾汝扶鸠杖，呼予过鲤庭。兴宗期此子，倚枕重丁宁。""风木增吾痛，思亲涕泣然。一官邀薄禄，十载隔重泉。清白遗家训，丹铅记手编。勉旃怀祖德，从此著鞭先。"乡石公晚年每一诵之，辄为陨涕不已。

天　　时

立春后五戊为春社，立秋后五戊为秋社。芒种后丙日起霉，小暑后丙日断霉。夏至后一日起时，三日初时，五日二时，七日末时，必有南风，逾旬方止，谓之起趄风，即苏诗所谓"万里初来舶趄风"也。夏至后三庚起伏为初伏，四庚为中伏，立秋后初庚为末伏。冬至日起九，九九八十一日。大寒后逢戊起腊，立春日止。有谓春分、秋分后戊日为社，夏至后五庚为末伏者，非也。

酒　　令

蔡宽夫《诗话》谓唐人饮酒必为令，有举经句字相属而文重者，曰"火炎昆冈"，乃有"土圭测景"酬之，此亦不可多得也云云。余尝与友人宴饮效此为令，仅得二句，曰"山出器车"，曰"一二臣卫"。

费　　宏

费宏三入内阁，其却钱宁，拒宸濠，忤张璁、桂萼，峻节卓著，无愧名臣。惟大礼之议,第署名公疏,未尝特谏,不得与杨廷和、蒋冕、毛纪、石珤等以直言去位,惜矣!

焉

"焉"字古有以为发声者,如《礼三年问》"焉使倍之",《周礼》秋官之属行夫"焉使则介之",《荀子·非相篇》"焉广三寸,鼻目耳具而名动天下",《淮南子·时则训》"天子焉始乘舟"是也。当涂徐位山征君文靖,作《之乎者也矣焉哉语助七字诗》十四首,引据浩博。惟"焉"字语助当作尤虔切,而诗中多用于虔切者,如"焉支"、"焉逢"、"焉见"、"焉知"、"焉甘"之类,盖以作尤虔切者,搜索尤艰也。然荀书独未引及,殆偶遗之欤?

寡　能　克　众

段会宗以三十弩至昆弥所,手剑击杀番丘。傅介子以二壮士刺杀楼兰王。薛万均以死士百人走窦建德二十万骑。王君廓以十三人破贼万。马璘以五百部士败史朝义师十万。李存孝以十八骑拔洛阳。刘整以十二人取金信阳城。岳少保以五百骑破金兵五十万。寡足以克众,惟智勇兼备者能之。否则,行险轻进,鲜有不败者。

公

父称子为公,见《晁错传》。君称臣为公,如汉文帝称田叔、武帝称车千秋等,史不胜书。至宋哲宗时,宦者朱用臣谥议,有"天子念公之劳,久徙于外"之语,措词尤失体。

史记复见之句

《史记》复见之句,往往有更易其字者,如:《商君列传》"家给人

足"，《平准书》、《货殖列传》则云"人给家足"。《楚世家》"三年不蜚，
蜚则冲天；三年不鸣，鸣则惊人"，《淳于髡传》则云"不飞则已，一飞冲
天；不鸣则已，一鸣惊人"。《秦始皇本纪》"饭土塯，啜土形"，《李斯列
传》则"塯"作"甀"，"形"作"铏"，《自序》则云"食土簋，啜土刑"。至
《高祖本纪》、《自序》，皆云"拨乱世反之正"，而《自序》有云"匡乱世反
之于正"。《留侯世家》"运筹策帷幄中"，赞云"夫运筹策帷帐之中"，
一篇之中亦自不同。

两浙輶轩录

阮文达公督学浙江时，裒集十一郡本朝已故名人诗为《两浙輶轩
录》，凡三千一百三十三人，诗九千二百四十一首。胡书农学士之尊
人蒈唐上舍涛《古欢书屋》诗亦采入录中。学士赋诗以志云："天教浙
水启龙门，文士泉台尽感恩。一代登楼操选柄，千秋覆瓿慰吟魂。家
无专集名难假，才偶同时例不存。条例：凡诗无专集及生存者不入选。甲乙编
排微意在，续修留待后贤论。""国风从此补三吴，尚有羲娥未撝无。
一品集繁存爵里，条例：凡名公巨卿集足单行者，只选有关出处数诗以存梗概。四灵
家小辑《江湖》。艺林采备他年志，诗派分添此日图。感极樗材荷培
养，更蒙捃拾到潜夫。"

叶杏楼

同邑叶杏楼茂才文照，笃志好学，家贫，授徒为生，昼督馆课，
夜乃自课，恒达旦不寐。每应试被放，辄哭泣数日，目为之肿。常
云："若得登科录中题名，虽死何憾。"竟以力学得疾卒，年未及三
旬。其友徐瘦生茂才照挽之云："一生只为名心死，六极惟将恶字
除。"语甚沉痛。叶作小诗亦有致，曾记其《春雨遣闷》一绝云："阵
阵风吹密雨斜，薄寒帘幕湿阴遮。空庭尽日无人到，独倚阑干数
落花。"

高 伯 平

墓志铭每乞显者为之，多饰说不可信。吾友高伯平明经均儒，自为妻墓志铭，手书命其子行信篆额并刻，语独简质，铭辞尤真挚动人。"闽高均儒妻，姓陈氏，秀水人。父讳耀，母氏毕。妻以嘉庆十七年十一月戊寅生，九岁丧父，十三岁字均儒，即就育于吾母。明年，妻母卒。又明年，母命成昏礼。越二十有七年而妻卒，时为咸丰二年四月壬午，年四十一。子行忠、行信、行笃，行信嗣从兄绀儒。女玲，字孙庆丰三琭，殇。今卜于四年正月辛丑，从吾母葬于海盐县元保山先兆之侧。辞曰：'之子归予方笄兮，吾母顾之而尤怜。予孤寒以客游兮，恒千里而经年。岁时归省晨昏兮，母谓妇职之罔愆。泣思吾母之慈爱兮，仿佛犹闻乎斯言。即斯言以铭幽兮，已足襮之子之贤。'"伯平先世由闽徙浙，今隶籍秀水，游清江最久。杨至堂河帅以增重其学行，与订忘分之交，属校刊书籍甚多。

药　忌

吴江徐灵胎征君大椿谓："医药为人命所关，较他事尤宜敬慎。今乃眩奇立异，欲骇愚人耳目，将古人精思妙法反全然不考，其弊何所底？止略举数端以示儆戒。人中黄，肠胃热毒偶有用入丸散者，今入煎药则是以粪汁灌人而倒其胃矣。人中白，飞净入末药，若煎服，是以溺汁灌人矣。鹿茸、麋茸，俱入丸药，外症、痘症偶入煎药。又古方以治血寒久痢。今人以治热毒、时痢，腐肠而死。河车、脐带，补肾丸药偶用，今入煎药，腥秽不堪。又脐带必用数条，肆中以羊肠龟肠代之。蚌水，大寒伤胃，前人有用一二匙以治阳明热毒，今人用一碗半碗以治小儿，死者八九。蚯蚓，痘症用一二条酒冲，已属不典，今用三四十条，大毒大寒，服者多死。蜈蚣、蛴螬、即桑虫。蝎子、胡蜂，皆极毒之物，用者多死，间有不死者，幸耳。石决明，眼科磨光，盐水煮，入末药，今亦以此法入一切煎剂，何义？白螺壳，此收湿糁药，亦入煎剂，其味何在？鸡子黄，此少阴不寐，引经之药，今无病不用。燕窝、海参、淡菜、鹿筋、丑筋、鱼肚、鹿尾，此皆食品，不入药剂。必须洗浸极净，加以姜、椒、葱、酒方可入口。今与熟地、麦冬、附桂同煎,则腥臭欲呕。醋炒半夏、醋煅赭石、麻油炒半夏,皆能伤肺,令人声哑而死。橘白、橘内筋、荷叶边、枇杷露、查核、扁豆壳,此皆方书所弃,今偏取之以示异。"余按:徐氏所指,诚切中要害,惟海参淡食最能益人,尝有食之终身而康强登上寿者,惟不宜与熟地等药同煮耳。又枇杷露治肺热咳嗽,获效颇速,似不当在屏弃之列。

世 其 道 德

昔人谓古之世其道德者,汉有袁氏、杨氏、陈氏,唐有柳氏,宋有吕氏、韩氏,明有孙氏。然袁之有术、柳之有璨、韩之有侂胄,实为门户之羞。此皆在于季世,殆因乎国运欤!

朱 瓣 香 词

山阴朱瓣香同年守方,才藻绝俗,登第后遽下世。尝于秋夜枕上戏咏"声"字,用独木桥体作《醉太平调》词十二解,殊有别情,漫录于此:"高槐怒声,修篁恨声。萧骚叶堕阶声,破窗儿纸声。""沉沉鼓声,寥寥磬声,小楼横笛声声,接长街柝声。""邻猧吠声,池鱼跃声。啾啾独鸟栖声,竹笼鹅鸭声。""虫娘络声,狸奴赶声。墙根蟋蟀吟声,又空梁鼠声。""重门唤声,层楼应声。村夫被酒归声,听双扉阖声。""兰窗剪声,芸窗读声。媚闺少妇吞声,杂儿啼乳声。""喁喁暱声,喃喃梦声。咿唔小女娇声,有耶娘惜声。""盘珠算声,机丝织声。松风隐隐涛声,是茶炉沸声。""风鸣瓦声,人离坐声。窗盘叩响连声,想残烟管声。""床钩触声,窗镮荡声。檐前玉马飞声,似丁当珮声。""空堂飒声,虚廊飔声。花阴湿土虫声,作爬沙蟹声。""遥声近声,长声短声。孤衾挨到鸡声,听晨钟寺声。"

君

君,《尚书》称"辟"、称"元后"、称"皇帝",《诗经》称"天子",《礼

记》称"后王",《战国策》称"陛下",《史记》称"上"、称"巨公",《汉书》
称"朝廷"、称"天辟"、称"至尊"、称"圣上"、称"县官",《后汉书》称"上
帝"、称"天公",《独断》称"天家"、称"大家"、称"官家",《三国志》称
"明上",魏、晋、六朝时称"官"、称"殿下",《后魏》称"皇上",《左传箴》
称"君天",《北史》称"大尊",唐时宫中称"宅家",《唐语林》称"崖公"。

父

　　父,《尔雅》称"考",《战国策》称"公",《列子》称"家公",《史记》称
"翁",《韩诗外传》称"先生",《广雅》称"爽"、"爸"、"爹"、"箸",《方言》
称"倹",《晋书》称"大人",魏、晋、六朝时称"尊",隋《回纥传》称"多",
《北史》称"郎",《北齐书》称"兄兄",《旧唐书》称"哥",《古诗》称"耶",
闽俗称"郎罢",关东称"罢罢",吴俗称"老相",又称"爷爷",称"阿
伯",北方称"老子",江州民称"大老",韩昌黎《祭女挐文》自称"阿
爹",《周易》称父母为"严君",今则专以称"父"矣。

母

　　母,《尔雅》称"妣",《诗经》称"母氏",《广雅》称"媓"、"馳"、"嫬"、
"妳"、"媪"、"姐",《金史》称"阿婆",《古诗》称"娘",李义山作《李贺小
传》称"阿妳",《汉书》称嫡母为"民母",《北齐书》称"家家",《汉书》列
侯子称母为"太夫人",《陆放翁家世旧闻》称庶母为"支婆"。

疾风知劲草

　　《猗觉寮杂记》云"疾风知劲草"有五事,谓《后汉》王霸,《南史》庾
仲远,《唐》萧瑀、裴谞、李绛也。按:《隋书·杨素传》,素平汉王谅,帝
手诏劳素云:"古人有言曰:'疾风知劲草,世乱有诚臣。'公得之矣。"
唐萧瑀为太宗所重,太宗赐诗云:"疾风知劲草,板荡识忠臣。"当本
于此。

画　状　元

唐岱号静岩，满洲人。官参领，工山水，圣祖御赐"画状元"。见胡书农学士《国朝画院录》。

煮　人　狱

霍邱范二之为某媪赘婿，逾年忽不见，范父讼于官。县令王某雇乳妇为媪同村人，问以媪婿事，曰："闻之邻家，知以奸被害。"王信之，严刑拷讯，范某氏供与义兄韩三有奸，恐败露，共杀范二之，锉碎其骨，煮化其肉以灭迹。韩三与媪供皆同，旋于其房后检得碎骨，定案达府。犯供翻异，府以碎骨为证，犯谓是牛骨，非人骨也。府不听，遂达臬司。时秉臬者为夏邑李书年少保，鞫之，供如前。惟犯无戚容，供词太熟，疑有冤。反覆阅牍，得间曰："死者肉煮骨锉固已，肺胃肝肠等物何在耶？"复以是讯之，犯皆愕然，供各异词。公曰："是真有冤矣。"遂停鞫以待。越半载，突有人至臬司大堂哭喊，问之，即范二之也。因负博进他遁，探知家难，特来前，冤狱因是得解。使因犯无翻供，定案申详，立杀三命，则院司得重咎，府县且拟实抵。一时无不服公之识。并谓有盛德者，必有厚报。是时公年五十余，尚未有嗣，次年举一子，名曰铭皖，以地志也。后又连举数子。公中乾隆庚子进士，铭皖中道光庚子进士。公年八十余，重遇恩荣宴，父子相隔六十年作同年，为熙朝之盛事，殆天佑之以彰平反巨案之德也乎！公从弟检斋大令道融《疆恕堂文稿》记此事甚详，因节其略，为世之司狱者告。

汤　火　伤　方

《镜花缘》说部征引浩博，所载单方，以之治病辄效。表弟周莲史太史士炳为余言之，因录其方以备用。余母周太孺人喜施方药，在台郡时求者甚众。道光癸卯夏,有患汤火伤,遍身溃烂,医治不效,来乞方药。检阅是书中方,用秋葵花浸麻油同涂,时秋葵花方盛开,依方治之,立愈。乃采花贮油瓶中,以施人,无不应手获效。

李 司 马

罗江李石亭司马化楠,以进士宰余姚,有循声,复摄平湖县事。前令某七年积案三千有奇,司马计日定程,早、午、晚决讼各数事,纵民观听,三月尽理。民为之语曰:"云雾七年,三月见天。"尝言居官有六字诀:眼到、身到、心到。行政以仁爱为主,不轻勾摄,曰:"堂上一点硃,民间数点血也。"乾隆壬申分校浙闱,得嘉兴李虹舟祖惠卷,呈荐主试李鹤峰宗伯因培,遂定为元。榜发,知为浙中老宿。宗伯赋诗庆司马得人云:"吾宗有墨绶,岷峨发精英。乍如得荆璞,价重十二城。遗我共欣赏,古色果峥嵘。"司马和云:"两浙文才薮,此卷超群英。想见腹便便,何处拥百城? 席夺五十重,意气犹峥嵘。"

郑 笏 君 诗

乌程郑笏君孝廉祖球,高才短命。其弟梦白中丞哀遗诗,刻为《红叶山房集》。佳句如《过清凉寺》云:"危石下秋瀑,幽篁深夕阳。"《渚渔》云:"鱼飞挟风力,湖黑劲雷声。"《入菁山》云:"四围半僧寺,一径万梅花。"《独对亭夜坐》云:"绝壁松涛晴亦雨,空山虫语夏如秋。"《表忠观》云:"魂魄犹思造南宋,文章何幸遇东坡。"《古壁》云:"画像阴森神鬼守,诗题漫漶姓名虚。"语皆警特。

葛 壮 节 公

山阴葛壮节公云飞,为定海总兵,以父忧去官。逾年,英夷陷定海,大府以书属公墨绖从军事。公方督耕田间,即趋归白母,母张太夫人曰:"金革无避,汝受国恩厚,行矣,勿复疑。"遂诣镇海,请尽出劲兵扼金鸡、招宝两山间,又以计俘夷军师安突得,夷大惊扰。公设计请乘机收复,巡抚乌不能用。已而有通市之议,大府命公率所部往收定海,而以寿春镇总兵王锡朋、处州镇总兵郑国鸿帅师协守,时道光辛丑二月也。公以南道头空旷,增筑土门。又请自竹山门至摘箬山遍列炮,县治后晓峰岭筑炮台,以杜侵越,小竹山门下塞其江路,对土城诸岛均置防守,使夷舟不得近,谓必如是则定海可固。督师裕谦以费辞,则请借三年俸廉兴筑,督师怒曰:“是挟我也!”坚不许。八月,夷再犯定海,众二万余,我兵合三镇仅四千。飞书大营请济师,督师疑其张大,戒死守毋望援。公苦战六昼夜,日仅啖数饼,耆老有煎参以进者,公投诸水与众共饮之,士卒皆感奋。戊戌,天大雾,夷全队逼土城。公闻风帆海水声,知夷舻将至,炮击焚之。夷傆遁,分道攻晓峰、竹山。晓峰无炮,夷众夺间道上,并攻破竹山门,遂下薄土城。时土城兵分守他所,麾下仅二百人。公率以拒敌,持短兵奋呼而进,杀戮无算。至竹山门,方仰登,一酋长刀劈公面,去其半,血淋漓,径登。酋骇,乃以炮背击公,洞胸,穴如盌,前后四十余创,遂卒。

定海义勇徐保夜迹公尸于竹山门,雨霁,月微明,见公半面宛然立崖石上,两手握刀不释,左一目睒睒如生。欲负之行,不能起,拜而祝曰:“盍归见太夫人乎?”负之起,乘夜内渡。大吏护公丧还山阴,张太夫人一恸而止,曰:“吾有子矣。”时王、郑二总兵皆死难,而公死尤烈。事闻,上悼甚,赏加提督衔,世荫骑都尉又一云骑尉。赐长子以简文举人,次子以敦武举人,予谥壮节,祔昭忠祠,且立专祠以祀。御制祭文云:“朕惟良臣蹇蹇,昭大义于匪躬;巨典煌煌,沛鸿恩于赐恤。唯忠贞之克笃,斯褒予之重申。尔原任浙江定海镇总兵提督衔葛云飞,识邃韬钤,律娴步伐。初膺甲第,旋摄水师。荐牍屡登,不愧干城之选;崇阶洊陟,叠邀纶绰之荣。迺以螳怒当车,蛙鸣自井。念兵戎之未靖,资骠骑之先驱。叱咤风云,施壮士天山之箭;超腾矢石,帅丈人地水之师。同仇者一德一心,贾其余勇;连战于六昼六夜,誓不空还。军鹅鹳而皆惊,贼鲸鲵而待扫。方谓金精气壮,离披麾下之尘;何期石鼓声沉,仓卒矛头之恸。忠魂不返,毅魄犹馨。览奏心伤,为之涕霣。畀殊恩更及其子,式焕新纶;命大吏常恤其家,重颁内帑。秩均一品,义设专祠。於戏! 鼓鼙思将帅之臣,易名两字;俎豆视功宗之礼,炳节千秋。灵如有知,尚其歆格。"天语褒忠,至优极渥。同时避敌幸生之臣,读之当益滋愧矣。

郭 参 政 诗

长洲郭参政谏臣,《明史》无专传,其《发严氏奸状事》附见《林润传》中。有诗集四卷,钞入《钦定四库全书》,《提要》具载本末。而朱竹垞太史《明诗综》、沈归愚尚书《明诗别裁》皆未采入。今录四首于后。《秋日都门送别有感》云:"为送南归客,翻怜北驻人。白云凝望远,华发共愁新。落日湖边橘,秋风江上莼。何时返初服,吾亦任吾真。"《夜宿仪真公馆》云:"风色晓来定,涛声听渐平。大江当县绕,片月向人明。柏府寒乌集,松阶夜鹤鸣。沉吟灯下坐,多少别离情。"《柳枝词》云:"河桥青眼竞窥春,淡著烟光别样新。留却长条休浪折,春来多少远行人。"《送王司业同年北上》云:"江上西风动客旌,故人相对眼俱青。一杯赠别休辞醉,世路于今畏独醒。"又断句"芦岸近沙频下雁,渔村隔水远闻鸡"、"十里暖烟迷竹坞,一篙春水没鱼梁",皆清逸可讽。

何 小 山 词

青浦何小山上舍其章,精医术,尤工倚声,著有《七榆草堂词》,殁后其兄书田茂才其伟刊行于世。予最爱其《题西溪渔隐图·菩萨蛮》云:"玻璃冷浸莲湖月,鲈鱼风起秋波阔。流水绕渔村,蓼花红到门。 言寻栖隐处,客向烟中去。疏柳挂斜晖,扁舟犹未归。"《送春和朱淑真韵·蝶恋花》云:"一寸柔肠愁万缕,才得春来,又送春归去。借问东风和柳絮,卷将春色归何处? 打起枝头双杜宇,听到声声,总是凄凉意。告诉落花花不语,西楼日暮潇潇雨。"一写景,一写情,各臻其妙。

海 蛳 诗

咏海蛳,前人罕有佳句。开泰徐新斋观察同年之铭诗独擅长。如"七层塔涌螺纹细,九曲珠穿蚁穴匀"、"高簌犀痕罗刹齿,小盘蠡样释迦头",皆新警夺目。

倒 用 印

段秀实取姚令言印不获,乃倒用司农印以追朱泚所遣之兵。令言时为将军,是以司农印诈为将军印也。《五代史·周本纪》倒用留守印,《李崧传》倒用都统印,则皆伪作诏书,而以印诈为天子玺矣。盖当军兴扰乱之顷,故得假以给众耳。

周 南 卿 诗

周南卿茂才幼以神童名,娴吟事。家贫客游,足迹半天下,所至名公卿争迎之。著有《抱玉堂诗集》,断句如《送郑渔帆司马得告还里》云:"才子偶将官作达,高人多以病为名。"《三十初度》云:"家累催人儿女大,名场责我友朋多。"《挽吴毅人祭酒》云:"湖山气并文章秀,天地恩容出处宽。"语皆俊拔。

长 人

叔孙得臣获长狄侨如,《左传》杜注谓长三丈,《公羊》何注谓长百尺,《穀梁》范注谓长五丈四尺。据《国语》,仲尼称谯侥长三尺,大者不过数之十,自当以杜说为正。按《十六国春秋·前秦录》,夏默,乞活人;护磨那,胡人;申香,奄人,皆长一丈八尺,多力善射,每食饭一石、肉三十斤,殆即长狄之种类欤?

高 斗 枢

明崇祯初,鄞高斗枢为长沙兵备副使。时土寇蜂起,长沙止老弱卫卒三百,城库雉堞尽圮。斗枢至,建飞楼四十,大修守具。临、蓝贼艘二百余抵城下,相拒十余日,却去。寻击杀乱贼刘高峰等,抚定余众。十四年,进按察使,移守郧阳。郧被寇且十载,属邑有六,居民不四千。斗枢至甫六日,张献忠自陕引而东,斗枢与知府游击等分扼之,战频捷,贼不敢犯。十五年至十七年,李自成四攻郧,卒不克而去。当是时,湖南、北十四郡皆陷,独郧在。夫以如是之才,仅使局守偏隅,而庸劣如熊文灿、杨嗣昌辈,转握重兵以讨贼,安能免于偾军误国哉!

明崇祯朝相

明崇祯朝五十相,文震孟最贤,入阁三月遽罢。而奸如温体仁,辅政乃至八年之久。是犹病剧而投以峻削之剂,欲不亡,得乎!

王 绍 宗

王绍宗写书三十年,庸足给一月即止,不敢赢。徐敬业起兵,闻其行,以币劫之,不肯赴,几为所杀。后事武后,官至秘书少监,乃与张易之兄弟交结,见废。始树介节,而终黦令名,则以不能择人故也。

王 金 事

明昆山王金事志坚,穷经辨志,有古儒者风。官南驾部时,雅不欲以游闲谈宴把玩日月,而又谓随俗诗文徒以劳神哗世,非有志者所为。乃要诸同舍郎为读史社,九日诵读,一日讲贯,移日分夜,矻矻如诸生时。少间,借金陵焦氏藏书缮写勘雠,盈箱堆几。尝赋《怀李长蘅》诗曰:"一编余故簏,字画麻姑细。仿佛共丹铅,深夜重门闭。"诵之,可想见其居官况味。凡为闲曹者,当以金事为法,庶几术业不分,而身名俱泰也。

山 涛 王 戎

山涛之称王衍也,以为"何物老妪,生宁馨儿? 然误天下苍生者,未必非此人"。王戎则以为"神姿高彻,如瑶林琼树,自然是风尘表物"。褒贬悬殊,即此可判二人优劣。而《晋书》乃谓戎有人伦识鉴。噫,过矣!

玉 堂

汉玉堂乃天子所居,又为嬖幸之舍。文翁立石室曰玉堂,则又为讲舍。宋学士院有玉堂,太宗曾亲幸,又飞白书"玉堂之署"以赐苏易简,欧阳公诗云:"金马并游年最少,玉堂初直夜犹寒。"自是玉堂遂专属之翰林。

王

《后汉书》司徒王况,"王"音肃,"丶"在中画之上。今世所行汲古阁本误刊作"玉"。王工亦从王,说见《正韵》,而《正字通》驳之。今坊本皆"丶"在中画之下。道光乙巳会试,第三题"至于治国家"四句,御笔书王人之"王",独"丶"在中画之上,可以正流俗之讹矣。

太 上 感 应 篇

元和惠松崖征君栋《太上感应篇笺注》引顾欢堂诰,以为太上者,太古上德之人。是书乃修真者述太上之旨而为之。尚德者用兹无悔,乃君子之光;背义者以此思忧,实小人之福。是以昔人表而出之,名之曰"感应"。余按：《太上感应篇》著录于《宋史·艺文志》，其言祸福，与圣人余庆、余殃之旨同。注者多人，惟征君所笺，阐发精深，敷陈古雅。其体有散，有骈，有韵语，要皆撷经籍之华，示躬行之准，洵有裨于后学，而不得与寻常劝善书并观。

吴　越

吾乡为吴、越之地，聚讼纷纷，惟梁氏玉绳之说最核。云："昔人以钱塘为吴、越之界，唐释处默诗有'到江吴地尽，隔岸越山多'之句。宋陈师道亦有句云'吴越到江分'，盖为《史记·楚世家》'尽取故吴地至浙江'句所误。以《春秋》内、外传考之，吴地止于松江，非浙江也。浙江乃越地，故《国语》曰：'勾践之地，北至御儿，西至姑蔑。'"

三　字　字

《湛园札记》谓张夭锡字公纯嘏，乞伏慕末字安石跋，三字之字，古今仅见此二人。余按：《北史》三字字甚多，周文帝子十二人皆三字字，如孝武帝字陀罗尼，武帝字弥维突之类。义皆难晓，惟公纯嘏文义可通。至宋刘伯贡父，兄弟曰伯曰仲，即五十以伯仲之义，不得谓之三字字矣。

藏　书

藏书以遗子孙，子孙未必能读。唐杜暹云"鬻及借人为不孝"，语何隘也！宋李常积书万卷于庐山，以遗后之学者。不藏之藏，其识远，其量宏矣。

表　章　苦　节

归太仆《书张贞女死事》，悯其为强暴戕害，而邑令不为申雪。又作《张贞女狱事》、《张贞女辨》，复与唐虔伯、李浩卿，嘉定诸子殷、徐、陆三子等书，详晰论之。后果以诸生言，正奸人胡岩罪，而贞女之节大白于世，乃《明史》不采入列传。又太仆集中如宣、曹、韦、陶、沈节妇，王、计烈妇碣、传，皆极意经营之作，所以发幽光而维持名教也，而史多不载。因叹古今来苦节懿行殁世无闻者，何可胜道。此数人者，犹幸有太仆表章得垂不朽耳。

李　　杜

黄常明《碧溪诗话》云："李太白文章豪逸，真一代伟人。如论其心术事业，可施廊庙。李、杜齐名，真窃吞也！"此论诚然，然犹未足以尽之。少陵篇什，固多忠君爱国之辞，顾其褊躁之性，见之事为，恐亦无裨实用。观其上疏力救房琯，称其才堪公辅，言竟不售。而太白救免汾阳，卒赖以匡扶社稷，厥功甚巨，是岂少陵所能几耶！

颜 氏 家 训

《颜氏家训》辞旨明切，足资劝戒。至其《归心篇》尊崇释氏，谓非尧、舜、周、孔所及，且云："若能偕化黔首，悉入道场，如妙乐之世，穰佉之国，则有自然稻米，无尽宝藏，安求田蚕之利乎！"谬妄乃尔，实为全书之玷。

一 代 奇 才

胡天游征君自言为古文学韩昌黎，涩险处时似唐刘蜕、元元明善。前人如王阮亭、朱竹垞诗文，遍摭其疵瘢。时桐城方望溪为古文有重名，天游力诋之，以故忌之者众，全谢山太史至诋为"夫己氏"。平心论之，望溪之文高洁，固一代正宗；天游之文雄杰，实一代奇才。观其《与朱孝廉书》云"近世于文章，绝无解者。但得竖夫刍儿，涂巷语言，乃谓之工，反是乃谓之不工。工不工傎悖若此！彼其作者，肯

徒为之。柳河东碑饶娥、范晔传皇甫嵩妻、李习之传杨烈妇,虽古今
传之,其于辞犹未工。仆尝观《三国志注》、《五代史》,皇甫士安叙庞
娥亲,欧阳公叙李氏,与习之《高愍女碑》,激发尽意,可为工矣。假出
自今世,使众读之,必有背嫉交訾,深相不善者。嗟哉!凡人行事,自
圣贤、豪杰、忠臣、孝子、悌弟、信友、奇行、异节,欲使闻于后,要不能
不藉文以传。今之俗人知托乎文矣,顾懵其能者,偏好其不能者,敝
渍陋鄙,一至于此,可为悯笑"云云。持论若此,宜文之不谐于俗也。

程筠轩诗

同邑程筠轩茂才拱宽工诗,晚岁精研医理,求治者踵至。寿臻大
耋,诗集散佚,偶于友人案头见其残稿二首,急录之。《将进酒》云:
"君饮酒,我歌诗,劝君频举金屈卮。醉乡别有一天地,乐处不许凡人
知。左手携刘伶,右手招阮籍。空囊无一钱,杯中之物不可缺。吏部
醉卧酒瓮边,翰林自称酒中仙。古人旷达乃如此,肯与礼法之士相周
旋?繁花满林,倏焉委路。红颜少年,伤心迟暮。人生有酒且须饮,
美景良辰莫虚度。明星煌煌照西厢,锦筵银烛添幽光。夜如何其夜
未央,清歌一曲累十觞,樽空举瓢酌天浆。"《迁居感赋》云:"男儿的是
可怜虫,三十头颅未送穷。虚向怀中藏故刺,谁从爨下赏焦桐?酒称
大户千钟少,诗号长城五字工。惆怅立锥无地可,满天风雪响哀鸿。"

灵星门

圣学棂星门当作灵星门,上元程绵庄征君廷祚尝辨之云:"《诗·
丝衣》小序高子曰:'灵,星之尸也。'汉高祖始令天下祀灵星。《后汉
书》注:'灵星,天田星也。欲祭天者,先祭灵星。'《宋史·礼志》'仁宗
天圣六年,筑南郊坛,置灵星门。至理宗景定间,移用于圣庙'。盖以
尊天者尊圣也。《建康志》、《金陵志》并云'圣庙立灵星门',《元志》误
以'灵'作'棂',后人承而用之,则不知其义之所在矣。"程所辨如此。
余按:《明史·礼志》至圣先师孔子庙祀:"洪武十五年,新建太学成。

庙在学东，中大成殿，左右两庑，前大成门，门左右列戟二十四。门外东为牺牲厨，西为祭器库，又前为灵星门。"是棂星之当作灵星，审矣。

乩

韩昌黎为《李于墓志铭》，言其服柳泌水银药以死，类及以药败者六人，为世诫。德清许周生驾部宗彦效之，为《吴台卿哀辞》言"台卿笃信乩言，长斋礼拜，忘其体之羸。又受道士戒，百日不语。方夏暑大郁肺，遂病血而死。因谓乩之术始犹一二好事者信之，继则朴实之士信焉，继则聪明之士亦信焉。祸福以乩为筮，学问以乩为师，疾病以乩为医。背阳而入阴，舍昭昭而即冥冥，其幽阴沉墨，足以销散人之精爽，而君乃由之，以至于死"云云。余观近日乩方盛行，往往服药而速之死，盖其为害尤烈。无如习是术者，终溺惑而不知返也。

十 目 一 行

阮文达公题《严厚民杰书福楼图》厚民湛深经术，精校勘，因昔人云："书不饱蠹鱼、经俗子误改，书之福也。"因以名楼。诗云："严子精校雠，馆我日最长。校经校文选，十目始一行。"自注："世人每矜一目十行之才，余哂之。夫必十目一行，始是真能读书也。"公此语可为粗心读书者针砭。夫一目十行，由于天资过人。诚使质之钝者十目一行，则用心密而获效宏，岂逊于一目十行者乎？所谓学知、困知，及其知之一也。

李 笠 翁

华亭董阆石含《莼乡赘笔》谓："李笠翁性善逢迎，士林不齿。所作《一家言》，大约皆坏人伦、伤风化之语。"今观其书，诚有如阆石所云者。又有《尺牍》一册，干谒公卿，多作乞怜之语，尤为庸鄙。惟《史论》二卷持论较胜。如谓汉文问决狱，所以重民命；问钱谷出入，所以惜民力。为宰相者，正当因势利导，劝之省刑罚，薄税敛，陈平乃以夸诞之词掩其疏略之过，不可谓识大体。谓唐相杨绾，而郭令公减乐，非徒成人之美，盖欲修好于宰相，而不敢稍忤其意，惟恐将相不和，为强寇所伺。谓项羽不渡乌江，固疑为亭长所执而然。然其疑之所自始，则以乌江片土，此时非鸡犬不惊之地，亭长何人，能不随众避兵而尚舣船以待乎？况汉王起兵时，亦一亭长也，此日之亭长，安知非当年同事之人受计而来？羽于斯时，既无他舟可避，而死于亭长之手，不如自刎之为烈。此等议论，殊有见地，过《一家言》远矣。

万　方　伯

明德化万方伯衣，官福建参政时，倭犯兴化，悬金募敢死士乘城守更，伏奇兵待贼。贼薄城，守者矢石雨下，奇兵邀击，斩其渠魁，众遁走。未几，贼又悉众来攻，乃赏健儿十余人，携火药夜缒城下，令分投纵火，贼处处扑火，无暇攻城。城中人得纵射扑火贼死，贼遂不扑火。火愈炽，督城上守者益坚，燃炬鼓噪，击柝达旦。贼见威甚，乃皆遁。迁按察使。倭再寇闽，至北岭，将图福州。以五百人覆岭下，三千人分左右翼登岭上，度贼过，合而夹贼，贼大溃，斩获无算。后官河南布政使，为巡抚所龁，乞病归。筑北山草堂，题其楹曰："心悬魏阙三千里，身在匡庐第一峰。"屏居三十年，著有《草禺子》行世，后人重刊，改为《万子迂谈》。方伯《明史》无传，而拒贼事深合兵法，偶阅《迂谈》，采录之。

卷五

医 学 源 流 论

徐灵胎《医学源流论》云：“有病固当服药，乃不能知医之高下，药之当否，不敢以身尝试，莫若择至易轻浅、有益无损之方以备酌用。如偶感风寒，则用葱白、苏叶汤取微汗。偶伤饮食，则用山查、麦芽汤消食。偶感暑气，则用六一散、广藿汤清暑。偶伤风热，则用灯心、竹叶汤清火。偶患腹泻，则用陈茶、佛手汤和肠胃。如此之类，不一而足。即使少误，必无大害。又有药似平常而竟有大误者，如腹痛呕逆之症，寒亦有之，热亦有之，暑气、触秽亦有之。或见此症而饮生姜汤，如果属寒，不散寒而用生姜热性之药与寒气相斗，已非正治，然犹有得效之理。其余三症，饮之必危。曾见有人中暑而服浓姜汤一碗，覆杯即死。若服紫苏汤，寒即立散，暑热亦无害。盖紫苏性发散，不拘何症，皆能散也。”按：此论惩药误而发，微病用之最为稳善，养生家不可不知。

嘉 靖 冤 狱

明嘉靖时冤狱，莫甚于李福达，而陈洸次之，皆因议礼而成。以是知名不正，必至于刑罚不中也。又张福狱亦由私忿而致奇冤。李福达事见《马录传》，陈洸事见《叶应骢传》，张福事见《熊浃传》。比类观之，可以知其失矣。

赐 书 加 点

侯景将镇河南，请于高欢曰：“今握兵在远，奸人易生诈伪，大王若赐以书,请异于他者。"许之。每与景书,别加微点,虽子弟弗之知。及欢疾笃,世子澄矫书召之,景知伪,惧祸,乃降梁。隋文帝爱其子汉王谅,与之约:"若玺书召,验亲敕字加点,又与玉麟符,合则就道。"盖即袭景之智。景大憨不足道,隋文废长立爱,乃亦假小智以济私恩,宜其速底败亡,致谅亦不得其死也。

常 食 之 物

医家谓枣百益一损,梨百损一益,韭与茶亦然。余谓人所常食之物,凡和平之品,如参苓、莲子、龙眼等,皆百益一损也;凡峻削之品,如槟榔、豆蔻仁、烟草、酒等,皆百损一益也。有益无损者惟五谷。至于鸦片烟之有损无益,人皆知之,而嗜之者日众,亦可悯矣。

方 文 辀

乾隆时,淳安方文辀大令榤如主讲杭州紫阳书院,郡中名士如陈勾山太仆兆仑、杭堇浦太史世骏、金长孺大令虞皆不服。乃拈"驱蛇龙而放之菹"题为课,诸人所作才气雄肆,只就"驱"字"放"字著笔,方作独诠发"菹"字,众始悦服。

何 文 安 公 挽 联

道州何文安公师淩汉,幼失怙恃,家贫,刻志励学。通籍后,叠掌文衡。道光辛卯,典浙试后,即督浙学。待士外严而内和,校阅公明,士论翕服。庚子,薨于位,海内之赠祭文挽联者,嗣君编录成集刊之,今摘其尤于左。英相国和云:"再世获传衣,最喜缘深堪历久;三台期接席,那知望切竟成空。"副宪毛伯雨师式郇云:"累世簪毫,方期启沃酬恩,尚克同心作霖雨;数旬骈牡,岂意春明话别,不堪回首望停云。"曾京卿望颜云:"朝露洒遗笺,问几人东阁重窥,有子才如苏右相;春明陪末座,忆两载南车亲奉,前贤怅失郑司农。"钱给谏仪吉云:"渊云大文,赵张为政,奋建家风,时望兼汉廷数子;省台故事,都邑讴思,门墙述训,令名传荆国先贤。"鄂太史恒云:"一品荷殊荣,文望官声,端谨咸钦臣节粹;千秋逢异数,崇衔美谥,幽冥应感圣恩深。"汪明府仲洋云:"践道一身修,贯乎言功者德;易名当代少,止于理义曰安。"

洪　地　斋

临海洪地斋孝廉坤煊,负异才。朱文正公视学至台,地斋方居内艰,物色得之,命以墨经与古学之试,遂于乾隆己酉岁拔入成均,与萧山王畹馨绍兰、东阳楼更一上层齐名,称为"浙东三杰"。壬子应试北闱,报捷后,偶感时疾,自疑虚羸,误服参苓而卒,距揭晓甫十日。宋犉山明府世荦悼以诗云:"泥金报捷正喧阗,谁遣巫阳下九天。泉路又添才鬼席,家门刚启贺宾筵。元城空说留经笥,伯道何时卜墓田?太息都门分手日,八街槐影语缠绵。""藉甚文名落拓身,每于疏散见天真。怜才竟负朱公叔,古貌空传杜子春。地斋目微眇。万卷书凭棺束骨,千金方误药沾唇。地斋知医,自饮其方而卒。都门旧雨知无几,谁送灵辀下潞滨?"

滦　阳　于　役　图

先伯父乡石公官京师时,与诸名流为诗酒之会,江都罗两峰布衣聘亦与焉。乾隆壬子三月,公奉命往热河校文津阁《四库》书,罗为作《滦阳于役图》,并题诗云:"欲雨不雨吟春阴,欣然结社成诗林。觞咏同君展修禊,恐此会后还追寻。""春华正放长安陌,驾言滦阳事行役。金云小别各罄欢,莫负当筵酒脂碧。"图作青绿山水,著色不多,神韵独绝。

大　成　殿　藏　旧　主　记

杭州府学文庙,重修于嘉庆壬戌年,时司事者为邵上舍志锟,以庙主已敝,乃更易新者,藏旧主于大成殿座后,而为之记。钱塘陈曼生司马鸿寿书之,刊于大成门外东廊。其辞曰:"考古庙主,藏用石室。有事则陈,既纳北壁。为辟火灾,兼示静谧。后世敬礼,备谓尊不可撤。以座宁主,丹漆是饰。维大成殿座,遵后世式。厥制崇高,工用镂刻。岁久勿治,华采或蚀。兹庙貌既新,敬鸠众力。储材重作,旧观勿失。又今两庑主,改选嘉栗。尊新藏旧,藏处宜密。谨于座后,仿古夹室。尽安旧主,俾永无佚。藏同祧主,惟祭不必出。爰识始末,使后重修者悉。时元黓阉茂壮月吉日,承修学宫人邵志锟谨述。"

鲥　　鱼

《尔雅》:"鯦,当魱。"郭璞注:"今江东呼最大长三尺者为当魱。"邵氏《正义》谓:"即鲥鱼。"杭州鲥初出时,豪贵争以饷遗,价甚贵,寒窭不得食也。凡宾筵,鱼例处后,独鲥先登。胡书农学士诗云:"银光华宴催登早,鲥味寒家馈到迟。"体物殊切。

史　文　靖　公

溧阳史文靖公贻直,祖鹤龄,父夔,子奕簪,四代皆以翰林起家。公于康熙庚辰联捷成进士,年甫十九。在外督抚七省,在内六官之司,罔不爱历。居相位垂二十年,名注朝籍六十四年。乾隆庚辰重赴琼林宴,癸未薨于位,年八十二。名位福寿,罕有其比。

科　名　盛　事

本朝祖孙会状,惟长洲彭侍讲定求,及其孙尚书启丰。尚书之婿阳湖庄学士培因,亦大魁天下,可称科名盛事。

讨　贼　誓　词

明临海陈木叔函辉,尝作《告太祖讨闯贼誓词》云:"敌王所忾,请其挥鲁阳指日之戈；与子同仇，应先击祖逖渡江之楫。”又云：“济则君之灵，为臣无二；心在人之内，誓死靡他。”读之觉忠义之诚，溢于言表。

凡 将 篇

司马相如《凡将篇》云“钟磬竽笙筑坎篌”，同时《柏梁台》诗云“枇杷橘栗桃李梅”，句法相类，其源盖出于《诗经》“椅桐梓漆”、“鲦鲿鰋鲤”等句。而七字成句，则如《礼记》“喜怒哀惧爱恶欲”，《尔雅》“永悠回违遐逖阔”、“缉熙列显昭皓颎”等语，已肇其端。迨史游作《急就篇》“稻黍秫稷粟麻秔”等句，亦皆以七字隶七物。后世诗人多效之，如韩昌黎《陆浑山火》诗“鸦鸱雕雁鹰鸲鹆”，苏东坡《韩干牧马图》诗“骓駓骊骆骊骝骡”，刘青田《二鬼》诗“蚊蝱蚤虱蝇蚋蟖”等句，其尤著者也。

师 古

事必师古，然亦何可泥哉！齐泰、黄子澄援汉削藩之议，而燕师以起。杨士奇、杨荣引弃珠崖之说，允安南黎利立陈氏为后，遂致弃地殃民。马中锡效龚遂化渤海盗事，抚令流贼解散，卒无功致谤，下狱死。漫言法古，而不审时度势以图之，鲜有不败者也。

文 辞 袭 用

古人文辞有不嫌袭用者。邹阳《谏吴王书》云：“鸷鸟累百，不如一鹗。”樊准《荐庞参书》用之，孔融《荐祢衡书》亦用之，《三国志·吕蒙传》亦用此语。

郑 鄤 阳

明崇祯时，武进郑鄤阳翰林郧，以杖母之诬受极刑。漳浦黄忠端公道周谓：“正直而遭显戮，文士而蒙恶声，古今无甚于此者。”余姚黄征君宗羲作《耋阳墓表》谓:"公为奸相温体仁所陷,路人知之。而杖母流言,君子能亮之以理,未必验之以事也。水落石出,余详之公卿之贤者。仪部^{耋阳之父}振先。眷一妾,其夫人不能容,仪部遂挟妾以出,流转僧寺,颇为人所指目。公无可奈何,而夫人笃信佛乘,与一尼甚昵,公求尼为之劝解。尼神道设教,假箕仙言上帝震怒,将降祸于夫人,夫人受戒悔过,仪部始得安其室。一时好事相传,以竹箧参话之法,讹为扑作教刑之事。当公之受诬,欲陈其本末,则恐有碍于父母,故宁隐忍就死,赍冤于地下,岂非仁者之心欤!虽然仪部之眷妾,夫人之妒,亲之过小者也,使公蒙诟丑大诽于天下,其轻重可无辨乎?是故公之狱不明,则奸相之恶不著,此后死者之责也。"耋阳事载于《明史》者未详,得征君之文而始白。吁!以庄烈帝之偏愎,温体仁之狠贼,锻成此狱,可谓奇冤。

为 学 之 道

凡为学之道,见闻欲其博,术业欲其约。萧山毛太史奇龄作诗、古文,必先罗列满前,考核精细,方伸纸疾书。其夫人陈氏性悍妒,以毛有妾曼殊,辄詈于人前曰:"尔辈以毛大可为博学耶?渠作七言八句,亦必獭祭所成。"毛笑曰:"动笔一次,展卷一回,则典故纯熟,终身不忘。日积月累,自然博洽。"嘉兴钱文端公陈群,少时尝问于秀水徐阁学嘉炎曰:"学何以博?"徐曰:"读古人书,就其篇中最胜处记之,久乃会通。"后述于朱太史彝尊,朱曰:"斯言是也。世安有过目不遗一字者耶?"姚姬传比部尝效作词,嘉定王太常鸣盛语休宁戴太史震曰:"吾昔畏姬传,今不畏之矣。彼好多能,见人一长,辄思并之。夫专力则精,杂学则粗,故不足畏也。"姚闻之,遂不作词,且多所舍弃,以古文名世。余按:此三者,皆为学切要之言,有志者当奉以为法。

王文成公用兵

王文成公好讲学而精于用兵,其讨大帽山贼师富也,指挥覃桓、县丞纪镛战死，公亲率锐卒屯上杭，佯退师，出不意捣之，连破四十余寨，遂擒师富。其讨横水贼谢志山也，先遣四百人伏贼巢左右，进军逼之，贼方迎战，两山举帜，贼大惊，谓官军已尽犁其巢，遂溃，乘胜克之。其勦余贼于九连山也，山横亘数百里，陡绝不可攻，乃简壮士七百人衣贼衣，奔崖下，贼招之上，官军进攻，内外合击，禽斩无遗。宸濠之乱，虑其出长江顺流东下，则南都不可保，因先遣间谍以计挠之。凡此皆出奇制胜，所谓兵不厌诈，非小儒所能知也。

从　　吉

三年之丧，乃凶礼之大者。世俗居丧，而通名以庆贺，必书"从吉"，失礼甚矣！至父殁母存，则曰"孤子"，袭古昔有国者之称，通人亦尝辨其非，然犹可援孟子"穷民"之说以为解，未若"从吉"之尤谬也。

至　公　堂

贡院至公堂有高宗纯皇帝御题联云："立政待英才，慎乃攸司，知人则哲；兴贤共天位，勖哉多士，观国之光。"又御题七律四首，结句云："寄语至公堂里客，莫将冰鉴负初心。"大哉王言，洵足为主文者仪式也。

父子同试鸿博

康熙己未博学鸿词科有父子同试者，山阳张鞠存吏部新标、毅文太史鸿烈是也。吏部以顺治己丑进士官中书，擢主事。时漕使者任诸蠹胥播恶江淮间，吏部甫释褐，即抗章发其恶，赃累巨万，下巡按御史秦世桢案验得实，窜殛有差，朝野咸称其风节。

五　绝　佳　作

杜于皇濬《咏东坡》云："堂堂复堂堂，子瞻出峨眉。少读《范滂传》,晚和渊明诗。"王百朋锡《咏太白》云:"谁道谪仙狂,豪情托举觞。目无高力士,心识郭汾阳。"以二十字浑括其生平,在五言绝句中虽为别调,然自是佳作,可传也。

凌 茝 沅

钱塘凌茝沅女史祉媛,丁松生丙之室也。事亲孝,兼工诗词,于归一载,遽卒。松生为刊遗稿《翠螺阁诗词》。诗如《里湖棹歌》云:"辋川庄外浪迢迢,携得青樽复碧箫。商略侬舟泊何处,嫩寒春晓段家桥。"词如《菩萨蛮》云:"檐铃惊破红闺梦,晓妆人怯余寒重。纤手卷帘衣,风前放燕飞。   落红纷似雪,倦了寻香蝶。楼外易斜晖,春归人未归。"皆清逸。女史生于四月八日,制有玉牌,镌"与佛同生"四字。

孔 梧 乡

同邑孔梧乡广覃司训临海,余与居同里。及官台郡学,晨夕往来,情好弥洽。尝赠以诗云:"闭户寻真乐,全忘礼法苛。闲身书供养,豪气酒消磨。官冷何妨懒,诗传不在多。从游倘相许,未厌数经过。"孔诗笔俊爽,如其为人,尤长于七律。《放怀》云:"传到千秋人几何?茫茫身世太蹉跎。出山踪迹云无定,逝水生涯梦易过。可惜后来知者少,不堪前事愧吾多。放怀且饮尊中酒,眼底升沉一刹那。"《偶作》云:"乱书堆里置身宽,我本儒生称此官。境到悟时心渐敛,过因改后梦方安。不知报德谈何易,可惜留名事大难。且向灯前课儿读,几家传得旧毡寒。"

鲲 溟 侄

鲲溟侄宪曾秉性聪颖,为先伯父乡石公所钟爱。道光辛巳乡试,俊得复失,以是抑郁无聊,复患咯血病,遂弃举业,入赀为州吏目,需次畿垣。诗名藉藉,大府皆垂青焉。侄与余总角时共砚席,每分题赋诗,吟哦达旦。壮岁暌离,邮筒常寄诗酬和。倬有怀余诗云:"读过书应嫌我少,删余诗尚比人佳。"又云:"百里知难屈俊贤,天台杖策望如仙。平生道学兼文艺,不独才名媲郑虔。"推崇过当,心窃愧之。丙午余读《礼》家居,倬亦奉讳南还,以所著《缮性居诗草》见示。谢华启秀,造诣乃益精矣,录其尤者于此。《易水吊荆轲》云:"万死无回顾,荆卿亦大难。囊中利匕首,眼底白衣冠。热血一朝洒,悲风终古酸。英雄成败异,不必咎燕丹。"《保定秋思和纶斋三弟秉枢都门秋思韵》云:"有弟长安市上游,合并踪迹海中沤。弟客京华,余羁保定,距三百里,聚晤不易。著书同作千年计,识字常担万古愁。少日有才期用世,异乡无客不悲秋。阿兄潦倒今尤甚,更许添修五凤不?"《岳忠武王墓》云:"沉沉铁像跪孤坟,一代贤奸众目分。只为南轩能干蛊,青山寂寞曲将军。"《反游仙》云:"娿嬛秘册费深藏,只是黄芽绛雪方。易造玉楼难作记,始知人世有文章。"《露筋祠》云:"曾从江上吊曹娥,又挂轻帆此地过。庸行千秋归女子,死贞死孝两难磨。"

女 弟 子

《毛西河集》附《徐都讲诗》,其女弟子徐昭华所作也。初,昭华请业于西河,命题仿六朝体,《赋得拈花如自生》诗云:"明珠照翠钿,美玉映红妆。步移摇彩色,风回散宝光。蛛丝髻上绕,蝶影鬓边翔。谁道金玉色,皆疑桃李香。"《拟刘孝标妹赠夫》诗云:"流苏锦帐夜生寒,愁看残月上栏杆。漏声应有尽,双泪何时干?"又云:"芙蓉花发满池红,黛烟香散度帘栊。画眉人去远,肠断春风中。"西河深赏识之。余尤喜其《塞上曲》云:"朔风吹雪满刀镮,万里从戎何日还? 谁念沙场征战苦,将军今又度阴山。""长云衰草雁行平,沙碛征人向月明。思妇不知秋夜冷,寒衣还未寄边城。""弫骑三千出汉关,雕戈十万卧燕山。月明近塞频驱马,尚有将军夜猎还。"感慨豪宕,出自闺阁,洵非易及。西河序其诗云"昭华既受业传是斋中,每赋诗,必书兼本,邮示予请益。陆续得如干首,留其帙,不忍毁去,遂附予杂文后,存出蓝之意"云云。近日袁随园《女弟子诗》盖仿此而益臻其盛,然人既多,而诗不尽佳,失之滥矣。

自 然 气 化

龙易骨,蛇易皮,麋鹿易角,蟹易螯,人则易齿,此自然之气化也。

扬 雄

柳仲涂谓扬雄《剧秦美新》讥莽而非媚莽,且以雄之著书而作经籍为圣人,曾南丰谓雄处王莽之际,合于箕子之《明夷》,王介甫谓雄之仕,合于孔子"无不可"之义。其余褒之者未遑悉数,自朱子《纲目》书"莽大夫"而论始定。近世文人复有袭柳氏诸家之说为雄辨白者,然皆偏护之见,终无以易乎朱子之说为能得其真也。

明阁臣状元

明阁臣百六十八人,史无传者二十六人:权谨,洪熙。张瑛、陈山,宣德。苗衷,正统。俞纲、王一宁,景泰。靳贵,正德。袁宗皋、贾咏、张璧、张治、吕本,嘉靖。吕调阳、余有丁,万历。史继偕、周如磐、丁绍轼、朱延禧、冯铨、黄立极、张瑞图、施凤来,天启。来宗道、杨景辰、何吾驺、谢陞。崇祯。明状元八十九人,史有传者三十八人而已:吴伯宗、任亨泰、黄观、张信,洪武。胡广,建文。曾棨、陈循,永乐。马愉、曹鼐,宣德。刘俨、商辂、彭时,正统。罗伦、吴宽、谢迁、费宏,成化。伦文叙、康海、顾鼎臣,弘治。杨慎、唐皋、舒芬,正德。罗洪先、唐汝楫、申时行,嘉靖。张元忭、沈懋学,隆庆。朱国祚、翁正春、唐文献、焦竑、黄士俊、周延儒、钱士升,万历。文震孟,天启。刘理顺、刘同升、魏藻德。崇祯。

复 句

《论语》有复句而不相连者,如:"焉用佞?弗如也。""贤哉!回也。""禹吾无间然矣,天何言哉?"是也。《孟子》亦有之。《战国策》、《史记》效之,而文法益变矣。

发 语 辞

经书发语辞《尚书》最多,"都"、"俞"、"吁"、"咨"、"嗟"、"猷"等是也。《论语》"噫"字,《孟子》"恶"字,《礼记》"嘻"字,《左传》"呼"字,《史记》"唉"字、"嘿"字、"咄"字,此数字亦互见于他书,至"吓"字则惟《庄子》有之。

古 列 女 传

春秋时,妇人以全节著者,《诗》惟共姜,《春秋》惟纪叔姬。刘向《古列女传》乃增卫宣夫人、蔡人之妻、息君夫人、齐杞梁妻、楚平伯嬴、楚昭贞姜、楚白贞姬,其说有异于诸家者。且晋圉怀嬴列于节义,则是不再嫁矣,说亦与《左传》异。

潘 太 守 诗

湖北兴国潘太守观藻,官台州有年,其同年某侍御以葬父告贷,不允,入都嗾同列劾其误,罢官。赋《留别台州》诗,为时传诵。云:"为观日出蹑三台,万八峰头涤笔来。碧海笑看鲲变化,青天自许鹤徘徊。平临箕斗空成锦,管领湖山信费才。好谢石梁双涧瀑,年年花发瀹离杯。""休道壶瀛最上头,三山才近好风收。一麾到海真蛇足,八口浮家问鹤楼。魔力能嘘无缝塔,含砂偏射下滩舟。波涛见惯归帆稳,山月江风鄂渚秋。""桃源归溯楚江清,十万花光夹岸迎。宦海浮沉今结局,尧天歌咏付余生。黄冠紫绶都如梦,红树青霜饯此行。莫待潇湘芳草绿,春山处处子规声。""书生面目太酸寒,试着初衣觉便安。不厌清贫求小郡,也须福慧了粗官。无田致悔归田晚,到海信知观海难。敢对西风怨摇落,赋闲原是赋秋潘。"

唐 伯 虎

宋有二唐伯虎，一眉山人，唐庚之兄，初名瞻，后名伯虎，见《宋史·文苑传》；一全州人，进士，终梧州推官，见王巩《随手杂录》。

臭 字 入 诗

臭字入诗，少陵"朱门酒肉臭，道有冻死骨"，独有千古。《中州集》刘内翰瞻"厨香炊豆角，井臭落椿花"，亦自可诵，然不可以拟杜诗矣。

赋 韵

赋韵以四平四仄为率，后唐庄宗时，覆试进士，翰林学士承旨卢从质以"后从谏则圣"为题，以"尧、舜、禹、汤倾心求过"为韵，五平三仄，为识者所诮。近世赋韵有七平一仄者，如《严子陵钓台赋》，以"先生之风，山高水长"为韵是也。有一平七仄者，如《杜甫观公孙大娘弟子舞剑器赋》，以"抚事感慨作剑器行"为韵是也。此岂古法所宜有乎？

孙 春 沂

杭州孙春沂贰尹曰点，寸园伯父之婿也。工书善弈，豪于饮，兼好吟咏。试北闱，屡荐不售，乃筮仕江苏，非其志也。诗句如"生涯棋局在，心事酒杯知"、"文字空余知己泪，湖山易动故园心"、"诗句欲成灯有味，春寒犹在酒无权"，皆清逸可诵。

孔 大 令

吾邑孔蔚庐大令广平，生而早慧，九岁，咏御炉香云："夜深常绕君王宴,不逐寒风去渺茫。"有先达某公叹曰:"此韩冬郎再世也。"宰陆川县,折狱至慎。尝摄北流县事,岁旱,劝民平粜,而豪家皆居奇以待厚值,细民弗堪,相率掠其储粟。适提镇在州,县去州近,豪家夜奔诉,各张大其词,开列劫盗数百人。提镇不察,按牒广捕,概予重杖,贯其耳,缚示众。捕势如风,将激变。急诣提镇请尽付之细鞫其情实,首事者坐以长流,次责惩有差,观望者尽释之,豪家及无赖皆帖服。其事亲至孝,母有痺疾,发时转侧需人,躬自扶掖,不假手于人。病剧,仓皇避人涕出,尝母粪,为其妻陆孺人所窥见,禁勿语。陆临殁,始泣以语子妇云。

左 忠 毅 公

左忠毅公光斗尝言:"元祐去乱法不去乱人为错。"又言:"李伯纪知争事不知争人,事之失一事,人则无穷。"皆名言也。被逮时勉其弟曰:"率诸儿读,勿以我戒,而谓善不可为。"觉范滂"吾欲使汝为恶,则恶不可为;使汝为善,则我不为恶"二语,犹伤于激。

裴 晋 公

宋强至《韩忠献遗事》谓:"公论近世宰相,独许裴晋公。""公又尝云:'若晋公点检著,亦有未是处。君子成人之美,不可言也。'不知公摘晋公何处,恨不得闻之。"窃意宰相当佐人君进贤退不肖,晋公历相四朝,勋德隆茂,无可指摘。惟刘蕡以对策诋宦官见谪,谏官御史交章论其直,李部上疏请回所授官,以旌蕡直。晋公于斯时不能采群言以回君听,擢蕡而用之,忠献所云,岂为是欤?

蔡 明 经

德清蔡明经寿昌,少有神童之称,赵太守学辙府试,爱其才,以女妻之。尝偕游碧浪湖,赵口占"鱼蹩水纹圆到岸"句,命之对,即应声曰：“龙嘘云气直冲天。”后卒于都门，年仅三旬，士论惜之。

瑀 华 妹

　　长妹瑀华贞静而慧，八岁读《诗经》、唐诗，俱成诵。十岁学为诗，出笔韶秀，先伯父彡石公见之曰：“此吾家女学士也。”性不喜华饰，屏弃粉黛。有讽以稚年非所宜者，则曰：“自有本来面目，安用俗艳为？”许姻同里严琴史茂才铨，年十六病卒。著有《裁香室诗钞》一卷，摘录数首于此。《漫兴和定圃兄韵》云：“佳境可行乐，莫愁生有涯。杯邀千古月，庭种四时花。山色当门近，泉流绕屋斜。挥毫成一笑，得句漫笼纱。”《冬日沈织云表姊韫珠侄女过谈有作》云：“北风吹不尽，寒意入帘来。庭积未残雪，室藏将放梅。恰逢知己至，顿使笑颜开。拟共围炉坐，携樽倒绿醅。”《舟中即事》云：“春光已满画桥西，野岸周遭望欲迷。流水声中孤棹远，夕阳影里远山低。沿堤柳叶藏莺语，夹路花香衬马蹄。载酒归来天正晚，一钩新月挂前溪。”《枕上》云：“欹枕当寒夜，残更隔院催。新诗吟未稳，迳入梦中来。”《偶作》云：“一桁花枝压画檐，小窗日影上书签。恐妨梁燕归巢路，满院东风不下帘。”《过蠡泽》云：“桥边烟影淡无痕，桥外春波绿到门。十里东风吹不尽，桃花开遍夕阳村。”

义 田

　　吾郡石门蔡学博载橓，承其父大令德淳遗命，仿范文正公义庄之法，为田以赡其族人。乃与从弟载坤合出七百万钱，以七之一为祠祀先人。又思田不可遽得，以六百万钱入质库，岁得息钱四十二万，族中之茕独五十以上者，妇女寡而不嫁者，幼孤无养者，废疾者，计日给米五合、钱十文，青年守节者倍之，冬夏各给以衣帐。敛死者，买公地葬之。大小试各有赠，获隽者加厚焉。六十以上遇生辰各有赠，视其年以定轻重。贪墨酷吏及民为匪类堕其家声者，虽妻子屏不与。告于邑令为规条，以垂永久。其时在道光六年九月，宝应朱文定公师士彦为作记以传。窃思尊祖收族之道，莫善于义田，自文正公创始后，效法者代不乏人。此举规模虽不及前人，然量力而行，俾族人不至失所，其意甚厚。诚使世之拥高赀者，皆能遵而行之，其有裨于风俗人心，岂浅鲜欤！

谢　侍　郎

　　谢金圃侍郎屡掌文衡，鉴别精核。乾隆辛丑主春官之试，同事者有吴侍郎玉纶，士之不第者造为蜚语曰："谢金圃抽身便讨，吴香亭倒口即吞。"二语实本《寄园寄所寄》，言者以闻。侍郎曾督学江苏，吴亦曾督学福建，高宗纯皇帝密询两省大吏，江苏巡抚闵鹗元覆奏以道路之言，事无实迹。而闽督李侍尧有幕客李三俊，亦辛丑之不第者，代李草奏，文致其词。上以事虽无实，清议不谐，于是吴降三品卿，侍郎亦降为内阁学士。后于己酉岁三月初，上书房诸臣以会试期近，候主文之信，同时皆不入直，因此并予谪降，侍郎遂降为编修，免入上书房。嘉庆中，追赠三品卿。侍郎于乾隆己亥典试江南，得长洲钱阁学棨，置解首。辛丑主试春闱，阁学会、殿试皆抡元，而是科所取曹文正公、德州卢文肃公，皆为名相。得人之盛，一时莫与并云。

张　太　史　联

　　某记室随玉尚书麟塞外数年，甚见推重。玉卒后，某乞人代为挽联，鲜当意者。时平湖张海门太史金镛以计偕入都，为撰句云："短后记裁衣，历雪窖冰天，万里追随班定远；长安仍索米，剩鸢肩火色，九衢恸哭马宾王。"蒲城相国王文恪公师见之，极口褒赏。旋入词垣，才望著一时焉。

称　人　为　官

　　俗称人为官，系以姓与行，初唐人文往往有之。如王勃序云："张二官松驾乘闲，桂筵追赏。"又云："宋五官芝庭袭誉，盛文史于三冬；桂幄凝欢，照绮罗于九夏。"又云："白七官天台杰气，地乳奇精。"杨炯序云："杨八官金木精灵，山河粹气。"骆宾王序云："尹大官三冬业畅，指兰台而拾青；薛六郎四海情深，飞桂尊而举白。"又云："阎五官言返维桑，修途指金陵之地；李六郎交深投漆，开筵浮白玉之樽。"今则罕有以此称入文字者。

建 文 帝

《明史》书建文帝自焚，而于《程济传》书"金川门启，济亡去。或曰帝亦为僧出亡，济从之，莫知所终"。盖野史皆言出亡，故亦存其说也。

二 鸟 诗

韩文公《二鸟》诗，方崧卿据欧公《感二子》诗及东坡《李太白画像赞》以为为李、杜而作，柳仲涂以为刺释、老，朱子《考异》以为为己与孟郊而作。按：诗中"不停两鸟鸣，大法失九畴"、"周公不为公，孔丘不为丘"等语，似与方、朱之说不相符合，当以柳说为长。

何 文 肃 公

明孝宗朝，何文肃公乔新为刘吉所憎，罢归十四年，中外多论荐，竟不复起。尝贻李燧书云："归田以来，忧患不干于心，毁谤不入于耳，视陆宣公在忠州，盖过之矣。方壮时犹不如人，况老且疾，岂可再起以取后生描画哉！倘相知有问及者，烦告之曰：老病日侵，不堪当世用矣！自古及今，再起者孰能善其终哉？寇莱公、王三原且然，况其他乎！"此非特立品之高，抑亦知几之哲。吁！使夏贵溪能知此义，亦不至于杀身矣。

七　李　杜

李、杜有七：汉李固、杜乔，李云、杜众，李膺、杜密。《魏书》世宗诏王肃曰"英惠符于李、杜"，此合晋杜预、魏李冲而言之。唐李白、杜甫，李商隐、杜牧。宋李韶、杜范。又《新唐书·杜审言传》"少与李峤、崔融、苏味道为文章四友，世号崔、李、苏、杜"，至杜子美诗云"李、杜齐名真忝窃"，又指李衔矣。

苏　绍

康对山《武功县志·人物》苏氏最多，然如苏则之孙、苏愉之子苏绍，金谷园赋诗最胜，见《世说新语》，独不采入，岂以其仅为文人，如《通鉴》之不载屈原、杜甫耶？纂纪亦綦严矣！

尊经阁祀典

金岱峰教授司铎临安，用全谢山太史《尊经阁祀典议》而稍变通其说，恪遵功令，以《十三经注疏》为主，参以《大戴礼记》、《国语》、《说文》，其已入两庑者不赘。《易》祀王弼、韩康伯、孔颖达，《诗》祀毛亨，《周礼》、《仪礼》祀贾公彦，《礼记》祀戴圣，《左传》祀杜预，《公羊》祀何休、徐彦，《穀梁》祀杨士勋，《孝经》以唐明皇未便列入，专祀邢昺，《论语》祀何晏，《孟子》祀赵岐、孙奭，《尔雅》祀郭璞，《大戴礼记》祀戴德、卢辩，《国语》祀韦昭，《说文》祀许慎外，增祀功在群经之河间献王刘德，暨作诸经音义之陆德明，共二十一人，馀不概及，据所读书而言也。学使者姚伯昂侍郎允其请，爰设栗主于阁上，以春秋二、八月仲丁祭之。醵钱百金，生息以供祭品。其祭文云："伏惟起以义者，有未见之礼六；传其言者，居不朽之名三。况乎抉经心而执圣权，阐微言而明大义。以先觉起后觉，实经师为人师。兹际清时，特修旷典。等旧德先畴之食报，陋儒林道学之分途。馨香补两庑之遗，诂训仍专家之守。治崇正学，朝庭敷酝化于鼓钟；礼奉先师，庠序肃明禋于俎豆。尚飨！"泪官温州教授，又奉祀许、郑二儒于仓圣祠，手题联匾。仓圣祠匾云："圣德天生。"联云："作黄帝史官，记动记言，鼻祖神灵明四目；开元公《尔雅》，《释诂》《释训》，耳孙著述衍《三苍》。"许公叔重龛扁云："学祖。"联云："家传十四篇，书合《三苍》为一；律讽九千字，学通《五经》无双。"郑公康成龛匾云："经神。"联云："微言守遗，当奉大师为表帜；实事求是，敢从二氏问传薪。"

神　缸

天台县署三堂有神缸，人犯之，每有殃咎，胥吏等岁时祷祀，恒宰鸡沥血以祈福。余于壬寅夏至署见之，缸覆地上，四围离地寸许，高不及二尺，圆径三尺有余，血痕凝渍其上。仁和沈兰亭煌有记刊于壁，其文曰："五福神，相传即缸神也。守斯土者，朔望必祭。神之灵爽，始于本朝康熙间，以是县志无可考。袁简斋太史《续齐谐》曾记之，未之详也。煌于道光癸巳秋就馆兹邑，询之父老及署吏，始知其说有三：一曰县署向属窑基，是为窑神，然县志载，署治历年久远，并无增扩之举，其说似不足信。一曰神缸本朝初由海门逆流而上，至青溪乃止，内有五蝠，随波不散，邑令神之，因迎入署，即五福神缸之说软？而一则谓其下有井，前明有投井殉难者，后人以缸覆之，而悬不着地，其由忠烈之气上升而使然耶？阮芸台协揆督学浙东时，曾一发之，果有井。噫！此三说也，其殉难之说为可信焉。夫天地之大，何所不有。石言莘降，史册昭然，况秉乾坤之正气，焉有不历久弥新者乎！天台为仙境，为佛地，无怪钟灵毓秀，甲于他邑，又岂独堂东之神桂云尔哉！"余闻之县吏云，巡抚阮公元发缸后，即丁内艰去。其时，学使刘公凤诰亦发视之，未几以科场事获谴。自是邑人奉祀益虔。

外吏起家入阁

大学士自外吏起家者：阳城田文端公从典，康熙戊辰进士，为英德令；泰安赵公国麟，康熙丙戌进士，为长垣令。赵公宰邑时，勘灾，足浸水中三日，故病跛，每入朝，许给扶以行。

王惺斋大令

嘉兴王惺斋大令元启，积学工文。手批《归震川文集》，抉发精当，摘记数则于此："读书各有所见，如一部《史记》，古今人称美者，累千百言未已，吾独谓妙处只是层理清晰。震川文亦然。""震川文只落笔处一二语，便定一篇之局，自后虽波澜百变，而皆不离其宗。盖篇篇如是，故能随方布陈，而无一成之辙迹可寻，其妙在一切字。""震川文只是一个精切而有条理，人徒以宽博目之，不知震川者也。""人但知震川文学《史记》，见有感慨处便谓学《史记》，不知震川之文之妙，在意理稠叠而折皱分明，此其所以为真《史记》也。""太史公为《吴王濞列传》，首尾四千余言，结云：'初，吴王首反，并将楚兵，连齐、赵，正月起兵，三月皆破，独赵后下。'只用二十四字括尽。震川《陶节妇传》结云：'妇年十八嫁于舸，十九丧夫，事姑九年，而与其姑同日死，卒葬之清水湾，在县南千墩浦上。'只用三十余字，真有一口吸尽西江之势，昔人所谓命世之笔力也。"

案

案有以为床者，《周礼·天官》"王大旅上帝，则张毡案"是也。有以为食器者，《考工记》"诸侯以享夫人，案十有二寸"，注云"玉案"是也。有以为几者，许氏《说文》所云"几属"是也。张平子《四愁诗》"何以报之青玉案"，注以为古"盌"字，当是《考工记》"玉案"遗制。《史记·万石君传》"对案不食"，《田叔传》"赵王张敖自持案进食"，《后汉书·梁鸿传》"举案齐眉"，盖皆指食器言也。扬子《方言》："案，陈、楚、宋、魏谓之樯，自关东、西谓之案。"当亦指食器。类书有属之几案者，似误。盖《方言》皆以类相从，案在盂、碗、杯、鬶、杯落、箸、筒之间，故知其为食器也。

维莫之春

《诗》"维莫之春"，句法绝奇，王元长《曲水诗序》引之，以"粤上斯巳"为偶，盖即仿其句法。

疏表杰作

本朝疏表杰作，备于《俪体金膏》一书。其最佳者，如礼亲王永恩等《请祝万寿表》云："建极保极，会运世乃统于元；大生广生，禄位名必得其寿。"直省将军督抚永玮、刘莪等《请祝万寿表》云："极天所覆，偕一十七省而共乐舒长；入人也深，阅五十二年而弥加沦浃。"又云："虽天地为心，如父母不言施报；而岁月以冀，即愚贱亦具性情。"大学士公阿桂《奏请编缉八旬盛典疏》云："九五演易，九五演范，叠五策天地之全；八千岁春，八千岁秋，积八入宫商之颂。"又云："嘉筵绍于彤墀，老吾老及三千叟；太和光于蓬屋，孙生孙者二百家。"两广总督孙士毅等《贺平台湾林爽文表》云："波澄海国，看王师洗甲而还；春暖台阳，庆边黎启扉而卧。历溯圣主当阳之显烈，敢以削平蜗角，遽事颂扬；而仰睹先几烛照之睿筹，则即绥靖鲲身，亦绳祖武。"礼亲王《谢赏平定台湾告成热河文庙文折》云："书诵者万本万遍，越七观六义以垂型；受藏而三沐三薰，合四海九州而忭颂。"大学士朱珪《谢进御制说经古文跋谕折》云："百四十四篇之经训，日月光悬；八千大千世之心传，孔姬道贯。作而善述，合文思勋业于一人；君实兼师，示心学躬行于万祀。"户部侍郎曹文埴《请赉封胞伯故廪生曹某》云："廿年家塾，劬劳不异于所生；一品朝荣，追逮忍歧于自出。"大学士于敏中《谢赐双眼花翎》云："若朝阳之翔翙羽，罕能比此文章；如顺风之遇鸿毛，安足方斯遭际。"河南巡抚和蔺《谢赏戴花翎》云："动色凛梁鹣之翼，岂徒耸异于观瞻；关心比池凤之毛，倍切钦承于负荷。"莆田郑王臣《谒陵表》结联云："继封禅七十二君，尤握贞元之秘；后天皇万八千岁，长为仁寿之君。"皆堂皇博大，不愧作家。

九　言　诗

九言诗最难自然协律,用以颂圣尤难。嘉庆己卯年六旬万寿,郑筦君孝廉代某尚书作《九佳全韵》诗,端庄流丽,传诵一时。篇长不及备录,摘书起结以见一斑。起云:"皇帝御宇二十有四载,乾行不息百福颂孔皆。海隅日出幸生太平世,衢歌巷舞直到长安街。三皇各称一万八千岁,我皇之德更与天地偕。"结云:"轩辕以来四千五百岁,闰桐推算无如今兹佳。八百赓歌卿云纪缦缦,九成乐作凤凰鸣喈喈。微臣愿效葵藿向阳意,导涓测海深愧盘泥蛙。芜词谨缀九百九十字,窃符九九之数陈尧阶。"

吴　柳　塘　诗

震泽吴柳塘茂才祖修,淡于声利,壹志丹铅。诗主清新,如《芜湖绝句》云:"关吏狰狞去复还,客囊颠倒在江船。书签莫怪无人检,文字何曾值一钱。"《除夕七绝》云:"牢落从他岁序迁,绝无人怨与人怜。平生受尽痴呆益,论价应须十万钱。"《法雨泉》云:"山颠高下势潆洄,时为琮琤听一回。世上浊波流不尽,此泉莫放出山来。"皆有为而作者。余尤爱其《送查韬荒携家还海宁》断句云:"何堪久客逢归棹,况复中年别故人。"情溢于辞,令人寻讽不厌。吴有仆杨清,能诗,《题琉璃河关壮缪庙》有"铁枪不为朱温死,此地如何庙寿亭"句,命意亦新。

初　三　月

道光丁亥,偶与严比玉太守阅吴澹川明经《南野草堂笔记》,有与吾邑汪霁堂濂作《初三月》酒令。吴先成令云:"初三月,玉一钩,问何人挂在柳梢头?"汪云:"初三月,影纤纤,学姮娥眉样两头尖。"吴续令云:"初三月,似指爪,半弯儿搯破青云表。"汪亦续云:"初三月，未分明，想佳人睡起眼才醒。”余谓比玉曰：“此吾乡故事也，曷效之。”比玉因成令云：“初三月，映残晖，镜开奁才露影些微。”余云：“初三月，魄生刚，讶高悬弓势未全张。”比玉续云：“初三月，逗檐端，似广寒宫瓦覆弯弯。”余亦续云：“初三月，色无多，要团栾须盼浃辰过。”时比玉之弟佩仙分守在座，亦成令曰：“初三月，吐华新，宛天仙妆罢半开唇。”今二君已皆宿草，回溯前尘，恍如春梦，因追忆而备录之。

麈角解

时宪书十一月改“麋角解”为“麈角解”始于乾隆戊子年。高宗纯皇帝以为木兰之鹿，吉林之麈，角皆解于夏，惟麈角解于冬，曾于南苑验之，特正其讹。又命时宪书纪年仍增注六十一岁至百二十岁，使花甲环周，益绵寿世之庆，盖始于乾隆辛卯年云。

顾亭林狱事

顾亭林狱事，志乘未详，见于《与颜吏部光敏书》，特录其略：先是苏州沈天甫、施明、夏麟奇、吕中伪造《忠节录》，托名已故祭酒陈仁锡，讥毁本朝，罗列江南、北之名士巨室，以为挟害之具。又伪造原任阁辅吴牲一序，诈其子中书吴元莱银二千两。事发，刑部定谳，即将沈天甫等斩决，此康熙五年中事也。次年，莱州即墨黄指挥培之仆姜元衡删易此书，增入黄氏唱和诗，控其主与兄弟子侄作诗诽谤本朝，又与顾亭林搜辑诸人诗，皆有讪语。处士于七年二月在京师闻之，即出都，抵济南，幽絷半年，因援沈天甫故牍，谓姜元衡所控之书，即沈天甫等陷人之书，事旋解，株连二十余人均得开释。处士赋诗六章纪其事，有“伟节不西行，大祸何由解”之句。又末章云：“天门诀荡荡，日月相经过。下阅黄雀微，一旦决网罗。平生所识人，劳苦云无他。骑虎不知危，闻之元彦和。尚念田画言，此举岂足多！永言矢一心，不变同山阿。”诗集中皆不载，详见《颜氏家藏尺牍》。

汪 文 端 公

　　山阳汪文端公廷珍为大司成时，训迪勤密，取文以清真雅正为宗，一时人才彬彬极盛。会稽莫侍郎晋、德化郑太史兼才，才藻尤富，皆为公所赏识。莫尝戏谓郑曰："吾若典试，必能取子为元。"后莫先入词林，嘉庆戊午岁，典试福建，郑果以第一人登科，士论翕然，皆无间言。夫东坡于李方叔，尚有"眼迷五色"之叹，以今方古，实乃胜之矣。

对 联 复 字

　　对联有以复字见长者，归安徐阮邻师保字，题甘肃盐茶同知署云："回民汉民，多是子民，我最爱民无异视；礼法刑法，无非国法，尔须畏法莫重来。"凤台余菊晨观察士琏，题送子观音祠云："大德曰生，愿众生生生不已；至诚无息，求嗣息息息相通。"安化陶文毅公澍，题育婴堂云："父兮生，母兮鞠，无父母，有父母，此之谓民父母；子言似，孙言续，犹子孙，即子孙，以能保我子孙。"蔡东轩学博司训江山县，岁饥，劝各大姓输粟平粜，题联于堂云："尽力尽心，未能尽职；任劳任怨，不敢任功。"

真 赏 难 逢

　　世俗以夫妇之事为敦伦，以使令奴仆为饬纪。嘉庆己卯科，吾浙秋试，某房官阅文，见有"饬纪敦伦"句，大骇曰："敦伦岂可饬纪？怪诞极矣！"亟以笔直抹之。同邑卢茂才康锡，应秋试被放，闻文用"舍车而徒"句，为房官所抹。沈茂才逢源，岁试前列，文用曾南丰"真人出而天下平"句，旁评云："杜撰。"余亲见之。可知场屋文字，真赏难逢，即寻常语句，亦有被抑者，更何得炫异求新乎！

俚 语 本 佛 书

俚语有出于佛书者,偶阅唐释玄应《一切经音义》,漫识于此:眉毛、《成具光明定意经》。胁肋、《四分律》。脓血、《增一阿含经》。床铺、《佛本行集经》。钥匙、《杂宝藏经》。店肆、《中阿含经》。吃酒、《无量清净平等觉经》。搔痒、《贤愚经》。欺侮、《胜天王般若经》。布施、《须赖经》。调戏、《解脱通论》。抬举、《舍利弗阿毗昙论》。痕迹、《解脱通论》。狗咬。《大威德陀罗尼经》。

韩 诗 外 传

《隋志·韩诗外传》十卷,李善注《文选》,引孔子登泰山观易姓而王者七十余家事,及汉皋二女事,徐坚《初学记》,引鲁哀公穿井得玉羊事,今本皆无之。盖十卷虽仍《隋志》之旧,而已非全书矣。

论 衡

王充《论衡》毁圣讦亲,获罪名教,其余诞妄之语,难以悉数。至论行善福至,为恶祸来,谓由于遭遇适然,不因人事,是与《易》"积善有余庆,积不善有余殃"、《书》"惠迪吉,从逆凶"之旨显相背戾,不将率天下之人去善而就恶乎?古今来悖理之书鲜能传世,此独历久不废者,盖其引证浩博,才辩宏肆,而篇帙繁富,亦时有平正之辞,足以矫俗祛伪也。学者于此书,当审择而节取之。

琼

程氏大昌《演繁露》云:"《说文》:'琼,赤玉也。'《诗》有'琼琚'、'玉佩',《左氏》'楚子玉为琼弁玉缨',皆对别言之,若等为一玉,不分言也。今人用琼比梅、雪,皆误。"余按:《诗·木瓜》篇毛传云:"琼,玉之美者。"则与玉对举,安知不以精粗为别耶?又按:《齐风》毛传云:

"琼华,美石。琼莹,石似玉。琼英,美石似玉。"其言似玉,则色白可知,似不必泥《说文》之言。

杯 中 角 影

《晋书·乐广传》载杯中角影事,与《风俗通义》所纪杜宣事绝相类,二书文法各异,而《晋书》简要胜之。

明 史 体 例

《明史》体例极精,姚广孝入列传,不以僧许之也。秦良玉入列传,不以女视之也。阉党、佞幸、奸臣列于宦官之后、流贼之前,其嫉之也深,而贬之也至矣。

语 意 相 似

《史》、《汉》有语意相似而叠用者,略识于此。《史记》"空言虚语",《高祖本纪》。"内外表里"、《礼书》。"逾年历岁",《赵世家》。"延年益寿"、《商君传》。"匿意隐情",《张仪传》。"露兵暴师"。《主父偃传》。《汉书》"年衰岁暮",《冯衍传》。"俊雄豪杰",《蒯通传》。"飘至风起"、《蒯通传》。"道辽路远"、《中山靖王胜传》。"天下少双,海内寡二",《吾丘寿王传》。"招殃致凶"、《李寻传》。"残贼酷虐,苛刻惨毒"、《翟方进传》。"等盛齐隆",《王莽传》。"穷凶极恶"、《王莽传》。"思过念咎"、《郎颛传》。"道尽涂殚"。《司马相如传》。《后汉书》"欢欣喜乐"、《马融传》。"怨恨忿恚",《孙程传》。"陟危历险"。《莋都夷传》。

郭 子 仪

《新唐书·高郢传》:"郭子仪怒判官张昙,奏抵死。郢引奏甚力,忤子仪意,下徙猗氏丞。"《南部新书》谓郭令公惟奏杖杀张谭,物议为薄。“谭”即“昙”之讹也。汾阳盛德，乃有此事，是可知惩忿之难。

文 章 流 别 论

挚仲洽《文章流别论》以“交交黄鸟止于桑”为七言，以“洞酌彼行潦挹彼注兹”为九言，与《毛诗》异读。其说当有所本，然玩其文义，自当断读为宜。

豫 章 行 乐 府

薛道衡《豫章行》乐府云：“不为将军成久别，只恐封侯心更移。”视唐人“忽见陌头杨柳色，悔教夫婿觅封侯”意更深曲，不独“空梁落燕泥”句足以动人也。

清 和

长洲沈归愚尚书德潜《说诗晬语》谓“张平子《归田赋》云‘仲春令月，时和气清’，明指二月。谢康乐诗‘首夏犹清和’，言时序四月，犹余二月景象，故下云‘芳草犹未歇’也。自后人误读谢诗有‘四月清和雨乍晴’句，相沿到今，贤者不免”云云。按：《岁时纪》“四月朔为清和节”，又魏文帝《槐赋》“伊暮春之既替，即首夏之初期。天清和而温润，气恬淡以安治”，谢玄晖诗“麦候始清和”，刘士章诗“首夏实清和”，是以四月为清和，不始于宋人矣。

飞 英 塔

湖州飞英塔在北门眠佛寺，主阖郡文风。乾隆甲寅，塔圮重修，五年之间出两殿元。乙卯王勿庵侍郎以衔，己未姚文僖公文田。至道光乙未，塔又圮，阖郡会试，遂无一人登第。丁酉重修，戊戌，钮松泉庶子福保大魁；甲辰，周缦云侍御学濬以第二人及第。嗣后科甲复盛，风水之说，非无凭矣。塔高四十余丈，中又有石塔，高数丈。己亥秋，余与乌程周莲伯孝廉学濂昆弟登其颠，梯级玲珑，蹑空而上。莲伯有诗纪游云："浮屠涌招提，报德资镇奠。陊剥生辉光，象教力能变。七级森嵯峨，八窗互贯穿。密勿穷攀跻，危梯蹑螺旋。腾身压雕鹗，矫首切星汉。众山苍弁来，环卫若鳌忭。具区亘北户，际天渺无岸。俯揽菰城中，一气入凌晘。短树牛毛疏，连甍蚁垤间。是时风日佳，天宇肃清晏。柰云惭未能，自笑樊篱鷃，愿乞飞霞佩，携手游汗漫。"

华陀庙联

客有述华陀庙联云："未劈曹颅千古恨，曾医关臂一军惊。"又云："岐黄以外无仁术，汉晋之间有异书。"称前联尤佳。余谓"曹颅"、"关臂"事，皆不见正史，不若后联之大方也。

徐 沖 晦

徐沖晦处士，宋仁宗时召对，除大理评事，固辞，后居杭之万松岭。精象数，谓子孙世世勿离钱塘，永无兵燹。按：徽宗宣和三年，方腊作乱，十二月二十九日陷杭州，纵火六日，官吏居民死者十三。二月，王师水陆并进，战六日，斩馘二万。十八日，再火官舍、学宫、府库与僧民之居，翌日宵遁，大兵入城，腊旋就擒。计腊所陷杭、睦、歙、处、衢、婺六州与五十二县，所杀平民不下二百万。是沖晦之言亦未必验，特宋、元革除之际，兵不血刃，安堵如恒，异于他处之屡遭杀戮耳。

疮 方

余姚吴蓉峰学博麟书，患脓窠疮，医久不痊。后有相识遗一方，云得自名医，为疗疮第一良药，如法治之，果愈。余于庚戌年患此甚剧，亦以此方得痊。兹录于左：

厨房倒挂灰尘、三钱,锻,伏地气。松香、一钱。茴香、一钱。花椒、一钱。硫黄、锻,一钱。癞虾蟆、一钱。枯矾、一钱。苍术、一钱。白芷、一钱。朱砂。一钱。

右药共研细末,用鸡子一个,中挖一小孔,灌药其中,纸封固口,置幽火中燉熟,轻去其壳,存衣,再用生猪油和药捣烂,葛布包之,时擦痒处。

玄真子祠联

平望平波台玄真子祠有联云:"泛镜水千塍,归来餐菰饭莼羹,地真仙境;听棹歌一曲,随处有荻花枫叶,我亦渔人。"笔意潇洒可喜。

蒙　求

《蒙求》一书,所以资童幼之诵习,作初学之阶梯。晋李瀚创为之,徐子光为之注,名曰《蒙求集注》。宋王逢原又作《十七史蒙求》。明姚光祚又以王逢原所作未备,从而广之,分三十七类,名曰《广蒙求》。然有对偶而无韵,注又简略。刘班取两汉事,括以韵语,名曰《两汉蒙求》,王芮历叙帝王世代,略述古今事迹,名曰《历代蒙求》,徐伯益集妇女事实为韵语,名曰《训女蒙求》,元吴化龙集《左传》事为韵语,名曰《左氏蒙求》,胡炳文集嘉言懿行可为则效者,属对成文,以启导初学,名曰《纯正蒙求》。此数书,今世尚有其本,而得采入《四库》中者,则惟《蒙求集注》、《纯正蒙求》。又有为诸家所著录而其书罕传者,则如《名物蒙求》、《三字蒙求》、《蒙求增注广韵》、《小说蒙求》,宋范镇《本朝蒙求》,胡宏《叙古蒙求》,孙应符《家塾蒙求》、《宗室蒙求》,宋舒津《蒙求》、《续蒙求》和《李翰林蒙求》之类是也。

文　选

唐初,李善与许淹、公孙罗并承江都曹宪为《文选》音训苍雅之学，而李注盛行于世，与颜师古《汉书》注并称。开元中，吕延祚复集吕延济、刘良、张诜、吕向、李周翰共为之注，与李氏注并行。然当时文士，如李匡义作《资暇录》，丘光庭作《兼明书》，深斥五臣之谬远逊李氏之精核。夫淹通如李氏，其所未详者且百有十四，亦可见此书之博奥，有未易沿讨者矣。唐、宋士人皆习此书，迨熙、丰间，王安石著《三经新义》颁于学宫，主司以之取士，于是以穿凿为能，以附会为工，而《选》学渐废。然而承学之士，代不乏人，精于是者，若洪氏迈、王氏应麟，皆有论辨，足以发明其旨趣。盖其书历久常新，故其学阅久弗替，后人虽有《广文选》、《续文选》等书，终不能与之争衡也。

安　仪　周

　　周芸皋观察《内自讼斋文集》载朝鲜安仪周事甚奇，其略云："仪周名岐，从贡使入都，偶于书肆见抄本书，不可句读，以数十钱购归，细玩之解，乃前人窖金地下，录其数与藏处，皆隐语。遍视京都，惟明国公屋宇房舍似之，即世所称大观园也。乃求见明公曰：'公日用以千万计，度支将不给，愿假金十万，不问所之，三年还报。'因指所坐室柱曰：'发此砖，可得金如数。'公笑，命具畚锸，获如所言，遂付之去。至天津业盐，为商三年，还谒曰：'幸不辱命，息三倍。'公曰：'是亦不足供吾用，愿再为我谋。'曰：'无已则假金百万。'公笑曰：'安得发地再得之？'仪周起，请遍观诸室，至寝门内，曰：'是可得。'发而与之。乃至扬州为商，三年报曰：'倍之，俟公取用。'公曰：'其再经营之。'又十余年，仪周老，辞归国，公留与饮食，曰：'若异人，有异术。'曰：'非也，岐得异书，知藏金处，请为公尽言之。'因一一指其处。公曰：'若不需耶？'曰：'此公物，天以与公者，仗公福，已得赢余，足自给，拜公赐矣。'仪周好宾客，济贫困，多豪举，富收藏，尽以书画归国，子孙留者为安氏。"观察谓仪周知物之有主，不妄取，而以力取其余，似有道者。余谓仪周躬自致富，而能施与不吝，崇尚风雅，诚足志也。

齐　名

韩、柳齐名而声气异，元、白齐名而志节殊。观其平时酬赠，惟事辞章，责善之风邈矣。

明　政

明多敝政：阁臣夺情，典礼替矣；廷臣予杖，刑章悖矣；厂臣侵权，名位紊矣。庄烈帝励精图治，不能改其失，此所以终不竞欤！

朝　邑　志

王阮亭谓韩五泉《朝邑志》与康对山《武功志》并称，先辈称为巨丽。今按：《朝邑志》字仅五千七百余，笔墨简古，洵为杰作。然名宦不载事实，选举不载年岁，失之太略。纪杨恭报复知县事，乃小丈夫所为，未免采择不精，未若《武功志》之简而能核也。

成　仁　取　义

文信国公生于宋理宗端平三年丙申五月二日，死于元世祖至元十九年壬午十二月九日，得年四十有七。及第在理宗宝祐四年丙辰，年二十有一。《宋史》谓年二十，盖举成数言也。公与弟璧同举进士，后璧降元，公季弟璋亦仕于元。公狱中诗有云："三仁生死各有意，悠悠白日横苍烟。"又云："二郎已作门户谋，江南葬母麦满舟。不知何日归兄骨，狐死犹应正首丘。"又与嗣子升书有云："吾以备位将相，义不得不殉国，汝生父与汝叔，姑全身以全宗祀，惟忠惟孝，各行其志矣。"呜呼！成仁取义，何人不当勉为，乃同体之亲，异趋若此。公之所云，殆以事已至斯，且谊关骨肉，不得不尔，岂国而忘家之本志哉？

李太白濑水贞义女碑

李太白《溧阳濑水贞义女碑铭》，欧阳公《集古录》、赵德甫《金石录》皆不著录，其文则见于《唐文粹》。考《史记·伍子胥传》不志贞义女事，自太白详述之，而其事始显。夫子长世为史官，勤搜散失，顾于贞女佚之。因叹古今贤媛德茂行卓而湮没不传者，可胜数哉！太白诗冠有唐，文亦清俊迈俗。《文粹》所载凡二十篇，大率皆投赠登临之作，惟此文表杨幽光，体裁庄雅。昔曹娥孝行，得邯郸淳之碑而始著；而贞女奇节，亦恃太白之文而益彰。迄今过濑渚之旁，世远风微，遗徽寥寂，而抚览碑铭，诵"明明千秋，如月在水"之辞，犹令人遐溯英淑，悠然慨慕。文章之有裨世教，岂浅鲜欤！

知 县 承 袭

知县有承袭为之者。国初，辽阳甫置县，下令能招百人往者官之。义乌陈达德率百人以应，授辽阳令。勤垦辟，招商贾，兴文学，逾年，政化大行，卒于官。其子瞻远奉诏承袭，盖异数也。时为诸生，衰绖受职，踵父之故辙而循次成功，邑人感慕，为之立祠。历官常州同知。达德能诗，有《游灵鹫》句云："磬入岩松初地寂，龛生海月晚潮来。"

邝 湛 若

明南海邝湛若父子殉难事，《南疆绎史》不载。今参考诸书，录其遗事以补之。邝露，南海人。初生时，甘露降于庭槐，不馋母乳，有憨上人见之，曰："此天上玉麒麟，岂嗅人间乳气耶！"以露水调米汁馋之，因名露，字湛若。五岁，父命作甘露诗，应声而就。及长，工诸体书，学骑射。尝跨马值南海令黄恭庭行幰，下骑弗及，黄怒拘之，御史梁森琅为请罪，弗释，遂亡命走广西。游岑、监诸土司，为瑶女执兵符者云觯娘书记，归撰《赤雅》一编。崇祯末，补诸生，学使以恭、宽、信、敏、惠校士，露五比为文，以真、行、篆、隶、八分五体书之，黜置五等，大笑弃去。纵游吴、楚、燕、赵，赋诗数百篇，才名大起。戊子，以荐擢中书舍人。庚寅，奉使还广州。会王师至，露与诸将死守，十阅月而城陷，幅巾抱琴而死。露好诙谐大言，汪洋自恣，以写其牢骚不平之气。所居海雪堂，环列古器，有二琴，一曰“南风”，宋理宗宫中物；一曰“绿绮台”，唐武德年制，明康陵御前所弹也。因贫，以所玩质子钱，二琴亦时出入质家。作《前后当票序》，有诗云：“三河十上频炊玉，四壁无归尚典琴。”少尝师事阮大铖，洎阮罗织东林，乃贻书绝交，侃侃千言。子鸿，字剧孟，亦畸士。年二十余，能诗及击剑。丙戌之役，抗命不从，率北山义旅战于广州东郊，死之，赠锦衣千户。余谓湛若，奇人也。乃贻书绝交，守城死节，是奇而能协于正矣。世有以狂目之者，岂足见其真乎！

荆　轲

《纲目》荆轲书盗，袁随园非之，其论甚辨。余谓轲既欲生劫秦王，当先量力之能否，力所不能为而冒昧行之，徒杀身湛族以速燕之亡，能毋贻笑于天下后世哉！窃谓《史记》所书刺客，当以荆轲为最下：当其待客未来，因太子丹之请，遂发怒不能姑待；且知秦舞阳之往而不反，而仍与偕行，谋之不慎，事安得成？

天 禄 识 余

杭董浦太史跋钱塘高江村侍郎士奇《天禄识余》云：“不观《左传》注，妄谓经皇为冢前之阙。不观《汉书》注，妄引《后汉纪》以证太上皇之名。不观《水经》、《文选》两注，妄诧金虎冰井以实三台。不观《地理通释》，妄分两函谷关为秦、汉。‘青云’二字，莆田周方叔以为有四解，乃遽以隐逸当之。‘聚头扇’，已见之金章宗《词咏》，出《归潜志》。乃谓元时高丽国始贡。银八两为流，本《汉书·食货志》，乃引《集韵》以为创获。'八米卢郎'，见《齐》、《隋》两书，姚宽《丛语》云'关中语，岁以六米、七米、八米分上中下，言在穀取米，取数之多也'，乃用元微之《八采诗》'成朱伏卢'为证，是知一未知二也。"余观此书，有经书习见语，亦皆采入，其志冷僻之典，又多不标所出之书。至于舛误之处，亦不止此。如《十洲记》："汉武帝天汉二年，西国王献吉光毛裘，色黄，盖神马之类，入水，经日不沉，入火不燋。"乃谓"入水不濡"，又脱"入火不燋"句。《古今注》："荷花一名水芝。"《酉阳杂俎》："湖目，莲子也。"乃谓"莲子，湖目。芡实，水芝"。"亲家"，见《后汉书·应奉传》注，见于史者，始于《隋书·房陵王勇传》，乃谓见《唐·萧嵩传》。《仪礼·士昏礼》云："日入三商为昏。"贾公彦疏云："商谓商量，是漏刻之名。"乃谓《周礼》"漏下三商为昏"，商，音滴。梁元帝《纂要》"日在未曰昳"，本《左传》昭五年杜注，乃以"昳"为"映"，而引王仲宣诗"山冈有余映"证之。于此见著述之不易也。

歇 后 语

宋吴开《优古堂诗话》谓"友于"见《南史》"刘湛友于素笃"，《北史》"李谧事兄尽友于之诚"，又陶渊明诗"一欣侍温颜，再喜见友于"。按"友于"二字，《后汉书》已有之，《吴祐传》："陛下隆于友于。"又《晋书·冯纨传》："陛下友于之情甚笃。""色斯"，亦始于《后汉书·左雄传》："或色斯以求名。""赫斯"，始于《后汉书·曹节传》："发赫斯之怒。""贻厥"，始于《晋书·贾充传》赞。盖歇后语之滥觞也。

前汉丞相谥

前汉丞相四十五人，二十人无谥，平当、平晏父子为相，皆不得谥。至于王商之刚直而谥曰戾，张禹之奢淫而谥曰节，亦拂乎是非之正矣。

叠　字

李易安《声声慢》词:"寻寻觅觅、冷冷清清、凄凄惨惨戚戚。"连叠七字,昔人称其造句新警。其源盖出于《尔雅·释训篇》,篇中自"明明"至"秩秩",叠字凡一百四十四,"殷殷惸惸"一段连叠十字,此千古创格,亦绝世奇文也。

忍　字

张公艺书"忍"字,即"不痴不聋,不为家翁"之意,似与"家人严威"之旨有殊。不知骨肉之间,以分相维,亦以情相接。故于大防宜谨,不得以玩肆致吝;而于小节宜宽,不可以操切生嫌。其义未尝相悖也。

杨守谦客

洪武初,教官给由至京,帝询民疾苦,岢岚吴从权、山阴张桓皆言"臣职在训士,民事无所与"。帝怒曰:"宋胡瑗为苏、湖教授,其教兼经义治事;汉贾谊、董仲舒皆起田里,敷陈时务;唐马周不得亲见太宗,且教武臣言事。今既集朝堂,朕亲询问,俱无以对,志圣贤道者固如是乎?"命窜之边方。吴、张之对,盖为陈平"有主之者"一言所误。按:嘉靖时,俺答入寇保定,巡抚杨守谦率师入援,薄俺答营而阵,无后继,不敢战。客有劝之战者,应曰:"周亚夫何人乎?"客曰:"公误矣,今日何得比汉法?"守谦不纳,竟以失误军机弃市。客之识,胜吴、张二人远矣。

五　圣　丹

癫狗、毒蛇咬人者多死,方书虽有治法,不甚著效,惟萧山韩氏所传五圣丹获效如神，救人不可胜数。韩氏惟制药施送，秘不传人。郑拙言司铎开化，从其同寅汪睦斋学博世铃处得此方，见示。汪喜录单方，制良药施人，此方得之于其至戚，乃自韩氏窃得者。汪按方制药以拯人，无不应手取效，因录之以广其传。

上号当门子、一钱。梅花冰片、一钱。火硝、三分。上号腰面雄黄、一钱。九制炉甘石。一钱。

右药共研细末，男左女右，用竹挖耳点近鼻处大眼角七次，隔一日再点七次，再隔一日又点七次，虽重伤者自愈。若犬咬至二十日外者不治。若用药后误吃羊肉，用药再治，迟至二十日外者，亦不治。宜忌羊肉发物四十九日。兼治痧症、闷死、时疫、伤寒、瘢发不出者，亦用此药点眼角，男左女右。

方 公 祠

名宦建专祠，子孙亦得祔祀永世勿替者，天台方公祠其最著矣。公讳印，号朴庵，安徽桐城人。明弘治间，以孝廉知天台县，薄赋、省刑、劝农桑、治学校、抑豪奸，一切以真诚出之。为县九月卒，囊中仅余俸银八钱。僚佐、吏民为助棺硷，小民罢市相吊，寻入祀名宦祠。万历间，玄孙大镇巡按浙江，建祠，置田百余亩，属学宫收租，后渐为官役侵渔，祠宇芜圮。道光十二年，十一世孙传檠观察浙东，侦知其故，乃尽以其田属邑令，使择绅士之贤者司其事，岁登出入之数于官，纤悉必书，申之大府，著为定律。方氏子孙，阅数岁必至祠省视。以桐城县印文为凭，祠中给资斧钱六十千。由是堂宇崇焕，历久常新。祠中从祀者为公之玄孙大镇，浙江巡按。九世孙观承，浙江巡抚。观本，秀水知县。十世孙受畴、闽浙总督。维旬，浙江巡抚。十一世孙传檠，宁绍台道。盖皆官于浙者。

吴 祭 酒 尺 牍

钱塘吴毂人祭酒锡麒官京师时，耽情《骚》、《雅》，不屑奔走权门，以致品望日高，而生计日薄。尝贻友人书云："弟藏身人海，终日闭门，亦谓软红不到，而釜中鱼长，甑里尘生，几欲服却粒丹，行食气法，修到太虚真人地位。"又云："自唱还云之曲，本拟有田可种，借奉晨昏。无如饥来驱我，遂复入春明之梦，两年羁绊，一步不移。大抵生平好作冷人，天故以冷待之。破帐纸窗，索索然若时有西风吹到，不自知砭肌消骨也。"读之可想见清寒风味。

会试总裁五人

国朝会试总裁，惟顺治丁亥、己丑二科皆七人，其后或四人，或三人二人而已。道光己丑科，曹文正公奉命典试，以老病辞，上不允。时总裁已四人矣，特增一人，于是歙吴大司农椿以光禄寺卿典试，盖异数也。

学政三年六人

太湖李学士国杞，道光己丑馆选，癸巳大考，"马援讨交阯论"，误书"阯"作"趾"，列四等，罚俸二年。戊戌大考，"心共寒潭一片澄诗"，次联云："双清观我相，一片励臣心。"御笔加圈，列一等第一名，由编修擢侍讲学士。己亥，督学浙江，关防告示有"年少登第，学识浅陋"之语。未几，御史萧山高枚参其宽纵，召至都，未及启程，即以瘵疾卒，年仅三十余。督学三年一更任，而自丁酉至庚子共易六人，前此所未有也。丁酉冬，华阳卓侍郎秉恬来，升总宪去；戊戌春，桐城姚侍郎元之来，升总宪去；己亥春，侯官廖侍郎鸿荃来，升总宪去；是夏，李继之；庚子春，江阴季正詹芝昌来，是秋以丁忧去；南海罗学士文俊来，在浙三年，最得士心。

题　句　镌　竹

余姚吴蓉峰麟书官仁和训导，署有竹林小池，种花满园，终日讽咏其中,不问俗事。因题句镌竹,自述其乐趣云:"广文冷官,不理词讼。教授生徒,镇日闲空。有客入门,便衣迎送。散步竹林,随口吟讽。饮酒微醉,华胥一梦。睡起醒来,抱孙自弄。快活逍遥,卓异勿用。可笑神仙,苦修山洞。"

三 世 能 诗

唐人三世能诗者:钱起,子徽、孙可复、可及、玥;柳公绰,子仲郢、孙璞、璧、珪、玭;章八元,子孝标、孙碣;卢氏则纶以下四世,才藻尤盛。本朝三世能诗:秀水朱竹垞太史彝尊,子昆田、孙稻孙,为最著。

用 民 兴 利

宋种世衡筑青涧城,初无水,穿井百五十尺至石,乃曰:"能屑石一畚者,酬百钱。"居数日,及泉,民甚赖之。王明为鄢陵令,故事,有所献馈。明曰:"令不用钱,可人致数束薪刍水际,令欲得之。"得数十万,明取以筑堤,由是民无水患。明李中巡抚山东,岁歉,令民捕蝗者倍予穀,蝗绝而饥者济。陈幼学为确山知县,荒地多茂草,根深难垦,令民投牒者,必入草十斤。未几草尽,得沃田数百顷,悉以畀民。此皆得用民兴利之道者。唐代宗将幸华清宫,先命完葺,柳子华为修宫使,设棘围曰:"民有得华清宫瓦石材用,投围中,逾三日不还者死。"不终日,已山积矣。此则胁之以威,乃权宜之术矣。

汉书造语绝异

前后《汉书》造语有绝异者,如《刑法志》云:"不祥莫大矣焉。"《燕刺王旦传》云:"其者寡人之不及与?"《东平宪王苍传》云:"岂况筑郭邑建都郛哉?""岂况"二字屡见,不及备引。《赵壹传》云:"三王亦又不同乐。"《宦者传论》云:"社稷故其为墟。"此等句法,后世罕或用之。

千里驹

　　"千里驹"之见于史者,汇载诸说部家,而徐氏《玉芝堂谈荟》、赵氏《陔余丛考》所记较多:汉刘德,魏曹休,晋傅咸、刘曜、苻朗,宋张敷,梁萧暎、王茂、任昉、袁昂、刘杳、丘仲孚、王规,北魏李伯尚、李孝伯、袁跃,北齐冯翊、王润、崔昂、元文遥,北周杜杲,隋张虔威,唐李暠、李千里,宋赵子澕,辽耶律的琭,共二十五人。余为补四人:曰李景年、《十六国春秋·前赵录》。朱友伦、《旧五代史》。赵犨、《旧五代史》。张汝霖。《金史》。《鲁连子》有徐劫之弟子鲁仲连,年十二,号"千里驹"。黄山谷见其甥洪刍诗曰:"不意江南泽,产此千里驹。"此皆不见于史,而《陔余丛考》亦引之。　又宋仁宗称刘永年为"刘氏千里驹",见《宣和画谱》。晁无咎称晁咏之为"吾家千里驹",见《曲洧旧闻》。

有明一代至文

　　冯恩子行可《请代父死疏》、杨继盛妻张氏《请代夫死书》,皆有明一代至文也,虽暴戾之主,阅之当为释怒。乃行可赖通政使陈经入奏,恩得减死戍边。张氏书为严嵩所遏,而继盛遂死,权奸之祸烈矣。

黄 鹤 楼 联

　　湖北黄鹤楼联甚多,录其最著者:"一上高楼,缅当年江汉风流,多少千秋人物;双持使节,喜此日荆衡形势,纵横万里金汤。"史贻直。"我去太匆匆,骑鹤仙人还送客;兹游殊恋恋,落梅时节且登楼。"钱楷。"恨我到迟鹤已去,怪人来早诗先传。""何时黄鹤重来,且自把金尊,看洲渚千年芳草;今日白云尚在,问谁吹玉笛,落江城五月梅花。""一楼萃三楚精神,云鹤皆空残笛在;二水汇百川支派,古今无尽大江流。""栏杆外滚滚波涛,任千古英雄,挽不住大江东去;窗户间堂堂日月,尽四时凭眺,几曾见黄鹤西来?"

西　村　集

明史明古鉴《西村集·吊内阁陈某》诗云:"何事先生早盖棺,薤歌声里路人叹。填门客散恩何在? 负郭田多死亦安。盐海已无前日利,冰山谁障旧时寒。九原若见南阳李,为道罗生已复官。"按《明史·陈文传》言"罗伦论李贤夺情,文内愧,阴助贤,益为时论所鄙"。又言"既参大政,无所建明,朝退则引宾客故人置酒为曲宴。专务请属,遇睚眦怨必报,名节大丧"。此诗盖道其实也。

传　神　写　照

"传神写照",见于《晋书·顾恺之传》,后世谓之"行看子",亦称"行乐图"。至今日而此风盛行,几于人各为图,竞出新意命名,求人题咏。甚至有空纸一幅,名曰"尸解图"以乞诗者,真愈出愈奇矣!

张　少　宗　伯

镇洋汪少司空廷屿,以第三人及第。初名璠,补博士弟子员,学使桐城张少宗伯廷璐张以第二人及第。奇其文,曰:"他日名位不在吾下。"为易其名,且加"廷"字,欲引为昆弟行也。有相士之特识,兼有爱士之虚衷,江南人至今称之。

博　古　通　今

袁随园宰江宁,城中韩姓女为风吹至铜井村,离城九十里,村氓次日送女还家。女已嫁东城李秀才子,李疑风无吹人九十里之理,必有奸约,控官退婚。袁晓之曰:"古有风吹女子至六千里者,汝知之乎?"李不信。取元郝文忠公《陵川集》示之曰:"郝公一代忠臣，岂肯作诓语者？第当年风吹吴门女，竟嫁宰相，恐汝子无福耳。”李读诗大喜，两家婚配如初。是知听讼者当博古也。汪龙庄大令官湖南时，宜章县寡妇郑宋氏无子，欲继亲侄郑观，族人谓观无兄弟，且父死，不宜后他人。宋诉县及州，越四年，诉本道，发汪关讯。汪曰：“观宜嗣宋无疑。孀妇立继，听其自择，昭穆相当，独子勿禁。《传》曰：‘已孤不为人后。’谓不受命于所生父也。今例得出继，天子命之矣，又何讯焉？”因止宜章不传两造，援例详结。是知听讼者当通今也。

三圈手

东阳楼枚臣茂才梯霞，少负隽才，年十八，病盲，犹健于文，与友朋斗艺，以指圈桌可立就，时人号曰“三圈手”。学使周春坊清原至金华，执卷求试曰：“某盲，艰于书，不艰于作，乞得书敏者二人，七艺当立成。”如其言，果然。又命作诗，冲口如应响，遂补博士弟子员。事属破格，人皆称楼之才，而尤颂学使之贤云。

临文不讳

昔人为祖与父作墓表家传，皆直书祖、父之名，不假他人填讳，当是临文不讳之义。近代名人，如全谢山太史集中《先公墓石盖文》，姚姬传比部集中《姚氏长岭阡表》皆然。明都穆《南濠诗话》亦书父讳，盖不欲泥避讳之说，致亲名不彰耳。

续名医类案

钱塘魏玉横之琇《续名医类案》六十卷，世无刊本，余从文澜阁借《四库》本录一部，凡六十六万八千余言，采取繁富，间有辨论，亦皆精当。玉横自述医案数十，其治病尤长于胁痛、肝燥。胃脘痛、肝木上乘。疝瘕等证。谓医家治此，每用香燥药，耗竭肝阴，往往初服小效，久则致死。乃自创一方,名一贯煎,统治胁痛、吞酸、吐酸、疝瘕及一切肝病。惟因痰饮者不宜,方用沙参、麦冬、地黄、归身、枸杞子、川楝子六味,出入加减投之,应如桴鼓。口苦燥者,加酒连尤捷。余仿其法,治此数证,获效甚神,特表其功用,以告世之误用香燥药者。

卷六

顾兼塘诗

无锡顾兼塘明府翰宰泾县有恩,廉洁自矢,后亏帑项被劾,邑民醵钱代偿,力拒之曰:"吾宁获谴,不忍累吾民也。"既遣戍,怡然就道。著有《拜石山房诗钞》。《道出松陵》绝句云:"短笛吹残倚柁楼,此身只合伴浮鸥。芦花也有江湖恨,一夜秋风已白头。"饶有风致。断句如《夏日田园》云:"绿杨阴下缫车响,紫栋风中煮饼香。"《卧病》云:"梦中得句全篇少,枕上怀人远道多。"皆可讽诵。

姚姬传比部诗

姚姬传比部以古文名天下,诗亦清俊可诵,如"地拥江声出,天横雨势来"、"雨歇群山响,春深万木齐"、"石壁凌江阁,风林隔浦船",俱佳。姚与赵云松观察皆于嘉庆庚午重赴鹿鸣宴,赵绘为图,姚题诗云:"敢道与君成二老,与逢此会亦千秋。"语亦婉妙。

朱立斋诗词

长兴朱立斋紫贵,司训杭州,诗名隆起。尝于温州道中得句云:"沿街墙比竹篱短,贴水桥如板凳低。"惟亲历其境者,始知其佳。又有《诸将拟杜》诗云:"元戎宠冠百僚班,共盼肤功指顾间。缓带轻裘羊太傅,围棋赌墅谢东山。马驮残月宵移帐,旗卷清风晓渡关。队队银刀人簇拥,错疑新破蔡州还。""潜师宵济费安排,谁遣多鱼漏泄来。烂额焦头新鬼大,短兵狭巷几人回。岂容小丑成坚壁,敢向危时议将才。赤手长鲸畴缚取,至今磷火有余哀。""寂寂兰陵破阵歌,运筹借箸定如何。空将并命怜盱眐，终冀安边有牧颇。犄角先同猿鹤化，苍黄转恨兕犀多。伏波横海登坛久，肯向雷池一步过。""翁洲消息断经年，岛屿波涛路渺然。风利争传黄盖舰，火攻竞报李苗船。果能志奋中流楫，自可功书幕府笺。烽燧未消忧水旱，何人筹及大农钱。""雪花消后杏花红，谁掣鲸鱼骇浪中。鼠目獐头膺上赏，鸡鸣狗盗奏奇功。亲贤授钺风云壮，巴蜀飞符士马雄。不有捷书驰海甸，诸公何以答宸衷?"诗盖成于英夷陷宁波之后，旨深语警，独出冠时。词亦清俊，录二首：《买陂塘》天寒岁暮，乡思无端。陈君筱初，同此清况，谱是调奉柬。丁酉岁不尽九日，书于安阳学舍。词云："甚无端，水程山驿，天涯偏又萍寄。浮云富贵非吾愿，何况一官匏系。疏懒意，也不拟、飘零湖海求知己。闲愁唤起。正落叶堆门，残蕉飐牗，风雨响窗纸。　　同心侣，却有哦松隐吏。谁怜家世兰锜？青袍十载萧骚感，仿佛寒毡滋味。春及矣，只愿逐、宾鸿北向成归计。栏杆自倚。算最是无情，桃花峻岭，乡路隔千里。"《台城路》高大樗仙将赴南溪县尉之任，出《枫江话别图》索题，述此解，时己亥立夏后二日也。词云："大江东下君西上，天涯又萦离思。酒载吴船，诗编蜀道，三峡啼猿声里。清时宦味，尽官阁看山，了无尘事。曲水平桥，最怜挥手旧珂里。　　芙蓉塘畔甲第，记林泉选胜，容与文史。夜雨连床，谓令弟莳堂观察。春风进艇，我亦曾陪裙屐。零襟断袂，有如雪杨花，替人垂泪。待话相思，绿波传素鲤。"

小　本　书

小本挟书始于宋时，见戴埴《鼠璞》，近时坊间所刊尤多，且多讹字。道光庚戌年考试教习，诗题"山雨欲来风满楼"，得"阳"字，乃许浑《咸阳城东楼》诗句也。小本书刊"咸"作"戊"，沿其讹而被黜者百余人。

姚　文　僖　公

姚文僖公官内阁中书时，常至阁取历科状元殿试卷观之，日必书卷一本。嘉庆己未科，大魁天下，论者谓殿试卷字为本朝状元之冠。公秉性刚正，尝以事忤某协揆意，殿试时，某适阅卷，匿其卷他处。仁和孙补山相国士毅觅得之，必欲置之前列，谓此卷写作俱佳，摈之何以服人？某不得已，改置第九本，进呈御览，特拔第一。此固由于天定，而相国怜才之意，亦可感也。公时艺绝高，初为广东主试，_{嘉庆庚申}。所取文皆古淡，通榜无人登第。继为福建主试，_{辛酉}。乃降格取之，遂有登第者。后为山东主试，_{丁卯}。皆取才气发皇之作，登第者独多。自谓取士后盛于前，取文则前胜于后，常以为憾。

功 在 怨 磨

明夏尚书原吉，治水吴中，民初不便，询诸父老，父老对曰："相公开河，功多怨多。千载之后，功在怨磨。"公断而行之，功施到今。本朝黎襄勤公世序治南河用碎石，栗恭勤公毓美治东河用砖，_{南河有石可采，东河无石，故以砖代}。皆为众议所挠，两公毅然行之，遂以成功。予谓凡举非常之事，鲜不致怨，惟有大识力者，乃能坚忍持之。然必有千载之利，始可排群议以成大功，若利不能及久远，而亦强民力为之，则悖矣。

钩 慝

《折狱龟鉴·钩慝门》载：王恭戍边，留牸牛六头于舅李琎家，养五年，产犊三十头。恭还索牛，舅曰："牸牛二头已死，当还四头老牸，余非汝牛所生。"恭诉于县，县令裴子云以恭付狱，追盗牛贼李琎。琎惶怖而至，叱责曰："贼引汝同盗牛三十头，藏汝庄内。"琎不服。唤贼对辞，乃以布衫蒙头，立南墙下。琎急吐款云："三十头牛是外甥牸牛所生，非盗得也。"子云令除恭头布衫，琎惊曰："此是外甥。"子云曰："是即还牛，更欲何语？"复谓琎曰："五年养牛辛苦，特与五头，余并还恭。"闻者叹服。又载江阴令赵和，_{《唐阙史》作赵宏}。咸通初审问淮阴民隐讳东邻赎契钱事，东阳令侯临追还他邑民寄姻家财产事，皆相类。又《金史·移剌干里朵传》云："有农民避贼入保郡城，以钱三十千寄邻家。贼平索之，邻人不与。诉于县，县官以无契却之，乃诉于州。干里朵阳怒械系之，捕其邻人，诘之曰：‘汝邻人坐劫杀人，指汝同盗。’邻人大惧，始自陈有欺钱之隙，乃责归钱而释之。”其事亦相类。近世良吏仿此而著循声者不可胜数。亦有与此相反而蒙诉者。余戚江苏田某，以二千金予张某购丝，张不与丝而匿其金。田诉之郡邑吏不得直，乃控之大府。大府以无券不允，且加责焉，田发恨死。此咸丰四年事也。

叶馨陔先生

同邑明经叶馨陔先生绥祖，学识渊通，兼达世故。里有争竞者，以数语解纷，皆屈服。嗜酒，喜交游，每当良辰令节，招集朋好，酣饮忘疲，恒出新意为觞政以娱宾，入其座者，辄流连不能去。家素封，以是中落。晚岁授徒自给，心绪抑郁，年未及六十而卒。其自挽云：“半生豪气销杯酒，垂老愁怀托砚田。”盖纪实也。先生于余为父辈姻，且比邻而居，幼尝侍谈宴，记其酒令数则。一字三笔而《四子书》中只一见者：个，“若有个臣”。勺，“一勺之多”。弋“弋不射宿”。古钱四字备四声者：大泉五十、永通万国、天福镇宝、正德通宝。二物并称有奇耦之分者：冠履、钗环、领袖、杯箸、扁对。成语三字叠韵者：典浅显、轻清灵、皱透瘦、手柳酒。古人姓名三字同一韵者：田延年、高敖曹、王方庆、刘幽求。一字分两字而三字同在一韵者：虹、螮、蝀、祎、伸、谖、憎。

麈　史

王彦辅《麈史》谓《诗》多识鸟、兽、草、木之名者也，然花不及杏，果不及梨、橘，草不及蕙，木不及槐。《易》之象近取诸身，《爻辞》说卦，冈不该矣，而独不言眉与领。以余观之，若花之桂、楝、鞠，果之菱芰，草之蘼、芷、葱、蒜、苔，木之枫、楠等，《诗》皆未之见。至《易》所不载者，如须、唇、肩、乳、脐等，亦未可悉数。又《尔雅·释鸟》不及鹤，《释虫》不及蝶。物类至繁，偶有遗焉，无足异也。

玩好不可溺

王思质忤贻严世蕃以《清明上河图》赝本，世蕃恨其有意给己，假失机事致之死。程季白宝爱将乐石，构一轩藏之，董思白为题曰乐雪斋。后官中翰，为权贵邀取，不与，贾祸以死。玩好之不可溺也，岂独珠玉宝贿为然哉！

明　　史

王尚书鸿绪《明史稿》三百十卷，《明史》定为三百三十二卷，并目录四卷，为三百三十六卷。本纪建文帝改称惠帝；列传据《元史》裕宗、睿宗之例，改称懿文太子为兴宗孝康皇帝，兴献皇帝为睿宗兴献皇帝，别为一卷；表增功臣、外戚；列传增阉党，周延儒、温体仁改入奸臣列传；本纪、列传俱增赞语；其余各有增减改易。总其成者，大学士张廷玉也。谨案：康熙十八年，诏修《明史》，召试彭孙遹等五十人入馆纂修。以纪载互异，考核未定，尚书奉敕纂修，于雍正元年稿缮进呈。二年，诏诸臣续葳其事。乾隆四年七月二十五日，《明史》始告成，先后阅六十余年。视前代之克期讫事，挂漏舛误者，相判天渊，洵足为一朝之信史也。

诗　酒　券

太仓王蓬心太守宸，以画作支酒票。嘉善黄霁青观察安涛，因求题图诗者之多，仿而行之，凡索诗，须以酒将意，名"诗酒券"。作歌纪之，有"彼以酒来我诗去，一纸公然作凭据"之句。

图　作　佛　图

徐阮邻师宦成解组，以平生所历之境，绘图三十四幅，各以四字标题，首页曰《图作佛图》，自题赞曰："忽梦忽觉，独来独往。海阔天空，水流花放。万里行脚，十年折腰。青山鹤怨，白发虫雕。梯仙无技，搏鬼无力。视此牟尼，即心即佛。"

桐　乡

桐乡由崇德分县，始自明宣德五年。其名甚古，汉河东郡闻喜邑旧名桐乡，今为闻喜县，属山西绛州；庐江郡舒有桐乡，朱邑为吏即此地，今为舒城县，属安徽庐州府。

水　龙

救火之器，古惟水袋唧筒。顺治初，上海县唐氏得水龙之制于倭人，久而他处渐传其制。其行于天津县者，法尤善。城内外置水龙四十八，各隶以二百人，人皆土著，按期练习武力，无事仍安常业，有事则一呼毕至。盖即寓兵于此，而使之可守可战，远胜于召募流民以捍卫者矣。

葛壮节公诗

葛壮节公绩学能诗，不愧儒将。佳句如《游赵氏园》云："生机三径草，风味半床书。"《夜登金山》云："鹤鸣山月悄，鼍吼海天空。"《商山遇雨》云："水声归壑健，雨气入林昏。"又《登第》诗云："事业人皆争一第，功名我自励千秋。"异日致命遂志，此语已为之兆矣。

刘　园

湖北武昌府城内刘园，乃明故藩遗址，在将台驿之东北，因山而构，建于乾隆癸丑岁，吴白华学使题曰霭园。通州刘纯斋太守锡嘏为作记,并题联云:"挹朝爽西来,杯底岚光飞隔岸;望大江东去,檐前帆影度遥空。"园第一门西向,内僻地数亩,皆缭以垣,有祠祀花神,题联云:"五百年为园主人,高台曲池,点缀江城如画里;十二月催花使者,和风甘雨,氤氲香国得春多。"北有茶社,榜曰"来鹤",游人于此小憩。第二门东北隅南向,内有梅苔、鹤露山房、小天台、白华亭诸胜,俱在东偏;向西,小天台之西有佳山草堂,向南可望江景。入第三门,一小径,东有吸江、春草二亭。径尽有堂三楹向东,颜曰"一池秋水半房山"。堂东有池,池东有树,树阴环绕,凉意袭人,于此避暑最佳。堂之北,即主人内室。园不宏敞,而幽邃静逸,翛然尘外,洵为鄂州胜地。丁酉岁,余屡游焉,曾题诗云:"一径穿云入,楼台漾碧虚。人为盘谷隐,地是辋川居。旧作藩王宅,今成处士庐。不胜怀古意,凭眺重踟蹰。""莫负山林胜,幽踪且暂淹。江声走虚壁,岚气逼深檐。古砌蟠藤曲,疏篱引蔓纤。好诗扪石赏,写景韵重拈。"吴白华学使有诗刻石。

四 代 同 堂

道光丁未科庶吉士伍肇龄,四川邛州人,年十七。曾祖时格、祖琨、父荣光皆存,四代同堂,一时传为盛事。

父 为 部 民

归安张兰渚侍郎师诚抚闽时,兼摄闽浙总督事。其封翁在家,亲故往贺,翁曰:"我不意作儿子部民,君何贺耶?"闻者传为佳话。

璞 玉 之 喻

《孟子》璞玉之喻,盖本《左传》制锦数语,《战国策》王斗之言尺縠、魏牟之言尺帛,赵客之言买马,其命意略同,而遣词各异,可悟文法之变。

叠 字 词

李易安词"寻寻觅觅,冷冷清清,凄凄惨惨戚戚",乔梦符效之作《天净沙》词云:"莺莺燕燕春春,花花柳柳真真,事事风风韵韵。娇娇嫩嫩,停停当当人人。"叠字又增其半,然不若李之自然妥帖。大抵前人杰出之作,后人学之,鲜有能并美者。

齐 少 宗 伯

天台齐息园少宗伯召南,由制科起家。乾隆癸亥,御试翰詹诸臣,题为"竹泉春雨赋",人皆不知为御画,宗伯作独称旨,特取一等一名,擢阁学。其赋天语褒奖,即写入御笔画卷之后,装潢成轴。宗伯因赋诗纪恩云:"赋比相如定不如,却登玉轴五云书。武皇纵叹凌云笔,只听傍人诵《子虚》。"宗伯之从兄周华,性怪诡,为逆犯吕留良讼冤,锢刑部狱数年。乾隆元年恩赦出,至湖北为道士。子某迹至武当山,迎之归,年逾六十,乖僻如故。自作诗文,署地舆字,隐以配吕之天盖楼,宗伯戒之不听。会熊中丞至台,周华突出献书,有狂悖语,劾奏,置周华极典,宗伯坐是落职。

活 人 种 竹

明嘉善孙贤良询善岐、黄术,医痊不受酬赠,惟种竹一枝于宅旁,久之成林。自题诗有"活人种竹不种杏"之句,雅韵高风,未易求之近世。

班 马 异 同

元和蔡铁耕云《癖谈》六卷,详稽钱制源流,其论马、班异同最精。谓:"《平准书》云:'令县官销半两钱,更铸三铢钱,文如其重。'又云:

‘铜钱识曰半两，重如其文。’曰：‘铸三铢钱’，既言其重矣，故曰‘文如其重’。曰‘识曰半两’，既言其文矣，故曰‘重如其文’，史公一字不苟若此。《汉书》概作‘重如其文’，便有不可通者，马、班优劣，即此可定。”

陈 太 仆

陈勾山太仆，文章德业为世儒宗，典试分校，所得士皆天下英俊。其典湖北试也，书榜毕，监临范中丞灿谓公曰：“楚有谚云：‘若要好，看黄、孝。’今黄冈、孝感中式人多，众所膺服。”后所取士张梦杨等五十三人，登甲榜者十之六七。是科落卷，公一一别其纯疵，明白批示。发卷后，下第士子多来求见，公指以要领，各得其意以去。有刘龙光者，闻公讲论，感激欣喜，至于泣下，次科联捷成进士，历官御史，终其身执弟子礼。公尝赋《书榜》诗曰：“千枝烟桦欲烧空，淡墨先题后押红。要好由来看黄、孝，拔尤适得五人同。”前五名皆黄冈、孝感县人。

禽 言

黄霁青观察《禽言诗》引，谓江南春夏之交，有鸟绕村飞鸣，其音若“家家看火”，又若“割麦插禾”，江以北则曰“淮上好过”，山左人名之曰“短募把锄”，常山道中又称之曰“沙糖麦裹”，实同一鸟也。余按：此鸟即布谷，《尔雅》所谓“鳲鸠鹄鹆”者是也。《本草·释名》又有“阿公阿婆”、“脱却布裤”等音。陈造《布谷吟》序，谓“人以布谷为催耕，其声曰‘脱了泼袴’，淮农传其言云‘郭嫂打婆’，浙人解云‘一百八个’者，以意测之”云云。吾乡蚕事方兴，闻此鸟之声，以为“扎山看火”，迨蚕事毕，则以为“家家好过”，盖不待易地，而其音且因时变易矣。

乌 尔 吉 祭 酒

蒙古乌尔吉氏时帆祭酒，文誉卓著，尤好奖掖后进，坛坫之盛，几

与袁随园埒,而品望则过之。幼聪颖,七岁时,塾师以"马齿菜"命属
对,以"鸡冠花"应。乾隆己亥、庚子,乡、会试连捷,成进士,改庶吉
士,散馆,授检讨,官终庶子。扬历清华阅二十余年,未尝与直省学政
及乡、会典试分校之役。两试翰詹,并以三等左迁。盖祭酒雄于文而
楷法不逮,故每试皆以此见绌。初名运昌,乾隆五十年迁庶子时,命
改名法式善。"法式善"者,国语"黾勉上进"也。

三 殿 五 城

唐麟德殿有三面,故称三殿,亦曰三院。今京都五城,兼中、东、
西、南、北而言,盖即此义。

聊 斋 志 异

蒲氏松龄《聊斋志异》,流播海内,几于家有其书。相传渔洋山人
爱重此书,欲以五百金购之,不能得。此说不足信。蒲氏书固雅令,
然其描绘狐鬼,多属寓言,荒幻浮华,奚裨后学?视渔洋所著《香祖笔
记》《居易录》等书,足以扶翼风雅增益见闻者,体裁迥殊,而谓渔洋
乃欲假以传耶?

宋 四 六

彭文勤公有《宋四六选》一书,又采诸家书为《宋四六话》,名篇杰
句,美不胜书,兹录其为时传诵者。邓温伯《立哲宗为皇太子制》,首
曰:"父子一体也,惟立长可以图万世之安;国家大器也,惟建储可以
系四海之望。"末云:"离明震长,绵帝祚于亿年;解吉涣亨,洒天人于
万宇。"洪景严《孝宗受禅赦文》云:"凡今者发政施仁之目,皆得之问
安视膳之余。"楼攻媿《光宗内禅诏书》云:"虽丧纪自行于宫中,而礼
文难示于天下。"陈正甫《保安赦文》云:"朕寅畏以保邦,严恭而事帝。
虽不明不敏,有惭四海望治之心;然无怠无荒,未始一毫从己之欲。"能

写出宁宗心事。苏子瞻《益州谢表》云："天地能覆载之，而不能容之于度外；父母能生育之，而不能出之于死中。"李伯玉为侍讲，误犯穆陵嫌名，上章自劾，有旨免罪，震卿为草《谢表》，有曰："讲学方新，聿陈古谊；临文不谨，误触嫌名。凛雷电之震惊，荷乾坤之涵育。臣若稽《虞典》，舜曰重华；载考《夏书》，禹称文命。如揭日月，不以山川。有耳目者皆知，岂齿牙之敢及！"又曰："姓所同，名所独，既重犯于严威；功惟重，罪惟轻，乃大恢于圣度。"萧翀登科岁，第一人本赵忠定公。故事，设科以待草茅士，凡豫属籍挂仕版者，当逊避。唱名日，升萧为榜首，《谢启》有云："豫飞龙之选，淮安论次以当先；无汗马之劳，郑侯何功而居上？"用宗室及萧家事。

未 婚 守 贞

女子未嫁守贞，归震川以为非礼，作论辨之，后儒往往信其说，此一言而有乖名教者也，今以诸家之说正之。朱氏彝尊《原贞》云："自婚姻之礼废，而夫妇之道苦，民至有自献其身者矣。《蒙》之《蛊》曰：'见金夫，不有躬。'贞也者，后世之所难。虽过于礼焉，苟合乎从一之义，是则君子之所深取耳。曰：古者，女未庙见而死，不迁于祖，不祔于皇姑，归葬于女氏之党，示未成妇也，而况其未婚者乎！谓之从可乎？曰：夫妇之道，守之以恒，而始之以感。夫男女异室，无异火泽之相暌。自将之以行媒之言，信之以父母之命，委之以禽，纳之以纯帛，则犹山泽之通气，其感与之理已深，故曰男女暌而其志通也。因其所感，不以死生异其志，乃所谓恒其德也。《礼》：女子未许嫁而笄，燕则鬈首；许嫁笄而字，则为之缨。盖至嫁而后主人 亲脱之。凡此者，明系属于人，所以养贞一也。则从之之义也。"武进刘文定公书《徐贞女事》云："历观古史所揭，《独行》、《卓行》诸传，为中人以下男子示砭者，不讳过情之节，岂一一规模经训云乎哉？况女子哉！"仁和赵氏坦书《贞女张素云事》云："《礼·曾子问》曰：'取女有吉日，而女死，如之何？'孔子曰：'婿齐衰而吊，既葬而除之。夫死亦如之。'注云：'斩衰往吊。'《礼经》之文如此。夫既葬而除者，以其未成婚也。斩衰而往吊者,存夫妇之义也。其不著明嫁与不嫁者,圣人固不以守义强人,亦不禁人弗为,殆欲人之自尽其道焉耳,此圣人之深心也。且许嫁之命,非出于父母乎? 吾知守其初而已,吾何容心于其间也哉!"

箴

中岁自省,深愧言之不能谨,行之不能敦,学易荒而交易滥也,因作箴以自警。《言箴》云:"言之甘欤? 徒累己德;言之直欤? 或遭憎嫉。将择人以抒诚,又患无知人之明。哲人缄口,今吾独否。负气自矜,逞才为能,曷由守扑以保身?"《行箴》云:"百行之善,令闻未遽宣;一行之恶,已蒙厥愆。善恶之几,辨之宜审。稍纵即误,敢不凛凛。勿谓善蒙垢,可弛勤修;勿谓恶无损,致招悔尤。已往难追,后来当勉。早夜以思,孜孜实践。"《励学箴》云:"人无贤愚,非学曷成? 理无精粗,惟学乃明。譬彼嘉树,本固斯发。又如泉流,源远不竭。研嗜宜笃,造就乃深。古圣敬修,尚惜寸阴。矧余小子,敢逸豫以放心! 噫嘻! 岁月易逝,其肯为余待耶? 今兹不力,得勿贻后之悔耶?"《慎交箴》云:"哲人求友,必尚乎德。以义以信,是当取则。众人得朋,恒徇乎私。相优相狎,慎勿效之。亲贤远佞,为功匪易。在持厥守,兼扩其智。昔者君子,择交至精。结纳勿滥,切磋有成。今予小子,奈何不慎。观人无识,应物失正。悦不若己,咎将日增。庶用告诫,尚其敬承。"

朱 庄

杭州涌金门外西湖滨长丰山馆,俗名曰朱庄,朱彦甫中翰俊别业也。台榭明丽,花木幽深,中有搴云楼,揽全湖之胜,尤为登临佳境。荷池数亩,花时香气袭人,池旁有亭曰舣亭,中翰自为之记,题于壁。其辞曰:"亭在水木明瑟轩后,轩占山馆之胜,清流环匝,垒石为山,杂莳花木。左则重楼相望,而右构造此亭。戊戌冬落成,形半方,有两角而未名,高子高甫名之曰舣,余欣然应之曰:'子之善为名,实获我心也。觚之始为酒器，与彝、尊、盏、斝异，于宫室曰觚棱，其形方而有角，盖峻厉廉隅，未尝不适于用。其或与时俯仰，如脂如韦，甚或破觚以为圜，觚哉觚哉，汩其真矣。觚又兼简牍之义，将与客共登斯亭，琴樽间作，可操觚而赋之。抑觚之谐声为孤，予抱西河之痛有年矣，孤影孑立，与世寡谐，洵子之善为名，实获我心也夫！'辟地有亭，亭成有名，因亭之方有两角，而名有觚，皆物之后起而偶然者也。太虚为室，明月为牖，造物本无尽藏，将逍遥乎无何有之乡、广莫之野，与浑沌者游，则亦忘其为觚矣，而何有于此亭也与！道光己亥春正，长丰山民自记。"

咏　史　诗

南康谢蕴山中丞启昆《咏史》七律五百二十六首，琢炼名贵，自成一家。句如："玉检封中呼万岁，金童海上引三山。"汉武帝。"十载覃思《二京赋》，千秋绝唱《四愁篇》。"张衡。"益州刺史三刀梦，建业将军百丈船。"王濬。"学道卅年呼宰相，读书万卷作神仙。"陶弘景。"朱三跋扈凄凉诏，郑五平章歇后诗。"唐昭宗。属对工切，妙合自然，正不必以议论见长。吴穀人祭酒为作序云："公事才闲，吟笺已设。一灯摇雨，如梦古人；万叶呼风，忽来好句。"恰能写当时吟趣也。

不　系　园

明季钱塘汪然明孝廉汝谦，啸傲湖山，制一舟，名"不系园"，题诗云："种种尘缘都谢却，老耽一舸水云间。"又作《不系园记》，其略云："自有西湖，即有画舫。《武林旧事》艳传至今，其规至种种，不可考识矣。往见包观察始创楼船，余家季元继作洗妆台，玲珑宏敞，差足相敌。然别渚幽汀，多为双桥压水锁之，不得入。癸亥夏，偶得木兰一本，斫而为舟，长六丈二尺，广五之一。入门数武，堪贮百壶，次进方丈，足布两席。曲藏斗室，可供卧吟，侧掩壁厨，俾收醉墨。出转为廊，廊升为台，台上张幔，花晨月夕，如乘彩霞而登碧落。若遇惊飙蹴浪,欹树平桥,则卸栏卷幔,犹然一蜻蜓艇耳。中置家僮二三擅红牙者,俾佐黄头以司茶酒。客来斯舟,可以御风,可以永夕,远追先辈之风流,近寓太平之清赏。陈眉公先生题曰'不系园',佳名胜事,传异日西湖一段佳话。岂必垒石凿沼围丘壑而私之,曰'我园我园'也哉? 黄参议汝亨为作《不系园约》,标以十二宜九忌。十二宜云:名流、高僧、知己、美人、妙香、洞箫、琴、清歌、名茶、名酒、殽不逾五簋、却骖从。九忌云:杀生、杂宾、作势轩冕、苛礼、童仆林立、俳优作剧、鼓吹喧填、强借、久借。"汪又有小艇曰"随喜庵",曰"观叶",曰"小团瓢",曰"雨丝风片"。近日西湖船若"半湖春"、"摇碧斋"、"四壁花"、"宜春舫"、"十丈莲"、"烟水浮家"、"小天随"等,皆堪游憩,然如"不系园"之有廊有台,则未之见也。

葬 会

浙西淹葬之风由来已久,国初德清唐灏儒先生举亲葬社,约吾邑张杨园先生履祥推广之。分八宗,宗八人,立宗首、宗副。凡社中有葬亲者,宗首、副传之各宗首、副,汇八宗吊仪人三星致葬家,八宗宗人之子俱会聚,即登社约曰:"某年、月、日,某人某亲已葬。"使未葬者惕然。以七年为期,过期不葬者不吊,所以示罚也。后又增一条:"八年葬者亦酬其半,以存厚也。"自后续行者少,淹葬之风仍然。道光辛丑年,吾里邱雨樵茂才青选复举葬会,纠同志四十人,于四月望日各赍钱五百赴会所,拈阄以定,应得之人,即予钱二十千为葬资。如愿让他人先得,亦听其便。钱存公所,豫备砖灰等物,不得携归。砖灰等购自窑所,价视肆家特廉。岁推二人司其事。每岁人各出钱二千,给四人葬事。费不耗而事可久,其法最良。倡始于西栅,而东、南、北皆效行之。吾里善事孔多,此举为称首,诚能推而广之,使天下无不葬之亲,岂不美欤! 其在穷乡窭人,或以用砖费大,则朱子白云葬法,价廉而工坚,最宜效法。世俗又有以糯米捣和沙灰,谓尤坚固可久,抑知暴殄天物,不可为训。湖州某方伯殁后,棺用沙方木,葬用糯米沙灰。迨其曾孙贫而无赖,窃发棺售之,遗骸暴弃。虽其孽不在用糯米一端，未始不因此增罪戾也。

陈殿撰诗

蕲水陈秋舫殿撰沆，工诗。时楚有寇氛，作诗贻友人云："桃花破屋开残雪，燕子空坟语夕阳。"时皆传诵。

著述当自定

程篁墩词章负盛名，求其文者，多门下士代笔，殁后刊集，大半赝入，瑕瑜互见。吕新吾学业醇笃，其集为后人所编，俳谐笔墨，无不具载，为全书累。知文人著述，必当及身自定也。

斋　号

南宋后始有斋号，而史传皆从略。志书系号，始于景定《严州志》。近日钱警石学博《海昌备志》从之，谓数十年来友朋相呼，俱以斋号，诗文著作，自署亦然，若竟略之，亦为失实。然斋号每出己意，字则命之亲长者多，诗文自署，究不当舍置也。

昭　君　诗

诗人之思，日出不穷，即如咏昭君者，唐、宋以来，佳篇不少，近代更有翻新制胜者，略识所见于此："天低海水西流处，独有琵琶堪唤语。断丝枯木本无情，犹胜人心百千许。"胡稚威。"君王重信不重色，玉貌三千替不得。穹庐若使诏留行，金屋欢娱岂终极？一传祸水入后宫，燕燕尽啄皇孙空。自谋则过君谋忠，画工毋乃真国工。"沈濂。"一辞宫阙出秦关，长得丹青识旧颜。为报君王休爱惜，汉家征戍几人还！"颜光敏。"汉主曾闻杀画师，画师何足定妍媸？宫中多少如花女，不嫁单于君不知。"刘廷献。"远嫁呼韩岂素期，请行似怨不逢时。

出宫始觉君恩重,临去犹为斩画师。"赵翼。"胭脂零落倍销魂,急雪严霜泣暗吞。敢向琵琶传怨语,至今青冢亦君恩。"那彦成。"战骨填沙草不春,封侯命将漫纷纭。当时合把毛延寿,画作麟台第一勋。"许宗彦。"无金赠延寿,妾自误平生。"沈德潜。

玉 泉 雪 水

高宗纯皇帝巡跸所至,制银斗,命内侍精量泉水。京师玉泉山之水斗重一两,塞上伊逊之水亦如之。其余诸水,济南珍珠重逾二厘,扬子江金山下中泠重逾三厘,惠山、虎跑各重逾四厘,平山重逾六厘,清凉山、白沙、虎丘及西山之碧云寺各重逾一分。遂定玉泉为第一,作《玉泉山天下第一泉记》。又量雪水,较玉泉轻三厘,遇佳雪必收取,以松实、梅英、佛手烹茶,谓之"三清"。尝于重华宫集廷臣及内廷翰林等联句,赋《三清茶》诗,天章昭焕,洵为升平韵事。

器 铭

器之有铭,由来远矣,见于历朝者不可悉数,兹择近人所作辞旨简质者录之。方望溪侍郎《砚铭》:"磨而不磷,静以守黑。"又《澄泥砚铭》:"甄之陶之久益坚,琢之磨之好且完,善而藏之德乃全。"钱竹汀宫詹《圆砚铭》:"怀孔之璧,守老之黑。"又《笔管铭》:"毋用汝锐,可以百岁。"纪文达公《截刀铭》:"当断则断,以齐不齐。利器在手,孰得而参差。"又《瓜砚铭》:"无用者半,益之以枝蔓。君子摘文,鉴于兹砚。"金冬心《缺角砚铭》:"头锐且秃,不修边幅,腹中有墨君所独。"梁山舟学士《自用砚铭》:"磨不磷,涅不淄,坚白之德吾所师。"又《小砚铭》:"不雕不琢,完尔太璞。"又《折叠扇铭》:"一阖一辟,造化在手。明月半规,清风满袖。"程易畴学博《小圆砚铭》:"余能方,弗能圆,宜与而相周旋。"吴江周叔斗茂才梦台《印泥盒铭》:"红泥田,玉龙耕种垂蜿蜒,收令名,乃有年。"孙愈愚明经《笔铭》:"三寸管,一丈舌,慎持之,有鬼责。"嘉兴钱警石学博泰吉《印匣铭》："保其名，在退藏，用之不轻终身臧。"杨至堂河督《砚铭》："涅不缁，蕉叶白，知其白，守其黑，说心研虑介于石。"高伯平明经《朱砚铭》："勘六籍，文字之益，惟中藏者赤。"余尝作《笔铭》云："纯兮兼兮判厥品，朱兮墨兮视所近，勤习慎持，用无不宜。"又《墨铭》云："色暗德馨，体刚坚而用文明。早夜研摩，以成我名。"

周 文 忠 公

明周文忠公凤翔遗集七卷，其族孙源搜罗散坠，于嘉庆癸酉付梓。集中《论筹兵饷》略云："摧锋陷阵则无兵，脱巾呼庚癸则多兵；杀贼攻城则士不力，唾有司背噪击戎道将则力。"又云："夫此健儿，美衣食，饱妻孥，酣酒肉，皆四海之穷民，敲骨抽髓，鬻男嫁妇以供之者也。乃当敌而敌愈猖，剿寇而寇益溃。甚至调一大将援某地，不过以一二千人往，而又多浮额，一遇大敌，缩而自保。寇退，则割平人级以张功盖罪，掳掠饱扬而入，铙吹纷如矣。"指陈当时情事，切中其弊。公召对，尝陈"吏速化则治不成，民重征则盗不息"。又尝论学曰："学不可立党，立党则必争，奚能见道？昔朱、陆之辩，虚心求是也；今之辩朱、陆，私心求胜也，言愈多而道愈晦矣。"论史曰："三代而后，汉与外戚共天下，唐与母后、宦官共天下，魏、晋以下与膏粱子弟共天下，宋与奸臣共天下，元与宗族共天下。"赵氏吉士《续表忠记》备述之，称为名言。公尽节时，贻父母书云："国君死社稷，臣子无不死君上之理，况男忝列从臣，官居讲职乎！父母生育教诲，以有今日，男幸不亏辱此身贻两大人羞。男事毕矣。罔极之恩，无以为报，矢之来生。万祈珍调康茂，勿以男为念。日暮已促，不得尽言。"读此，知当日贰臣有以亲在为解者，皆无所逃罪矣。

沈 又 希 先 生

秀水沈又希先生范孙，为文高古不近俗，年七十犹应秋试，迄

不获一第。尝诲其孙莲溪观察濂曰："我困踬极矣，汝兄弟取科名
必易。虽然，所望于汝曹在品学之醇邃，科名尚在所后。"生平喜为
诗，客游四方，一时名士皆推重之。尤与山阴童二树山人钰相契，
二树写梅花于雪香斋，友人方辂悬诸斋壁，时正苦寒，百虫尽蛰，忽
有一蜂徘徊帧上，绕花不去，先生作歌纪之，有云："雪湖画梅蜂食
须，^{明刘雪湖画梅寺壁，蜂食其须殆尽，见王遂东《雪湖梅谱序》。}树翁画梅蜂绕株。
遥遥相去二百载，淋漓大笔同沾濡。"凡六叠韵，而二树叠韵至百
篇，一时传为美谈。

钱景颜先生

嘉兴钱景颜先生复，由县丞官至大兴县知县，每举苏文忠公"遇
民如儿吏如奴"语而申之曰："民果不良，亦奴也；吏果良，亦儿也。然
大势吏强而民弱，吏黠而民愚，故每事必持以平。"胥役相与语曰："曩
者百姓畏吾侪，今吾侪反畏百姓矣。"听讼必令两造各言是非，于愤争
时伺其隙，徐出一言而决。尝曰："家人诟谇，不悉其颠末，尚难定曲
直，况小民见官长多畏葸，更加以声势，使不能言，何以听焉？"两造具
服，即判牍尾，俾堂上审视。其不识字者，吏朗诵使闻，曰："稍缓则弊
生矣。"以是所至无留狱。先生之子警石学博，以文学昌其家，孙曾济
美，其食报远矣。

吴小宋大令

仁和吴小宋大令章祁，以名孝廉宰蜀之蓬溪县，视民事如家事，
尤以振文风、端士习为先务。尝曰："邑宰于民最亲，于士为尤近，接
以礼，联以情，孚以推诚相与之心，动以束修自爱之念，未有不乐于为
善者。不此之务，而徒咎士风之不醇，可乎？"以故终其任，士无干文
网者。在官三年，以劳瘁卒。邑人感其惠，建祠奉祀，记以联曰："修
其孝弟忠信，可使制梃，故曰仁者无敌；保我子孙黎民，尚亦有利，此
以没世不忘。"

武昌府署联

湖北武昌府署联,惟周太守廷绶所撰最佳,云:"十城表率,九郡先驱,亿万姓属目相看,刑赏惟求孚众志;廿载司曹,一麾出守,二千石仔肩孔巨,清勤不敢负家声。"词致稳惬可诵。

疏用呜呼语

《明史·吴廷举传》:"巡抚应天诸府。改南京工部尚书,辞不拜,称疾乞休。帝慰留。已,复辞,且引白居易、张咏诗,语多诙谐,中复用'呜呼'字。帝怒,以廷举怨望无人臣礼,勒致仕。"其疏载集中,有云:"亲友劝臣治任,每诵白居易'月俸百千官二品,朝廷雇我作闲人'之诗;寮吏止臣辞官,辄举张咏'幸得太平无一事,江南闲煞老尚书'之句。"又云:"比无官守,将近先庐,沿途访药寻医,已至吴头楚尾。东湖路近,难忘水木之心;西广云深,益动首丘之念。罪深渤海,事闻不待报而行;身等羁鸿,路尽失所归为恐。呜呼!零灰久冷,焰岂复燃;老马已疲,齿无复壮。古今一道也。而日暮途远,老病之人,又复夜行冥走,以饵虎狼之口,以葬万仞之渊,此岂人情所愿有哉!臣言至此,肝胆毕陈,危苦尽露矣。"夫奏章体宜庄重,而疏慢若此,其获谴也亦宜。

金　元　玉

明上元诸生金元玉琮,酷嗜学书,寒暑无间。每夜作书,以五寸长烛为度,烛尽而止。王百榖谓詹仲得赵承旨之皮,陆文裕得赵承旨之骨,惟元玉能得其髓。文徵仲好收元玉书迹,都一箧贮之,名曰"积玉",其为名流赏重如此。可知业未有不勤而后能传者。世之士夫,耽生前之逸乐,欲冀身后之声名,妄矣。

海 忠 介 公

《松江府志》载，隆庆初，开吴松江久无功，及海忠介至，吏请为行署于江之北岸，公素俭朴，而命择所居务深邃，人卒不解。诘旦，略出巡视，即召二千户一主簿入，数其不职，斩之，席藁埋厅事后。万众骇愕，并力疏凿，阅月而毕。而三人故无恙，发其所埋，悉是大豕。按：《明史》称忠介秉刚劲之性，戆直自遂，似未必用此权术，况以豕易人，岂无人见，而能令万众骇愕耶？疑志所载不实耳。

水 仙

伍子胥、屈原、孙恩、陶岘，皆有"水仙"之称，五代徐钧者亦称"水仙"，杭州西湖又有水仙王祠，仙而称王，尤奇。

猴 经

药物中有猴经，乃牝猴天癸，治妇女经闭，神效。李心衡《金川琐记》云："独松泛之正地沟，山高箐密，岩洞中猨猱充仞。土人攀悬而上，寻取所谓猴经者，赴肆贸易，多至百斤。"此可以补诸家《本草》之阙。

传 胪

往时会试在二月，乾隆十年，始展限三月，以待春温。往时会试揭晓后，例以磨勘需日，于五月五日殿试，初十日传胪。乾隆辛巳年，高宗纯皇帝念多士守候时久，命速行磨勘，更期四月二十一日殿试，二十五日传胪。此后遂为定例。殿试后，阅卷大臣拟列甲第名次，进呈钦定，于二十四日先拆前十卷，按名引见，名曰"小传胪"。传胪之日，诸进士有不到者，小传胪之日，则无敢不到，恐名在十卷中，传宣匆遽,不及趋赴而获咎也。

汪 太 史

钱塘汪韩门太史师韩,雍正癸丑进士。早岁工诗,中年罢官后,一意穷经,著述宏富。初入词馆习国书,赋《龙书五十韵》,李穆堂学士绂见之叹异,携其诗入八旗志书馆,馆中见者多不知其辞所自出。学士曰:"吾尚有不知者,何况君辈!"由是名益著。兹录其诗中间十韵,并自注于此。"垂训肇龙兴,天命间,制靖书。承基缵奕世。自两文成来,榜式大海、额尔德宜俱谥文成。词臣所专肄。经大义微言,史编年纪事。各各穷干枝,往往破疑贰。综博定清文,瞭焉宝鉴对。《清文鉴》凡二十一卷,分三十六部,二百八十类。纲领三十余,毛目二百类。蚁磨运左旋,龙宾呼十二。弩磔昉形模,点围循位置。清书乃修饰蒙古字而成,惟加点与围与变用捺法,见雍正间御纂《庭训格言》。四声该仄平,万物括开闭。约之宗谐声,衍之蕴六义。"太史论诗谓:"习俗所尚,曰轻,曰脆,曰新,曰巧,而余之意,则在不轻而重、不脆而坚、不新而旧、不巧而浑。"窃谓近人学诗,皆沿袁随园流弊,此言可救其失。

鲁云崖大令

江西新城鲁云崖大令成龙,莅政勤敏,暇即观史,以为此有用之学,足裨吏治。宰怀柔时,土瘠人满,旗、民杂处,食常不足,且多火灾。乃劝民积谷,每二十五里设仓一所,而荒歉有备。其救火之法,则设为木筹,每火起,辄携至火所,令民运水,互相救应。运水一次给一筹,火止缴筹,因其多寡而予之钱,邻里不相救者有罚。自是怀柔火不能灾。

皇甫养亭先生诗

同里皇甫养亭先生楄,绩学能文,兼工吟咏。与秋畦公交好,尝有题公诗稿绝句云:“晕碧裁红几幅笺,清吟流播五湖船。林泉高致诗如画,著色丹青赵大年。”“我亦耽诗读郑笺,只今般若未登船。平生自笑如潘纬,古镜工夫枉费年。”

西　湖

天下西湖三十有六,惟杭州最著。福建福州府亦有西湖,朱子集中《西湖》诗云“湖光尽处天容阔”,其起句云“越王城下水融融”,对句云“潮信来时海气通”,乃闽之西湖也。道光戊子年,浙闱主司以此句命题,盖误以为浙之西湖诗也。

罗汉像

西湖云林寺、净慈寺皆有五百罗汉塑像,圣因寺有贯休十六罗汉像石刻,昭庆寺又有象山金贞女绣幡五百罗汉像。贞女许字同邑黄氏,未嫁而夫卒,闻讣奔丧,入门守节。于事舅抚嗣之外,手绣此幡,寒暑无间者十余年而后成,苦心坚操,弥足重也。

童二树画梅

童二树画梅少粉本,时于月下濡翰,纵横欹侧,皆成妙画,故所绘无一复者。铅山蒋心余太史士铨见童画梅,寄以诗云:“我不识君见君画,每对梅花身下拜。”幼时,友人刘凤冈梦童化为梅二树,因以为号。生平题画诗往往奇验,尝元旦为周进士世绩题画,有“第一朝开第一花”之句,是年周发解。汤容煟有仆僮乞画藕,因题诗曰:“具此清净姿,何为乎泥中?”僮数日殇。

孟子外书

《史记》谓孟子受业子思之门人,《风俗通》则谓孟子受业于子思,而《孟子外书》又谓孟子学于子思之子子上。此书乃后人纂辑诸书而成，其说有与《孟子》异者，如陈仲子卒，孟子谏之曰："吁嗟仲子！廉洁以保贞兮，求名而得名兮。数齐国之高士，舍仲子其谁称兮。惟山高而水流，千古一于陵兮。吁嗟仲子！名长存兮，可慰于九泉兮。"夫孟子方以仲子为"乌能廉"，安肯称之如此？辞亦浅易不类。

百家唐诗夷坚志

王介甫选《百家唐诗》，当删取时，用纸帖出付笔吏，吏惮于誊录，易以四韵或二韵诗，王不复再视，故所选不皆佳。洪景卢撰《夷坚志》，急于成书，妄人多取《太平广记》中事，改窜首尾，别为名字以投之，径以入录，致为后人所訾。甚矣！著述不可假手于人也。

明 伦 堂 联

学宫明伦堂联，遂宁张文端公鹏翮所题最为堂皇博大："先圣道并乾坤，博也、厚也、高也、明也、悠也、久也；今皇教同尧舜，劳之、来之、匡之、直之、辅之、翼之。"

小 山 词 钞

宋晏叔原幾道《小山词钞》一卷，补钞一卷，其裔孙仪征彤甫廉访端书从《钦定历代诗余》及《四库全书·小山词》录出刊行。黄山谷序称叔原仕宦连蹇，而不能一傍贵人之门，是一痴也；论文自有体，而不肯一作新进士语，此又一痴也；费资千百万，家人饥寒，而面有孺子之色，此又一痴也。是叔原之为人，正自异于流俗，不第以绮语称矣。其《长相思》一阕，语浅情真，尤为集中别调："长相思，长相思。若问相思甚了期，除非相见时。　　长相思，长相思。欲把相思说似谁，浅情人不知。"

瓴甋录

台郡近多古砖，宋心芝学博嗜之成癖，自吴建衡以下迄于明，搜罗三百余种，编次成集，详为考证，颜曰《瓴甋录》。冯柳东教授题诗云："荒草秋坟世代遥，赤城山下晚萧萧。残砖零落千年字，一片苔花认六朝。""遗篆荒凉佛窟山，南朝太尉手书传。宋曹太尉勋墓砖乃其手书，今已出土。永和故事分明在，访古来寻癸丑砖。"台州有"永和九年岁癸"砖。余亦题其后云："荟萃遗文手自编，标题远溯建衡年。从知汉瓦秦碑外，别有千秋翰墨缘。""墓门荒草碧迢迢，劫火沉沦阅几朝。重与品题传姓氏，九原遗恨可应销。"宋工书，兼精篆刻。曾司训乐清县，不久即告归，杜门谢客，著书自乐，识者高之。

藕湖泛月图

舅氏家笠泽之藕湖，嘉庆丙子迄己卯，余从舅氏周厦松先生森游读书湖上，时与诸表兄弟放舟湖中，吟赏忘倦。道光甲午，表兄周铁霞舍人士烟绘《藕湖泛月图》属题，尘事牵率，未有以应。丁酉冬，自楚改官归，卜宅于笠泽东偏，距湖三百余武，过从频数，抚景兴怀，谱《金缕曲》以践前诺云。"斗鸭栏边路，尽诗人、烟波啸傲，放怀朝暮。弹指番风催信早，一夜红英遍吐。又咏就、搴芳新句。画舫沿流忘远近，看娟娟、纤魄遥峰露，香雾外，曳柔舻。　频年浪迹抛吟侣，想姮娥，多应笑我，抗尘何苦？千里扁舟寻旧约，胜地移家小住。重领略、江乡佳趣。三五凉辉邀共醉，待更阑、便宿花深处，清梦稳狎鸥鹭。"

赋重发端

试赋最重发端，唐、宋人所作流播艺林者，如裴晋公《铸剑戟为农器赋》："皇帝嗣位之十三载，寰海镜清，方隅砥平。驱域中尽归力穑，示天下不复用兵。"白香山《性习相远近赋》："噫！下自人，上达君，咸德以慎立,而性由习分。"韦彖《画狗马难为功赋》:"有丹青二人,一则矜能于狗马,一则夸妙于鬼神。"李程《日五色赋》:"德动天鉴,祥开日华。"陈佑平《权衡赋》:"俾民不迷,兹器维则。"贾餗《蜘蛛赋》:"凉风起兮秋初,步檐宇兮踌躇。"黄滔《秋色赋》:"白帝承乾,乾坤悄然。"郑獬《圜丘象天赋》:"礼大必简,丘圜自然。"宋祁《王畿千里赋》:"测圭于地,考极于天。风雨之所交者,道里之必均焉。"陈元裕《大椿八千岁为春秋赋》:"物数有极,椿龄独长。以岁历八千之久,成春秋二序之常。"熊元君《人成天地之化赋》:"物产于地,形钟自天。赖人君之有作,成化工之未全。"此类不可悉数。近代名作,虽未能上追古人,其见称于世者,亦可约举焉。吴祭酒锡麒《秋声赋》:"迥野千里,危楼一角。油灯欲昏,酒梦初觉。起古愁于虚空,荡余心于眇邈。并万族之可怜,激寒吹以相扑。"蔡明经寿昌《白桃花赋》:"竹外水滨,春风写神。呼之欲出,此中有人。"赵霖《召伯埭赋》:"路过芜城,当川原静处以凝望,见古埭萧然而寄情。"邵堂《蓼花赋》:"白苹洲外,黄叶村边。鱼梁浅水,古渡寒天。轻阴阁雨,连树梳烟。四围空阔,一派鲜妍。"蒋念晋《春山如笑赋》:"林岚景色,翰墨神仙。山光镜里,人面春前。"韦光黻《西山探梅赋》:"余寒犹峭,众芳未妍。关心昨夜,惜别经年。东崦西崦之路,欲雪未雪之天。逗韶光于岁暮,识芳信于春先。"顾成俊《桃花源赋》:"花坞兮沉沉,隔红尘兮碧岑。"张炳《菊花枕赋》:"积秋一囊,缄香万片。睡味能甘,淡格逾绚。"

汉　唐

汉之衰也,何进召董卓以速祸;唐之衰也,萧遘召朱玫而致乱。是以圣人御宇,博选辅弼之彦,而谋必佥同;厚集宿卫之兵,而权必独揽也。

宋　石　经

宋高宗御书《石经》,今在杭州府学大成门外两廊壁中,《曝书亭集》谓"左则《易》二、《书》六、《诗》十有二,《礼》向有《学记》、《经解》、《中庸》、《儒行》、《大学》五篇,今惟《中庸》片石;右则《春秋左氏传》四十八碑,阙其首卷,通计八十七碑,非足本矣。秦桧一跋,吴讷椎碎"云云。以余考之,左《易》二、《书》七、《诗》十、《中庸》一、《论语》七、《孟子》十一;右《春秋左氏传》四十八,通计八十六碑。秦桧跋刊在《诗经》碑尾者尚存,楷法遒整,宛似思陵。乃其人既遗臭后世,则翰墨亦为儒林所羞称,虽字画端好,适为此碑之玷耳。

浙闱号舍

吾浙闱中号舍,按《千字文》字排次,祥代天,翼代羽,协代竭,玄、黄、洪、荒、盈、昃、火、帝、人、皇、吊、民、伐、罪、毁、伤、难、量、墨、悲、作、圣、空、谷、祸、因、恶、积、君二十九字皆不用。东文场祥至器八十七字,祥、宇、日、辰、列、寒、暑、秋、冬、开、成、律、调、云、致、露、为、金、丽、玉、昆、剑、巨、珠、夜、果、李、菜、芥、海、河、鳞、翼、龙、鸟、始、文、乃、衣、推、让、有、陶、周、商、坐、问、垂、平、爱、黎、臣、戎、遐、台、率、归、鸣、在、白、食、化、草、赖、万、旧、身、四、五、恭、鞠、岂、女、贞、男、才、知、必、得、莫、罔、彼、靡、己、信、可、器。西文场地至覆八十六字,地、宙、月、宿、张、来、往、收、藏、余、岁、吕、阳、腾、雨、结、霜、生、水、出、冈、飞、阙、称、光、珍、柰、重、姜、咸、淡、潜、翔、师、官、制、字、服、裳、位、国、虞、唐、发、汤、朝、道、拱、章、育、首、伏、羌、迩、体、宾、王、凤、竹、驹、场、被、木、及、方、此、发、大、常、惟、养、敕、慕、烈、效、良、过、改、能、忘、谈、短、恃、长、使、覆。仪门傍东夹道丝至习十三字,丝、诗、羔、景、维、克、德、名、形、表、传、虚、习。西夹道欲至资二十七字,欲、染、赞、羊、行、贤、念、建、立、端、正、声、堂、听、福、缘、善、庆、尺、璧、非、宝、寸、阴、是、竞、资。皆自北而南;至公堂傍西夹道父至温二十一字,父、事、曰、严、与、敬、孝、当、协、力、忠、则、尽、命、临、深、履、薄、夙、与、温。独自南而北。计共二百三十四字,共号舍一万二千三十间。每科应试人数,多则一万二千余,少则不及一万,以故录遗,鲜有摈弃者。明初,棘闱与杭郡庠相连。天顺间,守臣奏士子屡有作弊,改于城东废仓地。旧用木舍,万历四十年,御史李邦华易以砖,永绝火患。号衢向为泥道,嘉庆九年,阮文达公为巡抚,甃之以石。往时号舍一万余间,人数多时,添设厂号,不免风雨漂摇之苦。道光初,郑梦白中丞与当道创议捐资,扩增千余间,自是士子始咸得所焉。

三 字 经

童蒙所诵《三字经》,相传为王伯厚作,此流俗之说也。周公时无《六经》之名,不当云"著《六经》"。大、小戴《礼记》乃大、小戴所撰,不当云"注《礼记》"。《困学纪闻》尊蜀而抑魏,其所叙述,蜀先于魏,亦不当云"魏蜀吴,争汉鼎"。经史之大者,疏舛若此,其他可无论矣。

任 昭 才

阮文达公记任昭才云:"昭才,鄞人。善泅海。余抚浙治水师时,募用之。昭才入海底,能数时之久,数十里之远。余所获安南大铜炮,重二千余斤,兵船载之,遭飓沉于温州三盘海底,深二十丈,不可起,命昭才往图之。昭才用八船分为二番,一番四船,空其中;一番四船,满载碎石。自引八巨绳入海底,系沉船之四隅,以四绳末系四石船为一番。系既定,乃掇其石入第二番之空船,是石船变为空船,浮起者数尺矣。复以二番四绳之末,系二番之石船,掇石入第一番空船,是浮起者又数尺矣。如此数十番,数日之久,船与炮毕升于水面矣。余擢昭才为武弁,以病卒于官。"按:宋费衮《梁溪漫志》云:"河中府浮梁,用铁牛八维之,一牛且数万斤。治平中,水暴涨绝梁,牵牛殁于河,募能出之者。真定府僧怀丙,以二大舟实土,夹牛维之,用大木为权衡状钩牛,徐去其土,舟浮牛出。转运使张焘以闻,赐以紫衣。"昭才之计,正与此同,其力尤不可及,惜遽卒,未得显用于时。

教 子

明代女子工科举之文者,惟孙忠烈公子文恪公继室杨文俪,仁和工部员外郎杨应獬之女也。教子成进士者四人,铣、铲皆尚书,铤侍郎,琮太仆卿。史载铣主大计,力杜请谒,以言不见用,累疏引退,卒谥清简。尝曰:"大臣不合,惟当引去。否则有职业在,谨自守足矣。"钅丁为吏部考功文选郎,澄清铨法。掌南枢时,矿使横出,妖人噪众为乱,钅丁请重典治之。逻卒四出,给事、御史交劾钅丁滥杀,钅丁乃三疏求去。然钅丁去,妖党竟蔓延十余年,致烦王师。兄弟之志节经济,卓卓可称,知其禀承母教者,不独在文章矣。

戴 石 屏 诗

戴石屏诗:"春水渡傍渡,夕阳山外山。"明徐巨源世溥效其体云:"羁旅客中客,乱离身后身。"盖易写景为写情也。唐僧澹交《写真》诗云:"已是梦中梦,更逢身外身。"以活句作对,其体稍异。

从 祀

朱竹垞太史《孔子弟子考》著录九十八人,从祀者七十九人。从祀崇圣祠者二人:颜子无繇、曾子点。尚有十七人不在从祀之列:薛邦、申续、申棠、公伯寮、廉瑀、孺悲、公罔之裘、序点、仲孙何忌、仲孙说、孔璇、惠叔兰、常季、子服何、宾牟贾、鞠语、颜涿聚。窃谓公伯寮得罪圣门,自应见黜,此外似当陈请补入。

逸 民 列 传

《后汉书·逸民列传》:"野王二老者,不知何许人也。"陶靖节《五柳先生传》仿用之,《北史》用此语尤多。

明 代 县 令

卢少楩柟忤县令蒋某,蒋假役夫压死事,捕卢论死,破其家,赖谢茂秦入京师白其冤,系狱十五年得释。冯已苍舒以议赋役事,触县令瞿四达,遂以他事罗织下冯狱,未几死狱中。明季县令威权乃若是!

王 节 愍 公

钱塘王节愍公道焜，《明史》附《朱大典传》后，其详见于陈勋所作小传。云："乙酉，王师南下，子孝廉均，勒名仕籍，公曰：'甲申之难，余可以死而不死，将有所为也。今家亡国破，我父子世受国恩，死且晚矣。尔死则尚有老母在，我死则汝可以有辞，是我一死而上报君父之恩，下全母子之谊，复何恨！'遂自经死。均为童子时，割股以疗母。公没，事后母色养备至，穷老江乡，终身不仕。忠臣孝子，一门盛事，人犹以为天之报施善人何其穷阨如此。呜呼！自此论出，宜其士气丧、人心坏，士大夫蝇营鼠窃，败名教而颓风俗，岂细故哉！"陈氏此论，不徒为节愍父子表微，且可激励千古之人心，特志之。

屠 太 守

杭州屠琴坞太守倬，好蓄奇石，有异品三十六枚，各署以名：泰阶符、太古雪、紫云回、岭上晴云、天风海涛、烟江叠嶂、小剑阁、九叠屏风、一寸楼台、玉女窗、寿者相、紫衣定僧、半面钟馗、渔丈人、铜仙佩、米家砚山、玉浮图、珊瑚网、玉镜、柘枝舞、捣药杵、百结连环、青芝、玉井莲、半段松、丁倒莲房、束笋、飞龙骨、蜡凤凰、玉辟邪、雾豹、角鹰、戏鸿、江天一雁、子母鸡、海月。太守自作《三十六峰图》，同时名流题咏殆遍。太守初以县令居忧，甫服阕，特旨授袁州知府，不一月调九江，越七载病殁。盖居忧时已病，寓居维扬，竟不能之官。尝有句云："头衔已署五湖长，遥领匡庐又一年。"比殁，齐大令彦槐挽以联云："一病负殊恩，九派沧江怀太守；十年成大觉，二分明月吊诗人。"

集 字 联

集字始于东坡之集《归去来辞》，近时人多集《兰亭序》字作楹帖，如"室有山林乐，人同天地春"、"惠日朗虚室，清风怀古人"、"目揽九流修向《录》，情游万古得彭年"、"一人知己亦已足，毕世自修无尽期"、"室因抱水随其曲，竹为观山不放长"、"风人所咏托于古，静者之怀和若春"、"与世不言人所短，临文期集古之长"、"得趣在形骸以外，娱怀于天地之初"，皆得雅人深致。三韩马朗山观察慧裕，尝集《兰亭序》字联语成编刊行，摘录于此："永怀当世盛，所乐在人和。""当大人之事，听贤者所言。""坐山林以终日，观天地之大文。""毕世修为尝在己，一生遇合尽由天。""无事在怀为极乐，有长可取不虚生。""人品既为时所仰，天怀尝与古相期。""清品犹兰，虚怀契竹；朗抱若水，和气当春。"医家联云："能修其事同良相，得遇斯人自永年。"又摘录其集《洛神十三行》字联云："侣畴交以信，诗礼志从先。""人无信不足，言是心之声。""言诗明素志，抗礼接欢颜。""神清悦我志，辞达解人疑。""神交以志合，心远为情牵。""长言清以厉，素志远而超。""和其声以流咏，超众志而为言。""神灵申甫斯扬烈，心远渊明自解诗。""诗礼托先人之荫，啸咏明素志而言。"

道州何子贞同年太史绍基，集字对句最多，尝见其集《争坐位帖》字联一册，录其尤者于左："九功惟叙使勿坏，百度得数而有常。""宣德道情文乃贵，明微谨始礼为宗。""与其过纵何如谨，到得能诚自会明。""岂愿文才过屈宋，勤思圣道仰颜曾。""明月同行如故友，异书难得比高官。""两足不出门半尺，一室坐拥书百城。""行事莫将天理错，立身当与古人争。""闻常言辄有至理，爱别致便非本心。""且自思立足何地，岂可辄抗颜为师。""藏异书贵得初本，收古画须检裂文。""有三尺地身可坐，到五更时心自清。""如张子野真词伯，是李将军乃画师。""诚意功夫唯谨独，匡时事业贵知人。""时事亦当参古礼，人为不敢恃天功。""对月横安高士榻，论文喜得古人书。""纵目古今还自省，侧身天地一无言。""伦理只从天事见，功名贵自本心来。""古《易》九家皆见圣，《鲁论》半部足匡时。""燃名香宜对古画，见明月又来故人。""书城高大能藏道，心地光明始爱才。""时闻其过我尤喜，愿同此心君莫疑。""目未曾见莫言怪，心所不安斯谓危。""悟到前身应是月，数来益友莫如书。""岂独安分守身为事，欲作顶天立地之人。""将相公侯，盖亦有命；射御书数，皆谓之文。""若知者行其所无事，故君子名之必可言。""坐榻横书，升台校射；然香品画，对月开樽。""武将宣威，自天而下；文臣纪盛，如日之升。""瞻言古人，便若同世；措置难事，亦如平时。""揆高度深，九数所极；指事会意，六书之纲。""天爵在身，无官自贵；异书满室，其富莫京。""力排异端，将军破贼；心存天理，行子还家。""见人之过，如己有失；于礼既得，即心所安。""力排众论，乃见独是；心师古人，自为一家。""习八分书，得陕本贵；存百家目，自《隋志》传。""尺书可当十部从事，名作便是五言长城。""就已然情，知未来事；于独居地，见大众心。""有功不伐，闻过则喜；为道日损，积德能升。""纵横百家，才大如海；安坐一室，意古于天。""天爵崇高，初无阶级；书城割据，各异门涂。""意之所忽，过从此长；众有同欲，功不可居。""圣业颜、曾，清名郭、李；相才文、富，士品裴、王。""参三六九易数，皇极斯寓；合百二十国书，《鲁史》乃兴。""何必开门，明月自然来入室；不须会友，古人无数是同心。""戴圣祖高堂，《士礼》从知家相作；子长事安国，《尚书》真见古文来。""《士礼》守容台，本东鲁两圣人所定；佛书破藏海，是南朝众才子之文。""明理自平居，莫到有事时存两端念；置身须得地，当为从古来第一等人。""行路有何难，我曾从天柱、九疑、终南、紫阁、太室、三涂，直到上京王者地；得师真不易，所愿与高堂、二戴、安国、子长、相如、正则，同依东鲁圣人家。"

明 季 大 臣

明季大臣率多庸劣可笑，如桐城人给事中孙晋，遇枢臣张凤翼于朝房，自言其乡恐罹寇，凤翼曰："公南人，何忧？贼起西北，不食南米，贼马不饷江南草。"闻者粲然皆笑。又秦抚甘学阔呆不解事，贼至不遣兵，手记下都虞侯缚治。左右给以亲往，则缓服盛舆从逐之。薄暮，宿一堡，闻人马声，其下将弃之去，前驱传曰："督师来。"相见愕眙，告以贼难扼，辄怖，急还走，錾城门以瓴甓，谨录钥牡，不敢张目视。又熊文灿督师之受事也，神志惝悦自失，疏言："臣至蕲、黄，见被贼近一岁，而野有鸡鹜，仓有稻粱，沿江饶给，盗之招也。若尽迁民与粟，闭之城中，俾贼无所掠，当自退。"中朝见者无不姗笑。又豫抚常道立持军不整,馈遗供顿,邑索千金。久驻襄城,阳言遮捍睢、许,实贪其无贼。有殿军未尽,候者传曰:"贼至。"惧而颠,左右掖之始上,奔避民舍,两齿相击。又杨嗣昌代熊文灿为督使,其上彝陵讨贼也,驻彝陵一月不进,取《华严经》第一卷,谓可诅蝗已旱,公然下教郡邑,且以上闻。当时朝廷用此等人掌兵,国事安得不坏!

四 书 逸 笺

应城程是庵进士大中《四书逸笺》,援据精博,有足补《集注》所未备,且有足正《集注》所未及者,摘录以资参考。"束带",《说字》云:"在腰为腰带,在胸为束带。"腰带低缓,束带高紧。公西华束带立朝,盖当有事之际,仓卒立谈,可以服强邻,即折冲樽俎之间意,泛作礼服非。"宾客",《周礼》注:"大曰宾,小曰客。"为君臣之别。"民食丧祭",何晏《集解》引孔氏注:"重民国之本也;重食,民之命也;重丧,所以尽哀;重祭,所以致敬。""吾岂匏瓜"节,孔注:"匏瓜得系一处者,不食故也。吾自食物,当东西南北,不得如不食之物,系带一处。""绿竹",孔颖达疏:"绿,王刍也。本《尔雅》。竹,萹竹也。""正鹄",皆鸟名,鹄小而飞疾。《大射礼》郑注:"正,齐、鲁之间谓之题肩,皆鸟之捷黠者。射之难中,取以为的。""宗器",郑氏注:"祭器也。""华岳",华山,名;岳,亦山名。《周礼》:"豫州山镇曰华,雍州山镇曰岳。"《尔雅·释山》云:"河南曰华,河西曰岳。"举二山与下二水对。"麋",泽兽,阴;鹿,山兽,阳。"寡妻",赵注:"寡,少也。"嫡妻惟一,故曰寡。"鼓乐",赵注:"鼓乐者,乐以鼓为节也。""麒麟",二兽名。郭璞云:"麒似麟,无角。"《诗》疏:"麟,黄色,一角,角端有肉。"作一兽误。"乘屋",赵氏谓:"乘,盖其野外之屋。"盖为田事计,宜豫完其在田之宅,若邑居之屋,已入而处之矣。"徙",赵注:"受田易居也。"盖井田之法,不受田则不易居,无轻徙者。"大略",赵注:"略,要也。"言井田未及其详,已举其要。大要者,大事之要也,润泽其余事耳。"诡遇",横而射之曰诡遇。"今兹",兹,年也;今兹,犹今年也。"营窟",二字各一义,《礼运》注:"营者,营累其土于地上。窟者,窟穴于地中。""市井",古者因井为市,故曰市井。"南阳",山南曰阳,岱山之南谓之南阳。疏云:"岱山,即太山,在齐之南。"《四书备考》引南阳府之南阳县,误。"黎民",黎本训众,又训愚,此当训众。盖言五十、七十衣帛食肉,其余众民,亦不饥不寒。"君子之泽",新郑高氏曰:"泽谓容貌色泽,犹《礼》云'手泽、口泽'也。"盖五世之内,其人虽不可见,见其人者犹有存焉,其形容、音响,尚有称述之者。至于五世,见其人者亦皆已殁,而形容、音响不复可知。若君子之流风余韵,虽百世可也,五世安得遂斩?"丘民",赵注:"丘,十六井也。"丘民,谓丘间之民。得乎丘田之民,便可为天子,犹"有田一成,有众一旅"之意。

小 词 长 调

作小词,贵含蓄,言尽意不尽。韩南涧《霜天晓角·采石蛾眉亭》云:"倚天绝壁,直下江千尺。天际两蛾横黛,愁与恨,几时极。暮潮风正急,酒阑闻塞笛。试问谪仙何处?青山外,远烟碧。"作长调,贵曲折而清空一气。王沂孙《摸鱼儿》云:"洗芳林、夜来风雨,匆匆还送春去。方才送得春归了,那又送君南浦。君听取,怕此际,春归也过吴中路。君行到处,便快折湖边,千条翠柳,为我系春住。

春还往,休索吟春伴侣。残花今已尘土。姑苏台下烟波远,西子近来何许?能唤否?又恐怕、残春到了无凭据。烦君妙语,更为我将春,连花带柳,写入翠笺句。"二作各极其妙。

彭 泽 父

明兵部尚书彭泽守徽州,将遣女,治漆器数十,使吏送其家。泽父大怒,趣焚之,徒步诣徽。泽惊出迓,目吏负其装,父怒曰:"吾负此数千里,汝不能负数武耶?"既入,杖泽堂下,杖已,持装径去。泽益痛砥砺,历著政声。此事大有古风。按:吾邑李临川先生《乐见闻杂记》载一事,亦与此同:寿光刘文和公珝,致政家居,封翁尚在。一日,文和他出,乘轿归第,封翁偶同客在门,文和不知引避,封翁盛怒,欲杖之,客不能解,竟以轿杠加责。此等家法,岂易有耶?

欧阳公七律

欧阳公七律,卓炼警健处,令人百诵不厌。如《唐崇徽公主手痕》诗云:"玉颜自古为身累,肉食何人与国谋。"《上杜相公》云:"貌先年老因忧国,事与心违始乞身。"此最著称于后世者。余若"万马不嘶听号令,诸蕃无事乐耕耘"、《寄秦州田元均》。"朝廷失士有司耻,贫贱不忧君子难",《送王平甫下第》。亦调高响逸。东坡才气虽大,若论风格,恐犹逊一筹耳。

夜纺授经图

嘉兴钱文端公陈群之母南楼老人善绘事,公曾进画册于高宗纯皇帝,题诗卷首,并题"清芬世守"四字。公幼时,父省亲于信安,南楼老人授公兄弟经,夜必篝灯课读,以其余辉躬自纺绩。后三十年,公奉母于京师,写《夜纺授经图》,题诗云:"母兮儿饥,终朝诵读,不可以为粟。母兮儿寒,终夜咿咿,不可以为衣。一解。秋夜长,秋月白。母曰嗟!汝父行役,儿不学,我废绩。废绩妇所羞,不学人所惜。绅之绎之永今夕,谁予和?鸣促织。二解。促织鸣,络绎声。桁上衣,手中丝。手中丝,盘中餐。儿毋啼饥,儿毋号寒。为诵《孟子》终七篇。三解。昔孟有母,恃子实怙。汝今不勤学,吾何见汝父?他日父归,行见挞汝。挞汝犹可,毋弃先人绪。譬厥纺,千万缕,一失理,纷莫数。思之思之,泪下如雨。四解。儿跽膝下,将母勿怒。儿请卒业,然后寝处。奇文难字,母训母诂。英声华词,是猎是咀。母曰乐哉!天实助予。圣贤在上,实闻斯语。五解。"后高宗纯皇帝阅公《香树斋集》,见其诗,特赐题二绝句云:"篝灯课读淡安贫,义纺经锄忘苦辛。家学白阳谙绘事,成图底事待他人。""五鼎儿诚慰母贫,吟诗不觉鼻含辛。嘉禾欲续贤媛传,不愧当年画荻人。"公复乞当代名公题咏成轴。其孙润斋中丞臻因索观者众,虑其致损,乃摹勒于石,恭和御韵题诗于后,有

"愿将'世守清芬'句,凛诵王言励后人"之句。

西湖秋柳词

归安杨秋室明经凤苞,博雅迈伦,屡试不得志,赋《西湖秋柳词》以寄意。前后积七十二首,情味并胜,于《西湖竹枝词》外,别开诗境。摘录于左,以拟窥豹一斑云:"回首东风十万条,画楼亚处斗纤腰。香车去后游骢散,闲杀红阑第四桥。""玉钩帘幕自年年,红粉飘零更惘然。惆怅披香秋色好,无人晓起听凉蝉。""会芳故苑最魂销,花月当时妒细腰。凄断御沟流水外,昏鸦归去认前朝。""霏霏凉露湿池台,太息芳年去不回。记取总宜园内树,也愁天外雁声来。""芙蕖吹堕谢家船,堤树重攀又六年。自与秋槐共零落,行人愁蹋故宫烟。""露条烟叶渐阑珊,翠馆人归夜正寒。月落平湖秋色远,梦回几度卷帘看。"

明登科录

明洪武四年登科录,一甲三名,二甲十七名,三甲一百名。一甲一名吴伯宗,授礼部员外郎,一甲二名三名及二甲,皆授主事,三甲皆授县丞。浙江中式三十一名,杭州二,明州五,绍兴十一,金华一,严州一,温州二,台州八,处州一,嘉兴、湖州、衢州三府皆无。其籍贯有民籍、儒籍、军籍、站籍之分。是科二月十九日殿试,二月二十日即张挂黄榜,宣谕除授职名。

鸳水联吟

道光戊戌秋,嘉兴岳余三茂才鸿庆与其友数辈结鸳湖诗社,每岁四集,分题后限期收卷,乞名流评定甲乙,前五名皆有酬赠。事历三秋,编成十集,择其尤者付梓,名曰《鸳水联吟》。摘录绝句数首,以当尝鼎一脔。《子夜冬歌》云:"窗前种天竹,欢来发几枝。采之当红豆,一粒一相思。"海盐黄韵珊宪清。"寄情尺素书,呵冻字不成。更有模糊处,泪与墨交并。"嘉善黄松孙。"忆郎去远道,独自高楼凭。郎意飞作雪,妾心结成冰。"秀水孙啸岩溆。《十国春秋吴越杂事》诗云:"褒功恩礼冠当时,试读煌煌铁券辞。孤负江东明大义,不曾一讨五经儿。"秀水于秋泾源。"一字褒讥属史官,横征事合子虚看。庐陵千古如椽笔,尚觉文章公道难。"孙溆。《夏日圃居杂兴》云:"紫茄白苋影参差,一径浓阴月上时。竹榻夜凉诗梦醒,莎鸡啼出豆花篱。"平湖贾敦艮。《送燕》云:"玉娘湖畔草萋萋,王谢亭台路已迷。惟有雕梁旧时月,随君直度海云西。"海盐吴彦宜廷燮。

吊 脚 痧

吊脚痧症至速,服药不及,必先外治。急用糟烧一大碗,烫热,入斑猫末搅匀,乘热熨四肢,数人用手连拍之,冷则更易,熨至小便通,转筋自止,再饮煎药,可以获痊。此方同邑张雨杉茂才光裕所传,云其亲历疗治多人。世俗所传之方,仅用烧酒,无此神应。

蔡浣霞先生

吾邑蔡浣霞先生銮扬,由仪曹出知延平府,风雅好诗。公事之暇,于署中大观楼集同人及其子伯翼龤尹鸿恩、季成少尹鸿宪为诗社,更唱迭和,佳什甚多,摘录数首于左。《啰唝曲》云:"四面安帆幅,南乡定北乡。黄河凡九曲,曲曲是回肠。""石鱼不上水,铜乌不转风。琵琶曾暗卜,只在九江中。"浣霞。"几卜金钱信,思君别泪多。双悬明月镜,分影照修娥。"伯翼。《盘香》云:"述迭长縈恨,兜娄欲悟禅。累云金塔小,印月玉环圆。蠹甲氤氲合,螺文宛转连。相思灰一寸,心字亦回旋。"浣霞。《游仙》云:"十二层楼紫玉箫,阆风西角彩云飘。红墙有恨难通月,碧海无情易上潮。殿上不知方朔贵,窗中但倚阿环娇。七台真录依稀在,重注黄金字半销。"浣霞。"彩鸾招我到蓬瀛,姹女瑶妃一笑迎。五岳真形杯底隐,十洲新记袖中成。灵田草长呼龙种,小海书回附鹤行。曾记瑶台扶梦起,入门应识许飞琼。"伯翼。"云飞大绥紫罗裳,归去三台夜未央。珠袖回风鸾尾瘦,玉笙吹月鹤翎凉。笑传宫拍双声引,醉乞天厨九酝方。云笈内篇仍背录,桃花何事误刘郎。"季成。

羊　　车

《周礼·考工记》"羊车"注谓:"羊,善也。若今之定张车。"疏谓:"汉世去今久远,亦未知定张车将何所用,但知在宫内所用,故差小为之,谓之羊车也。"《释名》:"羊车,羊,祥也。祥,善也。善饰之车,今犊车是也。"《隋礼·仪志》:"羊车,小儿数人引之。汉代或一人牵,或驾果下马。梁贵贱通得乘之,名曰牵子。"是羊车未尝驾羊也。《南史·宋文帝潘淑妃传》:"帝好乘羊车经诸房,淑妃密令左右以咸水洒地,帝每去户,羊辄舐地不去。"羊车驾羊,始见于此。《晋书·胡贵嫔传》亦言以盐汁洒地引羊车,特不言羊舐地。

浙 西 要 害

宋王仲言《玉照新志》载其父性之于建炎己酉春上浙西帅康允之书,乞备西境,言极激切。是冬,敌骑果至,取道之境,悉如所言。今观其书,切中浙西要害,特录之:"杭州在唐,繁雄不及姑苏、会稽,因钱氏建国始盛。请以其西境言之:北有常、润,下连大江,浙西观察使治所在京口,盖相距数百里形势也。其东沧溟,虽海山际天,风涛豪壮,然海门中流至浅狭,不可浮大舟,匪夷狄能窥。其南则浙江以限吴越。惟州西境无大山长川,虚怯可虞。钱镠始因宣歙群盗米直、曹师雄作乱,自乡里起兵,保有临安,至败黄巢于八百里,威名益振。遂分建八都于两境,精兵各千人互相策应:新城县圣安都,杜棱守之;富阳县静江都,闻人宇守之;临安县石镜都,董昌守之;余杭县龙泉都,凌大举守之;盐官县海昌都则徐友;及北关镇则刘孟容;临平镇则曹信;浙江镇则阮结。又置都知兵马寨于龙泉、临安以为援。建八都堂于府第,日与幕宾聚议。至建霸府也,累世皆大兴寺于西湖,匪特祈福为观美而已，实据诸峰之险为候望也。结婚宣歙节度使田頵，犄角以备江南李氏。盖钱镠本临安人，又立功起于西境，故知此形势为尽，惟能保其西境。由今观之，今昔虽异，利害一同，自余杭、龙泉无五十里，地名霍山，平路如砥，可径抵城下。龙泉拒安吉、广德甚迩，今日议者，惟于苏、润二州置帅宿兵，不知西境乃先务也。某愚戆过计，万一敌骑过江，金陵不可攻，豕突直抵安吉、广德，以摇钱塘，则数百里响动，是邦危矣。伏望台慈察一方之利害，从邦人之至愿，考八都旧迹，别行措置，闻诸朝廷，使金陵、宣歙与我相为表里，出兵据险守要，事无不济。余杭、临安两邑土豪，比诸县最为骁锐，择其守令，例假一官以鼓舞之，使扼其要路，逾于金汤之固矣。"顾亭林《天下郡国利病书》兼及守御之策，独遗此书，故备志于此。

卷七

陈 忠 愍 公

同安陈忠愍公化成，由行伍积军功，官至提督，威望着一时。故例，提镇不得官本乡，上以非公莫能膺海疆重任，破格授厦门提督。道光庚子，英夷扰浙东，命沿海严防，特移公江苏。抵署甫六日，闻舟山失守，即帅师驰赴吴淞口，审度险要，列帐西炮台侧以居，三易寒暑，未尝解衣安寝。优待士卒，犒之厚，而自奉甚俭。或馈酒肉，必峻却之。时有"官兵都吸民膏髓，陈公但饮吴淞水"之谣。每潮来，必登瞭望，戒军士曰："平时宜休养，毋辄来辕。如有警呼之不应，刑毋赦。"尝与制府牛某大阅，见近地兵多弱，而上江各营较强，牛曰："是可当前锋乎？"公曰："近者皆有家室虑，且服吾久，无离心。客兵恐难恃。"及战，果先遁。壬寅四月，乍浦失守，公益鼓励军士，以大义喻之。时他邑皆骚动，惟吴淞左右恃有公，安堵如故。五月，夷船大集，公登台守御，日夜不息。初八日，自卯至巳，发炮千余门，伤大夷船五，火轮船二，夷人势欲却，适牛制府携兵出城，夷从樯头望见，置炮于樯击之。牛急召守小沙背之徐州总兵王志元来，而王已遁去，牛惧亦遁，众兵随之皆窜。夷人复奋力攻击，公孤立无助，犹手发炮数十次，身受重伤，炮折足，枪穿胸，伏地喷血而死，年七十六。民闻公死，皆大惊曰："长城坏矣！"老幼男女无不号泣奔走。夷酋入城，登镇海楼酣饮，或作华语曰："此战最危险，但有两陈公，安能破耶？"酋大笑。有武进士太湖刘国标为公所赏识，随行戎间，忍创负公尸藏芦丛中，阅十日，以告嘉定县令。舁尸入城，殓于武帝庙，面如生。事闻，诏赐专祠，予骑都尉世职。淞江人哭公哀，作诗成帙，颜曰《表忠崇义集》。宝山王树滋为作《殉节始末记》，余特撮其大略，并录诗之佳者于左云。"一木难支大厦倾，将军殉节万民惊。丹心料有天垂鉴，白日愁看鬼横行。公已成仁甘就死，士惟见义竟忘生。怒涛夜激芦花岸，阴雨灵旗战鼓声。"上海王城。"皓首不能生击贼，丹心惟此死酬君。"上海陈培庭。"肘常旁掣生余愤，掌仅孤鸣死竭忠。"崇明施子良。"右师邴泄驱车后，壮士勾卑在列时。"上海林曜。"事到艰难惟一死，身经保障已三年。"上海曹树杏。

陈 学 博 诗

同里陈友梅学博锡，绩学能诗，晚岁以岁贡官青田训导，萧然一毡，吟哦自得。殁后遗稿散去，余从其孙邦柱处检得数首存之。《芝田》云："百里芝田隶括苍，一城斗大似村乡。龙须草细密成席，龙须岩生草如龙须，土人取绳成席，名曰龙须席。鹅卵石圆高筑墙。民间砖墙甚少，大车以石卵砌之。晓雨采樵闺女惯，邑之八外都，有钟氏，聚族而居，不婚外姓。生女不缠足，自幼耕田砍柴，嫁后入市交易，其夫守户而已，谓之畬民。夜灯课读塾师忙。师有兼夜课者，人家子弟，或昼耕而夜就傅。何当群鹤重飞集，科目聊增艺苑光。"明永乐庚子，鹤大集，一邑中式十六人。自后鹤至必得科名，然亦寥寥矣。国朝一百六十余年以来，登科者仅四人。《张贞女并序》云："贞女，吾镇张希贤女也。许字沈氏子，未几沈卒，誓欲归省，遂缟素以往，只影茕茕，克修妇道，阅八载病亡。其节可嘉，赋诗以俟采风者。　未识夫君面，终身愿托依。共牢惟木主，入室便麻衣。八载冰霜洁，千秋节义稀。他年冢树上，鸳鸟定双飞。"《读秦纪》云："若教博浪毙秦皇，定见扶苏帝万方。始识一椎非幸脱，天心正欲速嬴亡。"

西 湖 长 生 祠

西湖长生祠极多楹联，佳者莫宝斋侍郎题诸城窦东皋总宪光鼐长生位云："怜才心事无双，教泽深长留学校；知己生平第一，师恩高厚并君亲。"山阳李芝龄师宗昉题汪文端公长生位云："政并白苏遗泽远，文成雅颂继声难。"杭郡绅士题帅仙舟中丞长生位云："两浙人来，岁祝选湖山胜境；双堤门外，风流继唐宋名臣。"又题金门侍郎长生位云:"归兴托莼鲈,一代文章留北阙;清芬接梅鹤,百年风教在西湖。"

天 一 阁

宁波范氏天一阁,藏书凡五万三千余卷。阁在月湖之西,宅之东,墙圃周回,林木翁翳,与阛阓相远。明嘉靖中,尧卿少司马钦归田后,构以藏书,其异本得之丰氏熙坊者为多。书藏阁之,上通六间为一,而以书厨间之。其下仍分六间,取"天一生水,地六成之"之义。司马殁后,子孙各房相约为例:凡阁厨锁钥,分房掌之,禁以书下阁梯,非各房子孙齐至不开锁;子孙无故开门入阁者,罚不与祭三次;私领亲友入阁及擅开厨者,罚不与祭一年;擅以书借出者,罚不与祭三年;典鬻者,永摈逐不与祭。乾隆间,诏建七阁,参用其式,且多写其书入《四库》,赐以《图书集成》。嘉庆间,阮文达公巡抚浙江,命范氏后人编成目录,并金石目录刻之。自明嘉靖迄今三百余年,遗籍常存,固由于遭遇之盛,抑亦其立法严密,克保世泽于弗替,宜名垂不朽,为海内藏书第一家也。

都 门 竹 枝 词

《都门竹枝词》不知何人所作,语多鄙俚,其描摩逼真处亦足令人解颐。《时尚》云:"多多益善是封条,拉扯官衔宋字描。远代旁枝搜括尽,直将原任溯前朝。"《京官》云:"轿破帘帏马破鞍,熬来白发亦诚难。粪车当道从旁过,便是当朝一品官。"《候选》云:"昔年黄榜姓名联,此日居然掌选铨。堂上点名堂下应,教人不敢认同年。"《考试》云:"短袍长褂着镶鞋,摇摆逢人便问街。扇络不知何处去,昂头犹去看招牌。"《教馆》云:"一月三金笑口开,择期启馆托人催。关书聘礼何曾见,自雇驴车搬进来。"《观剧》云:"坐时双脚一齐盘,红纸开来窄戏单。左右并肩人似玉,满园不向戏台看。"

禁 咒 治 病

禁咒治病，自古有之，往往文义不甚雅驯，而获效甚奇，殆不可以理测。余内人之乳母顾妪，其父曾习祝由科，传有二咒甚验。一治蜈蚣螫，咒云："止见土地，神知载灵，太上老君急急如律令敕。"治法：以右手按螫处，一气念咒七遍，即挥手作撮去之状，顷刻痛止。一治蛇缠，咒云："天蛇蛇，地蛇蛇，臁青地扁乌稍蛇。三十六蛇，七十二蛇，蛇出蛇进，太上老君急急如律令敕。"凡人影为蛇所啄，腰生赤瘰，痛痒延至心则不可救，名蛇缠，亦名缠身龙。治法：以右手持稻干一枝，其长与腰围同，向患处一气念咒七遍，即挥臂置稻干门槛上，刀断为七，焚之，其患立愈。又治蜈蚣螫方，急以手向花枝下泥书"田"字，勿令人见，取其泥向螫处擦之，即愈。

马 从 龙

《明史》载烈女"谷氏，余姚史茂妻。父以茂有文学，赘之于家。数日，邻人宋思征责于父，见氏美，遂指逋钱为聘物，讼之官。知县马从龙察其诬，杖遣之。及氏下阶，茂将扶以行，氏故未尝出闺阁，见隶人林立，而夫以身近己，惭发赭，推茂远之。从龙望见，以氏意不属茂也，立改判归思。思即率众拥舆中而去，氏乘间缢死。从龙闻之大惊，捕思，思已亡去"。因疑似之迹，而使贞女含恨以死，此由于辨之不精，而发之太骤也，听讼者可不慎与！

子衿非淫诗

《子衿》非淫诗。萧山沈补堂豫引《晋书》左贵嫔《离思赋》"彼城阙之作诗兮，亦以日而喻月"，谓如果亵狎之什，岂有椒壁之宠，而写诸彤管者乎？证据甚确。

孙秦倡和词

吴门孙月坡茂才麟趾，家贫嗜学，尤工填词。旅食金陵，与江宁秦雪舫部曹耀曾交好，倡和成编。孙《送雪舫之豫章》词云："帆影摇云，潮声咽雨，客里暗添离绪。樱桃门巷送春天，忍教抛故园尊俎。帘栊日暮，抱湘瑟拂弦愁误。倚危阑，料今宵魂梦，相随柔橹。长亭路，几个啼鹃，几簇无情树。看山此后共谁游，叹才人也如飞絮。辞家最苦，道弹指归与便赋。怕君归，侬又扁舟远去。"《西子妆》。秦亦有词留别云："莺慵燕倦，春残还又，扁舟催理。短短芦芽，引着片帆千里。驿门不用栽杨柳，已是魂消流水。待新词谱就，鸥弦弹处，怕人垂泪。　　满江干、是恨南朝胜迹，怨碧愁红无际。坐向篷窗，多少旧情重记。渡头一枕游仙梦，袖带匡庐云气。把归期再订，黄梅熟后，楝花风里。"《陌上花》。二作皆有情味。

房晖远

隋高祖尝谓群臣曰："自古天子有女乐乎？"杨素以下，莫知所出，遂言无女乐。房晖远进曰："臣闻'窈窕淑女，钟鼓乐之'，此即房中之乐，著于《雅》、《颂》，不得言无。"高祖大悦。晖远此言，根据经术，又能导君以正，深得献替之义。"五经库"之誉，良不虚也。

刘后村

宋刘后村克庄知建阳县时，《咏落梅》云："东风谬掌花权柄，却忌孤高不主张。"言官李知孝、梁成大劾其谤讪，郑清之力辩得释。后赋《访梅》诗云："菊得陶翁名愈重，莲因周子品尤尊。后来遂判梅公案，断自孤山迄后村。"其自命高矣。惜晚年为贾似道一出，志节未坚，能毋让和靖独有千古哉？

更 迭 交 战

李自成攻宁武，周遇吉悉力拒之，城圮复完者再，伤其四骁将。自成惧，欲退，其将曰："我众百倍于彼，但用十攻一，番进，蔑不胜矣。"自成从之。前队死，后复继，官军力尽，城遂陷。按：南宋张翚守南剑州御寇，分州兵为数队，令多具饭。将战，则食第一队人，既饱，遣之出城，便食第二队人；度所遣兵力将困，即遣第三队人往代；第四至五六队亦如之，更迭交战，士卒饱而力不乏。翚之计深合古人之法，惜为自成所用也。

报 喜

娄县姚春木上舍椿《晚学斋文集》谓吴节愍公不从剃发，自缢死，所遗家书题曰"报喜"；徐玺丞无念，乙酉阊门殉节，亦称"喜终居士"。盖明士大夫固已尽忠为喜耳，苛论者未之知也。余谓苛论者，盖以好名之积习深也，抑知其激发忠义，慷慨捐生，实足扶翼名教，愧天下后世之苟且图存者。如是，则好名正足贵耳，奚病焉！

严比玉藏书画

严比玉太守家藏书画甚多，道光甲申春，曾与董石农山人荣同观，最佳者如李龙眠《真武像》、赵承旨《洗马图》、戴文进《夏木垂阴》大幅，俱入神品。又文衡山《雪景》大幅，自题诗云："云埋岭树雪漫漫，天削芙蓉万玉攒。小寒不辞山路永，十分诗思属吟鞍。"李流芳《山水》，自题云："每爱疏林平远山，倪迂笔墨落人间。幽人近卜城南住，为写东风水一湾。"亦皆妙品。

唐冰溪先生

同里唐冰溪先生琦，熟精《史》、《汉》，文品极高。乾隆庚辰乡墨

"樊迟请学稼"一节,中比云:"凡人有所学,当自识其为吾,知有不可不如者,而后知有可以不如者。人有所请,当识师之为吾,而知有举世不如者,而后知有举世皆如者。"笔意清隽,非巨眼亦不能识也。生平有洁癖,每赴宴饮,必自携杯箸以往,终席盥漱十数次。初得中正榜,引见后,以口嘘气,以手拂尘,上以为书呆子,后班遂撤不引见,人皆以此咎先生。登第后归部铨选,时年已五十,自以无济世具,不之官。垂老犹以授徒为业,年七十五,卒于分水书院。

沈 妪 传 方

单方之佳者,不必出自方书,往往有乡曲相传,以之治病,应手取效者。吴江沈妪服役余家,曾传数方,试之皆效,备录之:痔疮,用皮硝煎汤,乘热熏洗,此方治热毒皆效。 小儿雪口疮,马兰头汁擦之。 眼癣,大碗幕布,以晚米糠置布,燃糠有汁滴碗,取抹患处。

吴 烈 女

永康吴教谕士骐之女宗爱,字绛雪,国色也。幼慧,十余岁,父教令作诗,诗辄工,兼工绘事。嫁邑诸生徐明英,早寡。康熙十三年,耿精忠伪总兵徐尚朝陷处州,游兵至永康,邑人麞窜。尚朝令人宣言曰:"以绛雪献者免。"众议行之以纾难,势汹汹。绛雪念徒死贻桑梓忧,乃伪请行,至三十里坑,投崖死,年仅二十四。道光癸卯,桐城吴廷康为永康丞,慨绛雪死一百七十余年,邑人无以文发之者,为刻其遗诗二卷,而属海宁许农部楣为之传。予述其略于右,且摘诗句于左。《秋夜偶成》云:"香缘漏永熏还冷,锦为愁多织未成。"《春晓寄二姊》云:"山含软碧犹春雨,门掩浓阴半落花。"《春日有怀素闻》云:"疏风小圃宜莺粟,细雨新疏采马兰。"《忆外》云:"贫家蔬笋怜佳节,驿路风波阻远人。"又《寄外弟绝句》云:"贫贱驱人少胜筹,天台境好任淹留。寻仙不是韶年事,好遇桃花便转头。"

归　宫　詹

国初顺天乡试，主考官用翰林，同房官用部曹、行人、中书等官，而直隶省实缺知县及候选进士亦皆用之，见常熟归孝仪宫詹允肃康熙辛酉为顺天主考官入闱誓辞。前此士子竞趋声气，宫詹守正不阿，一秉至公，榜发，下第者哗然肆诋，冀兴大狱。时蔚州魏敏果公象枢以朝端重望，步行随一仆，携红褐垫至宫詹邸第门外，行四拜礼，曰："我为国家庆得人。"复赋诗以纪事，谤者乃息。其誓词有云："绝夤缘奔竞之阶，务求实学；杜浮薄夸张之习，不采虚声。对阅公堂，退无私语。期诸同事，各矢此心。倘或为利营私，徇情欺主，明正国法，幽伏冥诛。甘受妻孥戮辱之惨，必膺子孙绝灭之报。洁诚具告，神其鉴之。"

戴　益　生

嘉定戴益生孝廉增，性情诚朴，学问淹通，乙未岁见于京师，如旧相识，遂与订交。丙申出都后，不复相见。戊戌得其来书云："与阁下别久矣。晴窗孤坐，辄复相忆。引领南望，悄焉于怀。去春得书，知已启行往楚。及固翁谓舅氏固轩先生。入都，又接书并惠笔墨二种，良朋厚爱，铭戢良深。屡欲作答，实缘楚水燕山，鳞鸿鲜便。相知不在形迹，谅不责其疏懒也。客秋阅邸抄，知阁下改就教职，都中朋辈咸谓阁下失计，而增独心悦诚服，其钦佩有莫可形容者。夫牧令之难，未有甚于此时者也。以视苜蓿一盘，诗书万卷，寻古贤之乐，储名山之业，其得失何如？有定识，有定力，阁下于此真不愧一'定'字。增春关四写，故我依然。自知猿臂将军，封侯无命，不过逐队入试，尽其在我，不敢作'上林栖一枝'想。教习已报满，以教职用，圣恩高厚，适如私愿。固翁说阁下已就馆苕上，甚慰。固翁人品学问实可师事，惜远寓东城，不得晨夕过从耳。兹因固翁南旋之便，率渤布臆，临颖驰溯，不尽觏缕。"戴尝有《述怀》诗，句云："耽书枉自穷三昧，作客何堪过十年。"读之令人感喟无已。辛丑岁,闻其以疾卒于家,年仅四十。命不副德,遇不副才,是可痛也。

刑 名 幕 联

汪龙庄大令为刑名幕宾时,书联座右云:"苦心未必天终负,辣手须防人不堪。"近有人赠刑名幕宾联云:"求其生不得则无憾,勿以善之小而弗为。"语亦警迫。

知 不 足 斋 丛 书

歙县鲍渌饮先生廷博,寓居吾里之杨树滨,好学博闻,尤喜搜罗散佚。乾隆时,开四库馆,献书七百种,钦颁《图书集成》。旋刻秘籍数百种,曰《知不足斋丛书》。进呈乙览,宸翰赐题卷首,有"知不足斋奚不足,渴于书籍是贤乎"之句,睿皇帝复赐以举人。两朝褒宠,可谓极稽古之荣矣。所刻丛书,校订精审,风行海内。尝谓"与其私千万卷于己,或子孙不为之守,孰若公一二册于人,与奕祀共永其传"。今其孙曾辈以书为业,奇编宝笈,价重艺林,盖犹食其报云。

府 州 县 同 名

今天下幅员广远,府、州、县同名者甚多,汇记于左以备考。钱竹汀宫詹《潜研堂集》中《辨名帝》尚有遗漏,兹所记者较详,亦未必无舛误处,俟再考正。
府同名
太平。安徽、广西。
州同名

通州、直隶、江苏。　开州、直隶、贵州。　赵州、直隶、云南。　宁州、甘肃、云南。　永宁州。山西、广西、贵州。
县同名

会同、湖南靖州、广东琼州府。

海丰、山东武定府、广东惠州府。

泸溪、江西建昌府、湖南辰州府。

清溪、四川雅州府、贵州思州府。

凤台、安徽凤阳府、山西泽州府。

安仁、江西饶州府、湖南衡州府。

桃源、江苏淮安府、湖南常德府。

龙门、直隶宣化府、广东广州府。

石门、浙江嘉兴府、湖南澧州。

新安、河南河南府、广东广州府。

兴安、江西广信府、广西桂林府。

永安、福建延平府、广东惠州府。

乐安、江西抚州府、山东青州府。

甘泉、江苏扬州府、陕西延安府。

石泉、陕西兴安府、四川龙安府。

太和、安徽颖州府、云南大理府。

清河、直隶广平府、江苏淮安府。

山阳、江苏淮安府、陕西商州。

海阳、山东登州府、广东潮州府。

东乡、江西抚州府、四川绥定府。

宁乡、湖南长沙府、山西汾州府。

新昌、江西瑞州府、浙江绍兴府。

广昌、直隶易州、江西建昌府。

建昌、直隶承德府、江西南康府。

安平、直隶深州、贵州安顺府。

清平、山东东昌府、贵州都匀府。

镇平、河南南阳府、广东嘉应州。

石城、江西宁都州、广东高州府。

兴宁、湖南郴州、广东嘉应州。

咸宁、湖北武昌府、陕西西安府。

大宁、山西隰州、四川夔州府。

广宁、奉天锦州府、广东肇庆府。

华亭、江苏松江府、甘肃平凉府。

山阴、浙江绍兴府、山西大同府。

三水、陕西邠州、广东广州府。

宁远、湖南永州府、甘肃巩昌府。

永定、福建汀州府、湖南澧州。

安定、陕西延安府、甘肃巩昌府。

宣化、直隶宣化府、广西南宁府。

昌化、浙江杭州府、广东琼州府。

德化、江西九江府、福建永春州。

安福、江西吉安府、湖南澧州。

建德、浙江严州府、安徽池州府。

唐县、直隶保定府、河南南阳府。

永福。福建福州府、广西桂林府。

三县同名

东安、直隶顺天府、湖南永州府、广东罗定州。

龙泉、浙江处州府、江西吉安府、贵州石阡府。

西宁、直隶宣化府、甘肃西宁府、广东罗定州。

新宁、湖南宝庆府、四川绥定府、广东广州府。

长宁、江西赣州府、四川叙州府、广东惠州府。

永宁、江西吉安府、河南河南府、四川叙永厅。

怀远、安徽凤阳府、陕西榆林府、广西柳州府。

定远、安徽凤阳府、四川重庆府、云南楚雄府。

安化、湖南长沙府、甘肃庆阳府、贵州思南府。

长乐、福建福州府、湖北宜昌府、广东嘉应州。

四县同名

太平、安徽宁国府、浙江台州府、山西平阳府、四川绥定府。

新城、直隶保定府、浙江杭州府、江西建昌府、山东济南府。

箸　谜

《北史·咸阳王禧传》载箸谜云："眠则同眠，起则同起，贪如豺狼，赃不入己。"盖以讽贪墨者也。袁简斋太史《咏箸》诗云："笑君攫取忙，送入他人口。一世酸咸中，能知味也否？"即本此谜之意。按：《中州集》周驰《咏箸》诗云："正使遭谗口，何尝废直躬。"寓意似胜袁诗。

改　官　诗

道光丙申，至楚需次，自知无济世才，陈请改官，赋诗云："凫鹥小队降心从，学步邯郸苦未工。三复昌黎《盘谷序》，出山深悔负初衷。""红尘滚滚扑征衫，堕落何由骨换凡。宦海波涛深莫测，几人安稳得收帆？""抚字催科两不胜，有弦可改塞堪乘。思归若待秋风起，欲脱尘袜恐未能。""簪笔雍容志已虚，不如归去旧蓬庐。高风输与瀛洲客，万卷名山正著书。"吾郡冯太史登府现为宁波教授。"求贤大府礼优崇，刮目居然到阿蒙。衮衮诸公多伟略，不才何用滥竽充。"中丞周公之琦命俟秋闱分校，后方伯张公岳崧谓当一视县事，乃决去留，不然将后悔，余力辞始允。"书生济世少奇猷，得就闲曹愿已酬。莫怅云衢升未竟，有人平地尚淹留。"既改官，作《归兴》诗云："此去真为泛宅行，扁舟江上订鸥盟。酒从黄叶声中醉，诗向青山影里成。高枕连宵酣旅梦，小笺沿路记归程。掉头笑谢风尘侣，图史萧然万虑清。""百丈云梯未可阶，寒毡仍问旧生涯。

只惭报国心终负，且喜还山梦竟谐。书卷随身无恙在，田园乐志有人偕。卜居拟傍渔翁宅，苕雪烟波处处佳。"

写 书 求 官

《大唐新语》李袭誉谓子弟曰："吾不好货财，以至贫乏。京城有赐田十顷，可以充食；河南有桑千株，可以充衣；写得书万卷，可以求官。汝曹第勤此三事，何求于人！"夫写书而仅以求官，见何卑也！然必有万卷之书，始可求官，亦岂易事耶？

今 胜 于 古

祭之用尸也，葬之用殉也，膑之以倳也，刑之以肉也，妇人之以废疾、无子出也，古也有之，今则亡。是今之胜于古者。

追 尊 称 帝

唐世追尊称帝者，高宗子孝敬皇帝弘，薨即尊称为帝，是以父尊其子也；睿宗子让皇帝宪，追尊于玄宗时，玄宗子奉天皇帝琮，追尊于肃宗时，是皆以弟尊其兄也；肃宗子承天皇帝倓，追尊于代宗时，是以兄尊其弟也。

地 志

钱竹汀宫詹跋《成化四明郡志》云："王文恪公撰《姑苏志》，杨礼部讥其不通。或请其说，曰：'此《苏州府志》也，而云姑苏，名不正矣，文焉得通？'当时传诵其言。予谓文恪撰述，夫有所受，未可非也。试即宋、元地志之传于今者言之：梁克家《三山志》、陈耆卿《赤城志》、杨潜《云间志》，非宋之州郡县名也；徐硕《嘉禾志》、张铉《金陵新志》、秦辅之《练川志》，非元之路名县名也。志苏州而以姑苏名，何渠不可！

史家叙事，地名、官名当遵时王之制，行状、碑志亦史之类也，若苏州知府而易为吴郡守，施诸志状，则为非法。至于诗、赋、记、序，自可不拘斯例。"窃谓宫詹引《三山志》等书，以排杨礼部之言，其说是矣。至谓行状、碑志亦史之类，当遵时王之制，则地志独非史之类乎？而岂得同于诗、赋、纪、序之可不拘斯例乎？伏读《钦定四库全书总目》有云："志书题古地名，自宋代已有是例，核以名实，良有未安。"此诚持平之论矣。

姚 兵 部

归安姚镜堂兵部学塽，学问赡博，品尤高卓。官京师数十年，寓破庙中，不携眷属。趋公之暇，以文酒自娱，朝贵罕识其面。曾典贵州乡试，门下士馈赆金者，力却之，惟赠酒则受，因是贫特甚。出不乘车，随一僮持衣囊而已。所服皮衣冠，毛堕半，见其鞟，每彳亍道中，郡儿争指笑之，兵部夷然自若也。尝赋《梅子》诗云："臭味偏于吾辈近，风怀莫遣女郎知。"一时推为绝唱。其他佳句，如《谢人送菜》云："但使斯民无此色，愿教我辈味其根。"《送闵贡甫之扬州》云："养志未须嫌禄薄，读书大好是官闲。"皆清妍绝俗。

沈 菁 士 诗

乌程沈菁士比部同年丙莹，幼耽吟咏，以家贫亲老，奋志功名，刻苦攻举子业。通籍后，遂专力于诗，所造日上。其寓感诗，有慨言之，深得主文谲谏之旨。《叹鸮》：悯罹法也。"鸟将雏，雏飞在路隅。有鸮有鸮善取子，空中一击无完肤。手爪毒，网罗触，鸮有罪兮不可赎。鸮与雏何怨？雏与鸮何仇？与鸮亦无怨，与雏亦无仇。只缘攫取口中哺，乃盐其脑桩其喉。口中脯，曾有几？惟命鸿毛判一死，饥不择食至于此！呼嗟乎！安得粟满野，葚满林，鸱鸮鸱鸮兮化为祥禽。"《悼蛹》：伤剥下也。"美人织当户，五色工纂组。可怜机中缕，缕缕皆辛苦。吴蚕作茧口卒瘏，吴蚕作蛹蛰复苏。献茧者谁心胆粗，剥取入己肥妻孥。剥茧一何酷,蛹在茧中哭。蛹哭渺不闻,生机渐以蹙。宛转将死未死时,我为请命前致词:蛹兮蛹兮好护持,生子明年还吐丝。"

阮文达公联

嘉庆初,阮文达公抚浙,为乡试监临,题贡院联云:"下笔千言,正桂子香时,槐花黄后;出门一笑,看西湖月上,东浙潮生。"归安王勿庵侍郎以衔之太夫人八秩寿辰,公贺联云:"多子两魁天下士,侍郎乾隆乙卯状元,其弟以铭同科会元。大年三历太平朝。"钱塘魏春松观察成宪之出守扬州也,公赠联云:"两袖清风廉太守,二分明月古扬州。"又题吴山吕祖殿澄心阁云:"仙佛缘中,湖山胜处;楼台影里,云水闲时。"是真能吐弃凡艳,天然入妙者。

许 秀 山

临海许秀山布衣保,喜种花,尤爱兰菊,菊种多至百余,每至花时,五色缤纷。先君子恒从乞种,因书联以赠云:"啖淡饭,著粗衣,眷属团圆终岁乐;伴幽兰,对佳菊,花枝烂漫满庭芳。"又题其《琴鹤图》云:"流俗不可侣,伴身惟鹤琴。山空凉月皎,亭古绿阴深。双翮有仙骨,七弦皆道心。幽居惬真赏,长此涤尘襟。"许精于医,为人诊病,不计酬金。曾传余秘方,试之皆效,附录之以济世。治头风:用头风膏药入草乌末少许贴之。 治牙痛:用北细辛五钱、薄荷五钱、樟脑一钱五分,置铜锅中,上覆小碗,纸糊泥封,勿通气,缓火熏之,令药气上升至小碗,取涂痛处。 治刀伤久烂:用生糯米,于清明前一日一换水,浸至谷雨日晒干,研末敷之。 治火烧伤方:鸡子煮熟,去白取黄,猪油去膜,二味等分,捣匀抹之。

学 官 联

学博向称冷官,以其位卑禄薄,不能自豪也。苏州教授李时庵恩

沛自题大堂联云："扫雪呼僮，莫认今朝点卯；轰雷请客，都知昨日逢
丁。"堪发一噱。萧山傅芝堂学博钱作联自嘲云："百无一事可言教，
十有九分不像官。"语更谐妙。然事简责轻，形神安泰。仁和宋学博
成勋有联云："宦海风波，不到藻芹池上；皇朝雨露，微沾苜蓿盘中。"
又孙学博学垣联云："冷署当春暖，闲官对酒忙。"是均能道寒毡趣味
者。至福清林译之"俸薄俭常足，官卑廉自尊"，林官海宁教谕。国初人。则
辞质旨深，直可作官箴读矣。"禄薄俭常足，官卑廉自尊"，见明姚宣《闻见录》。左忠
毅公光斗官中书时，尝以题其堂联，林盖袭用其语。

槟　　榔

医书槟榔治瘴，川、广人皆喜食之，近则他处亦皆效尤。不知其
性沉降，破泄真气，耗损既久，一旦病作不治，莫识受害之由，嗜之者
终无所警也。余按：宋周去非《岭外代答》有云："川、广人皆食槟榔，
食久，顷刻不可无之，无则口舌无味，气乃秽浊。尝与一医论其故，
曰：'槟榔能降气，亦能耗气。肺为气府，居膈上，为华盖，以掩腹中之
秽。久食槟榔，则肺缩不能掩，故秽气升，闻于辅颊之间，常欲啖槟榔
以降气，实无益于瘴。彼病瘴纷然，非不食槟榔也。'"此论槟榔之害
最为切要。知非特无瘴之地不可食也，嗜槟榔者其鉴之。

许 氏 科 第

嘉庆、道光以来，仁和许氏科第最盛。驾部谨身《闱墨房评》云：
"数来族望，寰中能有几家？问到科名，榜上视为故物。"称许可云
允当。

槜　　李

嘉兴本槜李地，所产李，即以是为名。色红肉脆，而味绝鲜，吾郡
果品以此为最，惜不可多得。皮有爪痕，相传为西施所掐，此殆饰说

耳,而文人赋槜李者必及之。如朱竹垞赋云:"传诸故老,一事矜奇。遇入吴之西子,胭脂之汇舟移。经纤指之一掐,量心赏之在斯。何造物之工巧兮,化千亿于来兹。虽彼美之云亡兮,仿佛若或睹之。"金学博介复诗云:"此邦书《越绝》,彼美忆西施。指点痕如掐,流传事不疑。"沈明经翼诗云:"爪痕千古在,入市合输钱。"皆指此也。

赵仪姞诗

上海赵仪姞女史棻,归安汪参军延泽之配也。天性高朗,有丈夫风骨。博习经史,兼工吟咏。著有《滤月轩诗集》,句如:"残红尽落啼莺老,众绿新生好雨多。""五夜怀亲空有梦,十年遣日只凭诗。"《春晚》云:"才脱春衫换夹纱,东皇何事便思家。杜鹃声里斜阳暮,深闭幽窗避落花。"俱娟妙。

理　财

三代以下善理财者,莫如刘晏,不善理财者,莫如王安石。一则利国而不伤民,一则害民而遂病国也。

大佛寺联

西湖大佛寺有沁雪泉,其题联云:"沁雪贮寒泉,一片清虚,照彻大千世界;开山成宝相,十分圆满,想见丈六金身。"语特雅切。

鹿坪师联

沈鹿坪师作对联,警炼自然,人争传诵。恐日久散佚,备录于此。太均神祠云:"德并高禖,犹众之母;慈同大士,则百斯男。"乌程城隍神祠云:"一城捍天下兵,丹心贯日;片语留身后誓,铁面凌霜。"神为张睢阳像,脸色黑,以有"为厉鬼杀贼"语也。吾里李临川先生祠云:"德仰儒宗,次

立功,次立言,殁而可祭于社;名垂史册,古遗直,古遗爱,过者犹式其
间。"严比玉太守之母蔡太恭人四十生辰联云:"长日彩衣孙抱戏,盛
年纱幔子传经。"蔡太恭人挽联云:"礼重延宾,七载倍钦陶母谊;训垂
翼子,一家齐凛敬姜箴。"李鹤杉学博日曦之尊人秋霞先生允枫挽联
云:"惭未因群随谒纪,惨于见绍辄思康。"鹤杉从师游,而师与秋霞先生未尝谋
面。德清陆虢庵先生震七十寿联云:"地本仙居,鸠杖亲携寻药饵;官
真吏隐,鹤筋小酌咏梅花。"时官仙居教谕。湖州杨氏祠堂联云:"祠开苕
左新门第,村纪关西旧世家。"题某道士居云:"受录开宗,千秋香火人
间世;栖真卜筑,一室烟霞物外身。"官台州教授时,督修文庙,题堂联
云:"事可问心宁任怨,功难藉手敢辞劳。"

世 次

《汉书·孔光传》:"孔光,孔子十四世之孙也。"《后汉书·光武帝
纪》:"世祖光武皇帝,高祖九世之孙也。"皆连身叙世次。《北齐·神
武纪》:"六世祖隐生庆,庆生泰,泰生湖,湖生谧,谧生皇考树。"乃离
身为六世。后人叙世次皆离身,如穆员、陈子昂、柳子厚、苏子美父
志,称高祖上一世为"五代祖"、"五世祖"是也。

鼠

《尔雅》隶鼠于《释兽》,以四足而毛,谓之兽也。《埤雅》隶鼠于
《释虫》,以其为穴虫之长也。鼠之种见于《尔雅》者十有四,有同名
而异种者为鼫鼠,一在寓属,一在鼠属。有与鸟同穴者为鴥。至
《释鸟》之鸓鼠,《释虫》之鼠负,则与寓属之鼫鼠,皆名鼠而实非
鼠矣。

唐 明 府

吾里唐明府炳,由庶吉士改官桃源县令,殁后有挽之者云:"天

上谪仙,此去依然参桂署;人间隐吏,今来何处问桃源?"人皆称其雅切。

戴孝廉诗

杭州戴孝廉兆元工诗,嘉庆戊辰会试,诗题"天临海镜",友人某以病倩戴代作,诗起联云:"善纳真如海,能容即是天。"以是获售。而戴竟不第,坎壈终其身。

沈胎簪诗

同邑沈胎簪大令淮,受业于先君子。工篆刻,能诗,以拔贡官山左。惩胥吏之弊,赋《感事》诗云:"为宰百事难,尤难在胥吏。以彼阅历深,况加嗜欲蔽。奸猾本性成,乘间工窥伺。翻案或缘情,见利岂思义。譬犹虎而冠,出柙人争避。去诈复去贪,要在能驾驭。苟能烛其奸,尽法无轻恕。安得清风来,好驱大暑去。"言之可谓深切。又有《扬州杂诗》云:"一椽遗宅没寒芜,澜息波平井已枯。三月烟花春似海,更无人问董江都。""香漂粉泊怅无家,啼遍垂杨剩暮鸦。一赋芜城已凄绝,不堪更访玉钩斜。"绰有情味。

葛壮节公骈语

葛壮节公以水师起家,擒斩海盗,不遗余力。尝伪作商舟以诱贼,屡获巨寇,贼惧,为之谣曰:"莫逢葛,必不活。"官镇海总兵时,巡洋劳瘁,感暑,卧病甚剧。时闻闽省盗船百余拦入浙海,大府檄公率三镇兵船总巡。公力疾前往,先以书驰告曰:"寸心自誓,期尽瘁以事君;一息尚存,敢偷安而负国!"时道光戊戌年也。公官瑞安副将时,会稽宗涤楼侍御稷辰赠联云:"武穆两言,不爱不怕;文成一诀,即知即行。"公尝手书一联揭于治事之堂,曰:"持躬以正,接人以诚;任事惟忠,决机惟勇。"并自作擘窠大字,颜其堂曰"威惠",论者谓能不负所言。

上官皇后

《汉书·外戚传》："孝昭上官皇后立十年，昭帝崩，昌邑王贺即位，尊为皇太后。贺废，宣帝即位，为太皇太后。"是时后年仅十五耳，而有太皇太后之称，乃史册所未有也。《纲目》书后立时年五岁，与《汉书》不符。按：后立于昭帝始元四年戊戌，崩于元帝建昭二年甲申，年五十二。以此推之，自应从《汉书》六岁为是。《汉书》又曰："昭帝崩，后年十四五云。"此"四"字当是衍文。

避　讳

古来避讳改字，至今尚有沿用不变者。汉吕后名雉，改为野鸡；梁武帝小名练，改练为绢；唐高祖之祖名虎，改虎子为马子；太宗名世民，改民部为户部；吴越文穆王名元瓘，改一贯为一千；宋英宗名曙，改薯蓣为山药；宋寇莱公为相，诸司公移避其名改为准。地名尤多，吾浙虎林，以避唐讳，改称武林；嘉禾，以避三国吴太子名，改称嘉兴；括州，以避唐德宗名，改称处州。其他更难悉数。

劫　寨

守城者必劫寨，昔人之言当矣。今为广其旨云：御敌者必用侦，诱敌者必用伏，攻敌者必用间。古人制胜之术，大率如斯。

明　阉　祸

江阴杨大令宁谓有明一代，如王、汪、刘、魏，其害固不可容言，其余诸帝自太宗、仁宗而外，未有不任阉人者。按：《明史》载永乐三年，命太监郑和帅舟师下西洋；八年，命内官马靖镇甘肃、马骐镇交址；十八年,置东厂令刺事。因谓明世宦官出使专征、监军分镇、刺臣民隐事诸大权,皆自永乐间始。然则明之祸莫甚于宦官,而宦官之祸,实基于太宗也,安得谓其不任阉人哉!

吴 中 行

吴中行劾座主张居正得直谏名,然终不可为训。流及既衰,遂有阉党御史智铤受业赵南星门,而疏诋南星为元恶者。

经 学 理 学

言经学者,宗宋必斥汉;言理学者,宗程、朱必斥陆、王,何见之小耶!试观本朝孙夏峰、汤文正,理学皆宗陆、王,而未尝悖圣道也;东吴之惠氏、东浙之万氏,经学皆宗汉,而未尝悖圣教也。譬之登山者,或自南,或自北,其路之平易远近不能皆同,要皆望是山以行,不迷于所往,则固殊涂而同归也。

柳 仲 涂 作 铭

柳仲涂为其外祖父伊阙县令太原王公作墓志铭,其文首纪葬之年月与地,末纪名字三代与卒年,中叙事实,则全述其舅氏信诏之言,盖仿昌黎《襄阳卢丞墓志铭》述其子之语、《河中府法曹张君墓碣铭》述其妻之语例,乃变体也。铭语亦简质,云:“男贤若父,女贤若母。斯焉为谁,柳开外祖。名兮传于世,骨兮归于土。洛水邙山,千秋万古。”

刘 轲

唐刘轲行藏最奇,初为僧,继为道士,后进士登第,以能文章名。所作《农夫祷》有云:“农人不饥而天下肥,蚕妇不寒而天下安。”语特精妙。轲为僧时，因葬遗骸感梦而精儒学，策名任史官，见《南部新书》。

斛　　铭

常熟蒋雨亭制军陈锡之父侍御伊，尝铭其斛曰："出此入此，厥惟公平。有易是者，天殛其人。"制军谨守家法，凡遇迁除，辄蠲佃租。外叔祖周葵园先生以清收租斛内嵌木一方，视他斛减二升，刊字于木曰："少收几粒，多收几年。"至今遵用之。

养一斋诗话

诗话类取近人之诗，易涉标榜，惟山阳潘彦辅孝廉德舆《养一斋诗话》尚论列代，至明而止。其论悉禀圣人诗教之旨，以心术行谊为本，以气骨韵味为主，近时诗话，当以此为首矣。略识数则于左："《三百篇》之体制音节，不必学、不能学；《三百篇》之神理意境，不可不学也。神理意境者何？有关系寄托，一也；直抒己见，二也；纯任天机，三也；言有尽而意无穷，四也。不学《三百篇》，则虽赫然成家，要之纤琐摹拟，饾饤浅尽而已。""学诗当先求六义，唐以前比兴多，宋以来赋多，故韵味迥殊。""诗积故实固是一病，矫之者则又曰诗本性情。余究其所谓性情者，最高不过嘲风雪弄花草耳。其下则叹老嗟穷，志向龌龊。其尤悖理则荒淫狎媟之语，皆以入诗，非独不引为耻，且曰：'此吾言情之什，古之所不禁也。'於虖！此岂性情也哉？吾所谓性情者，于《三百篇》取一言曰'柔惠且直'而已。此不畏强御，不侮鳏寡之本原也。老杜云'公若登台辅，临危莫爱身'，直也；'穷年忧黎元，叹息肠内热'，柔惠也。乐天云'况多刚狷性，难与世同尘'，直也；'不辞为俗吏，且欲活疲民'，柔惠也。两公此类诗句开卷即是，得古诗人之性情矣。舍此而言性情，诗之蟊螣也。'性情'二字，颇不易言，更勿误认。""吾学诗数十年，近始悟诗境全贵'质实'二字。盖诗本是文采上事，若不以质实为贵，则文济以文，文胜则靡矣。吾取虞道园之诗者，以其质也，取顾亭林之诗者，以其实也。亭林作诗，不如道园之富，然字字皆实，此修辞立诚之旨也。竹垞、归愚选明诗皆及亭林，皆未尝尊为诗家高境，盖二公学诗见地，犹为文采所囿耳。"

龙　井　寺

西湖龙井寺重修于乾隆二十六年，明年仲春，高宗纯皇帝敬奉慈舆，省方南服，驻跸湖滨。旬日之中，翠华四至，亲洒宸章三十有一，自来名胜莫之能比，见于浙江巡抚庄有恭碑记。余于咸丰元年重九日往游，寺宇全圮，残碑断碣，偃仆荒草间，仅存秦淮海祠庑三楹，壁间刊《龙井题名记》及无锡秦小岘侍郎瀛一跋一记、谢蕴山中丞二诗。因恐数年之后并此亦毁，急录之以备湖山掌故。跋云："谨按：始祖淮海先生以宋元丰二年至杭州，与龙井僧辨才善，有《龙井记》、《龙井题名记》，并见集中。元丰二年己未至今乾隆六十年乙卯，阅七百十有七年，而瀛以备兵浙西至龙井。《龙井记》故米襄阳书，今壁间碑石乃明华亭董文敏仿米书补书者。《龙井题名记》则寻觅不可得。瀛既属长洲周瓒敬摹先生像，选工上石，并补录《龙井题名记》。镌像后，付龙井僧嵌置寺壁。无锡裔孙瀛谨识。"记云："龙井之名何以著？以辨才僧居龙井著也。辨才居龙井何以著？以余远祖淮海先生为辨才作《龙井记》者也。先生以绍圣初，尝由国史院编修出为杭州通判矣，而其与辨才往还，则在元丰二年。时先生方自淮如越省亲，过钱塘，与参寥访辨才于寿圣院之潮音堂，憩龙井亭，据石酌泉，为之题名，又为之记。乾隆乙卯春，瀛监司浙右，过龙井，既尝摹先生像，并补书《龙井题名》，镌诸石，嵌龙井壁间。既而思曰：吾祖文章气节与苏文忠略同，两公于杭皆有遗迹，今文忠与李邺侯、白刺史、林处士并祀孤山，称'四贤'，而先生则无有祠而祀之者。龙井故先生旧游处，不可以无祀。爰于隙地葺屋三楹，中奉先生栗主，而左则以辨才祔焉。瀛尝按先生游龙井，与辨才善，旋别去。其后先生倅杭，在绍圣初，辨才示寂于元祐八年，是先生再至杭州，辨才已殁，而龙井之名犹特以先生与辨才而著。圣天子时巡莅止,亲洒翰墨,天文炳煜,照耀山谷,盖贤哲之流风远矣。龙井故在风篁岭上,俗称老龙井,今龙井距风篁岭半里许。所谓寿圣院、潮音堂都不可考。方先生倅杭,即道贬处州,是以无政迹可见。今栗主称杭州通判者,以先生尝奉有倅杭之命,则从先生官宜也。祠之落成,以嘉庆元年十二月朔日。董其役者,前浙江临海县知县无锡华瑞潢、龙井僧广浩。浙江杭嘉湖兵备道无锡裔孙秦瀛撰,翰林侍讲钱塘后学梁同书书。"诗云:"'杖策呼龙伴夜吟,挥毫对客听潮音。封侯那敢识苏面,说偈同来印佛心。淮海无双推国士,衣冠中岁宴琼林。倚筇久作归欤想,篁岭风泉托意深。'被谪杭州又处州,舣棱十载梦仙游。熙丰绍复怜诸老,党籍迁移到远陬。乌鹊栏杆人去后,古藤花影月明秋。雨深溪路黄鹂语,仿佛先生在上头。'丁巳夏日,谒少游先生祠二首,南康谢启昆。"

芗畇公挽联

先君子芗畇公讳元镡,生于先大父秋畦公临海县学官廨,时乾隆辛丑年也。道光己亥,<small>以盐司铎台郡</small>,迎养署中。先君子精八分书法,求者坌集,应之不倦。性嗜花,栽植盈庭,四时灿烂不绝。兴至,则纵游岩壑,或与二三朋好瀹茗衔杯,优游永日。与人仁恕诚恪,周急惟恐不及。甲辰九月,以中风疾弃养,台人士吊者皆哭失声,投赠挽联,录其尤者于左。山阳郭太守恒辰云:"鳣舍怡情,看三径香多,省识人如菊淡;鲤庭侍养,怅六年吏隐,遽闻诗咏莪哀。"长白双协镇德云:"七十载德望常尊,子舍衔鳣,济美克成名进士;万八峰吟踪重到,仙区化鹤,归真定列上清班。"武进冯明府翙云:"鹤俸慰桑榆,台岳重游,六十年前来处去;鲤庭茂桃李,楹书可读,五千言在殁犹存。"萧山张学博锡戊云:"名成鲤对,诰锡鸾封,最惬心镜水辞官,<small>先君子于戊戌岁会稽县学事。</small>霞城就养;闲即栽花,病还作草,忍撒手金英正放,墨渖犹浓。"临海傅学博兆兰云:"阅历遍名区,玩水登山,七秩精神欣矍铄;笑谈聆讲幄,栽花赌酒,五年杖履忆追陪。"临海洪明府瞻陛云:"随宦海为汗漫之游,樽酒常携,中圣中贤，无非乐趣；就禄养于降生之地，名山久住，是仙是佛，合有前因。"同里孔宪采填讳。

竹 杖 浸 厕

刑伤，饮小便止痛解毒，获效最神。秀水诸襄七宫詹锦之先人有为县吏者，悯刑人之痛苦，每竹杖必浸厕中，久而后用之，如是者数十年。迨宫詹显达，人咸谓因是得报。

九 言 联

九言挽联难得佳者，尝于仁和陈子诚茂才世敬家见其尊人座联云："蒙二爻，以子克家为吉；箕五福，得考终命而全。"用经语妙造自然。

妆 域

杭董浦太史《道古堂集》有《妆域联句》诗并序云："妆域者，形圆圜如璧，径四寸，以象牙为之，面平，镂以树石人物，丹碧粲然。背微隆起，作坐龙蟠屈状。旁刻'妆域'二小字，楷法精谨。当背中央凸处，置铁针，仅firebase寸，界以局，手旋之，使针卓立，输转如飞，复以袖拂，则久久不能停，逾局者有罚。相传为前代宫人角胜之戏，如《武林旧事》所载'千千'、《日下旧闻》之'放空钟'之类。盖藉以销吹花永昼，题叶间思，所谓妆域者也。"诗长不备录，摘其中间十韵。云："乌三匝未栖，蕉百回仍剥。"赵信意林。"蓬卷无根株，涡洄乱清浊。"沈嘉辙栾城。"徐时影缤翻，急处势腾踔。"吴焯尺凫。"气渴犹蚁旋，局残屡鹤啄。"赵昱功干。"文窗纷合围，红袖竞关扑。"嘉辙。"快夺金百镮，偏输玉双珏。"信。"回肠托防闲，匪石漫谣诼。"厉鹗太鸿。"拢髻婢争看，扶腰女初学。"嘉辙。"眉䯻侧轻钿，臂瘦动宽镯。"世骏。"人语喧行廊，花光扬绣桷。"焯。摹写情状绝佳。

观 龙 舟 诗

嘉庆间，御制《观龙舟》诗，命诸祠臣赓和，皆为"水嬉"嬉字韵所窘，鲜有合作。钱塘陈荔峰师嵩庆和句云："四海鱼龙呈曼衍，九重珠玉戒荒嬉。"盖是日方以《崇俭黜奢诏》宣示中外，故诗意及之。睿皇帝大称赏，谕为诸诗之冠，由是宠眷有加，遂跻卿贰。

归 去 来 辞 序

陶靖节《归去来兮辞序》一百九十八言，叙次详尽，语朴旨深，有此辞必有此序，而其美始全。近世坊本往往芟去不刻，谬矣。

顾 横 波 小 像

程春庐京丞博雅嗜古，所蓄书画甚多。余曾于其侄银湾参军世樾处，见顾横波小像一幅，丰姿嫣然，呼之欲出。上幅右方款二行云："崇祯己卯七夕后二日，写于眉楼，玉樵生王朴。"左方诗二首云："腰妒杨枝发妒云，断魂莺语夜深闻。秦楼应被东风误，未遣罗敷嫁使君。淮南龚鼎孳题。""识尽飘零苦，而今始得家。灯煤知妾喜，特着两头花。庚辰正月二十三日灯下，眉生顾媚书。"

一 字 师

李绅吏正叔孙媕之媕读为敕咎反之误。杨廷秀吏正干宝为于宝之误。齐己《早梅》诗"前村深雪里，昨夜数枝开"，郑谷改"数"为"一"。张咏"独恨太平无一事，江南闲杀老尚书"，萧楚才改"恨"为"幸"。程风衣嗣立"满头白发来偏早，到手黄金去已多"，周白民振采改"到"作"信"。皆所谓一字师也。他若范文正公《严先生祠堂记》云："先生之德，山高水长。"李泰伯改"德"为"风"。苏东坡《富韩公神道碑》云："公之勋在史官，德在生民，天子虚己听公，西戎北狄，视公进退以为轻重，然一赵济能摇之。"张文潜改"能"为"敢"。宋省试赋题"天子听朔于南门之外"，满场皆曰"诣南门而听焉"，惟魁多士者改"诣"为"出"。王贞石《御沟》诗："此波涵帝泽，无处濯尘缨。"贯休改"波"为"中"。任翻《题台州寺壁》诗："前峰月照一江水，僧在翠微开竹房。"有观者改"一"为"半"。陆举之"岩边桂树团丹雾，石上苔花阁绿云"，王荫伯改"团"为"生"，改"阁"为"动"。张虞山养重"南楼楚雨三更远，春水吴江一夜增"，王渔洋改"增"为"生"。陈香泉奕禧"斜日一川汧水北，秋峰万点益门西"，王渔洋改"峰"为"山"。是亦于一字分工拙也。此类尚多，未遑悉载。

千 字 文

周兴嗣《千字文》，今之科场、号舍、文卷及民间质库、计簿，皆以其字编次为识，取其字无重复，且众人习熟，易于检觅也。雍正元年，礼部议准，乡、会试朱卷字号，将《千字文》内不佳字样拣去荒、吊、伐、罪、毁、伤、悲、虚、祸、恶、竭、尽、终、贱、离、颠、亏、疲、逐、邙、惊、坟、弱、倾、困、灭、弊、刑、剪、杳、冥、黜、讥、极、殆、辱、耻、逼、索、寂、寥、散、累、遭、戚、凋、委、落、宰、饥、厌、故、祭、祀、颡、悚、惧、恐、惶、骸、垢、骇、诛、斩、贼、盗、捕、叛、亡、魄、孤、陋、寡、愚、诮共七十五字，又亚圣孟子名应避，及数目四、五、六、九等字与号数复，亦皆勿用。余按：鲍氏《知不足斋丛书》以千字文编页，改"祸因恶积"为"禄因功积"，盖亦以字之当讳而易之也。

刘 太 史 诗

阳湖刘芙初太史嗣绾，天才藻发，早岁入成均，与莫宝斋侍郎齐名。年过四十，始以第一人捷南宫，朝野皆以大魁期之，而刘则以闱作未佳惭憾成疾，殿试时，书卷潦草，遂不得鼎甲。所著《尚䌹堂诗集》，佳句如"江远全浮树，山低半入城"、"霁雪他乡树，春灯独夜船"、

"野水自成渡,乱峰争入楼"、"江上春阴孤店外,客中寒食百花前"、"好春似水难消劫,名士如花易散场"、"梦来好夜连天远,情到中年比海深"、"棋局在心还敛手,酒杯如影不离身",吐属隽妙,不愧名士风流。刘久困名场,羁旅漂泊,感慨无聊之意,悉寓诸诗,如"身世漫将书慰藉,姓名都与刺消磨"、"全家别后贫兼病,独客归来哭当歌"、"琴余焦尾声都死,烛烬伤心泪亦干"、"生原有恨偏同世,归已无聊况异乡"、"万念总由蚕自缚,一生只有蠹相怜",情辞悱恻,读之尤令人辄唤奈何。

姚　明　府

道光庚子,英夷陷定海,邑令姚履堂怀祥赴水殉难。越九年,其友谢厚庵参军兰生,以明府分校时蓝笔所作诗刊石吴山祠中,杭州太守徐信轩先生敬为作启征诗,词气雄壮,结段尤佳,云:"当夫神祠月黑,山阿雨来,远闻鹤笙自天而下,明府披上清之法服,驾逍遥之云车,陟降在庭,摩挲片石。灵旗东指,茫茫怒涛。戍鼓无声,妖烽绝焰。叹葬身之得所,吾从冯夷;听招魂于异乡,谁非宋玉。邈彼英爽,庶几乐胥。呜呼!颜鲁公握拳透爪之气,早知在《争坐位》间;岳鄂王怒发冲冠之词,宜对峙栖霞岭上。"

思忠录景忠录

参军又纂《思忠录》、《景忠录》,表扬死难诸人,钱警石学博为题长歌,叙述甚详。其辞曰:"谢君昔日曾从戎,军门论事惊凡聋。有手恨不能杀贼,濡染大笔思劝忠。凡死夷难尽著录,托始吾浙之甬东。姚知县,怀祥,福建侯官人。全典史,福,甘肃人。李县丞,向阳,云南昆明人。先后死。朝廷重寄果何人,漫言死职无文臣。不见乍浦同知韦逢甲,山东人。上海典史杨庆恩,山阴人。与夫运饷知县颜履敬,甘肃人。皆不避贼图生存。事闻荷褒恤,乃共武臣死难同荫其子孙。武臣首数陈提督,化成,同安人。吴淞作镇若山岳。壮哉至死犹横槊,从之死者有六忠，韦印福、钱金玉、龚龄垣、许林、许攀桂、徐大华，皆领官兵，亦与其难。娄县廪生杨秉把撰《六忠传》，厚庵云尚有外委姚雁宇。不愧将军之部曲。厦门与虎门，大角连沙角。闽粤诸将多死绥，提督关天培，总兵江继芸祥福，三江副将陈连升及其子鹤举。后来甬上四镇亦卓荦。寿春总兵王锡朋、处州总兵郑国鸿、定海总兵葛云飞、狼山总兵谢朝恩。更有朱家父子兵，金华副将朱贵及其子昭南。大宝山头在慈溪县。死尤酷。死虽酷，功实多。从死之士卒，其名亦不磨。所惜张总戎，朝发。功罪犹殊科。同时有直笔，若文若诗歌，谢君一一勤搜罗。天知谢君剧好事，先遣收藏棘闱字。乙未乡试，厚庵从事外帘，姚公怀祥以分校蓝色笔写字赠之。异时摄职之永嘉，突兀堂前见题识。葛公云飞楹联在瑞安副戎署，厚庵手拓，与姚公遗墨同征题咏。完人遗墨得合并，力透纸背想忠义。更教华盖谒双忠，陈忠毅公丹赤、马忠勤公瑊，同死耿精忠之难。马公之侄颖姿、家人张亦宝亦死焉，有祠在温州华盖山。吊古伤今同一致。同官率钱新崇祠，碑传遗文急编次。先人纪录有《思贤》，厚庵之先横山先生应芳，有《思贤录》，记宋道乡邹公事。续以《景忠》《思忠》可连类。开缄字字光芒寒，读之使我惨不欢。粤西方探赤白丸，愿以此激壮士肝。呜呼小丑勿蔓衍，即日荡平罢征战，安良除暴赖郡县。岂无治行称最善，请君更补循吏传。"

徐阮邻师诗

徐阮邻师以名孝廉出宰秦中，大吏皆刮目相待。擢阶州牧，解组归，林下优游，娱情诗酒，著有《抱碧堂集》行世。诗尤长于七言律，句如《秋感》云："百虫愁语古今感，一笛凉生天地秋。"《由汜水抵巩县》云："阴谷双轮雷入地，颓崖一线井窥天。"《山行》云："树颠野戍云拦路，山罅人家石筑门。"《初冬石嘴山旅夜》云："十月苦寒边地早，一樽清话故人同。"《游拙政园》云："四围花溆鸥眠艇，一径松阴鹤候门。"《寄怀吟谷叔豫章》云："九派江流归棹远，一春柳色小楼多。"清华流逸，不愧作者。又《江船杂咏绝句》云："江回滩绕百千湾，几日离肠九曲环。一棹画眉声里过，客愁多似富春山。"情味绝似渔洋。

李 芝 龄 师 诗

李芝龄师于嘉庆丙子年继汪文端公来浙视学，秉文端公之训以衡文，一时名士皆荷裁成，无沧海遗珠之憾。公莅浙时赋诗云："诏持使节莅南邦，紫塞迎銮荷泽庞。天语宠褒文第一，九日，喀喇河屯行宫召见，奉有"考试差第一，往视浙学"温旨。师恩泣感士无双。辛酉选拔，师为嘉善钱黼堂先生，曾以"国士无双"命题。兹行过师故里，不胜知己之感。搜才期副丹宸望，上有"浙江人文渊薮，当取有用之才"之谕。继响难赓《白雪》腔。时接汪瑟庵师之任。五夜霜钟催早发，扁舟寒雨下吴江。""秦、黔万里挟吟须，况此名山似画图。得友更欣逢白傅，时同年吴棣华廷琛守杭。无诗或恐负西湖。淡妆浓抹皆奇格，秋实春华总奥区。多少梗楠期入贡，肯遗大泽夜光珠。"情文斐娓，迄今士林犹能诵之。

元 骈 体 文

元骈体文不及宋人之精警，而炼词工雅，亦有足采者，兹就《文类》中摘录以识其概。阎复《丞相阿尤赠谥制》起云："边外开边，四达弗庭之域；将门出将，三持分阃之权。"姚燧《左丞许衡赠官制》起云："天非继圣学之坠绪，则不生命世之大才；国欲与王道以比隆，肆用为烝民之先觉。"姚燧《耶律钧赠官制》起云："臣克厥艰，而始民敏其德；子焉能仕，皆由父教之忠。"王构《丞相荅剌罕赠谥制》起云："予故宣力于四方，所赖人才之协助；天不憗遗于一老，其何治化之成能。"程钜夫《丞相卜怜吉封河南王制》起云："抚帝业之艰难，爰思将帅；启功臣之盟誓，宜及子孙。"谢端《御史大夫相嘉顶利封谥制》起云："列爵之等以驭贵，孰加于诸侯王；元勋之胄而象贤，宜膺于三锡命。"吴澂《谢赐礼物表》起云："接地风云，际会亲逢于明主；丽天日月，照临远及于老臣。"卢亘《贺亲祀太庙表》起云："九重御极，太平端拱于中天；万舞奏庭，顺礼告成于清庙。"虞集《贺正旦表》起云："阳春发育，明新若日之方中；正朔会同，溥博如天之为大。"谢端《贺亲祀南郊表》起云："四方于理，事天致恭己之诚；三年而郊，卜日叶用辛之吉。"杨文郁《贺千秋笺》起云："阳常居于大夏，方收养毓之功；震一索为长男，载启亨嘉之会。"姚燧《丞相塔剌哈追封淇阳王制》末云："呜呼！何但上下床，尽余子可束之高阁；如失左右手，慨正人不作于下泉。"王构《翰林承旨姚燧父桢赠官制》末云："於戏！贞风千古，岿然不废鲁灵光；太史一家，嗣者无惭汉司马。"邓文原《许衡妻敬氏封魏国夫人制》末云："於戏！夫妇相敬如宾，亦既追荣于偕老；公侯必复其始，尚其启迪于后人。"王士熙《太史令王恂赠谥制》末云："於戏！元气所凭，不存亡于生死；九原可作，尚哀荣于始终。"徐世隆《贺东昌路平宋表》末云："骏奔效命，正海内一家之时；虎拜扬休，上天子万年之寿。"邓文原《贺圣节表》末云："广文王有声之诗，载歌律吕；衍殷宗无逸之寿，虔祝华嵩。"

梁楚生诗

杭州梁楚生女史德绳，为冲泉少司空敦书之女，归德清许周生驾部宗彦。平生惟耽吟咏，著有《古春轩诗钞》。《即景呈夫子》云："薄云漏日明孤塔，新水涵秋淡远天。"《送接山四兄之粤西任》云："江山胜处诗尤健，儿女多时宦亦愁。"皆集中佳句也。

学医宜慎

程杏轩《医案》历叙生平治验，颇有心得。惟治张汝功之女暑风用葛根、防风等药，遂致邪陷心包，神昏肢厥。旋用清络热开里窍之剂，而势益剧，变成痉症而殁。因谓暑入心包，至危至急，不可救药。而不知暑风大忌辛温升散，其初方用葛根、防风，劫耗阴津，遂至热邪入里。观此可见医学之难。忆道光癸巳仲秋，三弟以灝年十五，患伏暑症，初见发热、恶寒、头痛，延同里某医治之。某医道负盛名，诊视匆遽，误谓感寒，用桂枝、葛根、防风等药二剂，而神昏肢冷。余时方自郡城归，更延茅平斋治之，以为热邪入里，用生地、元参、银花、连翘、竹叶等味，竟不能瘁。人皆归咎于茅，而不知实误于某也。并记于此，以明学医之宜慎焉。

岳王祠联

岳王祠联云："百战妙一心运用，两言决千古太平。"又云："子孝臣忠，决战早成三字狱；君猜相忌，偏安还赖十年功。"又钱伯瑜中丞联云："万里坏长城，叹息北征将士；中原揸半壁，伤心南渡君臣。"又王之裔孙镇南为浙江运使时，修葺祠宇，题联云："天章褒臣节，想当年竭力致身，忠孝兼全，万古精诚光日月；祖训衍家传，愿奕叶承先启后，蒸尝勿替，千秋俎豆炳湖山。"皆警策。

恽南田诗

武进恽南田格画花卉为本朝第一，而诗、字亦佳，时称"三绝"。所著《瓯香馆集》，佳作如《送江西罗饭牛》云："长天孤鹤又西飞，八月新凉到客衣。歌吹竹西留不住，满江秋月一帆归。"《湖上张李二子在闽南不至》云："十年吴客不闻箫，珠树三山入梦遥。秋到闽南人未返，愁心多作海门潮。"格韵俱胜。

评苏诗

苏长公诗才雄气豪，独有千古，然不善学之，每流于粗。纪文达公评公诗，针砭处切中要害，有裨学者，录数条于此。《南康望湖亭》诗："八月渡长湖，萧条万象疏。秋风片帆急，暮霭一山孤。许国心犹在，康时术已虚。岷峨家万里，投老得归无？"评云："但存唐人声貌，而无味可咀，此种最害事。而转相神圣，自命曰高，稍或訾謷，辄嗤曰俗，盖盛唐之说愈多，而盛唐之真愈失。"《送范德孺》诗："渐觉东风料峭寒，青蒿黄韭试春盘。遥想庆州千嶂里，暮云衰草雪漫漫。"评云："太落送行诗窠臼，此真可赠遍天下人者。"《读孟郊诗》诗二首："夜读

孟郊诗,细字如牛毛。寒灯照昏花,佳处时一遭。孤芳擢荒秽,苦语
余《诗》《骚》。水清石凿凿,湍激不受篙。初如食小鱼,所得不偿劳。
又似煮彭蚏,竟日嚼空螯。要当斗僧清,未足当韩豪。人生如朝露,
日夜火消膏。何苦将两耳,听此寒虫号。不如且置之,饮我玉色醪。"
"我憎孟郊诗,复作孟郊语。饥肠自鸣唤,空壁转饥鼠。诗从肺腑出,
出辄愁肺腑。有如黄河鱼,出膏以自煮。尚爱《铜斗歌》,鄙俚颇近
古。桃弓射鸭罢,独速短蓑舞。不忧踏船翻,踏浪不蹈土。吴姬霜雪
白,赤脚浣白纻。嫁与踏浪儿,不识离别苦。歌君江湖曲,感我长羁
旅。"评云:"即作东野体如昌黎、樊宗师诸例,意谓东野体我固能之,
但不为耳。然东坡以雄视百代之才,而往往伤率、伤漫、伤放、伤露
者,正坐不肯为郊、岛,少一番苦吟工夫耳!读者亦不可不知。"

铁　　画

芜湖铁工汤鹏,能揉铁作画,花竹虫鸟,曲尽生致,又能作山水屏
障。好事者以木范之,悬于壁,或合四面成一灯,锤铸之巧,前此未
有。汤殁后,其法不传,或有仿为之者,工拙悬殊矣。仁和朱茂才文
藻赋此有句云:"乍看似墨泼绢素,山水人物皆空嵌。风飘秀色动兰
竹,雪摧老干撑松杉。华轩逼人有寒气,盛暑亦欲添衣衫。最宜桦烛
晓春夜,千枝万蕊发翠岩。元明旧迹共谛视,转觉暗淡精神槭。"摹写
绝妙。

沈　观　察

吾邑沈青斋观察启震幼时,父介亭封公庭光馆于外,母孔太恭人
亲教之读。太恭人有《寄外》诗云"窗下看儿温《鲁论》,灯前教婢拣吴
棉"及"夜枕先愁明日米,朝寒又典过冬衣"等句,皆纪实也。观察官
运河,太恭人板舆就养,戒之曰:"毋虑不足而多取一钱,毋恃有余而
多用一钱。"嵇文恭公韪其言,为题"慎一斋"额,观察即以名其诗集。
集中佳句如"日影半窥树,山光高入城"、"夕阳孤鸟没,春雨一篙深"、

"僮沽酒去自磨墨,僧叩门来惟借书"、"疏雨断桥驴背酒,浅滩孤艇鹭傍灯",皆有隽致。观察博学多闻,兼工尺牍。其幼子秀生乃暮年所得,冯星实鸿胪应榴以书贺之,观察答柬有云:"插成阴之杨柳,我本无心;画依样之葫芦,君其努力。"吾里北栅外分水书院为观察所创,地有三元阁观察手题联云:"天锡名山储二酉,人登杰阁兆三元。"

汤将军殉节诗

咸丰癸丑年二月十一日,金陵被陷,将军祥厚力战殉难,总督陆建瀛乘轻舆遁,为乱兵杀。时武进汤雨生将军贻汾寓居金陵,于城陷之次日赋《绝命诗》,投城北李氏园池死,年七十有六。遗命芦席卷埋竹园内,以手卷百余殉。后抛弃殆尽,诗、文稿亦散失,惟《绝命诗》为仆携得传。先是,将军之祖大奎官福建凤山知县,父荀业随任。乾隆时,林爽文之乱,父子同殉,邑人呈请敕建父忠子孝祠。将军以难荫世袭云骑尉,官至乐清协副将。工诗爱士,有古名将风。服官三十年,以病告归,居金陵二十年,将军尝题联于金陵所居之堂,为艺林传述:"醉翁之醉,狂夫之狂,四十年旧雨无多,屈指谁为三径客? 南岭以南,北海以北,千万里闲云自在,到头还爱六朝山。"至是殉节,洵克绳先烈而不负国恩矣。其《绝命诗》云:"死生轻一瞬,名义重千秋。骨肉非甘弃,儿孙好自谋。故乡魂可到,绝笔泪难收。藁葬毋予协,平生积罪尤。"将军之侄成烈刊以征诗,并次韵作《哀挽词》云:"授命临危日,成仁蹈义秋。全归能继志,绝笔见贻谋。矍铄心仍壮,沉埋骨未收。遗命以芦席卷埋竹园内。双思堂下水,清冷更何尤。""陈书谈要略,公曾刻《金汤十二筹》诸书,去岁尝以战守灭贼诸略上书江督陆建瀛,恐贼有卒至江宁之势,陆笑而不用。擘画已经秋。保卫乘城绩,道光壬寅、嗅夷犯顺,公与在籍绅士周开麒、蔡世松设保卫局,同心防堵,奉旨褒奖。艰危在野谋。燎原讵易扑? 覆局竟难收。赫赫谁当路,能无众口尤!陆帅自九江,一昼夜遁归江宁,安庆因之而溃,复撤采石扼险之师,师入城,金陵因之而陷。"金陵龙虎地,一夕黯然秋。只有闻风遁,苏抚杨文定,先驻江宁,闻陆帅溃于九江,即日遁还京口,复遁江阴,镇江亦陷。曾无未雨谋。黄巾犹未合,赤帜已全收。白发丹心炯,身歼孰可尤。""家国无穷恨,当兹多难秋。枕戈期遂志,投笔未成谋。莫泄心胸愤,何能涕泪收。从戎吾计决,报复庶无尤。"一时和者甚多,钱塘张一箦茂才炳诗最佳,附录于后:"碧血四十字,寒潭万古秋。林泉能赴义,忠孝故诒谋。尽室艰谁托,孤城黯未收。鬼雄知不瞑,迅望扫蚩尤。""江南谁覆悚? 众口自阳秋。尸有王彭祖,才无孙仲谋。邻防军太玩,逸老策空收。退舍帆何遽,翻难阻石尤。"陆帅自九江驶风,一昼夜退回金陵。"遂使窥三郡,徂春又及秋。金钱縻内帑,玉帐待成谋。孤愤敷天积,疮痍遍地收。却思筹十二,空忆策严尤。"将军曾刻《金汤十二筹》诸书,及防守事宜。"风雅思公昔,篔筜万个秋。壬辰之夏,曾乞公墨竹。宦从鸥比淡,田与鹤分谋。名有湖山识,忠皆翰墨收。男儿森大节,只字亦殊尤。"

金 总 宪 论 诗

仁和金桧门总宪德瑛,诗骨坚意警,不主故常。其评昌黎《桃花源图》诗云:"凡古人与后人共赋一题者,最可观其用意关键。如《桃源》,陶公五言,尔雅、从容、草荣、木衰四句略加形容便足。摩诘不得不变七言,然犹皆用本色语,不露斧凿痕也。昌黎则加以雄健壮丽,犹一一依故事铺陈也。至后来王荆公则单刀直入,不复层次叙述,此承前人之后,故以变化争胜。使拘拘陈迹,则古有名篇,后可搁笔,何庸多赘。诗格固尔,用意亦然。前人皆于实境点染,昌黎云:'当时万事皆眼见,不知几许犹流传?'则从情景虚中摹拟矣。荆公云:'虽有父子无君臣,天下纷纷经几秦?'皆前所未道。大抵后人须精刻过前人;然后可以争胜,试取古人同题者参观,无不皆然。苟无新意,不必重作。世有议后人之透露,不如前人之含蓄者,此执一而不知变也。"观公此论,可知其诗得力之所在矣。

吴 雪 坡 诗

同里吴雪坡上舍铉堂,少嗜为诗,出语清俊,以不善谋生,家计日窘。有友媚事显者,招之往,谓"从我游,则饶裕可立致"。吴力拒之,托《咏燕》以见志云："社日重来觅旧巢，一双飞去傍花梢。莫夸王谢门庭好，恐被寻常百姓嘲。"晚年益肆力于诗，斗室酣吟，萧然自得，无儋石储不顾也。著有《弃余偶存草》，录其最佳者于左。《咏史》云："小勇凭血气，大勇尚智谋。荆卿狗屠耳，翻与虎狼仇。覆燕不足惜，终负於期头。至今易水上，悲风常飔飔。咄哉张子房，乃欲效其尤。"《游硖石东西两山》云："紫藤花外啼暮禽，碧云寺前数峰阴。云根倒插下无际，绝壑奔流泉瀑深。夕阳欲落犹未落，何处炊烟出茅屋。槎枒怪石立如人，一路寒声响丛竹。"《送儿》云："我已无家别，儿今别更难。一身何处去，双泪几时干。世路风波险，年华草木看。此生须努力，菽水望承欢。"《秋海棠》云："谁弹粉泪染猩红，蟋蟀栏边见几丛。绝色从来多晚嫁，休将迟暮怨西风。"

岳小坡诗

嘉兴岳小坡上舍廷枋，少有至性，尝刲左股以疗母病。后父病剧，又割股以进，病寻瘳。及父母殁，哀毁骨立，朝夕恸哭不已，闻者感叹。好读史，工韵语，尤长于七言。如《溪上晚步》云："风定一蝉嘶独树，雨余双鹊立孤枝。"《舟中即景》云："细草碧分游客路，远山青落酒人卮。"《忆凌镜蓉》云："廿年孤馆诗人泪，万里浮云壮士心。"俱堪讽诵。

蒋礼山

临海蒋礼山明府履，以名孝廉官闽之德化县，有循声。调南平县，适台匪滋事，大师进讨，过兵络绎，供应不赀，遂致赔累。清查案起，名列亏项三等中落职，羁闽八年始释归。殁后，其友太平戚鹤泉教授学标为铭以哭之云："凤凰之出，为世文章。风雨冥晦，坠翮而伤。啁啁小鸟，得意方翔。仰首问天，其理茫茫。"蒋好吟咏，尝郊游得句云："疏竹曲通径，寒梅高过墙。"颇为时流所称。其寓闽中时有句云："妻子田园多割舍，未能抛得醉时吟。"可想见风趣矣。

舅氏周愚堂先生

舅氏周愚堂先生桢，幼即嗜学，尤好吟咏，尝赋《采桑曲》云："鸠声喔喔唤轻寒，泥滑青郊行路难。愁绝桑阴春欲暮，一痕浓绿上眉端。"人莫不赏其风韵。秋试不得志，援例入成均，应京兆试，题诗闱中云："爇栗吹声急，谯楼漏已深。高堂千里梦，矮屋十年心。曙色明寒幌，秋香溢上林。良材焦尾识，莫谓少知音。"放归后，益肆力于诗。家居震泽之藕湖，有复古桃源洞，因绘图题诗见志云："我是渔郎惯招隐，桃源久住不迷津。"

字 宜 从 今

钱唐古作"唐"，今之钱塘县作"塘"。荡阴古作"荡"，今之汤阴县作"汤"。纯留古作"纯"，今之屯留县作"屯"。幽古作"幽"，今之邠州作"邠"。茌平古作"茌"，又作"茌"，今之茌平县作"茌"。太山作"太"，今之泰安州作"泰"，非若太原、太平、太湖等之仍作"太"。吴淞江作"淞"，今之松江府作"松"。载在舆图，达于寰宇，皆以从今为宜。

朱 梅 叔

吾里朱梅叔明经翊清，乌程籍。少擅才藻，有声庠序间。秋试屡见黜，感愤之思皆寓之诗。道光辛巳，鲲溟偕乡试佹得复失，因作《闺怨》诗，索同人和。朱有诗云："传语长门姊妹家，漫题红叶寄天涯。苎罗村里如花女，犹向溪头自浣纱。"见者皆为阁笔。与张梦庐学博交好甚笃，无子，其女适梦庐之子翰斋明经光锡。妻卒后，孑然无家，遂依翰斋以老。尝赋《五十自述》诗云："荒村风雪数归鸦，孤馆凄凉阅岁华。怅望千秋还着我，侧身四海已无家。酒浇竹叶都成泪，笑索檐梅幸有花。多谢孟公投辖意，不教萍梗向天涯。"其卒也，翰斋为之棺殓而无力营葬，其徒周莲史太史士炳与同人谋醵金助之，属余作启，曰："盖闻自古皆有死，必藏幽而乃得所归；博爱之谓仁，能泽枯则其施更厚。是以掩埋之典，详于《礼经》；窀穸之规，载于《左氏》。俾蒿里荷慈云之覆，庶杨郊免暴露之悲。况夫望重师儒，生同乡国。缅其品而同殷景仰，述所遇而共切凄伤。生前之落魄无依，衔忧已极；死后之游魂未奠，饮恨尤深。如已故明经朱梅叔先生，幼秉异姿，长通群籍。才高命蹇，行洁途穷。六十年苦志怀铅，疗贫乏术；五千言遗书在箧，嗣业谁人？晚托婿乡，遽游仙岛。家无尺寸之土，族鲜期功之亲。未卜牛眠，莫崇马鬣。荒原萧瑟，犹淹两世之骸；浅土飘零，应堕九京之泪。在死者既难瞑目，惟仁人能不伤心。某等敬慕仪型，谋营兆域，祈舍金以布地，用集腋而为裘。幽灵克安，功德无量。惠及泉壤，永垂梓里之芳声；载之简编，可续麦舟之故事。"此举乐助者六十余人，集资百余金，遂并其父母妻之枢合葬于珠村，以其余资属斡斋存息，供岁时享祭焉。

题　棺

德州程正夫自作一棺，题曰"休息庵"，作诗曰："板屋萧然四壁周，愚人息矣圣人休。"山阳阮吾山司寇葵生自制棺，题诗其上，有"未死何妨暂贮书"之句。萧山汪龙庄大令治寿木，题前和曰"汪龙庄归室"，并作诗云："平生愿力志全归，六十三年幸庶几。得到藏身须茧室，居然无缝是天衣。材从楚产缘非偶，制比桐棺魄可依。盖后何时真论定，砭砭素履任褒讥。"吾里徐瘦生茂才终身不娶，自署其棺曰"独室"，并题联云："埋忧待荷刘伶锸，行乐先题表圣诗。"先君子芗畇公于台州购得嘉木，制为棺，题曰"止止居"，书联云："一生倏忽少壮老，万事脱离归去来。"

关　侍　郎

仁和关云岩侍郎槐，官中书时，以善画供奉内廷。入词林后，直南书房，充《四库全书》提调官，兼武英殿提调。寓斋前植双松，中罗群籍,为退息之所。适赐诗有"松下敞书寮"句,因恭篆"松下书寮"四字为斋额。仪亲王赠诗云:"柳边归院金莲烛,松下仙寮玉局书。"梁文定公国治赠诗云:"青松白鹤望蓬莱,中有神仙读书乐。"皆纪实也。侍郎督学广东时,遵惠研溪先生之教,童子有能成诵《五经》者,为青其衿,士风翕然丕变。奏覆试童生加经文一篇,遂定为例。

江 西 三 魏

明江西"三魏":良弼、良政、良器,以道德著,新建人;本朝江西"三魏":伯子际瑞、叔子禧、季子礼,以文章称,宁都人。皆同胞也。良器有弟良贵,官最显,而黄氏《明儒学案》遗之。

明状元争夺情

明阁臣李贤夺情,罗伦争之而见黜;杨嗣昌夺情,刘同升争之而被谪。皆状元也,可为科目增光。张居正夺情,修撰沈懋学与吴中行、赵用贤谋,各上疏,吴、赵皆受杖去国,而懋学疏章为人所持,不果进,乃贻居正子嗣修书,又与工部尚书李幼滋书争之,遂引疾归。是亦可谓贤矣。

沈 观 察 诗

沈莲溪观察少工《四子书》文,登第后,历中外三十年,名益重,年届六旬,遽乞归。怡情吟咏,诗不摹拟前人,而思笔超隽,迥轶凡近。《朱买臣墓》云:"城东抔土春草春,严将军墓近作邻。当年上书不报粮用乏,邑子一荐离风尘。布衣怀绶绥少见,守邸掾吏惊逡巡。但夸富贵耀乡里,无怪愚妇轻买臣。侍中素贵见陵折,床上小吏彼何人。恩仇报复祸亦及,悔不道中行歌长负薪。"《决计》云:"掉头决计出风尘,落叶朝衫脱有因。万事不关归里日,百年难得去官身。首回清渭思华省,道遇桐庐恋旧民。布袜青衫聊自适,豆羹芋饭未嫌贫。"《南

中春暮》云:"乾坤到处斗戈铤,风景南中尚俨然。燕子梨花三月雨,
河豚柳絮一溪烟。暖浮士女湔裙水,晴泛儿孙上冢船。只有老怀难
自慰,朝朝北望寸心悬。"《无能》云:"已甘人笑百无能,风味萧闲亦自
矜。菊影半窗留客酒,虫声四壁读书灯。少年偶作逢场戏,老去真如
入定僧。若论文章身后事,胸中五岳尚崚嶒。"断句如《秋兴》云:"树
高留月久,石瘦宿云多。"《夜坐》云:"月明虫絮客,灯暗鼠窥人。"《怀
苍石上人》云:"诗格瘦如藤络石,棋心尖似笋穿墙。"《山僧》云:"堕地
虎须坚似铁,窥窗鬼眼碧于灯。"皆清隽可讽。

严 伯 牙 诗

　　同里门人严伯牙锒,比玉太守之长子也。从宦滇南,以县丞在滇
试用。道光丙午,永昌郡回纥肆扰,上官命司军饷兼督乡勇助剿。时
贺制军长龄巡察严密,不携驺从,突至营中,群僚皆以休暇他适,惟伯
牙在焉,由是垂青,逾格以军功荐擢县令。伯牙娴于吟咏,在军中不
废翰墨,到处留题。著有《餐花室诗稿》。《从军》云:"关门山色带斜
曛,羽檄交催转饷勤。马迹千盘寻汉垒,蚕丛百里辟蛮云。枕戈易醒
刀环梦,投笔犹争翰墨勋。早晚枚皋驰露布,铙歌归听瘴江濆。"《西
征曲》云:"几堆白骨葬莱芜,是处青山叫鹧鸪。麦饭纸钱寒食雨,又
添新鬼哭头颅。"断句如《呈少穆宫保》云:"年少自知更事浅,官卑愈
觉受恩多。"《由宝宁调任荔波入都引见留别滇南》云:"一卷随身无长
物,九州行脚笑粗官。"语皆清俊。

韬　　光

　　由灵隐至韬光,路约里许,石级三百余,山径曲折,沿路皆修篁密
箓,浓绿杳深,醉人心骨。僧家以巨竹卧径侧引泉,相续不断,泉声丁
丁然,静听移时,尘虑都涤。比至山颠,四望空阔,近挹明湖、之江,远
望沧海,又别有一世界。庵中题诗甚多,恭读高宗纯皇帝御制句,云
"翠云入丛篁,赤城盘叠障",正如登高而呼,俯视众山,皆培塿矣。

西 山 文 集

学者编先正文集，往往搜罗散佚，以多为贵。然或不知简择，并存其酬应世故不甚经意之作，致贻后世口实。则虽意在表扬，适以累之。真西山先生以道统自任，而集中诗文往往推扬二氏。其为史弥远特授正奉大夫文，称其"宽宏而缜栗，刚大而粹夷。有尊主庇民之诚，足以卫王室；有亡身殉国之节，可以通神明"。又《金国贺正旦使人到阙紫宸殿宴致语口号》句合曲词，有"两国交驰通好使，八荒同作太平人"、"圣历从兹天共远，年年玉帛会枫宸"等语，皆为后人所訾，殆编集者疏于审别，不能汰其失欤！

干 霍 乱

干霍乱，心腹绞痛，欲吐不吐，欲泻不泻，俗名绞肠痧，不急救即死。治法：宜饮盐汤探吐，外治刺委中穴，亦妙。此症王宇泰《证治准绳》谓由脾土郁极不得发，以致火热内扰，阴阳不交。而吴鞠通《温病条辨》谓由伏阴与湿相搏，症有阴而无阳，方用蜀椒、附子、干姜等药。窃谓干霍乱亦如湿霍乱，有寒有热，当审症施治，不得专主热剂。吴氏书阐发治温病之法，辨论详晰，卓然成一家言。惟此论尚局于偏，恐误来学，特正之。

石 灰

《仁和县志》载，明成化时，湖墅凌知州煜家有一黄斑虎，自南河游至，投凌之后巷，诸门不闭，虎入据厅上，大吼一声，凌众破壁逃避，虎遂登楼。时凌之孙妇抱婴儿未起，虎偶捱壁，壁倒，适覆妇身，不遭伤害。地方奔告有司，即召猎户二十余人擒剿，彼此相顾失色，无策可施。一老者令以石灰入稀布口袋，兼带竹缚火把，择轻健七八人升楼屋，揭瓦进日光，虎必仰首，即摇灰袋眯其目。继将火把下燎，虎必开口,随以坚利长枪入口内,不容转吭,乃呼众猎户登楼交刺之。如其策,果擒获,不伤一人,阱送官司,各受重赏。按:吾郡某典,亦尝以此法擒寇,乃道光年间事也。时方岁歉,劫掠时闻,典主预选众健儿守夜,并储石灰、刀械。一夜寇至,坏大门将入,众健儿出其不意,以石灰喷之,寇目皆眯,刀械齐发,遂被擒。

刘 忠 义

嘉庆十八年,直隶教匪林清谋逆,实赖陕西咸宁刘公斌首发其事,党与擒而期会误,得以即时戡定。公为滑县老岸镇巡检,勤其职,奸民畏之。尝饮聂监生所,酒半,私语公曰:"是邑将有变,亟去官,可免。"时八月十五夜也。因时微行村落中,闻治兵仗声甚厉,侦铁工,具知贼李文成与林清首尾谋逆事,告守令,皆难其事,即讯铁工以得李文成、牛亮臣,亲致之县。讯文成,折其胫。贼始与林清谋定九月十五日期,至是不及待,九月七日,夺城门以入。公时居典史署,闻变,即更短衣,持械出,遇贼于衢前,击杀二贼,子嘉善皆死。事闻,赠官知县,谥忠义,子宝善荫袭云骑尉,改文职为贵州某官。此事详见上元梅伯言户部曾亮《柏枧山房文集》,乃《圣武记》所未载者。

卷八

奔　走

《诗》："予曰有奔奏。"传、笺之义各不相合，正义乃强合之，既以"奏"为"宣布"之义，又以"奔走"之义属之，其说难通。传以为"喻德宣义"，于"奏"之义则当矣，而"奔"字难通。惟笺以"归趋"为义，其说最协，盖奏、走古本相通也。

名 字 沿 误

汉司徒王况，或误作"玉"，当作王，音宿。王巾字简栖，作《头陀寺碑》，巾当作屮。唐倪若冰，或误作"水"，当作冰。宋米元章名芾，或误书"芾"，从艹巾，当作芾，从一巾，《说文》作"市"，古韨字。雁湖居士李壁，宋史误从"玉"，当从土，作壁。赵与裦，宋史误作"裕"，当作裦。元康里巎巎，《元史》误作"巙"，读若夔，当作巎，读若猱。又鲍照不当作昭，谢朓不当作眺，此类尚多。

芋

芋在处皆有，而蜀地尤美。王子渊《僮约》凡四言"芋"，曰"养芋"，曰"发芋"，曰"膲芋"，曰"窖芋"。盖物土所宜，言之不厌其详也。

三 坟 五 典

三皇五帝之书，春秋时尚存，《三坟》、《五典》是也。秦以后无传，传者乃伪耳。嬴政之焰酷矣哉！

晁具茨诗

五言诗于第一字第三字读断，七言诗于第一字第三字第五字读断，晁具茨冲之集中恒用此体，如“四海皆行路，吾何必此途”，乃第一字读断也。“五十年升平一迷，都驱万骑出关西”、“金蹬蹀微鸣蹑影，锦连钱不动追风”、“老去幽栖谁比数，传君诗一邑人惊”，乃第三字读断也。“出郭借人乘岂肯，自夸骑入大明宫”、“借有三千两钟石，定无八百石胡椒”，乃第五字读断也。

文终文质

谥以文称者至多，而谥文终者惟汉萧何，谥文质者惟宋罗从彦。宋钱惟演初谥合“敏而好学”、“贪以败官”二法，谥曰文墨，二字亦史册罕见。

古今人表

《汉书·古今人表》，后人多以疏舛訾之，惟钱氏大昕谓其“列孔子于上圣，颜、闵、子思、孟、荀于大贤。孔氏弟子列上等者三十余人，而老、墨、庄、列诸家降居中等。孔氏谱系具列表中，俨然以统绪属之。其叙次九等，祖述仲尼之言，《论语》二十篇中人物悉著于表。而他书则有去取，后儒尊信《论语》，其端实启于此”。梁氏玉绳复为之考，且谓“别于九品，确当为难。毫厘之差，诚所不免。而屡经传写，紊脱尤多，非尽班氏之咎”。按：《人表》自三皇迄秦，圣智贤愚凡二千百十三人，后世藉以考鉴得失，可为法戒之资。唐韩佑仿之作《续古今人表》十卷，惜不传。顾氏栋高作《春秋人物表》，分贤圣、纯臣、忠臣、功臣、独行、文学、辞令、佞臣、谗臣、贼臣、乱臣、侠勇、方技十三等。又《列女表》分节行、明哲、纵恣、不度三等，品核较精，然采列未备，视《人表》体例有殊。修史者诚能循班氏之轨，辨析九等，代系以表,俾一朝淑慝之分犁然显著,不有裨于劝惩之道欤!

药　诗

晁公武《郡斋读书志》云:"陈亚之喜赋药名诗。药诗者,始于唐人张籍,有'江皋岁暮相逢地,黄叶霜前半下枝'之诗。人谓起于亚之,实不然也。"余按:梁简文帝集中有药名诗,如"烛映合欢被,帷飘苏合香"、"石墨聊书赋,铅华试作妆"等句,是药诗亦不始于张籍矣。

二　母　知　人

王珪隐居时,与房玄龄、杜如晦善,母李尝曰:"而必贵,然未知所与游何如人。"会玄龄等过其家,李窥大惊,敕具酒食,欢尽日,喜曰:"二客公辅才,汝贵不疑。"潘孟阳母,刘晏之女。初,孟阳为户部侍郎,刘忧曰:"以尔人材而在丞郎之位,吾惧祸之必至也,试会尔列吾观之。"因遍招深熟者客至,刘视之,喜曰:"皆尔俦也,不足忧矣。向末座惨绿少年何人也?"曰:"补阙杜黄裳。"刘曰:"此人全别,必是有名卿相。"二母知人,一信之于未达之前,一察之于既显之后,其识鉴皆不可及。

马

十二生肖中,兔、蛇、猴皆不入卦象,凡言虎之卦三,履、颐、革。而说卦不及焉;言马者八卦,坤、屯、贲、大畜、晋、睽、涣、中孚。而说卦取象,且有三卦,乾、震、坎。知马之为用广矣。

李德裕张孚敬

李德裕以荫入官,乃抑进士科;张孚敬登第,在部观政,追议大礼,擢学士,诸翰林不与并立,后乃尽黜翰林官。视古大臣忘私进贤,盖迥殊矣。

拟　旨

明仁宗时,夏忠靖公原吉拟旨多云:"某部知道。"或以问公,公曰:"予夺之柄,非臣下所敢专,故付之六部定其可否,而复取上裁,则事有所分而权不下移。"旨哉言乎! 宜至今因之不改也。

荀崧女

荀崧为襄城太守,为杜曾所围,力弱食尽,崧小女灌年十三,率勇士数十人逾城突围夜出,诣平南将军石览乞师,又为崧书与南中郎将周访请援。访遣子抚率三千兵会石览,俱救崧,贼闻兵至散走,灌之力也。奇节如此,纪载罕有,惜《晋书》仅志此一事,而不详述其生平。

翙　字

《丹铅总录》谓:"后周皇后服制:受茧则服鹭衣,听女教则服鹑衣,归宁则服翙衣。鹑、翙字惟见此,盖苏绰所制也。"余考"翙"字,字书不载,而"鹑"字则见于《尔雅·释鸟》,云:"鶾雉,鹑雉。"注:"今白鹑也。江东呼白鶾,亦名白雉。"宜云翙字惟见此,乃合。

鸠槃茶

《太平广记·夫为妇吹火》诗:"吹火青唇敛,添薪墨腕斜。遥看烟里面,恰似鸠槃茶。""鸠槃茶"乃佛经语,或作"拘辨茶"、"究槃茶"、"恭畔茶"、"弓槃茶",皆一也。言瓮形似冬瓜也,以是为喻,状其容之丑也。前乎此者,《庄子》有之,云:"瓮㼜大瘿。"

独寝不惭于魂

刘勰《新论》"独立不惭影，独寝不愧衾"，盖本《晏子春秋》"独立不惭于影，独寝不惭于魂"。"魂"字实胜"衾"字。

四 字 异 体

四字异体而音义皆同者，惟麤、粗、觕、麄。麤，古麄，俗粗、觕通用。

杨 修 刘 显

魏武题"活"字于门，杨修知其嫌门阔；又题"合"字于酪杯盖头，杨修知为"人一口"。梁武署沙门讼田者曰"贞"，而刘显知为"与上人"。二子之才隽矣，然卒为所忌，聪明何可恃乎！

乌 程 三 相 国

明季乌程有三相国，所居相距不过九里，时有"九里三阁老"之谣。朱文肃公国桢倡"均徭"之议，东南大水，又请改折，德泽及人，乡邦推重。沈潅结纳客、魏，温体仁奸私误国，闾里羞称之。三人皆载《明史》，而府县志列传独详文肃事实，沈、温则讳而不书。肆志一时，陨名千载。呜呼！此亦足以为鉴戒也。

孔 子 弟 子 考

朱竹垞太史《孔子弟子考》，谓"欧阳子有言：'受业者为弟子，受业于弟子者为门人。'试稽之《论语》，所云'门人'，皆受业于弟子者也。'颜渊死，门人厚葬之'，此颜子之弟子也；'子出，门人问'，此曾子之弟子也；'子疾病，子路使门人为臣'，又'门人不敬子路'，此子路之弟子也；'子夏之门人问交于子张'，此子夏之弟子也；孟子曰：'门人治任将归，入揖于子贡'，此子贡之弟子也"云云。然予观《论语》，"童子见，门人惑"，此当为孔子之弟子，不得谓是孔子弟子之弟子也；"子游曰：'子夏之门人小子。'"此当为子夏之弟子，不得谓是子夏弟子之弟子也；"孟子门人问曰：'夫子何以知其将见杀？'"此当是孟子之弟子，不得谓是孟子弟子之弟子也。以此证之，朱之说岂其然乎？

久　任

牧民官必使久于其任，而后与民相习，得以尽抚绥之略。明兴百余年间，澄叙官方，勤求上理。居职最久者，如赵登知湖州府，自宣德至正统十七年。刘纲知宁州，由建文二年进士，官府谷知县迁擢，在宁州三十四年。吴祥知嵩县，自永乐至宣德三十二年。中叶以后，此风渐渺，吏治亦不如前矣。

名　号　谥

尧、舜、禹称名，汤称号，文王、武王称谥，由质而文，即此亦可觇世运。

田　田　钱　钱

女子双名最多，独辛稼轩妾田田、钱钱，因其姓而名之，与其他双名者异。

誊　录

浙人乡试，每以金赂誊录手之善书者，潜递关节，属其誊卷，朱色鲜明，字画光整，易动阅者之目。亦有已获科名者，贪得厚利，冒应是役,甚至私携墨笔,点窜试文,中隽则可得重酬。此风始自绍兴人,沿及诸郡。道光丙午秋试,士子一万一千余人,其不购誊录者只三千余卷,仅得售三人。盖以字迹潦草,校文者以辨识为苦,辄屏弃不观也。犹忆壬辰榜后,谒见房师乐平齐星舟先生双进,_{嘉庆}丙子举人,官终石门县知县。先生谓:"汝文佳而字体模糊,耗我半夜心力始能辨晰。尤赖主司爱才,取墨卷校对,方得入彀。"尔时购誊录者未多,而弊已若此,幸遇乐平、山阳、天津三先生,不致摈弃,知己之感,毕世勿谖也。

作 者 七 人 矣

"作者七人矣",王氏谓伯夷、叔齐、虞仲、夷逸、朱张、柳下惠、少连;包氏谓荷蒉、荷莜、仪封人、晨门、楚狂接舆、长沮、桀溺;程伊川又谓"作者"之谓圣,羲、农、黄帝、尧、舜、禹、汤是也;袁俊翁《四书疑节》则谓专指当时而言,宜主包氏之说,特封人本以得时行道为心,初不与彼六人同行,当以微生亩易之。此说创而实确。

扬 无 咎

杨姓皆从木,惟宋清江扬无咎祖汉子云,从扌不从木,二千年来典籍中不多见也。

乡 会 试 题

乡、会试题,首题《论语》,则次题为《中庸》,首题《大学》,则次题为《论语》,三题《孟子》,此定例也。道光庚子科,山西首题"德润身,心广体胖",次题"体群臣也,子庶民也",以无《论语》题,主试皆获谴。吾浙乡试出《大学》题,闱中必有火灾,故老相传康熙初三次皆然。_{康熙癸卯首题"生财有大道"一节,壬子首题"如切如磋"六句,庚午首题"无所不用其极"}。自是以后,浙闱不复出《大学》题,盖沿以为例矣。

奇　名

明番禺罗宾王官南昌府同知，罢归，筑哭斯堂于里门，此堂名之最奇者。吾邑冯学博嗣京取"少壮不努力，老大徒伤悲"之意，筑别业曰大悲庵，此庵名之最奇者。朱竹君学士视闽学时，令士子人采一石，筑亭署中供之，各镌姓氏于上，颜曰"三百三十三士亭"，此亭名之最奇者。洪洞范鄗鼎所著杂文名《草草草》，此书名之最奇者。

宋牺山诗

宋牺山大令，乾隆戊申孝廉，中岁宰扶风，七载即挂冠归，著有《红杏轩诗钞》。其宰扶风时，案牍之暇，不废吟咏，所赋《小游仙》诗有云："本是瑶池会上仙，浣纱小谪玉河边。自言爱女佳期近，又索黄姑助嫁钱。""暂插朝天白玉簪，归来依旧捣双砧。七襄任汝纤纤手，争奈银河负债深。""甫报瑶池桂树秋，武皇又作绛河游。上清毕竟论门第，怪道登仙总姓刘。""漠漠春阴淡淡烟，扬州未到早腰缠。早知驾鹤飞升易，悔读《黄庭》五十年。"盖皆有为而作。断句如《陈思王墓》云："奸人有后天难问，才子封王福未悭。"《虎丘》云："庑下千秋高士少，水边三月丽人多。"亦研锤入妙。

李　鹤　杉

李鹤杉学博博闻强识，才藻富有。小试以《长鬣呼余皇赋》受知于学使李芝龄师，入邑庠第一人，称为李长鬣。道光甲午闱作，为副主试歙县徐廉峰太史宝善所赏，而正主试以次艺犯下，黜之。"发强刚毅，足以有执也"，题文用"血气"二字。旋于乙未获隽入都。太史招之往，使在弟子之列。李献诗有"名倾元叔登朝日，恩感昌黎荐士年"之句。寓都门，得诗盈箧，编为《北行草》。其赠《端木鹤田舍人》一律最佳，诗云："岁星游戏住人间，车马盈门自闭关。一架藤花留散吏，舍人寓寄园紫藤精舍。十年薇省话清班。海隅应诏恩原渥,日下雠书老未闲。料得韦编三绝后,舍人著《易指》已刊。等身事业付名山。"

迁 居 诗

舒铁云孝廉寓居吾里乡思桥,偶与友人书云:"比张融之居建业,彼尚多此一舟;若相如之返成都,我并无其四壁。"沈青斋观察见之,即以南花桥老屋借居,且寓书曰:"但住无妨,且行弗顾,所望泥金之捷先贲蓬门耳。"舒因赋诗以谢,有云:"南花桥头秋水绿,扁舟愿写移居图。移居之图尚可写,羌此高义今则无。"时乾隆甲寅岁也。

父 子 能 诗

宋浦城詹应之愭、詹元善体仁父子能诗,厉樊榭《宋诗纪事》皆遗之。应之《寄胡籍溪》诗云:"雨过溪头鸟篆沙,溪山深处野人家。门前桃李都飞尽,又见春光到楝花。"《春怀示邻里》句云:"断墙著雨蜗成字,老屋无声燕作家。"元善《幽居》诗云:"投老安闲世味疏,深深水竹葺幽居。床头昨夜风吹落,多是经年未报书。"风致俱妙。

乡 石 公 诗 话

先伯父乡石公《诗话》谓:"吴毅人祭酒深于友谊,少与沈矅莘交最笃。矅莘病剧,适自严江归,急往视之,但及一执手而已。因哭之以诗曰:'我作孤游君独愁,独愁春去又成秋。半年怆我方归棹,一病闻君已卧楼。旧事可怜如梦过,轻帆幸不被风留。只争片刻犹相见,得见能教不泪流?'清空一气,读之凄惋。今观全集中所刊,已皆改易,云:'无限凄凉对素琴,曾于贱子托知音。友朋实有家人意,风雨宁渝生死心。独立无端斜照冷,此情千古大江深。但逢峰啸泉吟处,认尔魂归枫树林。'气格虽较庄重,然转逊前作之真挚,并录之,以质精于斯道者。"

徐　鹤　舟

同里徐鹤舟布衣石麟，籍隶乌程，少孤而贫，训蒙自给。程筼轩茂才倡《梅魂》诗，索和于人，徐作为所赏，以女字之。未娶得痿疾，乃更刻苦为诗。病三十载忽起，程方将送女毕姻，而徐竟以伤暑暴卒。其从侄春斝为刻遗稿以行世。其《梅魂》诗云："仙姿缥缈总无形，归去罗浮与洞庭。玉笛吹残空自怨，瑶琴抚罢遣谁听？雪寒孤月村边白，烟冷数峰江上青。欲觅芳踪何处所，满林香雾夜冥冥。"断句如"淡烟三亩竹，斜日一村鸦"、"山云秋带雨，海月夜生潮"、"桃花山路分诸涧，杨柳人家聚一村"，俱佳。

王　晓　庵

震泽王晓庵处士锡阐，学究天人，尤以濂、洛、关、闽为己任。崇祯甲申之变，欲死者再，父母强持之乃止，遂闭户不出，穷约终身。尝赋《绝粮》诗云："尽道寒灰不更然，闭关岂复望人怜。平时空慕荣公乐，此后方知漂母贤。何必残形仍苟活，但伤绝学已无传。存亡不用占天意，矢志安贫久更坚。"与吴江潘次耕太史未交甚笃，尝遗潘书论史学云："世称良史三家：司马氏、陈氏、欧阳氏。龙门进吕雉于本纪，而孝惠、两少帝不序，子宏尚著其名，前少帝且逸之。陈寿帝魏退蜀名吴，寇忠武而贼壮缪。永叔于乱臣贼子，一切帝制予之名号，稍正者，悉被贬黜，千古谓之良史，良史矣！紫阳《纲目》，俗尚薄之，下至《季汉书》、《宋史新编》，谁复齗齿！故知良不良在乎幸不幸，不在义之正不正、事之核不核也。"持论精核，最为潘所服膺云。

一 线 天 题 辞

西湖飞来峰下一线天，岩洞幽深，为避暑胜境。关云岩侍郎题辞刊石云："龙洞窅窔，鹫峰嶙峋。岩松偃盖，涧草敷茵。六月无暑，四时有春。听泉品石，养性怡神。"字作八分体，秀润可爱。

道　情

徐灵胎征君颖悟绝人，游庠后厌薄时艺，岁试，题诗卷后："徐郎不是池中物，肯共凡鳞逐队游。"因是见黜，以布衣终其身。于学无所不通，尤精医术，名重一时。好作道情，一切诗文，皆以是代之。自谓构此颇不易，必情、境、音、词处处动人，方有道气。著有《洄溪道情》行世，录二首于左。《劝孝歌》云："五伦中，孝最先。两个爹娘，又是残年。便百顺千依，也容易周旋，为甚不好好的随他愿！譬如你诈人的财物，到来生也要做猪变犬。你想身从何来？即使捐生报答，也只当欠债还钱，那里有动不动将他变面！你道他作事糊涂，说话欹偏。要晓得老年人的性情，倒像了个婴年，定然是颠颠倒倒，倒倒颠颠。想当初你也将哭作笑，将笑作哭，做爹娘的为甚不把你轻抛轻贱？也只为爱极生怜，到今朝换你个千埋百怨。想到其间，便铁石肝肠，怕你不心回意转！"《邱园乐》云："做闲人，身最安，无辱无荣，无恼无烦。朝来不怕晨鸡唤，直睡到红日三竿。起来时篱边草要芟，花边土要翻，香蔬鲜果寻常馔。只听得流水潺潺，鸟语关关，顽儿痴女跟随惯，绿蓑青笠随时扮。也有几个好相知，常来看看。挂一幅轻帆，直到我堂湾，带几句没要紧的闲谈细细扳。买碎鱼一碗，挑野菜几般，暖出三壶白酒，吃到夜静更阑。"

场屋中忌讳字

场屋中用忌讳字，往往被黜。嘉庆丁丑，孔梧乡学博卷已入额，旋因诗中"圣化"二字见摈，以死亦言化也。嘉善陆孝廉浚，工制艺。道光癸巳春闱，首艺识者决其必售，陆亦自谓文可夺命矣。榜发，竟被放。比阅落卷，则主试已填中式名次，复涂去，以次艺用"骞崩"二字也。捧卷大哭，目尽肿，寻得病，卒于都中。丙申殿试，何子贞太史卷已列进呈十卷之首，旋以"大行"二字为阅卷大臣某公指出，改置二甲第八名。应制诗赋尤宜庄重，袁简斋太史己未朝考，诗题"因风想玉珂"，以"声疑来禁苑，人似隔天河"一联，几被斥，赖尹文端公力争，始获隽。家鲲溟侄辛巳秋试，三艺俱为主司所赏，以诗有"嫦娥如许近"句见摈。又汪龙庄大令乾隆乙未科会试，中式第三，大总裁嵇文恭公以"灯右观书"诗中用"重瞳"字，《史记》不专指舜，不便进呈，移改四十六名。可见衡鉴者抉择精严，即应用字面，亦当审慎也。

土　　物

杭州省会，百货所聚。其余各郡邑所出，则湖之丝，嘉之绢，绍之茶、酒，宁之海错，处之瓷，严之漆，衢之橘，温之漆器，金之酒，皆以地得名。惟吾台少所出，然近海，海物尚多错聚，乃不能以一最佳者擅名，此明王恒叔士性《广志绎》之言也。自今观之，如杭之茶、藕粉、纺绸、纸扇、剪刀，湖之笔、绉纱，嘉之铜炉，金之火腿，台之金橘、鲞鱼，亦皆擅土宜之胜，而为四方之所珍者。

两 世 秋 元

道光丙午科，浙江解元嘉兴张庆荣，乃嘉庆戊午解元张廷济之子，犹及身亲见之。六十七名归安郑训成，曾举丁酉、己亥、甲辰三次副车，年甫二十五。时人为之语曰："四科乡荐咸推郑，两世秋元艳说张。"

竹 夫 人

"保抱携持，朕不忘五夜之宠；辗转反侧，尔尚形四方之风。"宋李公甫所作《竹夫人封词》也，工妙鲜匹。朱瓣香同年又仿《毛颖》、《革华》之例，作《倚玉山房夫人鲍瓓珑传》，有云："夫人撰有《抱青集》，《子夜歌》云：'感郎绸缪意，许侬情久长。郎意虽云热，侬心只自凉。'肯以雨露浓，而忘抱冰雪。郎自竭郎欢，侬自尽侬节。'兰蕙有幽馨，桃李多艳姿。阿侬无他好，虚心足郎师。'"寓意深婉，得风人旨。

像

张华《博物志》："黄帝登仙，其臣左彻者削木象黄帝，帅诸侯以朝之。"后世祀鬼神用像，盖昉于此。

西 征 日 记

吾里孔雅六学博宪采，绩学能文，尤敦品谊。尝游秦中，历主古莘、文昌、岷阳书院讲席。训迪谆谆，士心悦服，以文就质者甚众，坐是得眩症，遂归。撰《西征日记》，备载游迹。有云："兰州北门外桥名镇远，以船为之。横排二十四只，自南岸达北岸，每船相离寻丈。船填土石，头尾用大铁索，囊砖石沉河底，复用大铁链连贯之。链环大如盘，余两手不能举一环，不知几何重也。两岸均有铁柱插沙土中，大合抱，出地约丈余，相传为明初所铸。船面铺大木板数层，以草土填平，沿河联以红栏。凡往来甘、凉口外者，悉由此桥，车马日以千计，谚所谓'天下黄河一道桥'是也。冬河冰合，制府率僚属祭河神，始拆船桥，车马皆行冰上。正二月间冰泮，仍驾以桥。冰桥之最可危者，在将泮未泮时，两岸冰已有罅漏，车马仍往来如织，旁观为之寒心，习惯者自若也。"雅六有《渡冰桥不果》诗云："脚踏黄河冰，魂飞白塔山。黄河对岸山。山峭险而峻，冰薄危乎艰。往来车马驰间关，已溺犹将凋朱颜。如何以身临深渊，父母发肤同一斑。不如仍上望河楼头去，昆仑星宿影落杯酒间。"望河楼在南岸，今为皇华馆。

恩 科

本朝待士极优，凡有覃恩，必有乡、会恩科。万寿恩科则始于康熙五十二年，岁在癸巳。时士子以上六十万寿请开恩科，事下礼部，咸以旧例所无难之。大学士王公揆时为尚书,独曰:"以万年之圣主,当六旬之大庆,此岂有成例可援?若以靡费为嫌,则民间家长生日,子孙僮仆尚不惜出所有招集宾客,矧富有四海,而区区计及于此?"遂如所请以上,立命举行。自后乾隆、嘉庆、道光,皆踵行盛典,皇太后万寿亦皆有恩科。而道光三十年间,正科十,恩科五,共计十有五科。恩泽之渥,文治之隆,亘古未有也。

袁 随 园

袁随园诗名重一时,近则訾为佻薄者多,且诋其晚年放荡之失。平心而论,其为宰时,清勤明决,无愧循吏。尝言:"为守令者,当严束家奴吏役,使官民无壅隔,则百弊自除。"其为政终日坐堂皇,任吏民白事。有小讼狱,立判遣,无稽留者。多设耳目方略,集乡保询盗贼及诸恶少姓名,出所簿记相质证,使不能隐,则榜其姓名,许三年无犯,湔雪之,奸民皆敛迹。又其生平事母孝,友于姊弟,笃于故旧。尝为亡友沈凡民司祭扫,三十年如一日。程编修晋芳死,负五千金,往吊,焚其券,且抚立其孤。喜汲引后进,成就者众。盖其经济行谊,皆可师法,惜为才名所掩也。

志 学 箴

杨至堂河督与林文忠公同官有年,文忠以"学有经法,通知时务;行无瑕尤,直到古人"书赠楹帖,河督因作《志学箴》以发明其意云:"士希贤,曰尚志。惇五典,敬五事。先植基,经与史。汉、唐、宋,汉学精于训诂,唐学详于疏证,宋学深于理义。学无异。非汉、唐,则典章、制度无存,故注疏为尚;非程、朱,则风俗人心莫挽,故践履为先。其于学之实事求是,一也。凡《七略》,原其始。若九能,余技耳。思济人,务求己。依于仁,寿命久。"久,古读若己,《诗·旄丘》"久"与"以"韵。《六月》"久"与"喜"韵。《蓼莪》"久"与"耻"韵。《汉镜铭》"长保二亲利孙子,作吏高官寿命久"。吾友高伯平之子行信以《说文》字作篆刊之,附跋谓论学大公,息群儒之聚讼,良然。

丽　辞

赵清献诗有"春窗恼春思，一枕杜鹃啼"之句，司马温公词有"相见争如不见，有情还似无情"之句，范文正词有"眉间心上，无计相回避"之句，韩魏公词有"愁无际，武陵凝睇，人远波空翠"之句，林和靖词有"罗带同心结未成"之句，后学每以之借口，竞作丽辞。不知惟立品如数公，乃可偶一为之，若后生小子，沾沾焉于此求工，鲜不为心术之累。

高 文 端 公

满洲高文端公晋由监生授泗水令，洊历府道，至两江总督，晋文华殿大学士，仍留两江总督之任，未尝一日立于朝。特恩殊遇，近世罕有其比。

妇 人 悼 亡 诗

悼亡诗多名作，而妇人悼亡诗绝少。吾邑孔瑶圃女史_{沈青斋观察之母}诗云："甘回蔗境亦何曾，卅八年光感废兴。七品头衔添白发，一编手泽共青灯。医从隔岁来无益，命入残冬读未能。风雨南窗思往事，偷生此际独沾膺。"语独沉挚。又嘉兴戴兰英女史诗云："一曲离鸾唱夕晖，轻尘短梦万缘非。可怜稚子情痴甚，犹着麻衣待父归。"亦凄惋动人。

油 污 衣 方

油污衣，面涂法最佳。用生面粉入冷水调匀，厚涂污处，越宿干透，以百沸热汤和皂角洗之，油化无迹。

朱　相　国

高安朱相国轼,九岁时,父携至巨室某氏,某见其文秀,问读书否,对曰:"《五经》甫读毕,学作破题。"时方筑室,因以"锯木"为题。公应声曰:"送往迎来,其所厚者薄矣。"某大奇之,携之登楼,以"小子登楼"令对。公应声曰:"大人入阁。"某知为伟器,令在家塾肄业,以女妻之。

劳　孝　廉

劳孝廉文元,杭州人,工制艺,有声。嘉庆己巳会试,首题"君子喻于义"一节,文有云:"小人之喻,足以尽天下之利;天下之利,不足以尽小人之喻。"识者谓得"喻"字之髓。榜发不售,旋以病卒,士论惜之。

岳忠武于忠肃

文人立论,往往好逞偏见,如魏叔子谓岳忠武不当班师,侯朝宗谓于忠肃不谏易储,非社稷臣,皆拂乎理之正。仁和应潜斋征君执谦云:"恢复者,一时之功也;受命班师,万世君臣之正也。武穆之全者大矣! 终宋之世,将无一人跋扈者,谁之力也? 坤六三含章可贞,或从王事,无成有终。武穆之无成,乃所以有终也。"此论出,而忠武之心白矣。袁随园云:"大臣者,以安社稷为容悦者也。彼正统者,得罪于社稷人民,譬如吏弃城,将弃军,遗敌之擒而侥幸返国,幸矣。复欲偿其官、荫其子孙,此何理也? 夫忠肃,固社稷臣也。但愿其君有治世之大功,不愿其君有谦让之小节。就使博一谏名,未必遽干主怒,而不出此者,其所见者大而用心纯故也。"此论出,而忠肃之心白矣。

眉　生　侄　诗

眉生侄秉枢,幼颖悟,八岁学为文,落笔隽敏,异于常儿。道光癸已游庠,年甫十三,旋于丁未入词林,乙巳春闱后,留寓京邸。尝赋《都门秋思》诗,为诸名宿所称。兹摘录其二首云:"人海茫茫自溯洄,遣愁聊复一樽开。孤吟欲与秋声敌,百感都随月影来。未了名心休作达,惯经离恨转生才。频年书剑飘零极,不信黄金旧有台。""麝煤烧尽雁书沉,回首乡园思不禁。云里关山孤客梦,月中砧杵万家心。生偏耐冷怜秋菊,倦即知还愧暮禽。检点寒衣更惆怅,缁尘痕比去年深。"又《高唐州》诗云:"满院琵琶闹夜分,离人到晓不曾闻。梦魂先要寻家去,那有闲情管雨云。"语亦清俊。

给　烛

殿试不给烛,岁试、科试亦然。《制科杂录》云:"康熙己未,试博学鸿词,晚出者十余人,皆给烛竣事,洵为破格抢才。"道光间,滨州杜石樵侍郎堮督学浙江,士子亦得给烛。吾郡某生,能文章,而构思甚迟,作字又拙,历试以不完卷被黜,年四十余,犹困童子试。比公按试,某日晚仅录首艺,公命给烛完卷,俾游于庠,逾年遂登贤书。公之待士宽仁类如此,宜其躬膺多福,后起炽昌也。

徐　观　察

娄县徐玉厓观察长发,备兵蜀中建昌,接僚属之暇,辄与诸生讲学,民安之,忘其为长吏达官。年七十乞归,赋诗留别,有句云:"风雨将阑防失足,溪山大好要回头。"语意深切,可为恋栈者指引迷津。

锦　囊　集

武康徐雪庐孝廉熊飞,采辑当代杂流诗为《锦囊集》二卷,颇多佳句,节录以广其传。秀水钱梅,号玉崖,卖肉韭溪桥下,以好诗贫其家,乃肩二竹筐置羹首、羊胃、鸡跖、鸭脯于中,售诸市以自给。筐下诗幅鳞次，遇小异流俗者辄出以赠之。《登凌秋阁》云："江涵斜日千砧急，人倚西风一剑寒。"《金陵怀古》云："天际楸梧留二寝，云间宫殿失千官。"　嘉兴郁心哉，字秋堂，寓乍浦，以沽菽乳为生业，自称粗粝腐儒。《和王墨庄移居》诗云："占断清阴数亩赊，水村茅屋作烟霞。先生不种门前柳，渔父空寻渡口花。春暖闻莺初转药，月中放鹤自煎茶。世人那得知名姓，此是方壶隐士家。"　海盐张炎，字淡玉，尝卖饼平湖之清溪。日肩炉釜，行吟村落间，得句就村夫子索笔砚书之，饼为儿童攘窃一空，弗顾也。《咏白菊》句云："老圃月三径，晓霜秋一篱。"为时所称。　南汇张宏，字野楼，少工诗，以嗜酒致贫，困顿不能自给，辱身为门隶，循墙觅句，终日不休。《春日吴门道》中云："渡江三日雨，寒食一村花。"《登闸港桥》云："风阔片帆来极浦，天空一雁度斜阳。"　华亭朱铎，字愚谷，狱卒之子。尝于邻馆见《纲目》残本，读而悦之，因蓄钱购书，苦不能多，见人辄问："家有书乎？"乞借读。后得高青丘诗，大悦之，朝夕讽诵，下笔辄似青丘。后以父老更役，为狱卒阅十年。院司谳狱，偕众狱卒至苏州，及期当归，谓众曰："我为狱卒，以养父也。今父死，我何狱卒为？然不可以是辞于官，因循至今。公等自去，我不归矣。"遂赴水死，闻者莫不悲之。《怨歌》云："昨夜春风来，庭前弄颜色。不用下珠帘，是侬旧相识。"《焚香》云："焚香小阁前，幽绪忽凄然。亲老愁更役，诗多那换钱。风花判落溷，山豆莫成田。坐忆当年事，生涯亦可怜。"　甘泉汤振宗，字绣谷。负才不遇，尝依人纪纲盐筴，往来豫章、荆楚间，苦吟不辍。《答唐淡村》云："风雨空庭花落后，江湖秋水雁来初。"《即事》云："华发无情催客老，青山不语看人忙。"　平湖钱文藻，字愚泉，以剃发为业。年未及冠，即工五七言。后为童子师，专意吟咏，所诣益进。《游僧院》云："看花香引路，坐石藓侵衣。"《郊行》云："渔艇迎凉依柳泊，村鸡报午隔花啼。"《秋日同人村店小饮》云："负山茅屋松成径，临水渔庄竹拥门。"　钱塘阮松，字秋山，业剃发。所居与余慈柏学博为邻。学博擅墨梅，阮得其指授，间作小诗，亦清妙有神韵。《雨夜怀友》云："听到更残倍寂寥，西风送雨转萧萧。空山一夜泉流急，人隔前村旧板桥。"

难 经 经 释

徐灵胎《难经经释》，辨正误谬，有功医学。其释分寸为尺，分尺为寸，云："关上分去一寸，则余者为尺；关下分去一尺，则余者为寸。"诠解明晰，可谓要言不烦。

董 枯 匏

秀水董枯匏茂才耀，禀其父石农山人家法，书画皆秀逸，诗品冲淡似韦苏州。句如"浮云拂澄宇，白日下危檐。云净淡溪色，松高落翠阴"。又《咏闽兰不开花》云："孤芳不媚世，空谷甘寂寞。移种庭阶前，幽怀欣有托。真意不在花，勿厌得气薄。不见木槿花，朝开暮还落。浮荣亦何为，吾将藏吾朴。"寄托高旷，即此可见。

任 子 不 齐

秀水盛秦川大令百二《任城书院学海楼释奠先贤任子记》谓："任氏谱载任子少孔子六岁，楚以上卿礼聘不就。有《诗传》、《礼纬考》及《逸语》三篇，其弟子有东门子高、蒯伯仪。皆他书所无，当表出之。"

晋 唐 文 章

欧阳公云："晋无文章，惟陶渊明《归去来辞》。"坡公云："唐无文章，惟昌黎《送李愿归盘谷序》。"盖取其意识高卓、合于乐天知命之旨耳。若论文章，此岂足以尽之？至于宋之文章，苟持此意衡之，其惟坡公之《赤壁赋》乎？

聪 训 斋 语

桐城张文端公英《聪训斋语》有云："读书者不贱,守田者不饥,积德者不倾,择交者不败。"四语可括诸家训辞千万言。

陶 弘 景

陶弘景受知于齐帝,迨梁武兵至新林,遣弟子戴猛之假道奉表。及闻议禅代,又援引图谶数处,皆成"梁"字,令弟子进之。夫既自号隐居,何乃与人家国事?且忘齐帝知遇之隆,而干宠新朝,洊膺恩礼,以是远拟巢、由,得无有余怍耶!

除 夜 诗

文衡山《甫田集》除夕诗至多,其《甲寅除夕杂书》绝句情味最胜:"千门万户易桃符,东舍西邻送历书。二十五年如水去,人生消得几番除。""多事关心偶不眠,随人也当守残年。不须更说新春事,来岁今宵在目前。""人家除夕正忙时,我自挑灯拣旧诗。莫笑书生太迂阔,一年功课是文词。""小童籥火洁门间,为说新年忌扫除。却有穷愁与多病,无因岁晚一般驱。""遥夜迟迟烛有花,家人欢笑说年华。人生勿苦求身外,常得团圆有几家!"

五律句用仄声

五律无一句全用平声者。一句全用仄声,如孟浩然《送友东归》起云:"士有不得志,栖栖吴楚间。"杜少陵《蕃剑》起云:"致此自僻远,又非珠玉装。"齐己《早梅》起云:"万木冻欲折,孤根暖独回。"皆是。此类尚多。

王 微 之

《困学纪闻》王微之云："观书每得一义，如得一真珠船。"见陆农师诗注。陈燿文正杨以为王徽之，胡炉《拾遗录》以为元微之。按陆农师佃《和孙勉教授》诗："仲舒玉杯足瑕颣，中散珠船不光彩。"自注云："中散谓王微之。"则陈、胡之说皆误。

黄 绾

《明史》，黄绾为绍兴知府，以宽大为治。因核陈洸狱，为张璁、桂萼等所诬，被征，士民哭震野，争致赆，绾止取二钱。汉刘太守宠后，此可媲美。

桑 水 部 诗

桑弢甫水部咏古诗，时出新义。《王文成公祠》云："千载武宗辉庙号，多缘新建大功成。"《于忠肃公墓》云："黄屋何缘重入塞，可怜只论夺门功。"皆可作史评。

张 浚

杨诚斋谓张魏公有社稷大功五：建复辟之勋，一也；发储嗣之议，二也；诛范琼以正朝纲，三也；用吴玠以保全蜀，四也；却刘麟以定江左，五也。然其功固大，其过亦甚多，前人訾之者众矣。青浦王兰泉司寇昶，论尤明畅，大旨谓："宋南渡之时，天下形势尚可为，高宗以军国重事付浚，而乃刚愎自用，致四十万人坐丧于娄宿之手，四方震动，兵气沮丧，宋之不亡，不独诸将力战之功，亦天幸耳。且浚而以恢复中原为己任，则曷为劾李纲，挤赵鼎？宋室中衰，小人盘互，仅仅一二贤臣，而复出死力以倾轧之，专权固位，桀骜自雄，其心尤有不可问者。他如王庶,小将也,信之而杀曲端;郦琼,剧盗也,任之而拒岳飞;邵宏渊,骄卒也,护之而败李显忠。好恶拂人,故三督师而败衅。良臣绝迹于内,良将离心于外,士卒糜烂于疆场,宋之天下有可为而卒至于不可为,皆浚有以致之。愚以为其才甚庸,其识甚暗,其量甚狭,其自用也甚专。宋儒以南轩故交相推重,不敢作一指摘语。最可异者,至以诸葛武侯比之,或嘉其不主和议,彼韩侂胄曷尝不伐金也!"司寇之言如此。余又考诸《宋史》,如:张守与浚力争不当罢刘光世兵柄、吕祉不可令抚淮西,浚不从;仇念说浚以精兵自寿阳、汉上径取旧京,浚不能用;汪伯彦既贬,浚与秦桧援郊祀恩,起伯彦知宣州;浚尝荐秦桧可任大事;富平之役,杨晟、吴玠力言勿轻进,郭浩言当分守其地,犄角相援,俟衅而动,浚皆不听;又以督府乏用,议加征于民;又不救陈东、欧阳澈死,且奏胡珵笔削东书,欲使布衣挟进退大臣之权,几至召乱,将珵追勒编置。盖其生平瑕颣,未可缕数矣。

仞

仞字解,包咸七尺,赵岐八尺,王肃四尺,应邵五尺六寸,朱子注《论语》从包,注《孟子》从赵。程氏瑶田谓度广以寻,为八尺;度深曰仞,必七尺。是则包说为长矣。

市

市,南方曰市,北方曰集,蜀中曰疾,粤中曰墟,滇中曰街子,黔中曰场。

丘　大　理

淮安山阳丘侍讲象升,官大理寺左寺副时,吴三桂倡乱,军民为所惑。逃人五十,率众悔悟来归,刑部以叛逆论,事下三法司。丘引律文"逃叛自首,及能还归,减罪二等"争之曰:"百姓胁从者不少,若绝其归命之诚，只益坚其为贼耳。"众韪其言，遂驳正，上报可。旗人有与父异居而后母与邻人私者，父愤不能制，语子曰："儿为我杀之!"子夜杀后母及邻人于室，自归有司。有司论极刑，部院核拟如所论。丘持不可，曰："《春秋》书'夫人孙于齐，不称姜氏，绝不为亲，礼也'。夫绝不为亲，即凡人耳。彼承父治命，手刃父仇，而以大逆论，无乃非《春秋》之义乎?"乃以两议上，诏特从末减。其平反大狱类如此。

咏　菊

先君子最爱种菊，每至秋日繁花满庭时，招同人宴赏。尝赋诗以寄兴云："丛丛秋色映烟萝，老圃霜飞未改柯。气可凌寒无碍瘦，品能耐久不嫌多。一庭清影超尘垢，三径幽香伴啸歌。好约前溪素心侣，东篱晨夕试相过。"

郑　中　丞　诗

郑梦白中丞《小谷口诗钞》，调秀词雅，卓然可传。《行间感兴》云："半杯入手共谁论，寸管从教掌北门。东海羽书驰赤紧，西兴钟鼓断黄昏。惊沙雁影寒云渡，小队鸦兵细柳屯。凄绝曹娥江上思，九旬慈母九重恩。"《津门新乐府》云：《堆盐坨》：警侈靡也。"船头击鼓声琅琅，大包捆载来芦场，万夫连臂如雁行。一堆两堆作山立，千堆万堆苦未息，赤足蹈沙白于雪。海门落日寒无衣，得钱且免全家饥，东门换米西门归。道逢主翁不相识，豪奴夜拥飞舆出，红灯高宴梨园客。"《十字围》：思水利也。"忠毅疏，潞客谈，冀北何地无江南。咿咿哑哑水车动，绿杨委地春鬖鬖。长官一片心，农夫千日力。棋盘画出十重围，白沙化作黄金色。斥卤可耕渠可通，古今农事将毋同。吁嗟乎!落落海滨地，茫茫古人意。居民懒畚锸，竞逐鱼盐利。丰碑下马拜贤王，苔痕绿上斜阳字。"断句如《长城驿》云："画本夕阳人影淡，棋盘乱石马蹄斜。"《新绿》云："含笑眉痕初嫁女，称心袍影乍官身。"《歌风台》云："贫贱人情丘嫂釜，艰危世味太公羹。"《青山镇》云："分水入江湖尾大,背山成屋市腰长。"皆刻意新警,不落恒蹊。

韩 文 公 辟 佛

韩文公辟佛,而诗集中多赠僧之作,后人疑之。余观其《送惠师》云:"吾非西方教,怜子狂且醇。吾嫉惰游者,怜子愚且谆。去矣各异趣,何为浪沾巾?"《送僧澄观》云:"浮屠西来何施为?扰扰四海争奔驰。构楼架阁切星汉,夸雄斗丽止者谁?"《送灵师》云:"佛法入中国,尔来六百年。齐民巡赋役,高士著幽禅。官吏不知制,纷纭听其然。"皆语含规讽,与辟佛之旨未尝相悖。至《与大颠三书》,则为后人讹托,可无疑也。

嵇 叔 夜

"竹林七贤",惟嵇叔夜不得其死。余按:《晋书》称康恬静寡欲,含垢匿瑕,宽简有大量。而竟横罹酷刑,则以不礼钟会,遂为所谮。嗟乎!士君子处世,何可以贫贱骄人,而不恪循礼节哉!

芭 蕉 树

王渔洋《居易录》云:边司徒华泉诗"自闻秋雨声,不种芭蕉树",或议之,谓芭蕉不得称树。因引《花间词》"笑指芭蕉林里住",以为既可称林,顾不得称树耶?余按:芭蕉树见于《维摩诘经》,又谢皋羽《逃暑崇法寺》诗云:"棋局雨生苔藓文,袈裟晴挂芭蕉树。"固已先言之矣。

泉 甘 而 酒 冽

《泊宅编》谓欧阳公作《醉翁亭记》,后四十五年,东坡大书重刻,改"泉冽而酒甘"作"泉甘而酒冽"。王渔洋以为实胜原句。今按:集中作"泉香而酒冽","香"字不如"甘"字为佳。

陈 士 奇

陈士奇驻兵重庆,为张献忠所执,大骂而死,可谓死得其所。当士奇督学政时,好与诸生谈兵,及秉节钺,反以文墨为事,军政废弛。石柱女将秦良玉图全蜀形势,请益兵分守十三隘,扼贼奔突,置不问,蜀以是扰。然则蜀之罹祸,士奇不得辞其责,幸以死报国,不至蒙诟于后世耳。

酂 侯

汉萧何封酂侯,后汉邓禹、臧宫亦封酂侯,皆属南阳郡,音作管切。禹更封梁侯,定封高密侯。宫初封成安侯,更封期思侯,又更封酂侯,定封朗陵侯。独何未尝更封,且世承酂封,至王莽败始绝。高后时,何子禄薨无嗣,乃封何夫人同为酂侯。妇人封侯,前此罕见。

作 文 增 益

作文固无取冗长,然用字有以增益而愈佳者,如欧阳公作《昼锦堂记》云:"仕宦至将相,富贵归故乡,此人情之所荣,今昔之所同也。"后增二字,作"仕宦而至将相,富贵而归故乡",乃觉更胜。又作《史炤岷山亭记》云:"元凯铭功于二石,一置兹山,一投汉水。"章子厚谓宜改作"一置兹山之上,一投汉水之渊",方为中节,公喜而用之。黄山谷《题仁宗飞白书跋》,末云:"誉天地之高厚,赞日月之光华,臣知其不能也。"集中作"臣自知其不能也",增"自"字语意乃足。于此知作文之法,不得概以简削为高。

殉 葬

秦穆公殉葬百七十七人,三良之贤而亦与焉。康公陷父于不义,乃知魏颗、陈尊己其贤洵不可及。后世殉葬之俗犹未尽革,至明英宗遗诏,始命不得以宫妃殉葬,此真能恤人命而祛敝习者。

朱 侍 郎 诗

海盐朱虹舫侍郎方增爱才若命,寒畯之士,尤加意拂拭,士论翕然归之。道光甲申八月,考试翰、詹,诗题"昨夜庭前叶有声",上特赏其诗二三四六联,朱笔加圈,拔置一等第一,遂由翰林院侍读学士升内阁学士。诗云:"西风昨夜吹庭馆,忽听窗前飒飒音。落叶满阶惊晓梦,凉声一径动秋心。夕阳古渡仍红树,斜月疏帘尚绿阴。此日篱边闻语蟀,旧时枝上忆栖禽。幽怀偶触高楼笛,清韵还添小院砧。瘦碧半丛余弱草,浓青十里减平林。回思烟柳萦遥浦,又见霜枫染远岑。独有苍松留劲节,曾沾雨露九重深。"

采 芳 集

平湖钱孝廉步曾刻其五世祖起隆制艺一卷,名《采芳集》,皆摘《四书》中艳丽字句,游戏成文,嘻笑怒骂,无所不有。如《妁》一字题文云:"宿瘤也,以为仙姬;姣僮也,以为娇客。在媒或以众见共闻,尚存廉耻,而妁乃备极其形容。优隶也,以为俊秀;贫窭也,以为豪华。在媒早以微言温语,任意相欺,而妁乃更从而点缀。"又云:"本以妇人轻信之耳,妁复鼓彼如簧,遂使母氏专权,父虽欲禁之而不得。本以深闺独处之娇,妁竟诱诸觊面,遂使高堂未许,女先遥慕之而如迷。妁之巧者,意仅切于肥囊,妁之拙者,幻亦生于阅历。倘以彼列诸冠盖,即是苏、张游说之俦。妁之老者,口舌既堪惑女;妁之少者,容貌并可悦男。故以彼略试逢迎,遂谐秦、晋婚姻之好。"描写若辈情状,如铸鼎象形。又《妻辟纑》云:"窃慨今天下之多不廉,大抵皆其妻为之也。"《其母》题云:"且天下容有不爱亲之子,断无不爱子之亲。"《一妾》题云:"且三代以上多丈夫,三代以下多妾妇。上竞谐媚而妾在朝,下尽逢迎而妾在野。"持论奇快,皆可作当头棒喝。

<h1 style="text-align:center">三　元</h1>

赵云松观察赠三元钱湘舲阁学诗云:"累朝如君十一个,事迹半在青史留。"盖指唐张又新、崔元翰,宋孙何、王曾、宋庠、杨寘、冯京、王岩叟,金孟宗献,元王宗哲,明商辂也。张又新、孙何、王曾、宋庠、杨寘、冯京、王岩叟、商辂,史皆有传,王曾、宋庠、商辂为名宰相,冯京为名执政。若张又新之谄附败名,王宗哲之降贼偷生,适为科名之玷耳。按:《辽史·王棠传》"乡贡、礼部、廷试皆第一"。是亦三元也,赵诗不之及,何耶? 本朝三元:长洲钱棨、乾隆己亥解元、辛丑会、状,官至内阁学士。临桂陈继昌,嘉庆癸酉解元、庚辰会、状,官至江苏布政使。皆克敦行谊,无愧名臣。

<h1 style="text-align:center">蜜 丁 马 甲</h1>

嘉庆丁卯科浙江乡试,诗题"挂席拾海月",绍兴吕学博承恩诗云:"蜜丁曾共品,马甲亦同名。"为主司赏识,取中三十四名。按:蜜丁见《海物异名记》云:"蜜丁,魁蛤之子也。"李时珍《本草纲目》谓:"即瓦屋子,又名蚶。"马甲见韩昌黎诗云:"章举马甲柱,斗以怪自呈。"洪氏注云:"即今江瑶柱。"周必大亦有诗云:"珠剖蚌胎那畏鹬,柱呈马甲更名珧。"吕诗未见佳,殆取其运典新僻耳。

<h1 style="text-align:center">七上黄鹤楼散人</h1>

湖北黄鹤楼踞山面江,为登临胜境。道光丙申冬,余宦游武昌,曾登七次,穷览景物,作口号云:"半年家寄武昌郡,七度身登黄鹤楼。领取江天无尽景,平生奇绝是兹游。"迄今人事迁流,胜游难再,因作"七上黄鹤楼散人"图章,以志当时吟躅云。

良　心　官

秀水朱梓庐休度,官山西广灵知县,慈惠诚信,人不忍欺。莅任七年,休养生息,民日迁善,百姓皆呼为"良心官"。

自锄明月种梅花

"自锄明月种梅花"句,复见最多。宋刘翰《种梅》诗云:"惆怅后庭风味薄,自锄明月种梅花。"赵复《自遣》诗云:"老去空山秋寂寞,自锄明月种梅花。"元萨天锡诗云:"今日归来如昨梦,自锄明月种梅花。"明卓敬诗云:"雪冷江深无梦到,自锄明月种梅花。"

朱文正公诗

嘉庆初,和珅伏诛。御制诗颁示臣工,朱文正公和句有云:"寄语普天诸父老,共欢曾亦事陶唐。"措语得体,为一时和章之冠。

兄弟同登科

兄弟同登科,世所常有,而咸丰辛亥恩科,浙闱兄弟中式者独多。秀水陈丙曾、陈诵曾,平湖方钊、方钧,归安张兴义、张兴诗,瑞安黄体立、黄体芳,皆同父也。秀水陈令仪、陈令瑜,则同祖也。而余杭褚维垲中式二十五名。与其子成绩中式二十六名。连名,其徒仁和金绳武亦同榜获隽,褚是岁在金氏课读。尤为科场佳话。

孔太恭人

嘉兴朱九山观察其镇之母孔太恭人昭蕙,幼娴文翰,书法亦工。年十三,父笙陔明经广南客游山左,中秋玩月,赋诗云:"今夜团栾月,清光万里同。恐添慈母思，不敢说山东。"一时皆称异之。观察书法秀劲，负盛名于时，盖得于母教者多。观察授馆职后，由京寄书，禀请迎养，作三绝句示之，有"瞻云且缓思亲念，好把文章答圣朝"及"暇日凤池须记取，旧汀鸥鹭莫相忘"之句。

谭涤生诗

杭州谭涤生茂才廷献，幼有神童之称，诗不作唐以后语。所著《化书堂初集》，佳什綦多，节录四首。《寓言》云："顾兔岂长圆，沧桑几更变。人生不称意，坐觉微躯贱。山榛陉有苓，美人如可见。羲和鞭日车，欲去不得恋。盛年惜早衰，清镜悲颜面。望远生古心，涕泪如流霰。"《行路难》云："读书尽万卷，颇识忠孝字。学道行十年，与君斟酌仁与义。人生百年不为少，追逐衣食非我事。行路难，声莫悲。今日是，昨日非。携手出门望白日，惟见浮云东西南北飞。"《遣兴》云："江乡聊寄迹，流水绕书堂。深竹有人语，野花随径香。相期与农圃，招手话耕桑。习静空山里，闲中日月长。"《送袁藜谷归新城》云："予已不得意，子今行路难。江湖尊酒别，风雨柁楼寒。士信无长策，贫尤恋故欢。蘼芜山下是，欲采路漫漫。"

黄韵珊词

海盐黄韵珊孝廉宪清，才调倜傥，著有《茂陵弦》、《帝女花》、《凌波影》等院本，为时所称。小词亦工，《浪淘沙》一阕尤饶情韵，云："秋意入芭蕉，不雨潇潇。闲庭如此好凉宵。月自缠绵花自媚，人自无聊。　　别恨几时销，认取红绡。风筝音苦雁书遥。醒着欲眠眠着醒，灯也心焦。"

垂训朴语

吾邑陈太华学博其德，明季有道之士，著《垂训朴语》遗后，有云：

"省闲言语以补诵习,则拙者敏;省闲心思以绎义理,则愚者通。独立于万物之上,乃为有志;能屈于万物之下。乃为有养。人非圣人,不能无过,过而能改,仍是好人。故以过告我者,爱我之甚也,以过责我,则我之师也;若以过容我、谅我,则彼为君子,而我不适成为小人乎！吾人居心,常以好事望人,常以好意度人,纵使百受人欺,不失为忠厚君子。"又《惜阴说》云:"凡人纵以百年为期,十岁以前,尚属童蒙,五十以后,又属衰耗,止有四十年可用精力,而夜复当其半,岁时、伏腊、冠婚、丧祭诸务,大略又费十年。以此思之,真所谓一刻千金。"语意警迫,学者皆当书之座隅。

卓　倚　兀

卓子、倚子、兀,皆无木字,司马温公《书仪》可证。今书作"桌"、"椅"、"杌",流俗之误也。

先　生

经书"先生"之称,名义各别:《论语》"先生馔",谓父兄也;"见其与先生并行也",谓成人也。《孟子》"待先生如此其忠且敬也",谓师也;"先生将何之",谓学士年长者也。《仪礼》"士相见礼,若先生异爵者",谓致仕者也。今人称师曰"先生",而凡当尊称之者亦曰"先生",盖其所由来远矣。

来　歙　传

《后汉书·来歙传》"父仲,娶光武祖姑",而隗嚣将王遵,乃以歙为光武之外兄。且歙之孙稜,尚光武子显宗女,稜之孙定,尚显宗曾孙安帝妹。稽其世次,证以外兄之称,则仲当是娶光武之姑耳,"祖"字疑衍文。

终 篇 用 也 字

《困学纪闻》云:"欧阳公记醉翁亭,用'也'字,荆公志葛源,亦终篇用'也'字,盖本于《易》之《杂卦》。韩文公铭张彻亦然。"余谓终篇用"也"字,始于《尔雅》、《释诂》、《释言》、《释训》三篇,凡用"也"字六百九。《诗》、《墙有茨》、《君子偕老》篇亦然。《荀子·荣辱篇》、《孙武兵法·行军篇》、《论语》、《孟子》亦有此体,《公羊》、《穀梁》二传尤多。唐、宋以还,韩文公《祭潮州大湖神文》、柳仲涂《李守节志》、苏东坡《酒经》、陈止斋《戒河豚赋》、汪浮溪《胡霖志铭》皆仿其体,为后世所传。元姚燧《仰仪铭》终篇用"也"字四十一,乃四言体,又格之变者矣。

贪 生 倖 福

唐太宗、宣宗、武宗,皆以饵丹石殒身,宪宗、懿宗,皆迎佛骨后即殂。庸暗者无足怪,英哲亦然,则害于贪生倖福之私也。

吕 氏 春 秋

《吕氏春秋》:"汤欲令伊尹住视旷夏,恐其不信,汤由亲自射伊尹。"此以诡谲之术诬圣也。又谓:"孔子道弥子瑕见釐夫人。"此以比党之说诬圣也。当日悬千金而人无能增损,高氏诱谓:"非不能也,盖惮相国畏其势耳!"良然。

王 穀 塍

萧山王穀塍大令宗炎,学问淹博,性尤恬退。家有中人产,仅足温饱。既通籍,遂杜门不出,筑十万卷楼,以文史自娱。子端履入词林,即贻之书曰:"我已知足,汝当知止,毋恋浮名而失真乐也。"因亦乞病归。大令著有《晚闻居士集》，尝谓："宋艺祖以受禅开基，《通鉴》自不得以魏为篡；高宗以宗枝再造，《纲目》自不得以蜀为伪。"读书论世，其说至精。又《自题竹圃图》诗云："百尺楼边半亩园，梅花结子竹生孙。此中合与幽人住，香到芹坭绿到门。""五十年来鬓已丝，天街尘染碧衫缁。头衔写入农书里，不枉人称老画师。"可以想见其风趣。

陈朴堂诗

嘉善陈朴堂上舍世鉁，幕游粤东，判牍之暇，不废吟咏。有《感怀》诗，句云："家难识路何须梦，诗易穷人不敢工。"颇为时流所称。

徐敬斋明经

同里徐敬斋明经斐然，归安籍。博通群书，探研不倦，尤好为古文之学，自唐、宋以迄国朝，采辑诸家，辨其源流，撷其精粹，汇编成书。其论唐文云："唐人无韵之文，率不可读。昌黎突然起八代之衰，柳州起而与之敌，古文一道，荜路蓝缕之功，以二公为首。习之之精醇，可之之警拔，牧之之倜傥，表圣之安详，袭美之纵恣，鲁望之简古，其嗣音也；顾宣公之沁人肺腑，卫公之绝尘而奔，于韩、柳虽非同调，亦断不可泯，爰汇选而论定之。他若漫郎之僻涩异常，独孤之菁华未备，张文昌流传甚少，皇甫七客气未除，以及刘宾客、白香山、李玉溪、罗昭谏诸人，各有所长，均非正轨，概从舍旃。"其论宋文云："自韩、柳辟古文之一途，至北宋而极盛。盖宋初尚沿唐季之习，柳开、郑条、穆修、张景之徒，挽之而不足，欧公得昌黎文于破籨中，登高而呼，学者响应，曾、王、三苏辅而翼之，徂徕、涑水、河南、盱江、二刘、三孔润色其间，秦、黄、晁、张、后山、方叔之流克承其绪，于是北宋之古文冠绝古今。呜呼，观止矣！南宋之文导源北宋，顾扶疏劲健则有之，而微伤于剽而不留；和平醇正则有之，而究病其直而少致。然粹然无疵，文与理兼到者，朱子而外，实繁有徒，亦学者所当从事也。《文鉴》止于北宋，两宋合选，寥寥罕觏。而宋人文集，搜采两难，南宋集尤少，即藏书之家亦未数数见。数十年以来，北辙南辕，风樯篷底，有所见即借钞，或录草稿以归。自辛酉迄壬辰，首尾三十有二年，得文一千七百六十七首，厘为十有六本，颜曰《宋文偶见》。极知不全不备，挂漏良多，然后之君子欲遴选两宋文者，其或将有取于斯。"今其书皆散佚无存，惟所刊《国朝二十四家文钞》及《今文偶见》行于世。

顾媚柳是

龚鼎孳娶顾媚，钱谦益娶柳是，皆名妓也。龚以兵科给事中降闯贼，授伪直指使。每谓人曰："我原欲死，奈小妾不肯何？"小妾者，即顾媚也。见冯见龙《绅志略》。顾苓《河东君传》谓："乙酉五月之变，君劝钱死，钱谢不能。戊子五月，钱死后，君自经死。"然则顾不及柳远矣。

芎昀公撰联

萧山缪磐谷上舍安邦，幕游临海，有姊卒于家，而甥已远出，七年不通音问，其友代作挽联，不当意，质之先君子，乃为题云："七载思儿，望断双鱼空堕泪；三秋梦竖，影抛只雁最伤心。"缪为叹绝。又仙居王某治痘有名，其戚撰联赠之，屡改未就，先君子援笔书云："身居仙境成丹易，手补天工保赤多。"一时咸叹为工切。

历代甲子纪元表

仁和董杏塍明经醇，博通群籍，尝以六十甲子为格，取《史》、《鉴》所载历代正闰纪元年号，按格分注，以便考索，名曰《历代甲子纪元表》。第一甲子为黄帝元年，第十一甲子为夏少康自有仍弃虞之年，第二十一甲子为商祖辛十祀，第三十一甲子为周孝王十三年，第四十一甲子为周赧王十八年，第五十一甲子为晋惠帝改元永安之年，第六十一甲子为唐昭宗改元天祐之年，第七十一甲子为明孝宗弘治十七年。明经生于第七十六甲子之年,正月书成,适当五十初度,乃咸丰三年癸丑也。

静宜女史诗

鲲溟倅之继室静宜女史陈葆贞,嘉善陈朴堂上舍世锬之女,禀承家学,雅擅清才,著有《绮余书室诗稿》。如《秋夜对月有怀外子》云:"孤月上林端,秋光满画栏。遥怜今夜客,不向故乡看。虚幌谁同倚,征衫泪未干。男儿四方志,所叹为饥寒。""岂有封侯愿,空教别故乡。料应思骨肉,谁与话温凉。怀灭三年刺,人添两鬓霜。上堂亲已老,何日理归航?"《闻粤中有警寄外》云:"落拓江湖客,行藏不自由。那堪羁旅日,重抱乱离忧。处贱无奇策,依人岂善谋。归期应早定,江上理扁舟。""百越愁回首,高堂有老亲。频年无信息,此日又烽尘。长是伤离别,何由共苦辛?愿随飞雁去,重作岭南人。"《王昭君》云:"紫塞长门一样悲,何心终老向宫帷。不如绝域和亲去,还得君王斩画师。"《杨太真》云:"一死能教国难平,马前值得早捐生。红颜若向升平老,未必君王不负盟。"《保阳寓中作寄外》云:"纷纷尘事扰居诸,谁识清闲福有余。侬不鸣机君谢客,且来同读古人书。""品谊文章泣鬼神,世间如子合长贫。请看乘传成都客,何似皋家庑下人。"石门方幼樗参军廷璐称为"洗尽铅华得正声",非虚誉也。

甲 癸 议

乌程严铁桥学博可均,才高学富,睥睨群流。某进士来见,叩以《汉书》事,未尽了了,则曰:"君仅知时文耳,吾失言矣。"其玩世傲物类如此。尝搜辑唐以前文,为《全上古三代秦汉三国六朝文》七百四十六卷,手自缮写,历二十七年而后成,以无资,未得付梓。著有《铁桥漫稿》十三卷,诗如"虚窗三面水,老树半边春"、"一路听流水,前村多落花"、"峭帆追日去,惊浪蹴山回"、"潮生沧海白,日落大江黄",皆得唐人三昧。严为建德教谕时,义乌有高才生某,为忌者所诬,见弃于其父。事闻之官，大吏欲为超度，万难措辞。严闻之，乃为《甲癸议》一篇，致其房师闽抚韩芸舫克均。督部见之，大称赏，据其说入爰书，事赖以解。其辞备载稿中，大略谓："甲在外二十八年，拥高资归，而其妻先死，其子乙年二十六，既举秀才，仪表出群。丙与乙素有隙，丁睨甲资，党丙而挤乙，称乙奸生子。甲耻之，逐乙。而事闻令长，令长以律无文不能决，上之大吏，大吏入奏，下百官博议。癸议曰：'窃谓乙事寻常耳，可以片言昭雪。人妊十月，九月而生者常也；妊七月而生，生而寿考者，世间多有。俗说妊八月而生难育，盖不确，阚泽在母胞八月，叱声震外，见《会稽先贤传》。其不及七月者，黄牛羌种，妊六月生，见《魏略》。其逾十月者，苟氏孕十二月生苻坚，呼延氏十三月生刘渊，张夫人十五月生刘聪，见《晋书载记》；庆都孕十四月生尧，见《帝王世纪》；钩弋夫人怀昭帝十四月乃生，见《汉书》；附宝孕二十月生黄帝，见《搜神记》；阳翟有妇人妊身三十月乃生子，见《嵩高山记》；太康温磐母怀身三年然后生，见《异苑》；长人国妊六年乃生，生而白首，见《外国图》；大人国其民孕三十六年而生，见《括地国图》；老子托于李母胞中七十二年，见《濑乡记》；老子母怀之七十岁乃生，生而白首，见《神仙传》。载籍极博，妊逾十月者，悉数难终。甲在外二十八年而归，而乙年二十六，盖其妊二年无足为异，宜片言昭雪，丙丁宜不论。'大吏曰：'癸议以谓妊二年，允哉！'据以覆奏，于是甲乙复为父子如常。"余按：《元史·黄溍传》云："母童氏梦大星堕于怀，乃有妊，历二十四月始生溍。"此尤近而可征者。

孔宥函司马

曲阜孔宥函司马同年继镣，诗才超俊，深以学力，气韵直逼古人。诗稿盈尺，刊未及半，录其最著者。《高邮湖作》："洪湖抱天影，炯为智者忧。万古波涛居，一线堤防留。大官日召令，买石穷山丘。以石抗蛟怒，筑堰如长虹。下堰楚州脚，上堰淮山陬。汩汩水衡钱，化为蜃与鳅。久客熟湖水，呜咽胸中流。"《寄山阳潘四农师用陶诗拟古韵》："泽国累年馑，大官无岁荒。小吏朝暮谒，上堂复下堂。戟门列风斾,鼓角吹苍茫。弦酒客在阁,涕泗农在场。一堤障龙蛇,城郭参丘邱。度支竭租赋,水与金低昂。老兵抱锹卧,腹饱防河方。久客傍淮甸,闭户空嗟伤。"《扬州杂诗》:"廿载邗江路,行吟动值秋。客怀看月减,往梦与云浮。野竹山光寺,清风文选楼。旅游复何事,飘泊问沙鸥。""藏用两无补,聪明百不能。宦情晓岸月,诗境雪山僧。零落川光改,羁栖夜气增。又停江上棹,来对驿楼灯。"皆卓然可传。宥函于咸丰四年秋来游武林,遍探西湖诸胜,屡过余斋,尝即席赋诗相赠云:"东山游钓暮云边,经典传家愧汝贤。莫叹无衣聊卒岁,共怜有母傍余年。荒衙鲑菜新醯酺,上国莺花旧管弦。廿载梦回江岸晓,鸥波万里接烽烟。"所作楹联亦挺拔可诵,《题钱武肃王祠》云:"吴越之间,至今乐土;汉唐以后,无此贤王。"《挽泾县包慎伯明府世臣》云:"衰白际时艰,孤恨荒愁,蹈东海而死;文章憎命达,片言只字,与北斗长垂。"

彡 石 公 联

从姊纯葆,伯父彡石公之长女,适同里归安丁学博仁咸,贤明淑慎,三党交称。其殁也,年仅中寿。彡石公哭以联云:"堕地而半龄失恃,提携保抱,端赖重闱,想当年教养恩深,倘泉下相逢,应亦怪尔来太早;宜家而众口称贤,黾勉勤劬,克襄内政,悲此日死生路隔,纵命中有定,独何如我老难堪。"

寿 序

寿文始见明陶学士安集,至归震川而益多。方望溪作寿序有云:"以文为寿,明之人始有之。然其知体要者,尚能择其人之可而不妄为,而寿其亲者,亦必择其人之可而后往求。今之人则不然,其所求必时之显人,而其文则佣之村师幕宾无择也,其所称则男女之美行皆备,而不可缺一焉。而族姻子姓之琐琐者并著于篇。"其言可谓切中。然非特寿序若是,即祭文、墓志等亦然。即此可见世俗之陋,鲜不慕势利而喜夸大也。

犬 门

官府案牍，有更易一字而轻重悬殊者，吏胥每藉是以舞弊，惟通州胡大宗伯长龄之封翁，尝改一字救人之生，可以为法。封翁尝为州吏，承行盗案，犯供纠众自大门入，已定谳矣。翁知众犯因贫苦偶作窃，非真巨盗，言于官曰："此到案而即承认盗情，必非久惯为盗者，今首从皆斩，似失入矣。"官以上司催迫，不及更缮招册为辞。翁请于大字添一点为"自犬门入"，且言某仰体公好生之心，并无私弊，官悟而从之。一举笔间而拯十余人之命，宜其食报于后。按：《五代史》张居翰改诏书"一行"为"一家"，免蜀降人千余，其事亦有足称。

家 传 单 方

单方之神验者，可为世宝。余家传有数方，屡试屡效，济人多矣。恐久而失传，特志之。刀伤：用苧叶末糁之。端午夏至日，各采等分，晒干俟霜降日磨末。　受湿气烂腿：用松香不拘数，釜中用水，慢火煮，以焚一炷香为度，取出松香，取出松香入冷水中，方能凝结，否则胶滞。换水再煮。如此换八次水，煮八炷香时候，松香之毒始尽。研极细末入猪油，捣烂调匀，用隔纸膏摊之。其法以长薄油纸折成两方块，一面凿满针孔，一面摊药，将两面合拢，药折在里面，以凿针一面向患处贴上，线围扎之，勿著水，有脂流出，自愈。　隔纸膏式：▢▢半纸凿满针孔，半纸摊药。一切疮：用槟榔、木鳖子、穿山甲血余、雄黄、硃砂、黑砒、大风子肉各二钱五分，研极细末，入土硫黄七两五钱，煮烊为锭，菜油磨搽，日三次。　牙缝出血，名牙红：用元明粉，研细末糁之。　一切无名肿毒：用鲜桑枝火爇，向患处熏之。　小儿头烂，名染瘄头：用铜青一钱，沥青一钱，松香一钱，蓖麻子肉四钱，同捣烂，以布一方，如染瘄头大，摊药包患处。　跌打损伤：用冬瓜子炒研细末，温酒冲服三钱，日二次。

江 忠 烈 公

　　江忠烈公忠源，字岷樵，湖南宝庆人。由拔贡举于乡，为学官。道光二十八年，新宁逆匪寇宝庆，公与弟忠浚、忠济、忠淑集族人团练乡勇，屡挫寇锋。事闻，擢知县，赏戴蓝翎，发浙江试用，权知秀水县事。时浙西大水，公请帑十万抚恤，上官从其请。明年补丽水，以父忧归。相国赛尚阿经略广西，招之，隶乌都统幕，旋以劳升同知。募乡人千余，日训练之。宝庆民善斗，公又善抚之，故所至破贼，楚勇之名闻天下。贼窜长沙，屡追歼之。由知府擢道员，赏花翎，湖南效用。寇退而土贼四起，浏阳遵义堂为百余年盗薮，聚党万余人，公整楚勇剿杀贼五千余，获大炮百余，火药无数。复剿湖北诸土贼，戮首至二万余人，升按察使。奉谕赴江南大营。会江西围急，率楚勇赴之，与贼日夜鏖战，贼用地雷破城，公自缺处出奋击，先后斩馘二千余，城旋修固。贼复穿地道六，公率勇自城内迎掘破之。自五月十八日被围，至八月二十三日贼始乘风遁去，城几陷而获安，公之力为多。诏赐二品顶戴，复臬司任。未几，皖城告急，诏命巡抚安徽。时旧治已为贼据，改省治庐州，公至，居民大半逃散，方训练抚辑，而贼率万众来攻，外援不至。十二月十六夜，贼乘大雾缒城，且发地雷，四更城破，公力战，受重伤，弁某强挽公下城，以觜进，公嚼其指，乃释手。公遂投水西门塘死，年四十有四。秀水庄芝偕舍人仲芳纪公事甚详，今节录之如此。谭涤生茂才挽诗有云：“悲凉许国身，奔走亦以疲。枝拄阅数句，饮泣人登埤。虽缓雀鼠掘，谁为膏油遗？逍遥七千人，犄角空相持。军门大星陨，山崩走熊罴。”皆纪实之辞也。

大 钱

　　咸丰甲寅年，以军兴费繁，始铸咸丰重宝当十大钱，重四钱四分。凡百钱，用通宝八十，重宝二。浙江于八月廿二日颁行，设大美官钱局主其事。考重宝钱文，始于唐乾元，嗣后南汉刘龑乾亨、闽王延政天德,宋仁宗庆历、神宗熙宁、徽宗崇宁、理宗端平、嘉熙,辽穆宗应历,金章宗泰和,皆有重宝钱。历代钱制,有小钱而亦书重宝者,唐乾元、辽应历是也。大钱而不书重宝者,如唐开元、天祐,宋大观、嘉泰、嘉定、淳祐,明大中、洪武、天启之类甚多。然重宝之义,似于大钱尤宜。至历代之当十钱,如王莽之幺泉一十,只重七分三铢。后周五行大布、永通万国,唐乾元重宝、开元通宝,五代李璟永通泉宝、王延羲永隆通宝,宋庆历重宝熙宁重宝、崇宁重宝、崇宁通宝、大观通宝,金泰和重宝,元大元通宝,明大中通宝、洪武通宝、天启通宝,其制轻重不等,最重者莫若洪武通宝钱,当十者重一两。钱制之便民而通行最久者,汉有五铢钱,唐有开元通宝钱,皆小钱也。其行大钱而不能久者,钱重则耗费繁,而无济于国;钱轻则盗铸多,而有害于民。今能酌轻重之宜,而与时变通,自可行之久远也。

姚梅伯词

镇海姚梅伯孝廉燮,生秉异资,于学无所不窥,尤精于倚声。著有《疏影楼词》,自题《疏影》调云:"天门海峤,倚绿梅、撇笛清响如啸。夕隼云盘,秋鹤风嘶,高寒或是同调。江淹宋玉凭千古,总一样、愁深欢眇。尽半生,锈铗蟫徽,托与美人香草。　依自狂歌自赏,当前任、赢得流俗评笑。两宋三唐,换羽移宫,落寞词仙多少。江篷荻雨花帘月,且畅写、随时怀抱。算拂笺,香北茶南,但欠红儿娇小。"此可想见其寄托矣。

笙鹤楼

杭州吴山城隍庙后淳素房笙鹤楼,俯瞰西湖,境绝超旷。明胡宗宪御倭时,曾于此筹议海防,楼额为董香光所题。落成之日,胡命酒宴赏,海内文士与会者十七人,各赋七言诗一章。后毁于火,志乘失载。马秋药太常履泰独悉其事,因书额以复旧迹。道光乙未,昭文蒋宝龄绘为图,一时词人赋诗纪之。兹录二首于左:"楼台传胜迹,笙鹤想遗音。世事有兴废，青山无古今。尚余秋药叟，能话老梅林。旧地喜重筑，迢迢异代心。"邹鹤征。"笙鹤逍遥赋远游，太常蝶去更难留。神仙缥缈寻常事，我欲榜书筹海楼。"戴熙。

陈　参　议

钱塘陈午桥参议鸿，官御史日，稽查户部银库，屏绝苞苴，终日危坐，官人进茶汤皆谢绝之。越十年，库吏侵蚀案发，刑部谳狱，咸供惟陈御史任内无染无弊，公论始出。尝建言轮班日讲，以为"康熙、乾隆间，设官使日缮进经史讲义，讨论益精，义理愈出，辨别益确，施措愈明，兼可鉴别其才猷，考验其学识。既备咨访之具，即储简拔之才"。识者称为千古名言。

周　遇　吉

《明史·周遇吉传》载，其守宁武，"城陷巷战，为贼执，大骂不屈。县之高竿，丛射杀之。自成集众计曰：'宁武虽破，吾将死伤多。自此达京师，历大同、阳和、宣府、居庸，皆有重兵，倘尽如宁武，吾部下宁有孑遗哉？不如还秦休息，图后举。'刻期将遁，而大同总兵姜瓖降表至，宣府总兵王承荫表亦至，遂决策长驱。抵居庸，太监杜之秩、总兵唐通复开门延之，京师遂不守。贼每语人曰：'他镇复有一周总兵，吾安得至此！'"是遇吉之守宁武，必不轻于一死，故为贼所惮如此。乃瑜次人王晦所作《节录补闻》谓"李自成急攻城，语守陴以周遇吉献，否且屠。遇吉闻之，使人缒己城下，见自成大骂，竟为贼磔杀"。胡天游《石笥山房文》转信以为实，且斥正史陋妄，而诋遇吉之死为不合于义。果尔，则遇吉特弃城以畀贼，贼亦何必刻期谋遁哉？

赤　水　元　珠

孙文垣《赤水元珠》阐发医理，有裨后学。惟载制红铅之法，为白圭之玷。又推重石钟乳，以《本草》有久服延年益寿之说，遂讥朱丹溪不可过服之言为非。不知《本草》称延年之药如蒲黄、石龙刍、云母、空青、五石脂、菖蒲、泽泻、冬葵子等味，未必皆可久服。《本草》又称水银久服，神仙不死，而服之者鲜不受其害，是岂可过泥其辞乎？善乎缪氏仲淳之言曰："自唐迄今，因服石乳而发病者不可胜纪，服之而获效者，当今十无二三。"《经》曰："石药之性悍。"真良言也。尊生之士，无惑方士有长年益寿之说而擅服之，自取其咎也。大抵服食之品，宜取中和，方免偏胜之害。

赤城杂诗

余自四十岁后不甚为诗，固由性懒，亦以此道难精，徒耗心神，无益也。在台州时，诗兴尚剧，尝赋《赤城杂诗》，附录八首，就正大雅："祖德清芬守一毡，轩楹遗制尚依然。登堂重认梁间字，手泽存留六十年。"秋畦公司铎临海，乾隆庚子岁修葺学廨，梁间题字犹存。"师门自昔受恩偏，瞻拜空祠意怆然。沈鹿坪师司铎台郡最久，台人士奉祀于祠。子舍遗书零落尽，不堪回首十年前。""廿年旧雨溯依依，苜蓿休嫌壮志违。孔梧乡司训临海，朝夕过从，藉破岑寂。杯酒深谈故乡事，便教沉醉亦忘归。""半亩空园护短墙，春来消息问群芳。闭门漫道闲无事，排日栽花课正忙。"严亲性嗜花，栽植满庭。"古坛槐影郁苍苍，金碧楼台接上方。自问名心消已尽，漫劳仙枕梦黄粱。"八仙岩祀纯阳真人，香火绝盛。"踏春山径路夭斜，胜侣招邀羽士家。西北高楼帘尽卷，夕阳影里望桃花。"八仙岩在城西北隅，春日游人皆于此登楼观桃花。"双帻峰前路乍分，一声樵唱隔林闻。秋阴夹径鹤无语，中有幽人眠白云。""石径巉岩步屧迟，碧云深处去寻诗。夕阴欲合山光暝，犹为泉声住少时。"

小琅玕山馆诗

严比玉太守诗，因未见全集，仅识数句于三卷中，今刊此书甫竣，适比玉长子伯牙大令锜归自滇，持其遗稿《小琅玕山馆诗》十卷见示，云"于甲寅岁在黔付梓,三十年前酬赠之作,皆在集中"。回忆一堂聚处,选韵联吟,曾几何时,而万里招魂,中年永诀,亦可伤已。展诵既竟,补录十首于此。《相见坡》云:"幽涧越岭听,绝嵼连云度。深谷开要涂,峻坂障前路。峰转迷西东,崖暗失晨暮。怪石猛虎斗,细径修蛇赴。接武渐盘旋,交臂各惊怖。阴壑笼晴氛,曲阿积寒雾。下礜惧高趾,沿壁阻阔步。亭亭恋夕阳,欣欣对嘉树。念旧觌面艰,怀新赏心遇。相见几时欢,出险犹睊顾。"《散赈行》云:"校场千人万人立,但闻欢呼不闻泣。一人日给米一升,行者日少居日增。民分免散亡,民分脱沟壑。陈陈相因太仓粟,安得尽以济茕独?不言抚字言催科,羽檄纷纷民奈何! 当官谁学监门郑,图献流民补荒政。"《奇怀定圃》云:"并世此良友,斯文一作家。步趋皆学问,气味近烟霞。闭户挥青镂,循《陔》补《白华》。相思不相见,明月几回斜。"《扬州赠三弟昆圃廷瑢》云:"东风催客买归舟,又向扬州作小留。鰕菜五湖寻旧梦,莺花三月种新愁。但容人海时相见,何必家山定共游。为语看云眠亦得,诗成还送屋西头。""寻芳湖上屡招邀,强与离前慰寂寥。彻夜笙歌听北里,隔帘花雨话南朝。客中乡泪随春尽,身外闲愁借酒消。占得二分好明月,阿戎真比阿龙超。"《到家日作》云:"回棹重寻水一湾,绿杨影里叩柴关。两年足履江湖险,万里身从殿陛还。宦味略尝云共淡,行装乍卸梦俱闲。只愁一纸官书促,容易归山又出山。"《九日同人翠屏山登高》云:"年来我亦怅离家,插到茱萸感鬓华。万里乡心惊落日,一庭秋色在黄花。吟情未许催租减,帽影无妨带醉斜。知是明年又何处,好留鸿爪印天涯。"《雨霁》云:"几日浓阴匝远村,寒波绿涨旧沙痕。春风吹过廉纤雨,一路落花红到门。"《杭州别竺云》云:"风月年年纪胜游,无端离思动残秋。路回日落人何处,独上西湖旧酒楼。"《板桥》云:"曾向秦淮访六朝,明漪瑟瑟柳条条。一官万里行将尽,秋雨秋风又板桥。"

历代笔记小说大观总目

汉魏六朝

西京杂记(外五种) 〔汉〕刘歆 等撰 王根林 校点

博物志(外七种) 〔晋〕张华 等撰 王根林 等校点

拾遗记(外三种) 〔前秦〕王嘉 等撰 王根林 等校点

搜神记·搜神后记 〔晋〕干宝 陶潜 撰 曹光甫 王根林 校点

世说新语 〔南朝宋〕刘义庆 撰 〔梁〕刘孝标注 王根林 标点

唐五代

朝野佥载·云溪友议 〔唐〕张鷟 范摅 撰 恒鹤 阳羡生 校点

教坊记(外七种) 〔唐〕崔令钦 等撰 曹中孚 等校点

大唐新语(外五种) 〔唐〕刘肃 等撰 恒鹤 等校点

玄怪录·续玄怪录 〔唐〕牛僧孺 李复言 撰 田松青 校点

次柳氏旧闻(外七种) 〔唐〕李德裕 等撰 丁如明 等校点

酉阳杂俎 〔唐〕段成式 撰 曹中孚 校点

宣室志·裴铏传奇 〔唐〕张读 裴铏 撰 萧逸 田松青 校点

唐摭言 〔五代〕王定保 撰 阳羡生 校点

开元天宝遗事(外七种) 〔五代〕王仁裕 等撰 丁如明 等校点

北梦琐言 〔五代〕孙光宪 撰 林艾园 校点

宋元

清异录·江淮异人录 〔宋〕陶穀 吴淑 撰 孔一 校点

稽神录·睽车志 〔宋〕徐铉 郭彖 撰 傅成 李梦生 校点

贾氏谭录·涑水记闻 ［宋］张洎 司马光 撰 孔一 王根林 校点

南部新书·茅亭客话 ［宋］钱易 黄休复 撰 尚成 李梦生 校点

杨文公谈苑·后山谈丛 ［宋］杨亿口述、黄鉴笔录、宋庠整理 陈
　　师道 撰 李裕民 李伟国 校点

归田录(外五种) ［宋］欧阳修 等撰 韩谷 等校点

春明退朝录(外四种) ［宋］宋敏求 等撰 尚成 等校点

青琐高议 ［宋］刘斧 撰 施林良 校点

渑水燕谈录·西塘集耆旧续闻 ［宋］王辟之 陈鹄 撰 韩谷 郑世刚
　　校点

梦溪笔谈 ［宋］沈括 撰 施适 校点

麈史·侯鲭录 ［宋］王得臣 赵令畤 撰 俞宗宪 傅成 校点

湘山野录 续录·玉壶清话 ［宋］文莹 撰 黄益元 校点

青箱杂记·春渚纪闻 ［宋］吴处厚 何薳 撰 尚成 钟振振 校点

邵氏闻见录·邵氏闻见后录 ［宋］邵伯温 邵博 撰 王根林 校点

冷斋夜话·梁溪漫志 ［宋］惠洪 费衮 撰 李保民 金圆 校点

容斋随笔 ［宋］洪迈 撰 穆公 校点

萍洲可谈·老学庵笔记 ［宋］朱彧 陆游 撰 李伟国 高克勤 校点

石林燕语·避暑录话 ［宋］叶梦得 撰 田松青 徐时仪 校点

东轩笔录·嬾真子录 ［宋］魏泰 马永卿 撰 田松青 校点

中吴纪闻·曲洧旧闻 ［宋］龚明之 朱弁 撰 孙菊园 王根林 校点

铁围山丛谈·独醒杂志 ［宋］蔡絛 曾敏行 撰 李梦生 朱杰人 校点

挥麈录 ［宋］王明清 撰 田松青 校点

投辖录·玉照新志 ［宋］王明清 撰 朱菊如 汪新森 校点

鸡肋编·贵耳集 ［宋］庄绰 张端义 撰 李保民 校点

宾退录·却扫编 ［宋］赵与时 徐度 撰 傅成 尚成 校点

桯史·默记 ［宋］岳珂 王铚 撰 黄益元 孔一 校点

燕翼诒谋录·墨庄漫录 ［宋］王栐 张邦基 撰 孔一 丁如明 校点

枫窗小牍·清波杂志 ［宋］袁褧 周煇 撰 尚成 秦克 校点

四朝闻见录·随隐漫录 ［宋］叶少翁 陈世崇 撰 尚成 郭明道 校点

鹤林玉露 ［宋］罗大经 撰 孙雪霄 校点

困学纪闻 ［宋］王应麟 撰　栾保群 田松青 校点

齐东野语 ［宋］周密 撰　黄益元 校点

癸辛杂识 ［宋］周密 撰　王根林 校点

归潜志·乐郊私语 ［金］刘祁 ［元］姚桐寿 撰　黄益元 李梦生
　　校点

山居新语·至正直记 ［元］杨瑀 孔齐 撰　李梦生 庄葳 郭群一
　　校点

南村辍耕录 ［元］陶宗仪 撰　李梦生 校点

明代

草木子(外三种) ［明］叶子奇 等撰　吴东昆 等校点

双槐岁钞 ［明］黄瑜 撰　王岚 校点

菽园杂记 ［明］陆容 撰　李健莉 校点

庚巳编·今言类编 ［明］陆粲 郑晓 撰　马镛 杨晓波 校点

四友斋丛说 ［明］何良俊 撰　李剑雄 校点

客座赘语 ［明］顾起元 撰　孔一 校点

五杂组 ［明］谢肇淛 撰　傅成 校点

万历野获编 ［明］沈德符 撰　杨万里 校点

涌幢小品 ［明］朱国祯 撰　王根林 校点

清代

筠廊偶笔 二笔·在园杂志 ［清］宋荦 刘廷玑 撰　蒋文仙 吴法源
　　校点

虞初新志 ［清］张潮 辑　王根林 校点

坚瓠集 ［清］褚人获 辑撰　李梦生 校点

柳南随笔 续笔 ［清］王应奎 撰　以柔 校点

子不语 ［清］袁枚 撰　申孟 甘林 校点

阅微草堂笔记 ［清］纪昀 撰　汪贤度 校点

茶余客话 ［清］阮葵生 撰　李保民 校点